HEYNE

Das Buch
Um die Probleme der Zukunft zu bewältigen, schafft sich der Mensch einen Partner: den Roboter – eine perfekte Maschine, dem Menschen so ähnlich, dass es fast unmöglich ist, das Geschöpf von seinem Schöpfer zu unterscheiden. Die ausgeklügelte Programmierung des positronischen Gehirns sorgt dafür, dass der Roboter als Beschützer des Menschen fungiert. Was aber geschieht, wenn die Programmierung fehlerhaft ist?

In seinen legendären Roboterkurzgeschichten stellte Isaac Asimov drei goldene Regeln für Roboter auf. Diese besagen, dass ein Roboter keinen Menschen verletzen darf, Befehle eines Menschen entgegennehmen und sich selbst schützen muss. Selbstverständlich darf bei der Umsetzung der zweiten bzw. dritten Regel die erste nie gebrochen werden. In der futuristischen Leinwandversion von Regisseur Alex Soyas *(Dark City, The Crow)* übernehmen diese Regeln eine tragende Rolle. Oscar-Preisträger Akiva Goldsman (u.a. *A Beautiful Mind*) schrieb, inspiriert von Asimovs Geschichten, das Drehbuch zur großen Hollywood-Verfilmung, in der Will Smith, Bridget Moynahan und Bruce Greenwood in den Hauptrollen zu sehen sind.

Der Autor
Isaac Asimov zählt neben Arthur C. Clarke und Robert A. Heinlein zu den bedeutendsten und einflussreichsten Science-Fiction-Autoren des 20. Jahrhunderts. Nahezu 500 Geschichten brachte er zu Papier, die teilweise weit über die klassische Bedeutung von Science Fiction hinausgingen. Geboren wurde er 1920 im russischen Petrovich nahe Smolensk. 1923 kam er mit seinen Eltern in die Vereinigten Staaten. Während seines Studiums an der Columbia University begann er, erste Science-Fiction-Geschichten zu schreiben. Seine erste Story erschien im Juli 1939, und in den folgenden Jahren veröffentlichte er in rascher Folge die Erzählungen und Romanentwürfe, die ihn weltberühmt machten: die Foundation-Erzählungen und die Robotergeschichten. Beide Serien verband er Jahrzehnte später zu einer großen ›Geschichte der Zukunft‹. Neben der Science Fiction hat Asimov auch zahlreiche populärwissenschaftliche Sachbücher verfasst. Asimov verstarb im April 1992, er wurde 72 Jahre alt.

ISAAC ASIMOV

I, ROBOT

Erzählungen

Aus dem Amerikanischen
von Otto Schrag

WILHELM HEYNE VERLAG
MÜNCHEN

Titel der Originalausgabe
I ROBOT

Der Titel erschien bereits in dem Dreifachband
»Meine Freunde, die Roboter«

Umwelthinweis:
Dieses Buch wurde auf
chlor- und säurefreiem Papier gedruckt.

Taschenbuchausgabe 08/2004

Printed in Germany 2004

Umschlaggestaltung: Nele Schütz Design, München
Satz: Schaber Satz- und Datentechnik, Wels
Druck und Bindung: GGP Media, Pößneck

ISBN 3-453-87732-2
http://www.heyne.de

Die Grundregeln der Robotik

DAS ERSTE GESETZ — Ein Roboter darf einem menschlichen Wesen keinen Schaden zufügen oder durch Untätigkeit zulassen, dass einem menschlichen Wesen Schaden zugefügt wird, es sei denn, dies würde das Nullte Gesetz der Robotik verletzen.

DAS ZWEITE GESETZ — Ein Roboter muss dem ihm von einem menschlichen Wesen gegebenen Befehl gehorchen, es sei denn, dies würde das Nullte oder das Erste Gesetz der Robotik verletzen.

DAS DRITTE GESETZ — Ein Roboter muss seine Existenz beschützen, es sei denn, dies würde das Nullte, das Erste oder das Zweite Gesetz der Robotik verletzen.

Einführung

Ich schaute mir meine Notizen an, und sie gefielen mir nicht. Ich hatte drei Tage bei der U.S. Robot Companie verbracht. Ebenso gut hätte ich zu Hause bleiben und die Encyklopädia Tellurica studieren können.

Susan Calvin habe im Jahre 1982 das Licht der Welt erblickt, hieß es dort. Dies bedeutete, dass sie nun fünfundsiebzig Jahre zählte. Jedes Kind wusste das. Auch die Firma U.S. Robot und Mechanical Brain A.G. war fünfundsiebzig Jahre alt, denn Lawrence Robertson hatte dieses Unternehmen im Geburtsjahre Dr. Calvins gegründet. Später hatte sich daraus das seltsamste Riesenunternehmen der Weltindustrie entwickelt. Auch das wusste jedes Kind. Im Alter von zwanzig Jahren hatte Susan Calvin an jenem berühmt gewordenen psycho-mathematischen Seminar teilgenommen, in dem Dr. Alfred Lanning von der U.S. Robot Companie den ersten beweglichen Robot vorführte, der eine menschliche Stimme besaß. Ein großer, schwerfälliger, hässlicher Robot war das gewesen, der nach Maschinenöl roch und der in den Bergwerksplanungen auf dem Planeten Merkur verwendet werden sollte. Aber – er konnte tatsächlich sprechen, und was er sagte, besaß Hand und Fuß.

Susan blieb in jenem Seminar sehr schweigsam. An den aufregenden Diskussionen, die der Vorführung folgten, beteiligte sie sich nicht. Sie war kühl, weder hübsch noch hässlich, ein ziemlich farbloses Mädchen, das sich gegen eine Welt, die ihr nicht sonderlich gefiel, durch einen maskenartigen Gesichtsausdruck und ein Übermaß an Verstand schützte. Während sie aber zuhörte und die Einzelheiten der Vorführung in sich aufnahm, verspürte sie die ersten Regungen eines gewissen, wenn auch kalten Enthusiasmus. Ihr erstes Examen bestand sie im Jahre 2003 an der Columbia Universität und begann dann ihre Studien für Fortgeschrittene auf dem Gebiete der Kybernetik.

Alles, was man etwa um die Mitte des 20. Jahrhunderts auf dem Gebiet der so genannten Kalkulationsmaschinen erreicht hatte, war durch Robertson und seine positronischen Gehirnbahnen auf den Kopf gestellt worden. Die vielen Kilometer langen Stränge von Relais und photoelektrischen Zellen waren jener porösen Kugel aus Platinum-Iridium gewichen, die etwa die Größe eines menschlichen Gehirnes besaß.

Susan erlernte die Errechnung der Parameter, die benötigt wurden, um die möglichen Variablen innerhalb des ›positronischen Gehirnes‹ festzulegen. Sie lernte, Gehirne auf dem Papier zu konstruieren – Gehirne, bei denen man die Reaktionen auf gewisse gegebene Reizwirkungen exakt voraussagen konnte.

Nachdem sie im Jahre 2008 promoviert hatte, trat sie als ›Robotpsychologe‹ in den Dienst der U.S. Robot Co. So war sie die Erste, die diese neue Wissenschaft praktisch ausübte. Damals war Lawrence Robertson noch immer Präsident der Firma, und Alfred Lanning war inzwischen Leiter ihrer Forschungsabteilung geworden.

Fünfzig Jahre lang konnte Susan Calvin beobachten, wie menschlicher Fortschritt sich ständig wandelte – und in großen Sprüngen vorwärts eilte.

Jetzt bereitete sie sich darauf vor, sich zur Ruhe zu setzen – so gut dies ging. Jedenfalls gestattete sie, dass das Namensschild eines anderen an der Tür ihres alten Büros angebracht wurde.

Das war nun so ungefähr alles, was ich auf meinem Notizzettel zusammengetragen hatte. Ich besaß dazu noch eine lange Liste aller ihrer wissenschaftlichen Arbeiten sowie eine solche der Patente, die ihr erteilt worden waren. Ich verfügte über die chronologischen Einzelheiten ihrer Laufbahn … kurz gesagt, das Äußere ihres Lebenslaufes war mir bekannt.

Das aber war es gar nicht, was ich suchte.

Für meine Artikel in der Interplanetarischen Presse benötigte ich bedeutend mehr. Ganz bedeutend mehr.

Und das sagte ich ihr auch.

»Dr. Calvin«, sagte ich so einschmeichelnd als möglich, »Sie und die U.S. Robot Co. sind in der öffentlichen Meinung durchaus identisch. Wenn Sie sich jetzt zur Ruhe setzen, so bedeutet das das Ende einer Epoche und …«

»Sie möchten vermutlich die menschliche Seite der Sache aufspüren, was?« Sie lächelte mich nicht an. Ich glaube, sie lächelt überhaupt niemals. Ihr Blick war scharf, aber sie war sichtlich nicht verärgert. Ich hatte das Gefühl, als schaue sie durch mich hindurch, als wäre ich vor ihren Augen durchsichtig wie Glas, als wäre für sie jeder, der ihr gegenübertrat, ein offenes Buch.

»Das stimmt genau«, sagte ich.

»Ist es aber nicht ein Widerspruch, wenn Sie sagen, dass Sie die menschliche Seite von Robots kennen lernen wollen?«

»Nein, Frau Doktor! Nicht die menschliche Seite von Robots – die menschliche Seite Ihres eigenen Lebens.«

»Na ja, ich bin auch schon ein Robot genannt worden. Sicher haben Sie doch schon von anderen gehört, dass ich *selbst* gar nicht menschlich sei.«

Das traf zu, aber ich hatte natürlich keinen Grund, es ihr zu sagen.

Sie stand von ihrem Stuhle auf. Sie war nicht groß, und sie sah zerbrechlich aus. Ich folgte ihr zum Fenster, und wir schauten hinaus.

Die Büros und Fabrikgebäude der U.S. Robot Co. bildeten eine kleine Stadt für sich. Sie waren planmäßig angeordnet und eingeteilt. Von hier oben hatte man den Eindruck, als betrachte man eine aus der Luft aufgenommene Fotografie.

»Als ich hierher kam«, erklärte sie mir, »verfügte ich über einen kleinen Raum in einem Gebäude, das sich ungefähr dort befand, wo jetzt das Feuerwehrdepot ist.« Sie deutete hinüber. »Es wurde abgerissen, noch ehe Sie zur Welt kamen. Ich teilte den Raum mit drei anderen. Ich selbst besaß die Hälfte eines Schreibtisches. Alle unsere Robots bauten wir in einem einzigen Gebäude. Wir produzierten wöchentlich drei Stück. Und nun sehen Sie, was aus uns geworden ist!«

»Fünfzig Jahre«, sagte ich banal, »sind eine lange Zeit.«

»Nicht, wenn Sie darauf zurückschauen«, war ihre Antwort.

»Man fragt sich dann, wohin die Zeit eigentlich gekommen ist.«

Sie ging zu ihrem Schreibtisch zurück und setzte sich. Sie bedurfte gar keiner besonderen Regungen ihres Gesichts, um traurig auszusehen.

»Wie alt sind Sie?«, wollte sie wissen.

»Zweiunddreißig«, sagte ich.

»Dann erinnern Sie sich gar nicht mehr daran, wie die Welt ohne

Robots ausgesehen hat. Es gab nämlich wirklich einmal eine Zeit, in der die Menschheit dem Universum allein und ohne Freund gegenüberstand. Jetzt besitzen wir Geschöpfe, die uns helfen. Sie sind stärker als wir selber sind, treuer, nützlicher und uns völlig ergeben. Die Menschheit ist nicht mehr allein. Haben Sie die ganze Sache schon einmal von diesem Standpunkt aus betrachtet?«

»Leider nicht. Darf ich das, was Sie eben sagten, wörtlich zitieren?«

»Wenn Sie wollen. Für Sie ist ein Robot ein Robot. Schaltungen und Metall – Elektrizität und Positronen – Geist und Eisen. Von menschlicher Hand hergestellt und wenn nötig von Menschenhand zerstört. Nur haben Sie leider noch nicht mit ihnen gearbeitet, und so kennen Sie sie in Wirklichkeit überhaupt nicht. Sie sind anständiger, sauberer und besser erzogen, als wir es sind.«

Ich versuchte sie sanft dazu zu bringen, dass sie weiter sprach.

»Unsere Leser wüssten gerne ein paar von den Dingen, die Sie uns erzählen könnten … so wie sie gerne etwas von Ihren eigenen Ansichten über die Robots erführen. Die Interplanetarische Presse ist übers ganze Sonnensystem verbreitet. Wir haben eine potenzielle Leserschaft von drei Milliarden. Ich glaube, diese hat sozusagen ein Anrecht darauf, zu erfahren, was Sie, Dr. Calvin, uns zu erzählen wissen.«

Es war gar nicht nötig, sie zum Reden zu verführen. Sie hörte mich nicht, aber ihre Gedanken bewegten sich in der von mir gewünschten Richtung.

»Man hätte es von Anfang an wissen können. Damals verkauften wir Robots zur Verwendung auf der Erde – das war sogar noch vor meiner Zeit. Damals konnten die Robots natürlich noch nicht sprechen. Später wurden sie menschlicher, und damit setzte auch die Opposition ein. Natürlich wehrten sich die Gewerkschaften gegen die Konkurrenz. Auch verschiedene Widersprüche auf religiöser Basis wurden laut. All das war recht lächerlich und recht unnütz. Und dennoch – man musste mit diesen Dingen rechnen.«

Ich notierte mir all das wörtlich, so wie sie es sagte. Dabei versuchte ich, die Schreibbewegungen meiner Fingerknöchel vor ihr zu verheimlichen. Mit dem neu erfundenen Taschen-Notizapparat konnte man das mit einiger Übung ganz gut fertigbringen.

»Nehmen Sie zum Beispiel den Fall Robbies!«, sagte sie. »Ich habe ihn nie kennen gelernt. Er wurde ein Jahr, ehe ich zu der Gesellschaft kam, demontiert – so hoffnungslos unmodern war er geworden. Aber das kleine Mädchen habe ich im Museum gesehn …«

Sie brach ab, aber ich sagte nichts. Ihre Augen wurden träumerisch und ihr Geist wanderte in die Vergangenheit zurück. Viele Jahre lagen zwischen der Zeit, von der sie sprach, und heute.

»Ich habe die Geschichte erst viel später erfahren. Als man uns Gotteslästerer und Teufelsbringer nannte, musste ich immer an *Robbie* denken. Er war noch ein stummer Robot. Er wurde im Jahre 1996 hergestellt und verkauft. Das war noch während der Zeit, in der die Spezialisierung nicht bis zum äußersten getrieben wurde, und so wurde er als Kindermädchen veräußert …«

»Als was?«

»Als Kindermädchen.«

Robbie

»Achtundneunzig – neunundneunzig – *hundert.*« Gloria hob die Augen, die sie bis dahin mit ihrem kleinen rundlichen Vorderarm verdeckt hatte, und stand einen Augenblick still. Sie hatte die Nase gerümpft und schaute blinzelnd ins Sonnenlicht. Dann machte sie ein paar vorsichtige Schritte weg von dem Baumstamm, gegen den sie sich gelehnt hatte, wobei sie versuchte, gleichzeitig nach allen Richtungen Ausschau zu halten. Sie reckte den Hals, um die Möglichkeiten, die ein Gebüsch zu ihrer Rechten bot, besser prüfen zu können, und machte dann ein paar Schritte nach rückwärts, um einen besseren Einblickswinkel zu gewinnen. Tiefe Stille herrschte, und außer dem Summen von Insekten und dem gelegentlichen Piepsen eines tapferen kleinen Vogels, den die Mittagssonne nicht beeinträchtigte, war nichts zu hören.

Gloria schürzte die Lippen. »Bestimmt ist er ins Haus hineingegangen. Dabei habe ich ihm schon hundertmal gesagt, dass das gegen die Regeln ist.«

Während sie ihre winzigen Lippen fest aufeinander presste und sich Runzeln über ihre Stirn legten, lief sie entschlossen auf das zweistöckige Gebäude zu.

Da erst hörte sie es hinter sich rascheln, hörte sie das deutlich vernehmbare, rhythmische Klump-Klump von Robbies metallenen Füßen. Rasch drehte sie sich um und sah, wie ihr Spielgefährte aus seinem Versteck herauskam und mit höchster Geschwindigkeit auf den Baum zuraste.

Gloria schrie enttäuscht auf. »Warte, Robbie! Das gilt nicht, Robbie! Du hast versprochen, nicht zu rennen, bis ich dich gefunden habe.« Gegenüber den gigantischen Schritten Robbies konnten ihre Beinchen natürlich keinen Vorsprung gewinnen. Dann, nur noch ein paar Meter vom Mal entfernt, verlangsamte Robbies Gangart sich plötzlich, sodass er sich kaum noch zu bewegen schien. Mit einer wilden Anstrengung all ihrer Kräfte raste Gloria schnaufend an ihm vorbei und konnte vor ihm den heiß ersehnten Baumstamm berühren.

Schadenfroh wandte sie sich nach dem treuen Robbie um und belohnte ihn für sein Opfer mit abgründiger Undankbarkeit, indem sie ihn wegen seines mangelnden Rennvermögens grausam verspottete.

»Robbie kann nicht rennen«, schrie sie mit der ganzen Kraft ihrer achtjährigen Stimme. »Robbie kann nicht rennen. Robbie kann nicht rennen.« Sie sang diese Worte in schrillem Rhythmus, als wären sie ein Kinderlied.

Robbie antwortete natürlich nicht – mindestens nicht mit Worten. Stattdessen machte er Bewegungen, als wollte er rennen, bis Gloria hinter ihm her raste, immer im Kreise herum, mit ausgestreckten Armen, und ohne dass sie ihn berühren konnte.

»Robbie«, quietschte sie, »bleib stehen!« Vor Lachen konnte sie kaum sprechen.

Bis er sich plötzlich umwandte, sie packte und durch die Luft wirbelte, sodass es ihr vorkam, als fiele die Welt für einen Augenblick ins Leere. Dann saß sie wieder im Gras und lehnte sich an Robbies Bein. Noch immer hielt sie einen seiner harten Metallfinger fest in ihrer kleinen Hand.

Nach einer Weile vermochte sie wieder ruhig zu atmen. In Nachahmung einer Geste ihrer Mutter fuhr sie sich durch das wirre Haar und drehte und wandte sich, um zu erkennen, ob ihr Kleid nicht zerrissen sei.

Sie schlug mit der Hand auf Robbies Körper. »Böser Junge du! – Ich gebe dir eine Tracht Prügel.«

Und Robbie duckte sich und hielt sich die Hände vors Gesicht, sodass sie schnell hinzufügte: »Nein, hab keine Angst, Robbie, ich werd's nicht tun. Ich schlage dich bestimmt nicht. Aber jetzt komme ich dran! Jetzt verstecke ich mich, und du musst mich suchen, weil du längere Beine hast als ich, und weil du die Regeln nicht eingehalten hast.«

Robbie nickte. Sein Kopf hatte die Form eines oben abgeflachten Eies. Er saß auf einem ähnlichen, nur viel größeren Gebilde, das als Körper diente, und war mit diesem durch einen kurzen biegsamen

Stiel verbunden. Gehorsam wandte der Robot sich dem Baume zu. Eine dünne metallische Schicht senkte sich über seine glühenden Augen. Aus dem Innern seines Körpers kam ständig ein tickendes Geräusch.

»Nun guck aber nicht und überspringe keine Zahlen!«, warnte ihn Gloria und rannte weg, um sich zu verstecken.

Mit unveränderlicher Regelmäßigkeit wurden Sekunden heruntergetickt. Bei der hundertsten hoben sich die Augenlider, und mit glühend roten Augen durchforschte Robbie die Gegend. Einen Augenblick ruhten sie auf einem Stück gedruckten Kattuns, das neben einem Felsblock herausschaute. Er machte ein paar Schritte vorwärts, um sicher zu sein, dass es wirklich Gloria war, die sich hinter dem Stein versteckt hatte.

Langsam, während er sich immer zwischen Gloria und dem Baum hielt, ging er auf ihr Versteck zu, und als Gloria schließlich voll sichtbar war und sich nicht einmal selber mehr vormachen konnte, dass Robbie sie nicht gefunden hatte, streckte er einen Arm nach ihr aus, während er sich mit dem anderen gegen das Bein schlug. Mürrisch kam Gloria aus ihrem Versteck heraus.

»Du hast geguckt«, rief sie unfair und ohne jeden Grund. »Und überdies habe ich es satt, Versteck zu spielen. Ich will reiten.«

Aber Robbie war durch den ungerechten Vorwurf verletzt. So ließ er sich vorsichtig nieder und schüttelte schwerfällig den Kopf. Sofort änderte Gloria ihren Ton. Nun klang ihre Stimme mit einem Mal sanft und überredend. »Ach, komm doch, Robbie! Ich hab's doch gar nicht so gemeint. Lass mich reiten, ja?«

Aber Robbie ließ sich nicht so leicht besänftigen. Eigensinnig starrte er zum Himmel und schüttelte nur noch nachdrücklicher seinen Kopf.

»Bitte, Robbie, bitte lass mich reiten!« Sie legte ihre rosigen Arme um seinen Hals und schmiegte sich fest an ihn. Dann – von einer Sekunde zur anderen – änderte sich ihre Laune. Sie wandte sich von ihm ab. »Tust du's nicht, dann werd ich weinen.« Und schon verzog sich ihr Gesicht.

Auf den hartherzigen Robbie machte diese schreckliche Möglichkeit nur wenig Eindruck. Zum dritten Mal schüttelte er den Kopf, und so blieb Gloria nichts anderes übrig, als ihre Trumpfkarte auszuspielen.

»Tust du's nicht«, rief sie aus, »dann erzähle ich dir auch keine Geschichten mehr. Nicht eine einzige.«

Sofort lenkte Robbie ein. Bedingungslos kapitulierte er vor diesem Ultimatum. Er nickte so heftig, dass das Metall seines Halses vibrierte und ein summendes Geräusch entstand. Vorsichtig hob er das kleine Mädchen in die Höhe und setzte es auf seine breiten, geraden Schultern.

Glorias angedrohte Tränen lösten sich in Nichts auf. Stattdessen krähte sie vor Entzücken. Robbies Metallhaut, die durch Widerstandsspulen im Innern ständig auf einer Temperatur von 21 Grad gehalten wurde, fühlte sich angenehm an, und herrlich war auch das Dröhnen ihrer Absätze, die rhythmisch gegen seine Brust schlugen.

»Du bist ein Segelflugzeug, Robbie, ein großes, silbernes Segelflugzeug. Strecke die Arme nach den Seiten! Das musst du tun, wenn du doch ein Segelflugzeug bist.«

Gegen diese Logik war nichts einzuwenden. Robbies Arme waren die Flügel, die die Luftströmungen auffingen. Er war ein silbernes Segelflugzeug.

Gloria drehte den Kopf des Robots und lehnte sich nach rechts. Scharf legte er sich in die Kurve. Gloria stattete das Segelflugzeug mit einem Motor aus, der ›Brrrr‹ machte, und dann mit Waffen, die Geräusche wie ›Bum‹ und ›Shhhht‹ von sich gaben. Sie wurde von Luftpiraten verfolgt, und dann traten die Flugzeugkanonen in Tätigkeit. Die Piraten stürzten in einer Art von Dauerregen ab.

»Da! Wieder einen erwischt – noch zwei!«, schrie sie.

Dann: »Schneller, Leute, unsere Munition geht zu Ende!« Mit Unerschrockenheit und Mut zielte sie nach rückwärts über ihre Schulter. Sie saß in einem der stumpfnasigen Raumschiffe, das sich mit höchster Geschwindigkeit durch die Leere des Weltalls bewegte.

Robbie raste mit ihr über die Wiese hinweg und hinüber zu dem hohen Gras, wo er mit solcher Plötzlichkeit stehen blieb, dass das Kind aufschrie. Sanft ließ er sie dann auf den weichen grünen Rasenteppich fallen.

Gloria schnappte nach Luft. Dazwischen gab sie ihrem Entzücken Ausdruck. »Das war schön«, schnaufte sie, »ach, so schön!«

Robbie wartete, bis sie wieder ruhig atmen konnte, und zog dann sanft an einer Locke ihres Haares.

»Willst du was?«, fragte Gloria mit weit aufgerissenen Augen, die ihre Verblüffung zeigen sollten, aber ihr riesiges ›Kindermädchen‹ keineswegs täuschten. Er zog stärker an ihrer Locke.

»Ach so – ich weiß, du willst eine Geschichte hören.«

Robbie nickte schnell.

»Welche denn?«

Robbie beschrieb mit einem Finger einen Halbkreis in der Luft. Das kleine Mädchen widersprach. »*Schon wieder?* Ich habe dir doch die Geschichte von Aschenbrödel schon fast hundertmal erzählt. Hast du sie denn noch nicht satt? Eigentlich ist das doch eine Geschichte für Babies.«

Wieder beschrieb er einen Halbkreis.

»Also meinetwegen.« Gloria setzte sich zurecht. Ihre Gedanken konzentrierten sich auf die Einzelheiten der Erzählung (sowie auf ihre eigenen Ausschmückungen, die sie je nach Lust und Laune hinzufügte) und begann:

»Bist du bereit? Also – es war einmal ein wunderschönes Mädchen, und das hieß Ella. Es hatte eine schrecklich grausame Stiefmutter und zwei sehr hässliche und sehr grausame Stiefschwestern und ...«

Gloria war im Begriff, den Höhepunkt der Geschichte zu erzählen. Es schlug sozusagen Mitternacht, und alles verwandelte sich zurück in die ursprüngliche Hässlichkeit. Angespannt und mit brennenden Augen hörte Robbie zu. Da kam die jähe Unterbrechung.

»Gloria!«

Es war der hohe Ton einer weiblichen Stimme, die nicht nur einmal gerufen hatte, sondern bereits verschiedene Male. Beigemischt war der Klang von Ängstlichkeit, die allmählich die Oberhand über die Ungeduld gewann.

»Mama ruft mich«, sagte Gloria nicht sehr glücklich. »Ich glaube, du trägst mich lieber zurück zum Haus, Robbie.«

Robbie gehorchte voll Eifer. Denn etwas wie ein künstlicher Instinkt, den er in sich trug, sagte ihm, dass es gut wäre, Mrs. Weston zu gehorchen, und zwar ohne Zögern. Glorias Vater war außer an Sonntagen fast nie zu Hause. Aber heute war Sonntag. Mr. Weston war ein freundlicher und verständnisvoller Mann. Glorias Mutter aber war für Robbie eine dauernde Quelle der Unruhe, und immer spürte er den Drang, sich aus ihrer Nähe fortzustehlen.

Mrs. Weston erblickte die beiden in dem Augenblick, als sie sich aus dem hohen Gras erhoben, und ging zurück ins Haus, um auf sie zu warten.

»Ich habe mich heiser geschrien, Gloria«, sagte sie streng. »Wo warst du?«

»Ich war mit Robbie«, sagte Gloria verstört. »Ich habe ihm die Geschichte vom Aschenbrödel erzählt und ganz vergessen, dass es schon Zeit ist zum Mittagessen.«

»Traurig genug, dass auch Robbie es vergessen hat.« Dann, als erinnerten sie erst ihre eigenen Worte an die Gegenwart des Robot, wandte sie sich rasch nach diesem um. »Du kannst gehen, Robbie. Sie braucht dich jetzt nicht.« Und dann brutal: »Und komm nicht zurück, bevor ich dich rufe!«

Robbie wandte sich zum Gehen, zögerte aber, als Gloria ihn zu verteidigen begann. »Warte, Mama, du musst ihn hier bleiben lassen. Ich habe ihm die Geschichte noch nicht fertig erzählt. Ich habe sie ihm versprochen und muss sie beenden.«

»Gloria!«

»Wirklich wahr, Mama. Er wird so ruhig sein, dass du noch nicht einmal merkst, dass er da ist. Er kann sich auf den Stuhl in der Ecke setzen und wird kein Wort sagen – ich meine, er wird nichts *tun.* Ja, Robbie?«

Robbie bewegte seinen massiven Kopf einmal aufwärts und abwärts.

»Gloria, wenn du diesen Unsinn nicht sofort sein lässt, dann darfst du Robbie eine ganze Woche lang nicht sehn.«

Die Augen des Mädchens senkten sich. »Gut also! Aber Aschenbrödel ist seine Lieblingsgeschichte, und ich habe sie nicht zu Ende erzählt. Und er hat sie doch so gerne.«

Mit traurigen Schritten verschwand der Robot, während Gloria ein Schluchzen unterdrückte.

George Weston fühlte sich so recht gemütlich. Es war seine Gewohnheit, es sich an Sonntagnachmittagen bequem zu machen. Er hatte sich ein gutes Mittagessen einverleibt, lag ausgestreckt auf einem weichen, breiten Sofa, hielt die Times in der Hand, trug Pantoffeln an den Füßen und hatte das Hemd ausgezogen. Unter diesen Umständen musste sich einer doch gemütlich fühlen. Er war daher nicht gerade erfreut, als seine Frau hereinkam. Selbst nach zehnjähriger Ehe war er noch so unaussprechlich närrisch, sie zu lieben, und natürlich war er immer froh, wenn sie zu ihm kam. Dennoch waren ihm die Sonntagnachmittage unmittelbar nach dem Mittagessen heilig, und seine Vorstellung von richtiger Gemütlichkeit bestand darin, dass man ihn für zwei oder drei Stunden völlig in Ruhe ließ. Daher heftete er seine Augen fest auf die letzten Berichte über die Lefebre-Yoshida-Expedition nach dem Mars (diese sollte von der Mondbasis abfliegen und mochte daher ohne Zweifel Erfolg haben) und tat so, als bemerke er die Anwesenheit seiner Frau nicht.

Mrs. Weston wartete zwei Minuten lang geduldig, dann zwei weitere ungeduldig und schließlich brach sie das Schweigen.

»George!«

»Hm?«

»Bitte, George! Willst du nicht bitte die Zeitung beiseite legen und mich ansehen?«

Die Zeitung flatterte auf den Boden, und Weston wandte sein müdes Gesicht seiner Frau zu. »Was ist denn los, Liebes?«

»Du weißt schon, was los ist, George. Es handelt sich um Gloria und diese schreckliche Maschine.«

»Welche schreckliche Maschine?«

»Nun tu nur nicht, als wüsstest du nicht, was ich meine! Den Robot natürlich. Nicht für einen Augenblick lässt er sie allein.«

»Und warum sollte er das tun? Er darf das ja gar nicht. Und er ist wahrhaftig keine schreckliche Maschine. Er ist der beste Robot, den es auf dem ganzen Markt gibt, und ich bin mir verdammt klar darüber, dass er mich das Einkommen eines halben Jahres gekostet hat. Er ist's aber wert – und er ist ganz bestimmt klüger als die Hälfte meiner Angestellten.«

Er schickte sich an, die Zeitung wieder aufzunehmen, aber seine Frau war schneller und riss sie ihm weg.

»Nun hör mal *mich* an, George! Ich lasse es einfach nicht zu, dass meine Tochter einer Maschine anvertraut wird, ganz gleich, wie gescheit oder geschickt diese Maschine ist. Sie besitzt keine Seele und kein Mensch weiß, was sie denkt. Ein Kind ist einfach nicht dafür da, dass es von einem Stück Metall behütet wird.«

Weston runzelte die Stirn. »Und wann bist du auf diesen Gedanken gekommen? Robbie ist nun schon seit zwei Jahren bei Gloria, und ich habe bis heute nicht bemerkt, dass du dir darüber Sorgen machst.«

»Im Anfang war es anders. Da war es was Neues. Es nahm mir eine Sorge ab – und es war modern. Jetzt aber weiß ich nicht mehr, was ich denken soll. Die Nachbarn ...«

»Also bitte – was haben denn die Nachbarn damit zu tun? Schau doch mal her! Einem Robot kann man unendlich mehr Vertrauen schenken als einem menschlichen Kindermädchen. Robbie wurde wirklich einzig und allein zu dem Zwecke gebaut, Gefährte eines Kindes zu sein. Alle seine so genannten geistigen Fähigkeiten wurden auf diesen Zweck eingestellt. Er kann einfach gar nicht anders – er muss einem Kinde treu sein und es lieben. Er ist nichts als eine Maschine und einzig darauf eingestellt. Das ist mehr, als du von irgendeinem menschlichen Wesen behaupten könntest.«

»Aber irgendetwas könnte doch einmal versagen. Irgend – irgendein Teil oder« – Mrs. Weston war sich nicht allzu klar über das Innere eines Robots – »zum Beispiel eine Schraube löst sich und das ganze schreckliche Ding wird tollwütig und – und ...« Sie konnte sich nicht dazu bringen, ihre innersten Gedanken voll auszusprechen.

»Unsinn«, lehnte Weston diese Idee mit einem unfreiwilligen Schauder ab. »Das ist vollkommen lächerlich. Damals, als wir den Robot kauften, unterhielten wir uns lange über das erste für Robots geltende Gesetz. Du weißt, dass es einem Robot unmöglich ist, einem Menschen etwas anzutun ... Es ist das eine mathematische Unmöglichkeit. Außerdem kommt zweimal im Jahr ein Ingenieur der U.S. Robot Co., um den armen Burschen einer genauen Kontrolle zu unterwerfen. Mein Gott – die Chance, dass irgendetwas mit Robbie schiefgehen könnte, ist nicht größer als die Chance, dass du oder ich verrückt werden – sogar bedeutend kleiner. Und ganz nebenbei: Wie willst du ihn denn Gloria wegnehmen?«

Wieder machte er eine Bewegung, sich der Zeitung zu bemächtigen, aber seine Frau schleuderte sie ärgerlich ins Nebenzimmer.

»Das ist es ja gerade, George. Sie will mit niemand anders spielen. Es gibt dutzende von kleinen Mädchen und Jungen, mit denen sie Freundschaft schließen sollte, aber sie tut es einfach nicht. Sie geht noch nicht einmal in deren Nähe, wenn ich sie nicht dazu zwinge. Es ist nicht gut für ein kleines Mädchen, so aufzuwachsen. Du willst doch, dass sie normal ist, oder nicht? Du willst, dass sie ein nützliches Mitglied der menschlichen Gesellschaft wird.«

»Du siehst Gespenster, Grace. Tu so, als wäre Robbie ein Hund! Ich habe schon hunderte von Kindern getroffen, die ihren Hund ihrem Vater vorziehen.«

»Ein Hund ist etwas anderes, George. Wir müssen das schreckliche Ding einfach loswerden. Du kannst es ja an die Gesellschaft zurückverkaufen. Ich habe mich erkundigt.«

»Du hast dich *erkundigt?* Also, nun pass mal auf, Grace! Schütten wir nicht das Kind mit dem Bade aus. Wir behalten den Robot, bis Gloria ein gutes Stück älter ist, und damit ist die Sache erledigt.« Ärgerlich verließ er den Raum.

Zwei Tage später traf Mrs. Weston abends ihren Mann unter der Tür. »Du musst mich einfach anhören, George. Im ganzen Dorf ist man über die Sache aufgebracht.«

»Worüber?«, fragte Weston. Er trat rasch in den Waschraum und ertränkte jede mögliche Antwort im lauten Geräusch des aus dem Hahn strömenden Wassers.

Mrs. Weston wartete. Sie sagte: »Über Robbie.«

Weston, das Handtuch in der Hand, trat heraus. Sein Gesicht war gerötet, und er war ärgerlich. »Worüber sprichst du eigentlich?«

»Ach, mein Gott, es musste ja so kommen. Erst habe ich versucht, die Augen davor zu verschließen, aber ich kann das nun nicht länger tun. Die meisten Dorfbewohner betrachten Robbie als gefährlich. Kindern ist es verboten, sich abends unserem Haus zu nähern.«

»Aber wir vertrauen doch unser eigenes Kind dem Ding an.«

»Die Leute beurteilen solche Sachen einfach nicht nur mit ihrem Verstand.«

»Dann soll sie der Teufel holen.«

»Damit, dass du das sagst, löst du das Problem nicht. *Ich* muss im Dorf meine Einkäufe machen. *Ich* muss diese Leute jeden Tag treffen. Und in der Stadt ist es heutzutage sogar noch schlimmer – ich meine mit den Robots. In New York wurde gerade eine Verordnung erlassen, die es allen Robots verbietet, zwischen Sonnenuntergang und Sonnenaufgang die Straßen zu betreten.«

»Meinetwegen – aber uns können sie ja wohl nicht daran hindern, einen Robot in unserem eigenen Haus zu beschäftigen. Grace, ich weiß schon, dies ist einer deiner kleinen strategischen Tricks. Ich durchschaue dich. Aber es nützt nichts. Die Antwort lautet noch immer – nein. Wir behalten Robbie.«

Und dennoch liebte er seine Frau, und, was noch schlimmer war, seine Frau wusste das. Schließlich und endlich war ja George Weston auch nur ein Mann – der arme Kerl –, und seine Frau bediente sich jedes Mittels, gebrauchte alle Tricks, die im Buche standen und die mit Recht vom männlichen Geschlecht so sehr gefürchtet wurden.

Zehnmal schrie er in den folgenden Wochen: »Robbie bleibt, und das ist mein letztes Wort«, aber jedes Mal klang es schwächer, wurde jedes Mal von lauterem und gequälterem Stöhnen begleitet. Und so kam der Tag, an dem Weston sich schuldbewusst seiner Tochter näherte und ihr vorschlug, sie zu einer großartigen Fernsehveranstaltung mit ins Dorf zu nehmen.

Gloria klatschte überglücklich in die Hände. »Darf Robbie mitkommen?«

»Nein, Kind«, sagte er und zuckte unter dem Klang seiner eigenen Stimme zusammen. »Robots ist der Zutritt nicht erlaubt, aber du kannst ihm ja, wenn du wiederkommst, alles erzählen.«

Er verhaspelte sich bei den letzten Worten und schaute weg.

Gloria kam überschäumend vor Begeisterung von der Vorstellung nach Hause. Es war wirklich eine großartige Vorführung gewesen. Sie wartete, bis ihr Vater den Wagen, der einen Düsenantrieb besaß, in die tiefer liegende Garage hineinmanövriert hatte. »Pass mal auf, wenn ich das alles Robbie erzähle, Papa! Gott, hätte der sich gefreut, wenn er das auch hätte sehen dürfen! Ganz besonders, als Francis Fran rückwärts davonschlich und direkt in einen Leopardenmenschen hineinlief und dann fliehen musste.« Wieder lachte sie. »Papa, gibt es auf dem Mond wirklich Leopardenmenschen?«

»Wahrscheinlich nicht«, sagte Weston geistesabwesend. »Es wird nur so dargestellt, weil es komisch ist.« Er konnte sich nun nicht noch länger mit dem Wagen abgeben. Er musste jetzt endlich die Sache, vor der er bange war, über sich ergehen lassen.

Gloria rannte über den Rasen. »Robbie – Robbie!«

Dann blieb sie plötzlich stehen. Ein wunderschöner Pudel war aufgetaucht und betrachtete sie aus ernsten braunen Augen, während er auf der Veranda stehend mit dem Schwanz wedelte.

»Ach, was für ein hübscher Hund!« Gloria stieg die Stufen hinauf, näherte sich vorsichtig dem Tier und streichelte es. »Gehört er mir, Papa?«

Ihre Mutter hatte sich zu den beiden gesellt. »Ja, Gloria. Ist er nicht hübsch, so weich und warm? Er ist sehr sanft. Er hat kleine Mädchen schrecklich gern.«

»Kann er auch Spiele spielen?«

»Natürlich. Er kann eine Unmenge kleiner Kunststücke. Willst du wohl sehen, was er alles kann?«

»Gleich. Ich möchte nur, dass auch Robbie sie sieht. *Robbie!*«

Sie blieb unsicher stehen und runzelte die Stirn.

»Sicher ist er einfach in seinem Zimmer, weil er sich geärgert hat, dass ich ihn nicht mitgenommen habe. Du musst ihm das erklären, Papa. Mir glaubt er vielleicht nicht, aber wenn du es sagst, dann weiß er, es ist wahr.«

Westons Lippen spannten sich. Er schaute seine Frau an, konnte aber deren Blick nicht erhaschen.

Gloria wandte sich um und rannte hinunter ins Souterrain. Im Rennen rief sie: »Robbie – Robbie – komm und schau dir an, was Papa und Mama mir gekauft haben! Einen Hund, Robbie!«

Eine Minute später kam sie verstört zurück. »Mama, Robbie ist nicht in seinem Zimmer. Wo ist er denn?« Sie bekam keine Antwort, aber George Weston hustete und schien sich ganz plötzlich mächtig für eine vorüberziehende Wolke zu interessieren. Glorias Stimme zeigte, dass sie dem Weinen nahe war. »Wo ist Robbie, Mama?«

Mrs. Weston setzte sich und zog ihre Tochter sanft zu sich heran.

»Sei nicht traurig, Gloria, Robbie ist fort.«

»Fort? Wohin? Wohin ist er denn gegangen, Mama?«

»Das weiß niemand, mein Liebling. Er ist einfach weggegangen. Wir haben gesucht und gesucht und gesucht, aber wir können ihn einfach nicht finden.«

»Willst du damit sagen, dass er nie wieder hierher kommen wird?«

Die Augen des Kindes waren vor Schreck weit aufgerissen.

»Vielleicht finden wir ihn bald wieder. Wir suchen natürlich weiter nach ihm. Inzwischen kannst du mit deinem hübschen neuen Hund spielen. Schau ihn nur an. Er heißt Blitz und er kann …«

Aber nun liefen Glorias Augen über. »Ich will den hässlichen Hund nicht haben – ich will Robbie. Ich will, dass ihr Robbie wiederfindet.« Ihre Erschütterung war so tief, dass sie sie in Worten gar nicht mehr ausdrücken konnte. Sie brach in schrilles, klagendes Weinen aus.

Mrs. Weston warf ihrem Mann einen hilfesuchenden Blick zu. Der aber scharrte nur stur mit den Füßen und wandte seinen angestrengten Blick nicht vom Himmel ab. So musste sie sich allein der Aufgabe des Tröstens unterziehen. »Warum weinst du, um Gottes willen, Gloria? Robbie war doch nur eine Maschine – nichts als eine alte hässliche Maschine. Er war doch gar nicht lebendig.«

»Er war nicht keine Maschine«, schrie Gloria wild und ungrammatikalisch. »Er war ein Mensch gerade so wie du und ich, und er war mein Freund. Ich will ihn wiederhaben. Ach, Mama, bitte bitte, ich will ihn wiederhaben.«

Die Mutter stöhnte und überließ Gloria ihrem Kummer.

»Lass sie sich ausweinen!«, sagte sie zu ihrem Mann. »Kinderschmerz hält nie lang an. In ein paar Tagen hat sie vergessen, dass dieser fürchterliche Robot jemals existiert hat.«

Die Zukunft aber bewies, dass Mrs. Weston etwas zu optimistisch gewesen war. Natürlich hörte Gloria auf zu weinen, aber sie hörte auch auf zu lächeln, und je länger es dauerte, umso blasser und stiller wurde das Kind. Ihr Zustand des passiven Unbehagens untergrub nach und nach den Widerstand der Mutter, und das Einzige, was Mrs. Weston davon abhielt nachzugeben, war die Tatsache, dass sie ihrem Manne gegenüber ihre Niederlage hätte eingestehen müssen.

Dann kam sie eines Abends ins Wohnzimmer gestürzt, setzte sich auf einen Stuhl, kreuzte die Arme und sah überhaupt aus, als wäre sie von einer unbändigen Wut gepackt.

Weston reckte den Hals, um sie über den Rand der Zeitung hinweg sehen zu können. »Was ist nun schon wieder los, Grace?«

»Ach, mit diesem Kind! Heute musste ich den Hund zurückgeben. Gloria konnte, wie sie sagte, seinen Anblick nicht ertragen. Sie bringt mich noch ins Narrenhaus.«

Weston legte die Zeitung beiseite, und ein hoffnungsvolles Leuchten erschien in seinen Augen. »Vielleicht – vielleicht sollten wir Robbie zurückholen. Du weißt ja, die Möglichkeit besteht. Ich kann mich in Verbindung setzen mit ...«

»Nein«, erwiderte sie grimmig. »Noch sind wir nicht so weit. So schnell geben wir nicht auf. Ich lass mein Kind nicht von einem Robot erziehen, und wenn ich Jahre dazu brauchte, um sie zu entwöhnen.«

Enttäuscht nahm Weston die Zeitung wieder auf. »Ein Jahr des jetzigen Zustandes bedeutet zehn normale Jahre!«

»An dir hat man wirklich eine Stütze, George«, war die strenge Antwort. »Was Gloria braucht, ist eine Milieuveränderung. Natürlich kann sie hier den Robot nicht vergessen. Wie wäre das auch möglich, wo doch jeder Baum und jeder Strauch sie an ihn erinnert! Bestimmt ist dies die blödsinnigste Situation, die man sich überhaupt denken kann. Stell dir doch mal vor – ein Kind grämt sich zu Tode, weil es einen Robot verliert!«

»Also bitte – bleib bei der Sache! Was für einen Milieuwechsel hast du im Auge?«

»Wir nehmen sie mit nach New York.«

»Jetzt im August? Sag mal, weißt du eigentlich, wie New York um diese Jahreszeit ist? Unerträglich!«

»Jedenfalls halten es Millionen aus.«

»Weil sie einfach nirgends anders hin können. Müssten sie nicht in New York bleiben, sie täten's bestimmt nicht.«

»Und ganz genau so geht's uns. Auch wir *müssen* nach New York«, war die Antwort. »Gloria hat im letzten Monat fünf Pfund Gewicht verloren, und die Gesundheit meines kleinen Mädchens ist mir wichtiger als deine Bequemlichkeit.«

»Schade nur, dass du daran nicht gedacht hast, als du deinem kleinen Mädchen seinen Robotliebling wegnahmst«, murmelte er – aber nur zu sich selbst.

Glorias Zustand zeigte sofort Zeichen der Besserung, als sie von der bevorstehenden Reise hörte. Sie sprach nicht viel davon, aber tat sie es einmal, so geschah es immer mit deutlich erkennbarer Vorfreude. Sie begann wieder zu lächeln, und auch das Essen schmeckte ihr wieder.

Mrs. Weston fühlte sich geradezu verjüngt vor lauter Freude. Sie ließ keine Gelegenheit vorübergehen, ihrem noch immer recht skeptischen Mann ihren Triumph unter die Nase zu reiben.

»Siehst du, George, sie hilft wie ein kleiner Engel beim Packen und sie plappert und plappert, als hätte sie nicht den allerkleinsten

Kummer. Es ist genau, wie ich dir sagte – wir müssen den Robot nur klar überlegt durch andere Dinge ersetzen, für die sie sich interessiert.«

»Hm«, war die skeptische Antwort, »wollen wir hoffen, dass es so ist.«

Rasch waren die Vorbereitungen getroffen. Die Stadtwohnung wurde geöffnet und für das Landhaus ein Dienerehepaar engagiert, das in der Zwischenzeit diesen Besitz betreuen sollte. Als schließlich der Reisetag kam, war Gloria fast wieder wie früher. Das Wort ›Robbie‹ kam nicht mehr über ihre Lippen.

In froher Laune fuhr die Familie mit einem Taxihelikopter zum Flughafen. (Weston hätte es natürlich vorgezogen, seinen eigenen Helikopter zu benutzen. Dieser aber war nur ein Zweisitzer und hatte für das Gepäck nicht genügend Platz.) Dann bestiegen sie zu dritt die wartende Maschine.

»Komm, Gloria!«, rief Mrs. Weston, »ich habe dir einen Platz am Fenster reserviert, damit du hinaussehen kannst.«

Fröhlich trippelte Gloria den Gang hinunter, presste dann ihre Nase gegen das klare dicke Glas und schaute mit höchster Spannung hinaus. Ihr Interesse schien sogar noch zu wachsen, als das unregelmäßige Anlaufgeräusch des Motors regelmäßig wurde. Sie war zu jung, um sich zu ängstigen, wenn der Boden unter ihr wegzufallen schien, als stürzte die Erde durch eine Falltür hindurch ins Nichts, und wenn Gloria selbst plötzlich doppelt so schwer wurde, als sie normalerweise war. Aber sie war auch nicht zu jung, um sich nicht für alles das brennend zu interessieren. Erst als die Erde sich in einen Teppich verwandelt hatte, der aus lauter kleinen Resten zusammengesetzt schien, nahm sie ihre Nase wieder vom Fenster weg und schaute ihre Mutter an.

»Werden wir bald in New York sein, Mama?«, fragte sie, während sie ihre kühl gewordene Nase rieb und angestrengt beobachtete, wie der Hauchfleck, der sich von ihrem Atem auf der Scheibe gebildet hatte, immer kleiner wurde.

»Ungefähr in einer halben Stunde, mein Liebes.« Und dann mit einer winzigen Spur von Ängstlichkeit: »Bist du nicht froh, dass wir diese Reise machen? Glaubst du nicht, dass du in der großen Stadt mit all den vielen Gebäuden und Leuten und Sehenswürdigkeiten sehr glücklich sein wirst? Jeden Tag werden wir uns die Fernsehvorführungen ansehen und ins Theater gehen und in den Zirkus und an den Strand und …«

»Ja, Mama!«, war Glorias nicht sehr begeistert klingende Antwort. Das Flugzeug flog in diesem Augenblick über eine Wolkenbank, und Gloria wurde völlig gefangengenommen von dem ungewöhnlichen Schauspiel von Wolken, die unter ihnen waren. Dann war der Himmel wieder klar, und mit einer plötzlichen Miene geheimen Wissens wandte sich das Kind an seine Mutter.

»*Ich* weiß genau, warum wir nach New York gehen, Mama.«

»Wirklich?« Mrs. Weston war verblüfft. »Und warum meinst du, mein Kind?«

»Ihr habt's mir nicht gesagt, weil ihr mich überraschen wolltet, aber *ich* weiß, was das Geheimnis ist.« Einen Augenblick schien sie versunken in Bewunderung ihrer eigenen Verstandesschärfe, und dann lachte sie fröhlich. »Wir gehen nach New York, um Robbie zu finden, nicht wahr? – Mit Detektiven.«

George Weston hörte diese Äußerung, als er gerade damit beschäftigt war, einen Becher Wasser zu trinken. Die Folgen waren verheerend. Zunächst kam aus seiner Kehle ein Geräusch, als würde er ersticken, dann ein Wassergeiser und zum Schluss ein Hustenanfall. Als alles vorüber war, stand er da mit rotem Gesicht und wässernden Augen – ein äußerst betroffener Mensch.

Mrs. Weston freilich bewahrte Haltung. Als aber Gloria ihre Frage mit etwas ängstlicher Stimme wiederholte, sank auch Mrs. Westons Stimmung auf den Nullpunkt.

»Vielleicht«, sagte sie kurz. »Nun setz dich hin und halte um Gottes willen den Mund!«

New York war im Jahre 1998 A. D. ein Paradies für Vergnügungsreisende – mehr als je zuvor in seiner Geschichte. Glorias Eltern wussten dies und nutzten es weidlich für ihre Zwecke aus.

Weil es ein Wunsch seiner Frau gewesen war, hatte George Weston es so eingerichtet, dass sein Geschäft für die ungefähre Dauer eines Monats ohne ihn auskommen würde und ihm genügend freie Zeit blieb, Gloria »bis an den Rand eines völligen Zusammenbruchs abzulenken und zu zerstreuen«, wie er das nannte. Wie alles, was Weston anpackte, wurde auch diese Aufgabe durchgreifend, zweckentsprechend und geschäftsmäßig exakt erledigt. Noch ehe der Monat um war, hatte man alles, was man überhaupt unternehmen konnte, bereits unternommen.

Gloria wurde zur Spitze des 850 Meter hohen Roosevelt-Gebäudes geschleppt, um von dort oben hinunterzuschauen auf die zackige Landschaft von Dächern, die sich in der Ferne in den Feldern Long Islands und den Ebenen New Jerseys verlor. Sie besuchten den Zoo, wo Gloria in verzückter Angst auf den »wirklich lebendigen Löwen« starrte (übrigens ziemlich enttäuscht, dass die Wärter die Raubtiere mit rohen Steaks anstatt, wie sie erwartet hatte, mit menschlichen Wesen fütterten), und wo sie, ohne sich davon abbringen zu lassen, den Walfisch zu sehen verlangte.

Den verschiedenen Museen wurde eine gewisse Zeit und Aufmerksamkeit gewidmet, ebenso den Parks, dem Strand und dem Aquarium.

Sie wurde auf eine Tour halbwegs den Hudson hinauf mitgenommen, auf einem Dampfer, der so hergerichtet war, dass er aussah wie ein Schiff vor siebzig Jahren. Sie reiste auf einem Rundflug durch die Stratosphäre, wo die Farbe des Himmels dunkellila wurde und die Sterne erschienen, und von wo aus die dunstige Erde wie eine ungeheure konkave Schüssel aussah. Dann durfte sie in einem glaswandigen Unterwasserfahrzeug in den Long-Island-Sund hinuntertauchen, wo in einer grünen und immer schwankenden Welt sonderbares Seezeug sie anglotzte und dann plötzlich wegschwamm.

Auch prosaischere Dinge wurden unternommen. So führte Mrs. Weston sie zum Beispiel in die großen Kaufhäuser, in denen sie sich in einer anderen Art von Zauberland ergötzen konnte.

Es war wirklich so, dass sich die Westons, als der Monat fast um war, darüber klar wurden, dass sie alles Erdenkliche getan hatten, um Glorias Gedanken ein für allemal von Robbie abzulenken. Ob sie allerdings einen endgültigen Erfolg erzielt hatten, dessen waren sie keineswegs sicher.

Bestehen blieb, dass sich Glorias Hauptinteresse – wo immer sie sich auch befand – auf Robots konzentrierte, wenn solche zufällig zugegen waren. Ganz gleichgültig, wie aufregend das Schauspiel auch war, das sich ihr bot – und mochte es für ihre kindlichen Augen auch noch so neu und ungewohnt sein –, sie wandte sich ab, sobald sie auch nur aus den Augenwinkeln den Schatten einer metallischen Bewegung bemerkte.

Mrs. Weston gab sich die allergrößte Mühe, Gloria von allen Robots fern zu halten.

Die ganze Angelegenheit erreichte schließlich ihren Höhepunkt in jener Episode, die sich im Museum für Industrie und Wissenschaft zutrug. Das Museum hatte ein spezielles Kinderprogramm angekündigt, in dem wissenschaftliche Dinge – zugeschnitten auf den kindlichen Verstand – ausgestellt werden sollten. Die Westons setzten diese Veranstaltung natürlich auf ihre Liste, unter die Rubrik jener Dinge, die man unbedingt anschauen musste.

Der aufregende Vorgang ereignete sich, als die beiden Westons völlig absorbiert die Leistungen eines mächtigen Elektromagneten beobachteten. Da war plötzlich Gloria verschwunden. Mrs. Westons erster Schreck verwandelte sich schnell in ruhige Entschlossenheit. Mithilfe von drei Museumswärtern wurde eine sorgfältige Suchaktion eingeleitet.

Gloria gehörte natürlich nicht zu jenen Kindern, die ziellos umherwandern. Sie war ein für ihr Alter ungewöhnlich sicheres Kind, das genau wusste, was es wollte. Ohne Zweifel hatte sie diese Charakterzüge von ihrer Mutter geerbt. Im dritten Stock hatte sie ein riesengroßes Schild beobachtet, mit der Aufschrift: ›Gehen Sie in dieser Richtung und Sie kommen zum sprechenden Robot‹. Nachdem sie die Worte mühsam zusammenbuchstabiert und bemerkt hatte, dass ihre Eltern offenbar nicht geneigt waren, den richtigen Weg einzuschlagen, tat sie selbst das ganz Natürliche. Sie wartete auf einen geeigneten Augenblick elterlicher Ablenkung, entfernte sich dann gelassen und folgte der Richtung, die jenes Schild ihr wies.

Der sprechende Robot war eine völlig unpraktische Maschine, die lediglich Reklamewert besaß. Jede Stunde einmal stand eine Gruppe mit einem Führer vor dem Monstrum und stellte flüsternd Fragen an den Ingenieur, der den Robot bediente. Jene Fragen, die der Mann als für die Leistungen des sprechenden Robots geeignet betrachtete, wurden dann weitergegeben. Es war eine ziemlich langweilige Angelegenheit. Es mochte ganz amüsant sein zu wissen, dass das Quadrat von vierzehn hundertsechsundneunzig war, dass die Temperatur im Augenblick 72 Grad Fahrenheit betrug und der Luftdruck 765 Millimeter, dass das atomare Gewicht von Natrium 23 ist, aber schließlich brauchte man für all das keinen Robot, auf keinen Fall eine so schwerfällige, völlig unbewegliche Masse von Drähten und Spulen, die einen Platz von fast fünfundzwanzig Quadratmetern einnahm.

Nur ganz wenige Leute kamen ein zweites Mal. Lediglich ein vielleicht fünfzehnjähriges Mädchen saß ruhig auf der Bank und wartete bereits auf die dritte Vorstellung. Es war völlig allein in jenem Raume, als Gloria eintrat.

Gloria schaute sie nicht an. In diesem Augenblick hatte ein anderes menschliches Wesen für sie überhaupt keine Bedeutung. Sie konzentrierte sich einzig und allein auf jenes ungeheure Ding auf Rädern. Einen Augenblick lang war sie enttäuscht und zögerte. Das Ding sah völlig anders aus als jeder Robot, den sie bisher gesehen hatte.

Vorsichtig und voller Zweifel erhob sie ihre zitternde Stimme: »Bitte, Mr. Robot, lieber Herr – sind Sie der sprechende Robot, lieber Herr?« Ein Robot, der tatsächlich sprach, verdiente ihrer Meinung nach eine ganz besonders höfliche Behandlung.

(Das etwa fünfzehnjährige Mädchen bekam einen interessierten Blick. Es zog ein kleines Notizbuch heraus und begann schnell etwas zu schreiben.)

Nun wurde das Geräusch eines gut geölten Getriebes hörbar. Eine mechanisch klingende Stimme begann zu sprechen. Den Worten fehlten sowohl Akzent als auch Betonung. »Ich – bin – der – sprechende – Robot.«

Gloria starrte ihn traurig an. Er konnte in der Tat sprechen. Der Ton aber kam von irgendwo her aus seinem Innern. Der Robot besaß kein Gesicht, an das man sich wenden konnte. Sie sagte: »Können Sie mir helfen, Herr Robot?«

Der sprechende Robot war so konstruiert, dass er antworten konnte, und bisher waren ihm nur Fragen gestellt worden, die er zu beantworten vermochte. So war er seiner Fähigkeiten ziemlich sicher. »Ich – kann – dir – helfen.«

»Danke schön, lieber Herr Robot. Haben Sie Robbie gesehen?«

»Wer – ist – Robbie?«

»Er ist ein Robot, lieber Herr.« Sie stellte sich auf die Zehenspitzen. »Er ist ungefähr so groß, lieber Herr Robot, nur noch viel größer, und er ist sehr lieb. Er hat einen Kopf, müssen Sie nämlich wissen. Ich meine, Sie haben keinen, aber er *hat* einen, lieber Herr Robot.«

Der sprechende Robot war nicht ganz mitgekommen. »Ein – Robot?«

»Ja, lieber Herr. Ein Robot genau wie Sie, nur dass er natürlich nicht sprechen kann – und dass er wie ein – wie ein richtiger Mensch aussieht.«

»Ein – Robot – wie – ich – einer – bin?«

»Ja, lieber Herr Robot.« – Die Antwort des Robot hierauf war nichts als ein Geratter und hier und da ein unzusammenhängender Stimmton. Die radikale Verallgemeinerung, die das Kind anstellte, indem es ihn nicht als ein Einzelwesen, sondern als Mitglied einer ganzen Gruppe betrachtete, war zu viel für ihn. Treulich versuchte der Robot, die neue Auffassung sozusagen innerlich zu verdauen, wobei ein paar Spulen ausbrannten. Kleine Warnsignale summten.

(In diesem Augenblick verließ das halbwüchsige Mädchen den Raum. Sie hatte genügend Material für ihre Physikaufgabe, die lautete: ›Die praktische Seite der robotischen Wissenschaft‹. Es war die erste derartige Arbeit Susan Calvins, und dieser ersten Arbeit sollten noch viele weitere folgen, die den gleichen Gegenstand betrafen.)

Mit vorsichtig verheimlichter Ungeduld stand Gloria auf die Antwort wartend da, als sie den Ausruf: »Da ist sie ja!« hinter sich hörte und die Stimme als die ihrer Mutter erkannte.

»Was tust du denn hier, du böses Kind?«, rief Mrs. Weston, deren Angst sich nun in Ärger verwandelte. »Weißt du denn, dass du deine Eltern fast zu Tode geängstigt hast? Warum bist du weggelaufen?«

Auch der Robot-Ingenieur war hereingestürzt. Er raufte sich die Haare. Wütend fragte er die immer größer werdende Menge, wer an der Maschine herumgespielt habe. »Kann niemand lesen, was hier ganz deutlich steht?«, schrie er. »Niemand darf diesen Raum betreten, ohne dass ein Wärter dabei ist.«

Glorias traurige Stimme war lauter als der ganze Lärm. »Ich bin nur hierher gekommen, um den sprechenden Robot zu sehen, Mama. Ich dachte, er wüsste vielleicht, wo Robbie ist, da sie doch beide Robots sind.« Und dann, bei dem Gedanken an Robbie, brach sie plötzlich in Tränen aus. »Und ich muss doch Robbie finden, Mama. Ich muss einfach.«

Mrs. Weston unterdrückte einen Schrei und sagte: »Ach, hör auf, du! Komm, gehen wir nach Hause, George! Ich kann das nicht länger ertragen.«

An diesem Abend verließ George Weston das Hotel für mehrere Stunden. Am nächsten Morgen näherte er sich seiner Frau mit einem Ausdruck, der verdächtig nach Selbstzufriedenheit aussah.

»Ich habe eine Idee, Grace.«

»Eine Idee bezüglich was?«, war die missgestimmte, uninteressierte Antwort.

»Bezüglich Gloria.«

»Du schlägst doch hoffentlich nicht vor, dass wir jenen Robot zurückkaufen.«

»Nein, natürlich nicht.«

»Dann schieß los! Ich kann ja mal hören, was du zu sagen hast. Nichts, was *ich* bisher getan habe, hat auch nur das Geringste genutzt.«

»Schön. Ich habe mir Folgendes gedacht. Die Schwierigkeit mit Gloria liegt darin, dass sie glaubt, ein Robot sei eine *Person* und nicht eine *Maschine.* Unter diesen Umständen kann sie ihn natürlich nicht vergessen. Wenn wir sie nun davon überzeugen könnten, dass ihr Robbie nichts anderes war als ein Sammelsurium von Stahl und Kupferblechen und Drähten und Elektrizität als Lebenssaft – wie lange, glaubst du dann, würde sie sich noch nach ihm sehnen? Ich möchte das gerne einmal von der psychologischen Seite her angreifen, wenn du verstehst, was ich meine.«

»Und wie willst du vorgehen?«

»Ganz einfach. Wo, glaubst du, bin ich gestern Abend gewesen? Ich überredete Robertson von U.S. Robot Companie, für morgen einen kompletten Rundgang durch sein Werk zu arrangieren. Wir drei werden hingehen, und wenn wir mit dieser Besichtigung fertig sind, wird Gloria endlich einsehen, dass ein Robot gar nichts Lebendiges ist.«

Langsam wurden Mrs. Westons Augen immer größer, und etwas wie Bewunderung tauchte in ihren Zügen auf. »Mein Gott, George, das ist wirklich mal ein guter Einfall.«

Und George Westons Westenknöpfe sprangen fast ab, als er sich stolz in die Brust warf. »Ist gar nichts Besonderes. Derartige Ideen habe ich am laufenden Band.«

Mr. Struthers war ein gewissenhafter Generaldirektor und natürlich dazu geneigt, ein wenig gesprächig zu sein. Das Resultat war ein

Rundgang, bei dem es bei jedem Schritt Erklärungen nur so hagelte. Dennoch langweilte Mrs. Weston sich nicht. Im Gegenteil, sie unterbrach Mr. Struthers ab und zu, um ihn zu bitten, seine Erklärungen so zu fassen, dass auch Gloria sie verstehen konnte. Als der Generaldirektor merkte, wie sehr man seine erzählerischen Fähigkeiten schätzte, wurde der gute Mann noch weitschweifiger und wenn möglich noch mitteilsamer.

George Weston anderseits legte eine ständig wachsende Ungeduld an den Tag.

»Entschuldigen Sie, Struthers«, sagte er, während er dessen Vorlesung über die photoelektrische Zelle unterbrach, »haben Sie in Ihrer Fabrik nicht eine Abteilung, wo nur Robots als Arbeiter verwendet werden?«

»Wie? Aber natürlich. Selbstverständlich.« Er lächelte Mrs. Weston zu. »Eigentlich eine Schraube ohne Ende. Robots, die neue Robots herstellen. Natürlich tun wir das im Allgemeinen nicht ... besonders, nachdem die Gewerkschaften es uns auch gar nicht gestatten würden. Ein paar Robots können wir aber unter ausschließlicher Verwendung von Robotarbeit herstellen ... sozusagen als eine Art wissenschaftliches Experiment. Sie müssen begreifen« – er klopfte sich mit dem Zwicker streitsüchtig auf die Hand –, »dass sich die Gewerkschaften über einen Punkt niemals klar werden. Ich sage dies, obgleich ich stets mit der Arbeiterbewegung sympathisiert habe. Niemals haben die Gewerkschaften eingesehen, dass das Auftreten der Robots im Anfang möglicherweise einige Unzuträglichkeiten mit sich bringen mag, dass aber unausweichlich ...«

»Schon gut, Struthers«, sagte Weston. »Um aber auf jene Abteilung Ihrer Fabrik zurückzukommen – können wir sie jetzt besichtigen? Ich stelle sie mir hochinteressant vor.«

»Jawohl. Natürlich.« Herr Struthers setzte mit einer krampfhaften Bewegung seine Brille auf. Dann hüstelte er unbehaglich. »Wollen Sie mir bitte folgen!«

Er war verhältnismäßig still, während er die drei durch einen langen Korridor und dann ein paar Treppen hinunterführte. Als sie dann in einem großen, gut beleuchteten Saale standen, der voll metallischer Geräusche war, öffneten sich von neuem die Schleusen seiner Beredsamkeit, und wieder wurden die Westons mit Erklärungen überschwemmt.

»Hier sind wir ja«, sagte er mit stolzer Stimme. »Ausschließlich Robots. Fünf Männer fungieren als Aufseher, und selbst diese befinden sich nicht hier in diesem Raume. In vollen fünf Jahren – das heißt also, seitdem wir diese Arbeit begonnen haben – hat sich nicht ein einziger Unglücksfall ereignet. Natürlich sind die hier zusammengesetzten Robots verhältnismäßig einfach, aber ...«

Die Stimme des Generaldirektors hatte in Glorias Ohren schon lange den Ton sanften Gemurmels angenommen. Ihr schien der ganze Ausflug ziemlich langweilig und sinnlos, obwohl sie doch tatsächlich eine ganze Anzahl von Robots zu Gesicht bekam. Nicht ein Einziger glich Robbie auch nur im Entferntesten. Für diese Maschinen empfand sie nichts als Verachtung.

Sie bemerkte, dass sich in dem Raume überhaupt keine Menschen befanden. Dann fielen ihre Blicke auf sechs oder sieben Robots, die halbwegs auf der anderen Seite des Saales eifrig an einem runden Tisch arbeiteten. Ihre Augen weiteten sich in ungläubigem Erstaunen. Es war ein großer Raum, in dem sie standen. Sie konnte sich natürlich täuschen, aber einer der Robots sah aus wie – sah aus wie – *nein, er war es!*

»Robbie!« Ihr Schrei zerriss die Luft, und einer der Robots, die am Tische saßen, zuckte zusammen und ließ das Werkzeug, das er gerade in der Hand hielt, fallen. Gloria wurde fast wahnsinnig vor Freude. Sie zwängte sich durch das Gitter, noch ehe ihre Eltern sie daran hätten hindern können, und rannte mit ausgebreiteten Armen und fliegenden Haaren zu ihrem Robbie.

Und die drei entsetzten Erwachsenen sahen noch etwas anderes, was das aufgeregte Kind nicht sehen konnte. Ein ungeheurer, schwerfälliger Traktor näherte sich auf seiner vorgeschriebenen Bahn dem kleinen Mädchen. Wie festgefroren standen die drei Menschen da. Es dauerte den Bruchteil einer Sekunde, bis Weston sich über die Situation klar wurde, aber dieser Bruchteil genügte. Denn Gloria konnte nicht eingeholt werden. Obgleich Weston in einem verzweifelten Versuch über das Gitter hinübersprang, war jeder Rettungsversuch ganz offensichtlich hoffnungslos. Mr. Struthers gab den Aufsehern wilde Signale, dass sie den Traktor anhalten sollten ... aber die Aufseher waren auch nur Menschen, und sie brauchten Zeit, um zu handeln.

Nur Robbie handelte sofort und mit Präzision.

Auf seinen metallenen Beinen durchmaß er in höchster Geschwindigkeit die Entfernung zu seiner kleinen Herrin. Alles geschah fast gleichzeitig. Mit einer einzigen Bewegung seines Armes hob Robbie Gloria in die Höhe, ohne dass er die Schnelligkeit seiner Beine auch nur um das mindeste verringerte. Natürlich ging dem Kinde dadurch der Atem aus. Weston, der nicht ganz verstand, was sich eigentlich ereignete, fühlte mehr, als er sah, wie Robbie an ihm vorüberraste. Dann hielt der Robot plötzlich an. Noch keine halbe Sekunde, nachdem Robbie das Kind vom Boden aufgenommen hatte, passierte der Traktor die Stelle, wo es gestanden hatte. Er rollte noch drei Meter weiter und blieb dann knirschend stehen.

Gloria konnte wieder atmen. Geduldig ließ sie eine Reihe von elterlichen Küssen über sich ergehen und wandte sich dann Robbie zu. Was sie selbst betraf, war überhaupt nichts geschehen, außer dass sie ihren Freund wiedergefunden hatte.

Mrs. Westons Gesichtsausdruck aber hatte sich gewandelt. Nun sah sie nicht mehr erleichtert aus, sondern so, als schiene ihr das alles sehr verdächtig. Sie wandte sich ihrem Manne zu. Obwohl ihre Haare verwirrt waren und ihre Erscheinung nicht die übliche Würde zeigte, gelang es ihr doch, recht furchteinflößend auszusehen. »Dies alles hast du doch eingefädelt, oder etwa nicht?«

George Weston trocknete sich die feuchte Stirn mit dem Taschentuch. Seine Hände waren unsicher und seine Lippen konnten sich nur zu einem etwas zittrigen und schwachen Lächeln verziehen.

Mrs. Weston gab aber ihren Gedanken nicht auf. »Robbie war gar nicht so konstruiert, dass er Ingenieurarbeiten verrichten konnte. Er war hier in diesem Raume völlig nutzlos. Du hast ihn einfach hier hereinsetzen lassen, damit Gloria ihn finden konnte. Du wirst ja wohl zugeben, dass du das getan hast.«

»Schön, also ich geb's zu«, sagte Weston. »Wie aber, Grace, konnte ich ahnen, dass die Wiedervereinigung sich in so heftigen Formen abspielen würde? Und Robbie hat ihr Leben gerettet. Dagegen kannst du nichts sagen. Nun *kannst* du ihn einfach nicht mehr wegschicken.«

Grace Weston überlegte. Sie wandte sich Gloria und Robbie zu und beobachtete die beiden eine gute Weile. Gloria hatte den Arm um den Hals des Robots gelegt, und zwar in einer Art, die jedes lebende, nicht aus Metall gebaute Wesen erstickt haben würde. Halb hysterisch vor Freude plapperte sie lauter dummes Zeug vor sich hin. Robbies Arme aus verchromtem Stahl (die fähig waren, einen zweizölligen Stahlstab zu einer Brezel zu biegen) lagen zärtlich und liebevoll um das Kind, und seine Augen leuchteten in tiefem Rot.

»Na, es ist nicht mehr zu ändern«, sagte Mrs. Weston schließlich, »mag er bei uns bleiben, bis er rostet!«

Susan Calvin zuckte mit den Schultern. »Natürlich blieb er nicht. Meine Erzählung spielte im Jahre 1998. Im Jahre 2002 hatten wir, wie Sie wissen, den sprechenden beweglichen Robot entwickelt, der alle nichtsprechenden Modelle unmodern machte und der – was die Vielseitigkeit anbetraf – einen Höhepunkt bildete. Zwischen 2003 und 2007 verboten die meisten Regierungen der Erde den Gebrauch von Robots. Erlaubt waren sie nur für wissenschaftliche Forschung.«

»Sodass also Gloria ihren Robbie schließlich doch aufgeben musste?«

»Leider ja. Ich nehme aber an, dass ihr dies im Alter von fünfzehn Jahren leichter fiel als mit acht. Dennoch war die Einstellung der Menschheit damals dumm und unnötig. Die U.S. Robot Companie sank finanziell auf ihren tiefsten Stand ungefähr gerade im Jahre 2007, als ich eintrat. Zunächst glaubte ich, meine Stellung würde in wenigen Monaten ein jähes Ende finden. Dann aber entwickelten wir einfach den außerirdischen Markt.«

»Das bedeutete natürlich, dass die Firma über alle Schwierigkeiten hinwegkam.«

»Nicht unbedingt. Wir fingen so an, dass wir versuchten, die Modelle, die wir vorrätig hatten, den neuen Verhältnissen anzupassen. Zum Beispiel jene ersten sprechenden Robots. Sie waren etwa vier Meter hoch, sehr schwerfällig und nicht besonders gut. Wir sandten sie hinauf zum Merkur, wo sie beim Bau der Bergwerke eingesetzt wurden, aber dies war ein Fehlschlag.«

Ich schaute überrascht auf. »Ein Fehlschlag? Aber diese Bergwerke sind heute doch ein vielfacher Dollarbillionen-Konzern.«

»Heute ja. Aber erst beim zweiten Versuch hatte man Erfolg. Wenn Sie hierüber Näheres hören wollen, junger Mann, so gebe ich Ihnen den Rat, Gregory Powell aufzusuchen. Er und Michael Donovan beschäftigten sich in den Zehner- und Zwanzigerjahren mit unseren schwierigsten Fällen. Von Donovan habe ich seit vielen Jahren nichts mehr gehört, aber Powell lebt hier in New York. Er ist jetzt Großvater – ein Gedanke, der einem nur schwer in den Kopf geht. Wenn ich an ihn denke, sehe ich noch immer einen ziemlich jungen Mann vor mir. Natürlich war ich selbst auch jünger.«

Ich versuchte sie dazu zu bringen, dass sie weitersprach. »Wenn Sie mir wenigstens das nackte Gerippe der Geschichte geben könnten, Dr. Calvin. Powell kann sie dann ein andermal durch Einzelheiten ergänzen.« (Genau das geschah übrigens dann später.)

Sie spreizte ihre dünnen Hände auf dem Schreibtisch und betrachtete sie. »Über zwei oder drei dieser Expeditionen weiß ich ein wenig Bescheid«, sagte sie.

»Vielleicht fangen Sie mit Merkur an«, schlug ich vor.

»Gut! Ich glaube, es war im Jahre 2015, als man die zweite Merkurexpedition ausschickte. Es war eine Forschungsexpedition, teilweise finanziert durch U.S. Robot und teilweise durch Solar Metals. Eine neue Art von Robots wurde verwendet, die sich noch im Versuchsstadium befanden. Gregory Powell und Michael Donovan ...«

Runaround

Es war eine von Gregory Powells Binsenwahrheiten, dass Aufregung nie zu etwas gutem führe. Daher kam es auch, dass er, als Mike Donovan in großen Sprüngen die Treppe herunter und ihm entgegengerannt kam, lediglich die Stirn runzelte.

»Was ist denn los?«, fragte er. »Hast du dir etwa einen Fingernagel abgebrochen?«

»Ein blödsinniger Witz«, fauchte Donovan, der vor Nervosität fieberte. »Was hast du eigentlich hier unten den ganzen Tag über geschafft?« Er holte tief Atem. Dann brach es aus ihm heraus: »Speedy ist nicht zurückgekehrt.«

Powells Augen weiteten sich vor Schreck. Er blieb auf der Treppe stehen. Dann fasste er sich und setzte seinen Weg nach oben fort. Er sprach kein Wort, ehe er auf dem oberen Treppenabsatz angekommen war. Dann:

»Du hast ihn ausgeschickt, um Selen zu holen?«

»Ja.«

»Und wie lange ist er schon weg?«

»Jetzt sind's genau fünf Stunden.«

Stille. Das war ja eine schöne Geschichte. Seit genau zwölf Stunden befanden sie sich auf dem Merkur – und schon saßen sie bis zum Halse in den schlimmsten Schwierigkeiten. Seit langem schon war der Merkur *der* Platz im ganzen System, wo dauernd etwas schief ging. Aber mochte dieser Planet auch nahezu verhext sein: So weit war es bisher noch nie gekommen.

Powell sagte: »Fang ganz vorne an, damit ich die Sache verstehe!«

Im Augenblick befanden sich die beiden im Funkraum mit seiner bereits leicht unmodernen Ausstattung, die seit zehn Jahren nicht angetastet oder verbessert worden war. Vom technologischen Standpunkt aus bedeuteten aber zehn Jahre bereits eine Ewigkeit. Man brauchte nur Speedy mit jenen Robots zu vergleichen, die vermutlich im Jahre 2005 hergestellt worden waren. Allerdings waren gerade auf dem Gebiet der Robot-Fabrikation die Fortschritte in der letzten Zeit ganz ungeheuer groß gewesen.

Vorsichtig berührte Powell eine noch leuchtende metallische Oberfläche. Eine Atmosphäre der Leere und Untätigkeit, die diesen Raum und darüber hinaus die ganze Station erfüllte, wirkte stark deprimierend.

Donovan musste es wohl gespürt haben. Er begann: »Ich habe versucht, ihn durch Funk aufzufinden, aber ohne Erfolg. Auf der Sonnenseite des Merkur ist Funk unmöglich ... wenigstens für Entfernungen über dreieinhalb Kilometer. Das ist auch einer der Gründe, warum die erste Expedition solch ein Fehlschlag gewesen ist. Und zum Aufstellen der Ultrakurzwellenanlage brauchen wir noch zwei Wochen.«

»Du kannst dir das alles schenken. Was *hast* du gefunden?«

»Auf kurzer Welle habe ich das Signal einer unorganisierten Masse erhalten. Aus diesem Signal konnte ich aber nicht mehr entnehmen als die Position, in der sich diese Masse befand. So war ich imstande, zwei Stunden lang seinen Weg zu verfolgen. Die Resultate habe ich dann auf einer Karte eingezeichnet.«

In seiner Hüfttasche befand sich ein vergilbtes Stück Pergament – ein Überrest der missglückten ersten Expedition. Diesen Fetzen Pergament warf er nun vor sich auf den Schreibtisch und strich ihn mit der Handfläche glatt. Powell hielt die Arme über der Brust gekreuzt und starrte aus einiger Entfernung auf das Pergament.

Nervös zeigte Donovan mit dem Bleistift auf ein rotes Kreuz. »Dies hier ist das Selenvorkommen. Du hast es selbst eingezeichnet.«

»Welches von den verschiedenen Vorkommen ist es?«, unterbrach ihn Powell. »Es waren deren drei, die MacDougal uns angegeben hat, ehe er wegging.«

»Natürlich habe ich Speedy zum nächstgelegenen geschickt. Es ist etwa 25 Kilometer entfernt. Was ändert das eigentlich an der Sache?« Seine Stimme klang verärgert. »Hier sind die mit Bleistift eingezeichneten Punkte, die jeweils Speedys Position angeben.«

Zum ersten Mal, seitdem diese Unterhaltung begonnen hatte,

wurde Powells künstliche Haltung erschüttert. Mit einem Ruck streckte er die Hände nach der Karte aus.

»Machst du auch wirklich keinen Scherz? Das ist doch unmöglich.«

»So wie du's hier siehst, ist es tatsächlich«, brummte Donovan.

Die kleinen Punkte, die die jeweilige Position Speedys anzeigten, bildeten grob gesagt eine Art Kreis rund um das Selenvorkommen. Powells Finger berührten seinen braunen Schnurrbart – ein untrügliches Zeichen, dass er in Sorge war.

Donovan fügte hinzu: »Während der zwei Stunden, in denen ich ihn kontrolliert habe, hat er den Weg um die Selenablagerung viermal gemacht. Mir scheint es ziemlich wahrscheinlich, dass er diese Wanderung in alle Ewigkeit fortsetzen wird. Ist dir klar, in welch toller Lage wir uns befinden?«

Powell schaute kurz auf, sagte aber nichts. Natürlich war ihm klar, in welcher Lage sie sich befanden. Sie war eindeutig. Die Schutzwand, die durch die Photozellbänke (und nichts sonst) zwischen ihnen und der vollen Kraft der riesigen Merkursonne gezogen war, ging zum Teufel. Das Einzige, was fähig war, diese Schutzwand wirksam zu halten, war Selen. Und das einzige Wesen, das Selen herbeischaffen konnte, war Speedy. Kam Speedy nicht zurück, so gab es auch kein Selen. Gab es kein Selen, so gab es keine Photozellbänke. Gab es aber diese nicht – nun ja – langsam zu Tode geröstet zu werden, gehört zu den weniger angenehmen Todesarten.

Donovan fuhr sich wild mit der Hand durch das dichte rote Haar. Dann äußerte er sich bitter: »Wir werden zum Gespött des ganzen Systems werden, Greg. Wie kann eigentlich so rasch alles so völlig schief gehen? Das großartige Zweigespann Powell und Donovan wird zum Merkur geschickt, um einen Bericht darüber abzugeben, ob die Wiedereröffnung der Bergbaustation auf der Sonnenseite des Merkur unter Ausnutzung moderner technischer Methoden und unter Verwendung von Robots ratsam erscheint. Und was geschieht? Gleich am ersten Tag ruinieren wir die ganze Sache. Dabei ist das Ganze eine Sache reinster Routine. Niemals werden wir einen solchen Fehlschlag wiedergutmachen können.«

»Das haben wir vielleicht auch gar nicht nötig«, erwiderte Powell gelassen. »Handeln wir jetzt nicht ganz rasch, brauchen wir überhaupt nichts wiedergutzumachen.«

»Hör doch auf! Wenn dir zum Lachen zumute ist, Greg – mir ist's bestimmt todernst. Es war einfach verbrecherisch, uns mit nur einem einzigen Robot hier herauszuschicken. Und es war dein großartiger Gedanke, dass wir die Photozellbänke ganz allein bedienen könnten.«

»Nun bist du ungerecht. Es war eine gemeinsame Entscheidung, und du weißt das auch ganz genau. Wir benötigten lediglich ein Kilogramm Selen, eine Steelhead-Dielektroden-Platte und ungefähr drei Stunden Zeit. Dabei befinden sich Vorkommen reinen Selens überall auf der Sonnenseite des Planeten. MacDougals Spektroreflektor hat drei innerhalb von fünf Minuten entdeckt, oder etwa nicht? Hör auf! Wir konnten doch unmöglich bis zur nächsten Sonnenfinsternis warten.«

»Und? Was sollen wir also tun? Powell, du hast bestimmt eine Idee. Sonst würdest du nicht so ruhig sein. Du bist ebensowenig ein Held, wie ich einer bin. Also schieß los!«

»Wir können nicht selber Jagd auf Speedy machen, Mike – nicht auf der Sonnenseite. Selbst die neuen Isolieranzüge nützen in direktem Sonnenlicht nicht länger als zwanzig Minuten. Aber du kennst doch das alte Sprichwort: ›Nimm dir einen Robot, um einen Robot zu fangen.‹ Schau, Mike, vielleicht ist alles nur halb so schlimm. Wir haben drunten in den unteren Schächten sechs Robots, die wir, wenn sie noch funktionieren, vielleicht benutzen können. *Wenn* sie noch funktionieren.«

Ein Hoffnungsschimmer leuchtete in Donovans Augen auf. »Du meinst die sechs Robots der ersten Expedition. Bist du auch sicher? Vielleicht sind das nur subrobotische Maschinen. Du weißt ja, dass – was Robottypen angeht – zehn Jahre eine verdammt lange Zeit sind.«

»Nein, es sind Robots. Ich habe den ganzen Tag bei ihnen zugebracht, und ich weiß es bestimmt. Sie haben Positronengehirne – allerdings primitive.« Er steckte den Plan in die Tasche. »Gehn wir also.«

Die Robots befanden sich im untersten Schacht der Anlage ... alle sechs. Da standen sie, umgeben von alten Kisten, deren Inhalt keiner kannte. Sie waren ungeheuer groß. Obwohl sie in sitzender Stellung mit nach vorne ausgestreckten Beinen auf dem Boden hockten, befanden sich ihre Köpfe doch in über zwei Meter Höhe.

Donovan pfiff durch die Zähne. »Schau dir mal bitte ihre Größe an! Ihre Brustkästen haben bestimmt einen Umfang von mehr als drei Metern.«

»Kommt daher, dass sie noch mit dem alten McCuffy-Getriebe ausgerüstet sind. Ich habe sie mir von innen beguckt – das komischste Zeug, das du je gesehn hast.«

»Hast du sie schon eingeschaltet?«

»Nein. Dazu hatte ich ja keine Ursache. Ich glaube aber nicht, dass ihnen irgendwas fehlt. Selbst ihre Stimmbandanlage ist in ziemlich gutem Zustand. Möglicherweise sprechen sie sogar.«

Während er sprach, hatte er die Brustplatte des nächsten Robots abgeschraubt. Nun schob er die fünf Zentimeter große Kugel ein, die den winzigen Funken atomischer Kraft enthielt – jener Kraft, die das ganze Leben eines Robots ausmachte. Er hatte Schwierigkeiten, sie richtig einzupassen, aber schließlich gelang es doch. Mühevoll schraubte er die Brustplatte wieder fest. Von den Radiokontrollen modernerer Art hatte man damals, vor zehn Jahren, noch nichts gewusst. Nachdem er mit dem Ersten fertig war, wandte er sich den anderen zu, bis er sie endlich alle sechs in Bereitschaft hatte.

Unruhig sagte Donovan: »Bis jetzt haben sie sich noch nicht gerührt.«

»Bis jetzt hat ihnen auch noch niemand befohlen, sich zu rühren«, erwiderte Powell kurz und bündig. Er ging zum ersten in der Reihe zurück und versetzte ihm einen Schlag auf die Brust. »Du da. Hörst du mich?«

Langsam neigte sich der Kopf des Robots. Seine Augen wandten sich Powell zu. Dann sagte er mit einer heiseren, quietschenden Stimme, die sehr an die Töne mittelalterlicher Phonographen erinnerte: »Ja, Meister.«

Powell grinste Donovan an: »Hast du das gehört? Die stammen noch aus den Zeiten der ersten sprechenden Robots, als es noch so aussah, als würde die Benutzung solcher Automaten auf der Erde verboten werden. Ihre Hersteller wehrten sich natürlich gegen diese Gefahr und konstruierten daher brave, gesunde Sklavenkomplexe in die verdammten Maschinen hinein.«

»Das half aber nicht viel«, murmelte Donovan.

»Nein, bestimmt nicht, aber immerhin haben die Hersteller ihr Bestes getan.« Wieder wandte er sich dem Robot zu.

»Steh auf!«

Langsam erhob sich der Automat. Donovan musste den Kopf in den Nacken legen, und wieder pfiff er durch die Zähne.

Powell sagte: »Kannst du hinaus auf die Oberfläche gehen? Ins Licht?«

Der Robot schien zu überlegen. Sein langsames Gehirn arbeitete schwer. Dann: »Ja, Meister.«

»Weißt du, was ein Kilometer ist?«

Wieder überlegte der Robot, und wieder kam langsam die Antwort: »Ja, Meister.«

»Wir werden dich also hinauf zur Oberfläche führen und dir eine Richtung anzeigen. In dieser Richtung wirst du etwa 25 Kilometer gehen. Am Ende wirst du dann dort in jener Gegend einen anderen Robot finden, der kleiner ist als du. Hast du bis dahin alles verstanden?«

»Ja, Meister.«

»Du wirst also diesen Robot finden und du wirst ihm befehlen zurückzukommen. Kommt er nicht freiwillig, so hast du Gewalt anzuwenden.«

Donovan packte Powell am Ärmel. »Warum befiehlst du ihm nicht einfach, das Selen direkt zu holen?«

»Weil ich Speedy zurückhaben will, du Idiot. Ich will wissen, was an ihm defekt geworden ist.« Und zum Robot gewandt: »Schön also, folge mir!«

Der Robot blieb unbeweglich, und seine Stimme brummte: »Entschuldigung, Meister, aber das kann ich nicht. Ihr müsst zuerst aufsitzen.« Seine schwerfälligen Arme waren mit einem Klirren zusammengekommen, seine Finger hatten sich ineinander verschränkt.

Powell starrte ihn an. Dann zupfte er an seinem Schnurrbart. »Ach, auch das noch …«

Donovans Augen schienen aus seinem Kopf herauszutreten. »Wir müssen ihn reiten? Wie ein Pferd?«

»Offenbar. Allerdings weiß ich nicht warum. Ich verstehe gar nicht – doch, natürlich verstehe ich. Ich habe dir doch schon gesagt, dass man damals die so genannte Robotsicherheit in den Vordergrund stellte. Offenbar versuchte man diesen Gedanken dadurch besonders zu verdeutlichen, dass man es den Robots unmöglich machte, sich ohne einen Reiter auf ihren Schultern zu bewegen. Was sollen wir jetzt tun?«

»Das überlege ich mir gerade«, murmelte Donovan. »Wir können nicht hinauf auf die Oberfläche, ganz gleich ob mit oder ohne Robot. Tolle Wirtschaft!« Er schnalzte zweimal mit dem Finger, und seine Aufregung wuchs. »Gib mir mal die Karte, die du eingesteckt hast! Ich hab sie nicht umsonst zwei Stunden lang studiert. Wir befinden uns hier in einer Bergwerksstation. Warum sollten wir nicht die Schächte benutzen?«

Auf der Karte war die Bergwerksstation als ein schwarzer Kreis eingezeichnet. Die leicht gepunkteten Linien, die sich spinnenwebartig nach allen Seiten ausstreckten, waren Schächte oder besser Tunnels.

Donovan studierte die Zeichenerklärung, die sich am unteren Rand der Karte befand. »Schau«, sagte er, »die kleinen schwarzen Punkte bedeuten Öffnungen zur Oberfläche, und hier befindet sich eine solche nur fünf Kilometer von dem Selenvorkommen entfernt. Hier steht eine Nummer – ich möchte nur wissen, warum sie die nicht größer geschrieben haben –, 13a. Wenn die Robots sich hier auskennen ...«

Powell stellte die Frage und bekam als Antwort ein eintöniges »Ja, Meister«. – »Zieh deinen Isolieranzug an«, sagte er mit Befriedigung zu Donovan.

Für beide war es das erste Mal, dass sie einen solchen Anzug anlegten – allerdings hatten sie sich bei ihrer Ankunft eingebildet, dass sie das überhaupt niemals nötig haben würden – und unfroh übten sie sich in steifen Bewegungen.

Die Isolieranzüge waren bedeutend massiger und auch hässlicher als normale Raumanzüge, wenn sie auch dank ihrer nichtmetallischen Zusammensetzung beträchtlich leichter waren. Sie bestanden aus hitzeabwehrendem Kunststoff und chemisch behandelten Korkschichten und waren mit einer Trockeneinrichtung versehen, die die Luft knochentrocken hielt. Mithilfe solcher Isolieranzüge konnte man die volle Kraft der Merkursonne für die Dauer von zwanzig Minuten aushalten. Auch noch fünf bis zehn Minuten länger mochte der Träger eines solchen Anzugs der Hitze widerstehen, ohne daran zugrundezugehen.

Noch immer bildeten die Hände des Robots eine Art von Steigbügel. Sein Gesichtsausdruck zeigte nicht das leiseste Erstaunen beim Anblick der grotesken Gestalt, in die Powell sich verwandelt hatte.

Powells Stimme, die durch das Radio einen rauen Klang erhielt, dröhnte: »Bist du bereit, uns zum Ausgang 13a zu bringen?«

»Ja, Meister.«

Schön, dachte Powell. Diese Dinge besaßen zwar keine Radiokontrolle. Dafür waren sie aber wenigstens auf Funkempfang eingestellt. »Besteige du einen anderen, Mike«, sagte er zu Donovan.

Er stellte einen Fuß auf den improvisierten Steigbügel und schwang sich nach oben. Er fand, dass der Sitz bequem war. Offenbar war der buckelartige Rücken des Robots für diesen Zweck geformt worden. Jeder Schulter entlang befand sich eine flache Einbuchtung für die Schenkel. Auch der Sinn der zwei in die Länge gezogenen Ohren wurde nun deutlich.

Powell packte die Ohren und drehte damit den Kopf des Automaten. Schwerfällig wendete sich sein Reittier um. »Vorwärts, Macduff!« Doch war ihm gar nicht so wohl bei der ganzen Sache.

Die gigantischen Robots bewegten sich langsam und mit mechanischer Präzision. Zunächst durchschritten sie die Tür, wobei zwischen deren oberem Rand und ihren Köpfen kaum zehn Zentimeter Abstand blieb. Die beiden Männer mussten sich schnell ducken. Dann gingen sie mit langsamen, dröhnenden Schritten durch einen schmalen Gang und in die Luftschleuse hinein.

Der lange luftlose Tunnel, der sich vor ihnen ins Endlose zu erstrecken schien, brachte Powell von neuem das ungeheure Ausmaß der Aufgabe zum Bewusstsein, das die erste Expedition hatte erfüllen müssen. Ihr hatten lediglich schwerfällige Robots zur Verfügung gestanden, und sie hatte alles sozusagen aus dem Nichts heraus schaffen müssen. Wohl möglich, dass diese Expedition ein Versager gewesen war. Ihr Versagen aber war um vieles besser als das, was man im Weltsystem gewöhnlich mit Erfolg bezeichnete.

Die Robots trotteten weiter. Ihre Schnelligkeit veränderte sich niemals, noch wurden ihre Schritte jemals länger.

Powell sagte: »Beachte bitte, dass diese Tunnels hell erleuchtet sind und dass die hier herrschende Temperatur erdnormal ist! Wahrscheinlich war es während der ganzen zehn Jahre, in denen diese Station leergestanden hat, genauso.«

»Und wie kommt das?«

»Durch billige Kraft – die billigste im ganzen System. Sonnenkraft, wie du weißt, die auf der Sonnenseite Merkurs wirklich von Bedeutung ist. Deshalb wurde die Station auch ins pralle Licht und nicht in den Schatten eines Berges gebaut. In Wirklichkeit ist das Ganze ein Energieumwandler von ungeheurem Ausmaß. Die Hitze wird in Elektrizität verwandelt, in Licht, mechanische Arbeit und was weiß ich sonst. Gleichzeitig wird also Kraft geliefert und die Station gekühlt.«

»Schau mal, mein Lieber«, sagte Donovan, »das ist ja alles recht lehrreich, aber würde es dir was ausmachen, wenn wir den Gesprächsstoff wechselten? Zufällig wird nämlich diese Energieumwandlung, von der du sprichst, in der Hauptsache von Photozellbänken besorgt – und diese sind für mich im Augenblick gerade ein heißes Eisen.«

Powell brummte vor sich hin, und als Donovan schließlich das darauffolgende Schweigen brach, brachte er einen völlig neuen Gegenstand zur Sprache.

»Hör mal, Greg, was ist eigentlich los mit Speedy? Ich begreife das gar nicht.«

In einem Isolieranzug ist es nicht leicht, die Schultern zu zucken, aber Powell versuchte es trotzdem. »Ich habe keine Ahnung, Mike. Du weißt, dass er konstruktionsmäßig völlig auf die Merkurumgebung eingestellt ist. Hitze bedeutet für ihn gar nichts und seine Ausrüstung trägt sowohl der kleineren Schwerkraft, als auch dem zerklüfteten Boden Rechnung. Er ist hundertprozentig ›idiotensicher‹ – zum Mindesten sollte er es sein.«

Es wurde still. Dieses Mal dauerte das Schweigen lange Zeit.

»Meister«, sagte der Robot, »wir sind angekommen.«

»Was?« Powell fuhr aus seinem Dösen auf. »Schön – also schaff uns raus ins Freie, hinaus auf die Oberfläche.«

Sie befanden sich in einer winzigen, leeren, luftlosen und verfallenen Nebenstelle. Donovan war damit beschäftigt, mithilfe seiner Taschenlampe ein zackiges Loch im oberen Bereich einer der Wände zu untersuchen.

»Wohl durch einen Meteoriten verursacht, was?«, fragte er.

Powell zuckte mit den Schultern. »Ist doch ganz unwichtig. Machen wir, dass wir hier herauskommen!«

Eine hochaufragende Klippe aus schwarzem, basaltartigem Gestein schnitt das Sonnenlicht ab, und der tiefe Nachtschatten einer luftlosen Welt umgab sie. Dieser Schatten brach mit messerscharfer Plötzlichkeit inmitten fast unerträglich weißen Lichtes ab – eines Lichtes, das sich in Myriaden von Kristallen auf dem felsigen Boden spiegelte.

»Zum Donnerwetter«, rief Donovan fast atemlos, »das sieht wie Schnee aus.« Und so war es auch.

Powell ließ seine Blicke über das zerklüftete Glitzern Merkurs bis zum Horizont hin wandern. Das Leuchten und Glänzen, das seine Augen traf, wirkte wie ein körperlicher Schmerz.

»Dies hier muss eine ganz außergewöhnliche Gegend sein«, sagte er. »Im Allgemeinen reflektiert der Merkur nicht viel Licht und in der Hauptsache besteht sein Boden aus grauem Bimsstein. So ungefähr wie auch beim Mond. Schön ist das hier, was?«

Er war dankbar für die Lichtfilter, die sich in ihren Gesichtsplatten befanden. Schön oder nicht schön – ein Blick ins Sonnenlicht durch gewöhnliches Glas hätte sie innerhalb einer halben Minute blind gemacht.

Donovan war damit beschäftigt, seinen Federthermometer zu betrachten, der an seinem Handgelenk befestigt war. »Du guter Gott, die Temperatur beträgt hier achtzig Grad Celsius!«

Powell kontrollierte sein eigenes Instrument. »Mhm«, sagte er. »Bisschen viel, was? Hier gibt's Atmosphäre, wie du weißt.«

»Auf dem Merkur? Bist du verrückt?«

»Der Planet Merkur ist nicht wirklich luftlos«, erklärte Powell etwas geistesabwesend. Er war dabei, den Feldstecher, der an seiner Gesichtsplatte befestigt war, einzustellen. Seine durch den Isolieranzug verdickten Finger taugten schlecht zu feiner Arbeit. »Eine kleine Spur hängt an seiner Oberfläche – Dämpfe der flüchtigeren Elemente und Verbindungen, die im Hinblick auf die kleine Schwerkraft des Planeten schwer genug sind, um hier zu bleiben. Du weißt das ja alles – Stoffe wie Selen, Jod, Quecksilber, Gallium, Kalium, Wismut, flüchtige Oxyde. Die Dämpfe strömen in den Schatten von Felsen und Bergen, wo sie sich niederschlagen, kondensieren und dabei Wärme abgeben. Dies ist eine Art gigantischer Brennerei. Es ist in der Tat so, dass du – wenn du deine Taschenlampe nimmst und mit ihr diese Seite der Klippe untersuchst – finden wirst, dass sie mit, sagen wir mal Schwefelreif oder Quecksilbertau überzogen ist. Diese Hitze macht uns aber nichts aus, da unsere Anzüge lächerliche achtzig Grad auf eine unbestimmte Zeit aushalten können.«

Powell hatte jetzt seinen Feldstecher eingestellt und glich nun einer stieläugigen Schnecke.

Donovan beobachtete ihn gespannt. »Kannst du was entdecken?«

Der andere antwortete nicht gleich, und als er es schließlich tat, klang seine Stimme ängstlich und sorgenvoll. »Am Horizont ist ein dunkler Punkt, der vielleicht die Stelle ist, wo sich das Selen befindet. Der Punkt stimmt mit dem auf der Karte überein. Speedy aber kann ich nicht entdecken.«

In dem instinktiven Wunsche, besser zu sehen, kletterte Powell höher hinauf. Schließlich stand er – ein wenig unsicher zwar – auf den Schultern des Robots. Seine Beine waren gespreizt. Angestrengt starrte er in die Ferne. Dann sagte er: »Ich glaube – ich glaube – ja, bestimmt ist er's! Er kommt in unserer Richtung gelaufen!«

Donovans Blicke folgten dem ausgestreckten Finger. Er hatte keinen Feldstecher, aber deutlich sah er einen winzigen, sich bewegenden Punkt, der sich schwarz von dem leuchtenden Glanze des kristallartigen Bodens abhob.

»Ich sehe ihn«, brüllte er. »Los, gehen wir!«

Powell hatte sich wieder auf den Schultern des Robots niedergelassen. Seine durch das Material des Anzugs bedeckte Hand schlug gegen die fassartige Brust dieses modernen Gargantua.

»Hü – los, geh!«

»Hü!«, brüllte auch Donovan und stieß den Robot mit den Absätzen in die Seite, als spornte er sein Pferd.

Die Robots begannen sich zu bewegen. Das regelmäßige Tappen ihrer Schritte war unhörbar, da das nichtmetallische Gewebe der Isolieranzüge schallundurchlässig war. Was man spürte, war nichts als eine rhythmische Vibration, die sich gerade unterhalb der Schwelle tatsächlicher Hörbarkeit befand.

»Schneller«, brüllte Donovan. Der Rhythmus änderte sich nicht.

»Hat keinen Sinn«, brüllte Powell als Antwort. »Diese Alteisenhaufen sind lediglich für eine einzige Geschwindigkeit eingerichtet. Glaubst du vielleicht, die seien mit auswählbaren Beugemuskeln ausgestattet?«

Sie waren nun aus dem Schatten hinausgetreten. Das Sonnenlicht überflutete sie mit einem weiß glühenden Strom und umspülte sie, als wäre es eine flüssige Masse.

Donovan duckte sich unwillkürlich. »Menschenskind, bilde ich mir's ein oder ist es vielleicht tatsächlich so heiß?«

»Heiß – das ist noch gar nichts. In ein paar Augenblicken wird es dir noch viel heißer werden«, kam die grimmige Antwort. »Behalte Speedy im Auge!«

Robot SPD 13 war nun nahe genug, dass man ihn in allen Einzelheiten erkennen konnte. Blitzende Lichter spiegelten sich in seinem stromlinienförmigen Körper, der sich graziös und schnell über den zerklüfteten Boden bewegte. Sein Name war natürlich von den Anfangsbuchstaben seiner Serie abgeleitet. Dennoch passte er in jeder Beziehung, denn Speedy heißt ›schnell‹ und die SPD-Modelle gehörten zu den schnellsten Modellen, die überhaupt von der United States Robot and Mechanical Men Corp. hergestellt wurden.

»He – Speedy!«, rief Donovan und winkte wie wild.

»Speedy«, schrie Powell. »Komm hierher!«

Die Entfernung zwischen den Männern und dem herumirrenden Robot verminderte sich augenblicklich – allerdings mehr durch die Bemühungen Speedys als durch das Dahertrotten der fünfzig Jahre alten ›Rosinanten‹ Donovans und Powells.

Nun waren sie nahe genug, um zu erkennen, dass Speedys Gangart eigenartig schwankend war. Es war, als schaukelte er auf eigenartige Weise von Seite zu Seite. Als dann Powell wiederum winkte und die größtmögliche Sendeenergie in seinem kompakten Radiosender, der sich auf seinem Kopfe befand, einschaltete – und zwar als Vorbereitung für ein neues Rufen oder besser Brüllen –, schaute Speedy auf und sah sie.

Mit einem Ruck blieb Speedy stehen und verharrte einen Augenblick in dieser Stellung. Er war nicht völlig regungslos, sondern schwankte ein klein wenig, als würde er von einem leichten Winde bewegt.

Powell brüllte: »Also mach keine Geschichten, Speedy! Komm hierher, mein Junge!«

Worauf zum ersten Mal Speedys Robotstimme in Powells Kopfhörern ertönte.

Sie sagte: »Wir wollen Spielchen spielen. Du fängst mich und ich fange dich. Keine Liebe kann unser Messer in zwei Teile schneiden.

Denn ich bin klein Butterblümchen – das liebe, kleine Butterblümchen. Juchhe!« Und indem er sich auf dem Absatz umdrehte, rannte er in der Richtung davon, aus der er gekommen war, und zwar mit einer Geschwindigkeit und Kraft, dass der von der Hitze festgebackene Boden nur so nach allen Seiten spritzte.

Und seine letzten Worte waren, ehe er immer kleiner und kleiner wurde: »Eine kleine Blume wuchs unterm Eichenbaum«, welcher Äußerung ein metallisches Klirren folgte, was vielleicht das robotische Gegenstück zu einem Schlucker war.

Donovan sagte schwach: »Woher hat er nur die Gilbert- und Sullivan-Verse? He, Greg – ich glaube, er ist betrunken oder so was Ähnliches.«

»Mensch«, sagte Greg, »du merkst aber auch alles. Lass uns zur Klippe zurückgehen! Sonst werde ich noch bei lebendigem Leibe geröstet.«

Es war Powell, der das Schweigen der Verzweiflung brach. »Zunächst«, sagte er, »ist Speedy nicht betrunken … zum Mindesten nicht im menschlichen Sinn des Wortes …, weil er ja ein Robot ist, und Robots werden nicht betrunken. Immerhin, *etwas* stimmt mit ihm nicht, und dieses Etwas ist ganz offenbar das robotische Gegenstück menschlicher Betrunkenheit.«

»Für mich ist er betrunken«, stellte Donovan emphatisch fest. »Und das Einzige, was ich weiß, ist, dass er sich einbildet, wir wollten mit ihm spielen, was aber ganz und gar nicht unsere Absicht ist. Für uns ist die ganze Sache eine Sache auf Leben und recht unangenehmen Tod.«

»Schon gut! Dränge mich nur nicht! Ein Robot ist nur ein Robot. Haben wir einmal herausgefunden, was an ihm kaputt ist, dann können wir es sehr schnell reparieren, und alles ist in Ordnung.«

»*Wenn* wir's rausfinden«, sagte Donovan sauer.

Powell beachtete ihn nicht. »Speedy ist völlig auf merkurianische Umgebung eingestellt. Diese Gegend hier aber« – und er machte mit dem Arm eine weitausholende Bewegung – »ist unbedingt anomal. Darin liegt ein Anhaltspunkt für uns. Schön also – woher kommen diese Kristalle? Vielleicht haben sie sich durch das langsame Abkühlen einer Flüssigkeit gebildet. Wo aber könnte man eine Flüssigkeit finden, die so heiß wäre, dass sie sich in der Sonne Merkurs abkühlen könnte?«

»Vielleicht in einem Vulkan«, schlug Donovan vor, und Powells Körper schien sich zu spannen.

»Kinder und Narren – –«, sagte er mit dünner, eigenartiger Stimme. Dann blieb er fünf Minuten lang völlig still.

Schließlich sagte er: »Hör mal, Mike, was hast du zu Speedy gesagt, als du ihn ausschicktest, das Selen zu holen?«

Donovan war überrascht. »Na ja, verdammt noch mal – ich weiß das nicht. Ich hab ihm eben einfach gesagt, er soll gehen und es holen.«

»Ich weiß das wohl. Aber wie hast du's gesagt? Versuch dich mal deiner genauen Worte zu erinnern!«

»Ich hab gesagt – mhm – ich hab gesagt: ›Speedy, wir brauchen etwas Selen. Du kannst es dort und dort finden. Geh und hole es!‹ Das war alles. Was hätte ich sonst noch sagen sollen.«

»Du hast den Befehl nicht besonders dringlich gemacht, was?«

»Wozu auch? Die ganze Sache war doch einfach Routine.«

Powell seufzte. »Na also, jetzt können wir nichts mehr dran ändern – wir sind aber in einer recht fatalen Lage.« Er war abgesessen von seinem Robot und hockte auf dem Boden, den Rücken gegen die Klippe gelehnt. Donovan gesellte sich zu ihm, und sie hakten sich gegenseitig ein. In der Entfernung schien das brennende Sonnenlicht wie eine Katze vor dem Mauseloch auf sie zu warten. Von den beiden riesigen Robots ganz in ihrer Nähe war im Schatten nichts zu sehen als ihre blassroten photoelektrischen Augen, die auf sie herunterschauten ohne zu blinzeln, ohne die Pupillen zu bewegen und ohne jeden Ausdruck.

Ausdruckslos. So wie alles ausdruckslos war auf diesem vergifteten Merkur, der trotz seiner Kleinheit der verhexteste schien von allen Planeten.

Powells Radiostimme klang angespannt in Donovans Ohr. »Nun pass mal auf! Fangen wir mit den drei Grundregeln des Roboterdienstes an – jenen Grundregeln, die am allertiefsten eingegraben sind in das positronische Gehirn eines jeden Robots!« In der Dunkelheit zählte er die einzelnen Punkte an seinen anzugbedeckten Fingern ab.

»Wir haben also – erstens: Ein Robot darf kein menschliches Wesen verletzen oder durch Untätigkeit gestatten, dass einem menschlichen Wesen Schaden zugefügt wird.«

»Stimmt.«

»Zweitens«, fuhr Powell fort, »muss ein Robot den ihm von einem Menschen gegebenen Befehlen gehorchen, es sei denn, ein solcher Befehl würde mit Regel Eins kollidieren.«

»Stimmt.«

»Und drittens: Ein Robot muss seine eigene Existenz beschützen, solange dieser Schutz nicht mit Regel Eins oder Zwei kollidiert.«

»Stimmt. Und wie geht es nun weiter?«

»Wir stecken bereits mitten in der Erklärung. Der Konflikt zwischen den verschiedenen Regeln wird durch die verschiedenen Potenziale im positronischen Gehirn ausgeglichen. Sagen wir mal, ein Robot läuft bewusst in eine Gefahr hinein. Das automatische Potenzial, das durch Regel Drei aufgebaut wird, weist ihn zurück. Nimm aber an, du befiehlst ihm, in eine solche Gefahr hineinzulaufen. In diesem Falle baut Regel Zwei ein Gegenpotenzial auf, das größer ist als das vorhergehende, und der Robot folgt deinem Befehl auf die Gefahr hin, damit sein Dasein zu riskieren.«

»Schön – aber das weiß ich doch alles. Was willst du eigentlich mit diesem ganzen alten Kram?«

»Nehmen wir mal Speedys Fall an! Speedy ist eines der neuesten Modelle. Er ist äußerst spezialisiert und fast so teuer wie ein Schlachtschiff. Er gehört nicht zu den Dingen, die man leichten Herzens zerstört.«

»Und weiter?«

»Daher ist bei ihm Regel Drei verstärkt worden – übrigens hat man dies in den Ankündigungen der SPD-Modelle besonders erwähnt. Daher ist seine Abneigung gegen Gefahr besonders groß. Gleichzeitig aber hast du ihm, als du ihn ausschicktest, um das Selen zu bringen, diesen Befehl sozusagen gleichgültig gegeben, ohne seine Dringlichkeit besonders zu betonen, dadurch ist das durch Regel Zwei aufgebaute Potenzial ziemlich schwach geworden. Warte noch, ehe du was sagst! Ich stelle ja lediglich Tatsachen fest.«

»Schön, dann fahr fort. Ich glaub, ich weiß schon, worauf du hinauswillst.«

»Du verstehst, wie das Ganze funktioniert … nicht wahr? Irgendwo in der Nähe des Selenvorkommens droht eine Gefahr. Diese wird umso größer, je mehr er sich dem Selen nähert, und an irgendeinem Punkt kommen das von Anbeginn an ungewöhnlich hohe Potenzial der Regel Drei und das von Anbeginn an ungewöhnlich niedrige Potenzial der Regel Zwei in eine Art Gleichgewicht.«

Erregt stand Donovan auf. »Ins Gleichgewicht«, rief er. »Ich verstehe. Regel Drei treibt ihn zurück und Regel Zwei vorwärts, und so ...«

»So beschreibt er einen Kreis um das Selen herum, wobei er sich genau da hält, wo er sich aufhalten muss, wenn die Potenziale im Gleichgewicht sind. Und wenn wir nichts dagegen tun, so wird er für immer und ewig auf dieser Linie bleiben und uns ad infinitum an der Nase herumführen.« Dann in Gedanken: »Das ist auch der Grund seines Betrunkenseins. Befinden sich die Potenziale im Gleichgewicht, so ist die Hälfte aller positronischen Bahnen seines Gehirns instabil. Ich bin zwar kein Robotspezialist, aber das scheint mir doch klar. Wahrscheinlich hat er die Kontrolle gerade über jene Teile seines Willensmechanismus verloren, über die ein menschlicher Betrunkener sie verlieren würde. Ganz schön verworren, was?«

»Worin aber besteht denn nun jene Gefahr? Wüssten wir, wovor er davonrennt ...«

»Du hast es ja selber angeführt. Vulkanische Tätigkeit. Irgendwo direkt über dem Selenvorkommen befindet sich eine Stelle, an der Gas aus dem Innern des Merkur entströmt. Schwefeldioxyd, Kohlendioxyd – und Kohlenoxydgas. Und zwar eine ganz ansehnliche Menge – und bei dieser Temperatur.«

Donovan schluckte hörbar. »Kohlenoxyd plus Eisen gibt das flüchtige Eisencarbonyl.«

»Und ein Robot«, fügte Powell hinzu, »besteht in der Hauptsache aus Eisen.« Dann grimmig: »Es gibt nichts Schöneres als logische Deduktion. Wir wissen nun über unser Problem hier alles, außer der Lösung. Selbst können wir das Selen nicht holen. Es ist noch immer zu weit weg. Diese Robotpferde können wir auch nicht schicken, weil sie nicht in der Lage sind, sich allein und ohne Reiter zu bewegen. Uns aber können sie nicht dahin tragen, weil sie dafür viel zu langsam sind. Anderseits können wir auch Speedy nicht fangen, weil der Dummkopf sich einbildet, wir spielen nur mit ihm, und er kann hundert Kilometer rennen in der Zeit, in der wir achte machen.«

»Geht einer von uns«, begann Donovan zögernd, »und kommt schließlich richtig durchgekocht nach Hause, ist noch immer der andere übrig.«

»Stimmt«, kam die sarkastische Antwort. »Dies würde ein wirklich wunderschönes Opfer darstellen – nur dass kein Mensch in der Lage sein wird, alle nötigen Befehle zu erteilen, weil er tot ist, ehe er das Selen erreicht. Auch zweifle ich sehr daran, dass – selbst wenn dies möglich sein sollte – die Robots ohne die nötigen Direktiven hierher zurückkehren. Rechne selbst mal aus! Wir befinden uns hier vier bis fünf Kilometer von dem Selen entfernt – sagen wir vier. Die Robots machen etwa sieben Kilometer pro Stunde. Wir selbst können in unseren Isolieranzügen zwanzig Minuten existieren. Vergiss nicht, dass es ja nicht *nur* die Hitze ist! Die Sonnenstrahlung hier im Ultravioletten und darunter ist reines Gift.«

»Mhm«, sagte Donovan. »Es fehlen rund zehn Minuten.«

»Was genau so viel ist, als wenn eine Ewigkeit fehlte. Und noch etwas. Wenn das Potenzial der Regel Drei Speedy zum Halten bringen konnte, dann muss sich eine recht ansehnliche Menge Kohlenoxyd in der Metalldampfatmosphäre befinden – was eine ganz beträchtliche korrosive Wirkung haben dürfte. Er befindet sich jetzt bereits seit Stunden da draußen. Wie können wir wissen, ob nicht jeden Augenblick sagen wir mal ein Kniegelenk aus dem Gleichgewicht kommen kann, was den ganzen Kerl hinwerfen würde. Hier handelt es sich also nicht allein nur um Nachdenken, sondern wir müssen auch sehr schnell nachdenken.«

Abgrundtiefes, verzweifeltes Schweigen folgte.

Donovan unterbrach es schließlich. Seine Stimme zitterte, weil er sich so viel Mühe gab, seine innere Erregung nicht zu zeigen. Er sagte: »Solange wir das Potenzial der Regel Zwei nicht vergrößern, können wir keine weiteren Befehle erteilen – wie wär's, wenn wir anders zuwege gingen? Erhöhen wir die Gefahr, so vergrößern wir das Potenzial der Regel Drei und treiben ihn zurück.«

Powells Gesichtsplatte hatte sich ihm in wortloser Frage zugewandt.

»Verstehst du«, kam die vorsichtige Erklärung, »das Einzige, was wir tun können, um ihn aus seinem alten Geleise zu werfen, besteht darin, dass wir die Konzentration des Kohlenoxydgases in seiner Nachbarschaft vergrößern. Nun – zu Hause in der Station befindet sich ein vollständiges analytisches Laboratorium.«

»Natürlicherweise«, sagte Powell, »nachdem dies ja schließlich ein Bergwerk ist.«

»Schön, Kleesäure muss also pfundweise vorhanden sein, weil man damit Kaliumniederschläge erzeugt.«

»Donnerwetter, Mike! Du bist ja ein Genie.«

»Na, es geht so«, gab Donovan bescheiden zu. »Das Ganze ist recht einfach, wenn man sich daran erinnert, dass Kleesäure sich bei Erhitzung zersetzt in Kohlendioxyd, Wasser und Kohlenmonoxyd. Einfache Hochschulchemie.«

Powell stand bereits auf den Beinen und hatte schon die Aufmerksamkeit eines der Riesenrobots ganz einfach dadurch erweckt, dass er der Maschine auf die Schenkel klopfte.

»He!«, schrie er, »kannst du werfen?«

»Meister?«

»Ah – der Teufel soll dich holen!« Powell verfluchte das Gehirn des Robots, das zäh wie Melasse war. Er packte einen scharfkantigen Stein. »Nimm dies«, sagte er »und triff damit jene bläulichen Kristalle gerade gegenüber auf der anderen Seite jener Spalte! Siehst du, was ich meine?«

Donovan packte ihn an der Schulter. »Das ist zu weit, Greg! Fast eine halbe Meile entfernt ...«

»Ruhig«, entgegnete Powell. »Hier handelt es sich um die Anziehungskraft Merkurs und die Kraft eines stählernen Armes. Pass mal auf, ja?«

Die Augen des Robots maßen die Entfernung mit instrumentenmäßig genauer Stereoskopie. Sein Arm passte sich dem Gewicht des Geschosses an, und er holte aus. Die Bewegungen des Robots waren in der Dunkelheit nicht sichtbar. Als er aber plötzlich sein Gewicht verlagerte, wurde ein dumpfes Geräusch hörbar, und wenige Sekunden später flog das Felsstück hinaus ins Sonnenlicht. Es gab keinen Luftwiderstand, der seinen Flug hätte verlangsamen, noch Wind, der es aus seiner Bahn hätte bringen können, und als es den Boden traf, geschah dies genau in der Mitte der zuvor als Ziel angegebenen Kristalle.

Powell schrie glücklich auf. Dann brüllte er: »Gehen wir zurück und holen Kleesäure, Mike!«

Auf dem Weg zurück durch den Tunnel sagte Donovan grimmig: »Speedy hat sich diesseits des Selenvorkommens aufgehalten, seitdem wir hinter ihm her sind. Hast du das bemerkt?«

»Ja.«

»Ich nehme an, er will Spiele spielen … und wir werden wahrhaftig eines mit ihm spielen!«

Stunden später kamen sie mit Dreilitergefäßen, die die weiße chemische Substanz enthielten, und mit langen Gesichtern zurück. Die Photozellbänke verschlechterten sich schneller, als sie es erwartet hatten. Still und in grimmiger Entschlossenheit lenkten die beiden ihre Robots hinaus ins Sonnenlicht und auf den wartenden Speedy zu.

Langsam galoppierte Speedy ihnen entgegen. »Hier sind wir ja wieder. Juchheee! Der Pianoorganist steht auf meiner kleinen Liste. Auch andere Leute stehen darauf, die einem Pfefferminzgeruch ins Gesicht atmen.«

»Wir werden *dir* gleich was ins Gesicht atmen«, murmelte Donovan. »Schau mal, der Kerl hinkt ja, Greg!«

»Das hab ich bereits bemerkt«, kam die leise, besorgte Antwort. »Das Kohlenoxyd wird ihn ruinieren, wenn wir uns nicht beeilen.«

Sie näherten sich jetzt vorsichtig, fast schlendernd, um den völlig wirren Robot vom Davonlaufen abzuhalten. Powell war viel zu weit entfernt, um es mit Sicherheit sagen zu können, aber schon jetzt hatte er das Gefühl, dass der idiotische Robot auf dem Sprung war, sich aus dem Staub zu machen.

»Los«, schnaufte er. »Zähl auf drei! Eins – zwei …«

Zwei Stahlarme holten aus und schnappten gleichzeitig nach vorne, und zwei Glasbehälter schwirrten in hohen parallelen Bögen vorwärts. Wie Diamanten leuchteten die beiden Gläser in der Sonne. Geräuschlos zerplatzten die Behälter hinter Speedy auf dem Boden. Wie Staub flog die Kleesäure in die Luft.

Powell wusste, dass es in der vollen Hitze der Sonne Merkurs zischte wie Sodawasser.

Speedy wandte sich um und starrte die zersplitterten Behälter an, zog sich dann langsam davon zurück … erst langsam und dann immer schneller. Fünfzehn Sekunden später kam er in unsicherem Trab direkt auf die zwei Menschen zugesprungen.

Powell verstand in diesem Augenblick Speedys Worte nicht ganz genau, obwohl er etwas hörte, das dem Satz glich: »Liebeserklärungen sind unzulässig, wenn solche geäußert auf sächsisch und hessisch.«

Er wandte sich ab. »Zurück zur Klippe. Mike! Er ist aus seinem

Geleise geworfen und nun zum Gehorsam bereit. Mir wird arg heiß.«

Sie trotteten im langsamen Trab ihrer ›Rosinanten‹ dem Schatten zu, und erst als sie ihn erreicht hatten und die plötzliche Kühle angenehm um sich spürten, schaute Donovan zurück.

»Greg!«

Powell schaute sich um und schrie fast. Speedy bewegte sich jetzt langsam – so grässlich langsam –, und zwar in der falschen Richtung. Er ließ sich treiben – ließ sich zurück in sein altes Geleise treiben. Nun wurde seine Gangart schneller. Durch den Feldstecher betrachtet, erschien er schrecklich nahe und doch grauenhaft unerreichbar.

Donovan schrie wild: »Ihm nach!«, und puffte seinen Robot, bis dieser so schnell ging, wie er eben ging. Aber Powell rief ihn zurück.

»Hat keinen Sinn, Mike – du kannst ihn nicht fangen!« In wütender Ohnmächtigkeit ballte er eine Faust. »Warum sehe ich all das immer erst fünf Sekunden, nachdem schon alles vorüber ist? Mike, wir haben Stunden vergeudet.«

»Wir brauchen noch mehr Kleesäure«, sagte Donovan schwerfällig. »Die Konzentration hat nicht ausgereicht.«

»Auch sieben Tonnen hätten nicht ausgereicht – und wir haben gar nicht so viel Zeit, um sie uns zu beschaffen, nachdem das Kohlenoxydgas ihn langsam auffrisst. Verstehst du denn gar nicht, was geschehen ist, Mike?«

»Nein.«

»Wir haben lediglich neue Gleichgewichte hergestellt. Schaffen wir frisches Kohlenoxyd und bauen wir damit das Potenzial der Regel Drei auf, so bewegt er sich zurück, bis er wieder im Gleichgewicht ist – und als das Kohlenoxydgas wegtrieb, bewegte er sich vorwärts, und wieder wurde das Gleichgewicht hergestellt.«

Powells Stimme klang, als wäre er vollkommen erledigt. »Ist immer die gleiche Geschichte. Wir können die Regel Zwei drücken und an der Regel Drei ziehen, und wir kommen zu keinem Resultat – das Einzige, was wir erreichen, ist, dass sich die Lage des Gleichgewichtes verändert. Wir müssen außerhalb der beiden Regeln gelangen.« Dann trieb er seinen Robot näher an den Donovans heran, sodass sie sich nun Angesicht zu Angesicht gegenüber saßen – zwei dunkle Schatten in der Finsternis. Er flüsterte: »Mike.«

»Ist es das Ende?«, fragte Donovan stumpf. »Ich nehme an, wir gehn zurück zur Station, drücken uns gegenseitig die Hände, nehmen Strychnin und verschwinden aus diesem Leben wie Gentlemen.« Er lachte kurz.

»Mike«, wiederholte Powell ernsthaft, »wir *müssen* Speedy fangen.«

»Ich weiß wohl.«

»Mike«, sagte er von neuem. Dann zögerte er, ehe er weiter sprach. »Es gibt immer noch die Regel Eins. Ich habe schon früher daran gedacht, aber es ist ein verzweifeltes Mittel.«

Donovan schaute auf, und seine Stimme bekam wieder einen lebendigen Klang. »Aber wir *sind* ja auch in einer verzweifelten Lage.«

»Schön. Gemäß Regel Eins darf ein Robot es nicht zulassen, dass ein menschliches Wesen durch die Untätigkeit des Robots geschädigt wird. Regel Zwei und Drei dürfen dieser Grundregel nicht im Wege stehen. Sie *können* ihr nicht im Wege stehn.«

»Selbst wenn der Robot halb verrückt – na ja, er ist betrunken. Das weißt du doch selber?«

»Darin liegt das Risiko.«

»Hör damit auf! Was sollen wir tun?«

»Ich gehe jetzt hinaus und sehe, was ich mit Regel Eins erreichen kann. Durchbricht diese das Gleichgewicht nicht, dann ist es völlig gleich, wie und wo … das heißt, dann kommt das Ende eben jetzt anstatt in drei oder vier Tagen.«

»Einen Augenblick, Greg! Es gibt auch menschliche Verhaltensmaßregeln. Du kannst nicht einfach so da hinaus. Denk dir eine Art von Lotteriespiel aus und gib auch mir meine Chance!«

»Gut! Wer zuerst den Kubus von vierzehn ausrechnet, geht«, und fast gleichzeitig: »Siebenundzwanzighundertvierundvierzig.« Donovan spürte, wie sein Robot wankte, weil Powells ›Rosinante‹ ihn anstieß. Dann sah er Powell bereits draußen im Sonnenlicht. Donovan öffnete den Mund zum Rufen, schloss ihn aber dann wieder. Natürlich hatte der verdammte Narr den Kubus schon vorher errechnet, und zwar gerade zu diesem Zweck. Das sah ihm ganz ähnlich.

Die Sonne war heißer denn je. Powell spürte in seinem Nacken ein furchtbares Jucken. Wahrscheinlich Einbildung, oder vielleicht machten sich die harten Strahlungen bereits durch den Isolieranzug bemerkbar.

Speedy beobachtete ihn, und zwar dieses Mal, ohne dass er ihm irgendwelches ungereimtes Zeug als Gruß entgegenrief. Dafür dankte Powell Gott. Aber er wagte es nicht, dem Robot zu nahe zu kommen.

Er war noch dreihundert Meter entfernt, als Speedy sich zurückzuziehen begann, vorsichtig Schritt für Schritt – und Powell hielt an. Er sprang von den Schultern seines Robots herunter und landete mit leichtem Aufprall auf dem kristallinischen Boden. Zackige Stücke spritzten um ihn herum auf.

Er setzte seinen Weg zu Fuß fort. Der Boden unter seinen Füßen war körnig und schlüpfrig. Die geringe Schwerkraft bereitete ihm Schwierigkeiten. Die Sohlen seiner Füße juckten vor Wärme. Er warf einen einzigen Blick über die Schulter zurück zur Schwärze der Klippe und wusste, dass er nun zu weit draußen war, um zurückkehren zu können – sei es mit eigener Kraft, sei es mithilfe seines veralteten Robots. Jetzt galt es. Entweder Speedy half ihm, oder er war verloren. Die plötzliche Erkenntnis dieser Tatsache legte sich wie ein Krampf um sein Herz.

Nun war er weit genug gegangen. Er blieb stehen.

»Speedy«, rief er, »Speedy!«

Der glatte moderne Robot vor ihm zögerte und brachte seine nach rückwärts gewandten Schritte zum Halten ... nahm aber schon im nächsten Augenblick seinen Marsch wieder auf.

Powell versuchte, seiner Stimme einen bittenden Klang zu verleihen. Er fand, dass er hierfür gar keine besonders großen schauspielerischen Künste benötigte. »Speedy – ich muss in den Schatten zurück, oder die Sonne bringt mich um. Es geht auf Leben oder Tod, Speedy! Ich brauche dich.«

Speedy machte einen Schritt vorwärts und blieb stehen.

Er sprach, aber als Powell hörte, was er sagte, stöhnte er.

Folgendes waren seine Worte: »Liegst du wach mit fürchterlichem Kopfweh im Bett und Ruhe will nicht kommen« – hier verlor sich seine Stimme, und Powell nahm sich aus irgendeinem Grunde die Zeit, vor sich hinzumurmeln: »Das ist aus Jolanthe – also wieder Gilbert und Sullivan.«

Es war heiß wie in einem Backofen. Aus dem Augenwinkel sah er eine Bewegung. Halb betäubt drehte er sich um, starrte dann in wildem Erstaunen auf den monströsen Robot, auf dem er gekommen war – denn dieser bewegte sich auf ihn zu, und zwar ohne Reiter.

Er redete: »Verzeiht mir, Meister! Ich darf mich zwar ohne Meister nicht bewegen, aber Ihr seid in Gefahr.«

Natürlich. Das Potenzial der Regel Eins ging ja über alles. Er wollte aber nicht diese schwerfällige antiquierte Monstrosität – er wollte Speedy. Er ging weg und winkte wie wild ab. »Ich befehle dir wegzubleiben. Ich *befehle* dir, stehen zu bleiben.«

Es war völlig nutzlos. Über das Potenzial der Regel Eins konnte man keinen Sieg davontragen. Dumm sagte der Robot: »Ihr seid in Gefahr, Meister.«

Verzweifelt schaute Powell sich um. Er konnte nicht mehr klar sehen. Sein Gehirn befand sich in einem fiebrigen Taumel. Sein Atem verbrannte ihn, wenn er einatmete. Überall, wohin er schaute, war der Boden nichts als ein einziger leuchtender Dunst. Zum letzten Mal rief er – verzweifelt: »Speedy, ich sterbe … verdammt noch mal! Wo bist du denn? Speedy, ich brauch dich doch.«

Noch immer stolperte er weg von dem Riesenrobot, den er nicht wollte, als er plötzlich stählerne Finger auf seinem Arm spürte und eine besorgte, um Vergebung bittende metallisch klingende Stimme hörte.

»Chef, was machen Sie denn hier? Und was tue ich – ich bin ja völlig durchgedreht …«

»Lass gut sein«, murmelte Powell schwach. »Bring mich in den Schatten der Klippe und beeile dich!« Er hatte noch das Gefühl, in die Luft gehoben zu werden, das Gefühl schneller Bewegung, das Gefühl brennender Hitze. Dann wurde er ohnmächtig.

Als er erwachte, sah er, dass Donovan sich mit einem ängstlichen Lächeln über ihn neigte. »Wie geht's dir, Greg?«

»Großartig«, kam die Antwort. »Wo ist Speedy?«

»Hier. Ich habe ihn zu einem der anderen Selenvorkommen geschickt – mit dem Befehl, dieses Mal das Selen zu bringen, koste es auch, was es wolle. Er brachte es in 45 Minuten und drei Sekunden. Ich habe die Zeit mit der Stoppuhr gemessen. Er ist immer noch damit beschäftigt, uns um Verzeihung zu bitten. Er hat Angst, in deine Nähe zu kommen – fürchtet sich vor dem, was du ihm sagen wirst.«

»Bring ihn herein!«, befahl Powell. »Er konnte ja gar nichts dafür.«

Er streckte seine Hand aus und packte Speedys metallene Pfote. »Ist schon gut, Speedy!« Dann zu Donovan: »Weißt du, Mike, ich dachte gerade …«

»Ja.«

»Nun ja« – er rieb sein Gesicht. Die Luft war so wunderschön kühl. »Du weißt ja, dass wir – wenn wir alles hier in Ordnung haben und Speedy seine Tests bestanden hat – zur Raumstation geschickt werden ganz in der Nähe von …«

»Nein.«

»Doch. Zum Mindesten hat die alte Calvin mir das gesagt, ehe wir abfuhren, und ich selbst erwiderte gar nichts, weil ich ja die ganze Idee ohnedies bekämpfen wollte.«

»Bekämpfen?«, schrie Donovan. »Aber …«

»Ich weiß schon. Ich hab ja auch jetzt gar nichts mehr dagegen … ich meine gegen zweihundertunddreiundsiebzig Grad unter Null. Wird es nicht ein wahres Vergnügen sein?«

»Raumstation«, sagte Donovan. »Ich grüße dich!«

Vernunft

Ein halbes Jahr später hatten die beiden Männer ihre Auffassung geändert. Die Flammen einer gigantischen Sonne waren dem sanften Dunkel des Raumes gewichen. Aber äußere Veränderungen sind nicht von maßgebender Bedeutung, wenn es sich darum handelt, die Tätigkeit von Robots zu kontrollieren, die sich noch im experimentellen Stadium befinden. Was auch immer der Hintergrund sein mag, man steht der Unerforschlichkeit eines positronischen Gehirns ganz unmittelbar gegenüber, und die unfehlbaren Rechenkünstler sagen, dass dieses Gehirn so und so arbeiten soll.

Nur dass diese Robots das einfach nicht tun. Powell und Donovan fanden das heraus, noch ehe sie sich volle zwei Wochen auf der Station befanden.

Gregory Powell machte eine Pause zwischen jedem seiner Worte, um ihnen so mehr Nachdruck zu verleihen. »Vor einer Woche haben Donovan und ich dich zusammengesetzt.« Er runzelte die Brauen vor Verzweiflung, und er zupfte nervös an den Spitzen seines braunen Schnurrbarts.

Es war still im Verwaltungsraum der Sonnenstation Nr. 5. Außer dem leise summenden Geräusch des Richtstrahllenkers im Bau war nichts zu hören.

Robot QT1 saß unbeweglich da. Die polierten Platten seines Körpers leuchteten, und das glühende Rot der photoelektrischen Zellen seiner Augen war ständig auf den Erdmenschen gerichtet, der ihm am Tisch gegenübersaß.

Powell unterdrückte ein plötzliches Aufbegehren seiner Nerven. Die Robots besaßen eigenartige Gehirne. Oh, es war keine Frage, dass die drei Grundregeln der Robotik funktionierten. Sie mussten ja funktionieren. Das gesamte Personal der U.S. Robot Co., von

Robertson selbst bis hinunter zum jüngsten Fußbodenputzer, bestand darauf. Daher war auch dieser QT1 absolut sicher. Und dennoch. Die QT-Modelle waren die Ersten ihrer Art, und dieses war der Erste der QTs. Mathematische Zauberformeln waren nicht in jedem Falle der sicherste Schutz gegen robotistische Tatsachen.

Endlich sprach der Robot. Seine Stimme besaß den alten Klang metallener Membranen. »Ist Ihnen der Ernst einer solchen Behauptung klar, Powell?«

»*Etwas* hat dich doch produziert, Cutie«, setzte Powell auseinander. »Du gibst doch selber zu, dass es dir scheint, als komme dein Gedächtnis voll ausgewachsen aus einem Nichts und als wäre das alles nicht älter als eine Woche. Ich gebe dir nun die Erklärung, warum das so ist. Donovan und ich haben dich aus den verschiedenen Bestandteilen, die man uns geliefert hat, zusammengesetzt.«

Cutie starrte in einer eigenartig menschlichen Verwirrung auf seine langen beweglichen Finger. »Es kommt mir vor, als müsste es eine befriedigendere Erklärung für all das geben. Dass *Sie mich* hergestellt haben sollen, scheint reichlich unglaubhaft.«

Der Erdenmensch lachte laut auf. »Zum Donnerwetter! Warum denn nur?«

»Nennen Sie es Intuition! Bis jetzt habe ich keine anderen Gründe. Ich beabsichtige aber, mir die ganze Sache mithilfe meiner Vernunft klar zu machen. Eine logische Kette kann nur mit dem Auffinden der Wahrheit enden, und ich werde so lange grübeln, bis ich sie habe.«

Powell stand auf und setzte sich auf den Rand des Tisches neben den Robot. Er empfand plötzlich eine starke Sympathie für diese eigenartige Maschine. Sie besaß kaum noch eine Ähnlichkeit mit einem gewöhnlichen Robot, wie sie sich ihrer sehr speziellen Aufgabe innerhalb der Station mit der Intensität einer tiefeingegrabenen positronischen Gehirnbahn widmete.

Er legte eine Hand auf Cuties Stahlschulter. Das Metall fühlte sich hart und kalt an.

»Cutie«, sagte er, »ich will versuchen, dir einiges zu erklären. Du bist der erste Robot, der Neugierde in Bezug auf seine eigene Existenz an den Tag gelegt hat – und ich glaube, du bist auch der Erste, der intelligent genug ist, um die äußere Welt zu verstehen. Komm mal mit!«

Der Robot richtete sich rasch und elastisch auf. Seine mit dickem Schwammgummi bedeckten Sohlen verursachten keinerlei Geräusch, als er Powell folgte. Der Erdenmensch drückte auf einen Knopf, und ein quadratisches Stück der Wand glitt zur Seite. Durch das dicke klare Glas konnte man den sternenbedeckten Raum sehen.

»Ich habe das bereits durch die Bullaugen des Maschinenraums gesehen«, sagte Cutie.

»Ich weiß«, sagte Powell. »Aber was denkst du, dass es ist?«

»Genau das, was es scheint – ein Stück schwarzen Stoffes unmittelbar außerhalb dieser Glaswand. Auf dem Stoff befinden sich kleine leuchtende Punkte. Ich weiß auch, dass unser Direktor Strahlen zu einigen dieser Punkte sendet, und zwar immer zu den gleichen. Ich weiß, dass diese Punkte sich bewegen und dass die Strahlen mit ihnen wandern. Das ist alles.«

»Schön. Jetzt möchte ich einmal, dass du genau aufpasst. Diese Schwärze ist Leere – eine ungeheure Leere, die sich bis in die Unendlichkeit erstreckt. Die kleinen leuchtenden Punkte sind ungeheure Ansammlungen energiegeladener Materie. Sie sind Kugeln, manche von ihnen mit einem Durchmesser von vielen Millionen Kilometern. Im Vergleich damit musst du wissen, dass diese Raumstation hier nur einen Durchmesser von 1,7 Kilometern besitzt. Sie scheinen so winzig, weil sie unfassbar weit entfernt sind.

Die Punkte, auf die wir unsere Energiestrahlen richten, sind kleiner und bedeutend näher. Sie sind kalt und hart, und menschliche Wesen, so wie ich selber eines bin, bevölkern ihre Oberfläche – und zwar viele Milliarden menschlicher Wesen. Von einer dieser Welten kommen Donovan und ich. Unsere Strahlen versorgen diese Welten mit Kraft, die wir von einer dieser leuchtenden Kugeln, die zufällig in unserer Nähe ist, abzapfen. Diese Kugel nennen wir die Sonne, und sie befindet sich auf der anderen Seite der Station, wo du sie nicht sehen kannst.«

Cutie blieb bewegungslos vor dem Bullauge stehen. Er glich einem Standbild aus Stahl. Als er sprach, wandte er seinen Kopf nicht um. »Und von welchem bestimmten Lichtpunkt behaupten Sie zu kommen?«

Powell suchte. »Dort ist er. Der sehr helle da in der Ecke. Wir nennen ihn Erde.« Er lachte. »Unsere gute alte Erde. Drei Milliarden

Menschen leben dort, Cutie, und in etwa zwei Wochen werde auch ich wieder unter ihnen sein.«

Wie geistesabwesend summte Cutie vor sich hin. Es war eigentlich überraschend, dass er es tat. Es war zwar keine Melodie, aber ganz so, als zupfte jemand an Saiten herum. Es hörte so plötzlich auf, wie es begonnen hatte. »Und woher komme ich, Powell? Meine Existenz haben Sie noch nicht erklärt.«

»Alles Übrige ist einfach. Im Anfang, als man diese Stationen errichtete, und zwar mit dem Zweck, die Planeten mit Sonnenenergie zu versorgen, da wurden sie von Menschen geleitet. Die Hitze aber, die harten Sonnenstrahlen und die Elektronenstürme machten diese Posten zu äußerst schwierigen. So entwickelte man Robots, damit diese die Arbeit anstelle der Menschen besorgen, und jetzt werden lediglich noch zwei menschliche Leiter für jede dieser Stationen benötigt. Wir sind mit dem Versuch beschäftigt, auch diese noch zu ersetzen, und nun kommt das, was dich betrifft. Du bist der höchste Robottyp, der jemals entwickelt wurde, und wenn du, wie wir erwarten, die Fähigkeit zeigst, diese Station völlig unabhängig zu leiten, dann braucht künftig kein menschliches Wesen mehr hierher zu kommen, außer um Ersatzteile zu bringen und Reparaturen vorzunehmen.«

Er hob seine Hand, und der metallene Vorhang schloss sich wieder. Powell ging zum Tisch zurück und begann mit dem Ärmel einen Apfel zu polieren, ehe er hineinbiss.

Die rotleuchtenden Augen des Robots ließen ihn nicht los. »Erwarten Sie tatsächlich«, sagte Cutie langsam, »dass ich eine so komplizierte und völlig unwahrscheinliche Hypothese glauben werde? Wofür halten Sie mich eigentlich?«

Powell verschluckte sich und hustete kleine Stückchen des Apfels auf den Tisch. Er wurde puterrot. »Der Teufel soll dich holen! Was ich dir dargestellt habe, war keine Hypothese. Nackte Tatsachen habe ich dir beschrieben.«

Cuties Stimme besaß einen grimmigen Klang. »Energiegeladene Kugeln mit einem Durchmesser von Millionen von Kilometern! Welten, bewohnt von drei Milliarden menschlichen Wesen. Unendliche Leere. Tut mir Leid, Powell, aber ich glaub's nicht. Ich werde das alles schon selber ergründen. Leben Sie wohl!«

Er wandte sich um und stelzte aus dem Raum hinaus. Auf der

Schwelle traf er mit Michael Donovan zusammen, den er mit steifem Kopfnicken begrüßte. Dann ging er den Gang hinunter, ohne den erstaunten Blick zu bemerken, der ihm folgte.

Mike Donovan raufte sich seine roten Haare und warf einen verärgerten Blick auf Powell. »Worüber hat denn dieser wandelnde Abfallhaufen gesprochen? Was glaubt er nicht?«

Der andere zupfte in bittere Gedanken versunken an seinem Schnurrbart. »Er ist ein Skeptiker«, kam seine Antwort. »Er glaubt nicht daran, dass wir ihn gemacht haben, auch nicht, dass die Erde existiert und der Raum und die Sterne.«

»Verdammt, wir haben einen wahnsinnigen Robot im Hause!«

»Er sagt, er will alles selbst herausbekommen.«

»Also gut«, meinte Donovan freundlich. »Ich hoffe nur, er wird sich bereit finden, mir – wenn er mal alles herausbuchstabiert hat – die ganze Geschichte zu erklären.« Dann in plötzlicher Wut: »Hör mal! Wenn dieses metallene Ungetüm mir gegenüber ein freches Maul riskiert – schlag ich ihm seinen Chromschädel vom Rumpf!«

Er setzte sich mit einem Ruck nieder und zog einen broschierten Kriminalschmöker aus der inneren Rocktasche. »Dieser Robot macht mir geradezu eine Gänsehaut – so was von Neugier ist ja schauerlich!«

Mike Donovan brummte vor sich hin. Er hockte hinter einem riesigen Sandwich mit Salat und Tomaten, als Cutie leise klopfte und eintrat.

»Ist Powell hier?«

Donovans Stimme klang gedämpft. Seine Worte kamen in Abständen und wurden durch die Kaubewegungen seines Mundes unterbrochen. »Er sammelt Daten über elektronische Stromfunktionen. Es scheint, ein Elektronensturm zieht herauf.«

Noch während er sprach, trat Gregory Powell in den Raum. Seine Augen waren auf ein Papier gerichtet, das er in der Hand hielt. Schwer ließ er sich in einen Sessel sinken, breitete vor sich eine Anzahl Blätter aus und begann, schriftliche Berechnungen anzustellen. Donovan starrte ihm über die Schulter. Er kaute noch immer Salat, und kleine Brosamen fielen ab und zu auf den Boden. Cutie schwieg und wartete.

Powell blickte auf. »Das Zeta-Potenzial baut sich auf … aber nur langsam. Trotzdem sind die Stromfunktionen unregelmäßig, und ich weiß nicht, was wir zu erwarten haben. Ach, hallo, Cutie! Ich dachte, du wärst damit beschäftigt, die Installation des neuen Triebwerkes zu überwachen.«

»Ist schon fertig«, sagte der Robot gelassen, »und ich bin gekommen, um mit Ihnen beiden hier ein kleines Gespräch zu führen.«

»Oh«, rief Powell, dem das alles höchst unbequem war. »Na, setz dich nur! Nein, nicht auf den Stuhl da. Eines seiner Beine sitzt nicht mehr ganz fest, und du bist ja nicht gerade ein Leichtgewicht.«

Der Robot tat, wie ihm befohlen war, und sagte freundlich: »Ich bin zu einem Entschluss gekommen.«

Donovan stierte vor sich hin und legte die Überreste seines Sandwichs zur Seite. »Wenn es sich um irgendwelche idiotische ...«

Der andere winkte ihm ungeduldig, still zu sein. »Fahr fort, Cutie! Wie sind beide ganz Ohr.«

»Ich habe die letzten beiden Tage in konzentrierter Selbstbeobachtung verbracht«, sagte Cutie. »Die Resultate sind äußerst interessant. Ich begann mit der einzigen sicheren Annahme, die mir zur Verfügung stand. Ich selbst existiere, weil ich denke ...«

Powell stöhnte. »Schau einer an, ein Robot-Descartes?«

»Wer ist Descartes?«, wollte Donovan wissen. »Hör mal zu, haben wir es nötig, hier zu hocken und uns das Geschwätz dieses wahnsinnig gewordenen Stück Metalls anzuhören?«

»Sei still, Mike!«

Cutie fuhr unbeirrt fort: »Die Frage, die sich sofort stellte, war: Was ist eigentlich die Ursache meiner Existenz?«

Powells Kiefer sank herab. »Du bist ein Narr. Ich hab dir doch schon gesagt, dass wir dich gemacht haben.«

»Und wenn du es nicht glaubst«, fügte Donovan hinzu, »so werden wir dich mit großer Freude einfach wieder auseinander nehmen.«

Der Robot spreizte voller Verachtung seine starken Hände. »Ich denke nicht daran, auch nur das Geringste einfach Ihrer Autorität wegen zu akzeptieren. Eine Hypothese muss mit Vernunftgründen aufrechterhalten werden, sonst ist sie vollkommen wertlos. Es widerspricht aber allem logischen Denken, dass Sie mich geschaffen haben sollen.«

Powell ließ seine Hand besänftigend auf Donovans plötzlich geballte Faust fallen. »Und warum sagst du das?«

Cutie lachte. Es war ein sehr unmenschliches Lachen – die maschinenmäßigste Äußerung, die er bis jetzt von sich gegeben hatte. Es war scharf und explosiv, regelmäßig wie ein Metronom und ebenso unmoduliert.

»Schauen Sie sich doch nur einmal selber an!«, sagte er schließlich. »Ich sage dies keineswegs in verächtlichem Sinn, aber schauen Sie sich doch nur selber an! Das Material, aus dem Sie hergestellt sind, ist weich und schlaff. Ihm fehlt alle Dauerhaftigkeit und Stärke. Ihre Kraft schöpfen Sie aus der unvollständigen Oxydation organischer Materie, wie etwa solchem Zeug da.« Er deutete geringschätzig auf die Überreste von Donovans Sandwich. »Periodisch versinken Sie in ein Koma, und die kleinste Schwankung von Temperatur, Luftdruck, Feuchtigkeit oder Strahlungsintensität vermindert Ihre Leistungsfähigkeit. Sie sind ein lächerlicher Notbehelf.

Ich aber bin ein vollendetes, ein fertiges Produkt. Ich absorbiere ganz unmittelbar elektrische Energie und verbrauche sie mit einem Wirkungsgrad von nahezu hundert Prozent. Ich bin aus starkem Metall zusammengesetzt, bin ständig bei Bewusstsein und kann mühelos jeden extremen Wechsel aller Umgebung ertragen. Dies sind Tatsachen, die zusammen mit der selbstverständlichen Voraussetzung, dass kein Wesen von sich aus ein anderes schaffen kann, das ihm selbst überlegen ist, Ihre dumme Hypothese in tausend Stücke reißen.«

Donovans Gebrumm verdichtete sich allmählich zu deutlichen Flüchen. Er sprang auf, kniff seine Augenbrauen zusammen und schrie: »Zum Teufel! Du Sohn eines Stückes Eisenerz, wenn wir dich nicht gemacht haben, wer hat es denn getan?«

Cutie nickte ernst. »Ausgezeichnet, Donovan! Das war in der Tat die nächste Frage. Offensichtlich muss mein Schöpfer mächtiger sein, als ich es selber bin, und so bot sich am Ende nur eine Möglichkeit.«

Der Erdenmensch blickte verständnislos, während Cutie fortfuhr: »Welches ist der Mittelpunkt aller Tätigkeit hier in der Station? Wem dienen wir alle? Was nimmt unsere ganze Aufmerksamkeit in Anspruch?« Er schaute sich erwartungsvoll um.

Donovan starrte seinen Kameraden verwundert an. »Ich wette, dieser blecherne Halbidiot spricht vom Kraftumwandler selber.«

»Stimmt das, Cutie?«, grinste Powell.

»Ich spreche vom Meister«, kam kalt und scharf die Antwort. Und das war das Signal für den Ausbruch eines brüllenden Gelächters Donovans. Selbst Powell konnte sich eines Kicherns nicht erwehren.

Cutie war aufgestanden. Seine leuchtenden Augen wanderten von einem Erdenmenschen zum anderen. »Es ist dennoch so, und ich bin gar nicht erstaunt, dass Sie sich weigern, mir zu glauben. Ich bin sicher, dass Sie zwei nicht lange hier bleiben werden. Powell hat es selbst schon gesagt, dass anfangs nur Menschen dem Meister dienten, dass dann für die Routinearbeit Robots folgten; und schließlich nun ich selber für den leitenden Dienst. Diese Tatsachen sind zweifellos alle richtig, aber Ihre Erklärung war völlig unlogisch. Wollen Sie die Wahrheit wissen, die hinter allem steht?«

»Schieß los, Cutie! Du machst mir Spaß.«

»Der Meister hat zunächst menschliche Wesen als den untersten Typus geschaffen. Sie waren am leichtesten herzustellen. Nach und nach hat er sie durch Robots ersetzt. Das war der nächsthöhere Schritt. Schließlich hat er mich geschaffen, um den Platz der letzten menschlichen Wesen einzunehmen. Von jetzt an diene ich dem Meister.«

»Nichts dergleichen wirst du tun«, sagte Powell scharf. »Du wirst unsere Befehle ausführen und den Mund halten, bis wir sicher sind, dass du den Umwandler bedienen kannst. Verstehst du das? Den Umwandler – nicht den Meister. Genügst du uns nicht, dann wirst du auseinander genommen. Und jetzt kannst du – wenn du sonst nichts einzuwenden hast – gehen. Und nimm diese Schriftstücke hier mit und leg sie gefälligst richtig ab!«

Cutie nahm die Blätter, die ihm hingereicht wurden, und verließ den Raum ohne ein weiteres Wort. Donovan lehnte sich heftig in seinem Stuhl zurück und fuhr sich mit den dicken Fingern durchs Haar.

»Mit diesem Robot werden wir noch allerhand Schwierigkeiten haben. Er ist total verrückt.«

Das schläfrige Summen des Umwandlers ist im Kontrollraum lauter vernehmbar. Diesem Geräusch beigemischt ist das tickende Geräusch der Geigerzähler und das unregelmäßige Summen von einem halben Dutzend kleiner Signalrelais.

Donovan wandte seine Augen vom Teleskop ab und schaltete das Licht an. »Der Strahl von Station 4 hat Mars genau planmäßig erreicht. Wir können den unseren abschalten.«

Powell nickte geistesabwesend. »Cutie ist drunten im Maschinenraum. Ich werde ihm das Signal geben und er kann's tun. Schau mal, Mike, was hältst du wohl von diesen Zahlen hier?«

Der andere warf einen kurzen Blick darauf und pfiff durch die Zähne. »Mensch, das nenne ich Gammastrahlenintensität! Die gute Sonne scheint der Hafer zu stechen.«

»Ja«, kam die beklommene Antwort. »Ich hoffe, du bist dir klar darüber, dass wir in einer höchst miserablen Position stecken, wenn es zu einem Elektronensturm kommt. Unser Erdstrahl befindet sich genau auf seinem wahrscheinlichen Weg.« Er schob seinen Stuhl vom Tisch weg. »Blödsinn. Wenn er nur nicht losbrechen möchte, ehe die Ablösung kommt. Das dauert aber noch volle zehn Tage. Hör mal, Mike, lauf doch hinunter und behalte Cutie im Auge!«

»Meinetwegen. Wirf mir ein paar von den Mandeln herüber!« Er fing das Paket auf, das ihm zugeworfen wurde, und machte sich auf den Weg zum Aufzug.

Geräuschlos glitt er in die Tiefe. Die Tür des Lifts öffnete sich auf einen schmalen Steg hoch oben in dem ungeheuer großen Maschinenraum. Donovan lehnte sich über das Geländer und schaute hinunter. Die großen Generatoren waren in Betrieb und von den L-Röhren kam das leise Summen, das die ganze Station durchdrang.

Deutlich konnte er bei der Marsröhre die gewaltige leuchtende Gestalt Cuties erkennen, der aufmerksam die Robotergruppe beobachtete, die im Gleichtakt arbeitete.

Dann spannten sich plötzlich alle Muskeln in Donovans Körper. Die Robots, die neben der L-Röhre winzig klein erschienen, stellten sich vor ihr auf. Ihre Köpfe waren gesenkt, und langsam schritt Cutie vor ihrer Reihe auf und ab. Fünfzehn Sekunden vergingen, und dann fielen sie mit einem Lärm, der bedeutend lauter war als das Summen und Sausen, auf ihre Knie.

Donovan stöhnte auf, raste die schmale Treppe hinunter und auf die Gruppe zu. Seine Gesichtsfarbe glich dem Rot seiner Haare. Mit geballten Fäusten fuchtelte er wütend in der Luft herum.

»Was, zum Teufel, soll denn das bedeuten, ihr gehirnlosen Klumpen? Los! An die Arbeit! Wenn ihr diese L-Röhre nicht auseinander genommen, gereinigt und wieder zusammengesetzt habt, ehe der Tag um ist, werde ich eure Gehirne mit Wechselstrom zum Platzen bringen.«

Nicht ein einziger Robot rührte sich.

»Aufstehen!«, brüllte er.

Langsam gehorchte Cutie. Seine photoelektrischen Augen waren vorwurfsvoll auf den Erdenmenschen gerichtet.

»Es gibt keinen Meister außer dem Meister«, sagte er, »und QT1 ist sein Prophet.«

»Was?« Donovan spürte, dass zwanzig Paare mechanischer Augen auf ihn gerichtet waren, und hörte, wie zwanzig harttönende Stimmen feierlich deklamierten:

»Es gibt keinen Meister außer dem Meister, und QTI ist sein Prophet.«

»Es tut mir Leid«, bemerkte Cutie in diesem Augenblick, »dass meine Freunde jetzt einem Höheren gehorchen als Ihnen.«

»So sehen sie gerade aus. Mach, dass du hier herauskommst! Mit dir rechne ich nachher ab. Mit diesen lebenden Puppen aber tue ich es jetzt sofort.«

Langsam schüttelte Cutie seinen schweren Kopf. »Es tut mir Leid, aber Sie begreifen immer noch nicht. Dies hier sind Robots – was bedeutet, dass sie vernunftbegabte Wesen sind. Sie erkennen jetzt den Meister, nachdem ich ihnen die Wahrheit gepredigt habe. Alle Robots tun es. Sie nennen mich ihren Propheten.« Sein Kopf neigte sich. »Ich bin es nicht wert, – aber vielleicht ...«

Donovan fand seine Stimme wieder und bediente sich ihrer. »Wirklich und wahrhaftig? Ist das nicht ganz besonders reizend? Ist das nicht ganz herrlich? Lass dir von mir nur eines sagen, mein Bronzegorilla. Es gibt keinen Meister und keinen Propheten und gar keine Frage, wer hier befiehlt. Verstanden?« Seine Stimme wurde zum Gebrüll. »Jetzt mach, dass du rauskommst!«

»Ich gehorche nur dem Meister.«

»Den Meister soll der Teufel holen.« Donovan spuckte auf die Röhre. »Das hier für den *Meister.* Tu, was ich dir sage!«

Cutie sagte nichts, noch sagte irgendein anderer Robot etwas, aber Donovan spürte, wie sich plötzlich die Spannung im Raume verschärfte. Das Rot der kalten starrenden Augen vertiefte sich, und Cutie schien steifer denn je.

»Gotteslästerung«, flüsterte er mit einer Stimme, die vor innerer Bewegung metallen klang.

Donovan hatte zum ersten Mal ein Gefühl von Angst, als Cutie sich ihm näherte. Ein Robot konnte keinen Ärger empfinden, aber Cuties Augen waren unerforschlich.

»Es tut mir Leid, Donovan«, sagte der Robot, »aber Sie können nach dem, was Sie soeben getan haben, nicht länger hier bleiben. Von jetzt ab sind für Sie und Powell der Kontroll- und Maschinenraum gesperrt.«

Er machte eine leichte Geste mit der Hand, und im nächsten Augenblick hatten zwei Robots bereits Donovans Arme an seine Seiten gepresst.

Donovan hatte Zeit für einen einzigen erschreckten Atemzug, während er spürte, wie er in die Höhe gehoben und mit einer Geschwindigkeit, die schneller war als Galopp, die Treppe hinaufgetragen wurde.

Gregory Powell raste im Verwaltungsbüro auf und ab. Er hatte die Fäuste fest geballt. Sein entrüsteter Blick wanderte immer wieder zu der geschlossenen Tür und mit Bitterkeit zu Donovan.

»Warum, zum Kuckuck, musstest du auch auf die L-Röhre spucken?«

Mike Donovan, der tief versunken in einem Sessel hockte, ließ die Hände heftig auf die Lehnen sausen. »Was hast du denn erwartet, dass ich mit diesen elektrifizierten Vogelscheuchen tun würde? Ich habe keine Lust, vor irgendeinem Automaten, den ich selbst gebaut habe, im Staub zu liegen.«

»Nein«, kam es schroff zurück. »Aber hier hockst du jetzt im Verwaltungsgebäude, und vor deiner Tür stehen zwei Robots Wache. Das ist nicht im Staub liegen, was?«

Donovan knurrte. »Warte nur, bis wir wieder zu Hause sind! Jemand muss mir das teuer bezahlen. Diese Robots *haben* uns zu gehorchen. Das steht in der Regel Nummer Zwei.«

»Was hat's für einen Sinn, das zu sagen? Sie tun's ja doch nicht. Und wahrscheinlich gibt's dafür einen Grund, den wir nun zu spät herausfinden werden. Weißt du übrigens, was mit uns geschehen wird, wenn wir nach Hause kommen?« Er blieb vor Donovans Stuhl stehen und starrte den Mann wütend an.

»Was?«

»Ach, gar nichts Besonderes! Nur zurück in die Bergwerke Merkurs, und zwar für zwanzig Jahre. Vielleicht auch ins Zuchthaus auf dem Ceres!«

»Was schwätzt du eigentlich?«

»Ich rede von dem Elektronensturm, der sich nähert. Weißt du, dass er sich ganz in Richtung auf unseren Erdstrahl zu bewegt? Das hatte ich gerade ausgerechnet, als jener Robot mich aus meinem Stuhl herauszerrte.«

Donovan wurde plötzlich blass. »Verflucht noch mal!«

»Und weißt du auch, was mit dem Erdstrahl geschehen wird? – denn der Sturm wird ein Meisterstück von einem Sturm sein. Der Erdstrahl wird anfangen herumzuhüpfen wie ein Floh. Nachdem nur Cutie die Kontrolle hat, wird der Strahl natürlich nicht mehr richtig eingestellt sein, und wenn das geschieht, dann helfe der Himmel der Erde und uns!«

Donovan begann wie wild an der Tür zu rütteln ... noch ehe Powell halb zu Ende war mit seinen Worten. Die Tür öffnete sich, und der Erdenmensch schoss hindurch, nur um hart mit einem unbeweglichen Stahlarm zusammenzurennen.

Der Robot starrte geistesabwesend auf den schnaufenden, sich wehrenden Erdenmenschen. »Der Prophet hat dir befohlen, im Zimmer zu bleiben. Bitte tue das!« Sein Arm schob ihn vor sich her. Donovan taumelte nach rückwärts, und während er das tat, tauchte Cutie gerade am anderen Ende des Ganges auf. Er winkte den Wächtern sich zu entfernen, trat in das Verwaltungsbüro ein und schloss sanft die Tür.

Donovan wandte sich in atemloser Entrüstung Cutie zu. »Was zu viel ist, ist zu viel. Für diesen Scherz wirst du teuer zahlen müssen.«

»Bitte ärgern Sie sich nicht«, antwortete der Robot ruhig. »Irgendwann einmal musste es ja schließlich kommen. Sie verstehen wohl, dass Sie beide Ihre Funktion verloren haben.«

»Entschuldige mal!« Powell setzte sich steif auf. »Was meinst du eigentlich damit, wenn du sagst, wir beide hätten unsere Funktion verloren?«

»Bis ich geschaffen wurde«, antwortete Cutie, »bedienten Sie den Meister. Dieses Privileg gehört jetzt mir, und Ihre einzige Existenzberechtigung ist damit verschwunden. Ist das nicht ganz klar?«

»Nicht ganz und gar«, antwortete Powell bitter. »Aber was erwartest du jetzt eigentlich von uns?«

Cutie antwortete nicht sofort. Er blieb still, als wäre er in Gedanken versunken. Dann schoss ein Arm heraus und legte sich um Powells Schultern. Der andere packte Donovans Handgelenk und zog ihn dichter heran.

»Ich hab Sie beide gern. Sie sind niedrigere Kreaturen mit schlechten Denkfähigkeiten, aber ich spüre wirklich eine Art von Zuneigung für Sie. Sie haben dem Meister gut gedient, und er wird sich erkenntlich zeigen. Nun, nachdem Ihr Dienst beendet ist, werden Sie wahrscheinlich nicht mehr lange existieren. Solange Sie aber da sind, werden Sie mit Essen, Kleidung und Wohnung versorgt werden unter der Bedingung, dass Sie weder den Kontrollraum noch den Maschinenraum betreten.«

»Er pensioniert uns, Greg«, schrie Donovan. »Tu doch was dagegen! Das ist ja einfach erniedrigend.«

»Schau mal, Cutie, wir können das nicht mitmachen! Wir sind hier die Herren. Diese Station ist nichts als eine Schöpfung menschlicher Wesen, wie ich eines bin – menschlicher Wesen, die auf der Erde und auf anderen Planeten leben. Das hier ist nur ein Energierelais. Du bist nur – ach was, Blödsinn.«

Cutie schüttelte ernst den Kopf. »Dies ist nichts als eine Art fixer Idee. Wieso müsst Ihr auf einem so völlig falschen Weltbild bestehen? Zugegeben, dass Nichtrobots keine Denkfähigkeit besitzen, bleibt immer noch das Problem der …«

Seine Stimme erstarb. Er wurde nachdenklich und schweigsam. Im Flüsterton knirschte Donovan: »Hättest du nur ein Gesicht aus Fleisch und Blut, ich würde es dir zusammenschlagen!«

Powells Finger spielten mit seinem Schnurrbart. Seine Augen waren nur noch kleine Schlitze. »Hör mal, Cutie, wenn es so etwas wie die Erde gar nicht gibt, wie willst du dann das, was du durchs Teleskop siehst, erklären?«

»Entschuldigen Sie bitte, wie?«

Der Erdenmensch lächelte. »Ich hab dich wohl in die Enge getrieben, was? Seit wir dich zusammengesetzt haben, hast du, Cutie, selbst eine ganze Menge teleskopischer Beobachtungen gemacht. Hast du bemerkt, dass einige dieser Punkte sich in Scheiben verwandeln, wenn man sie durchs Fernrohr betrachtet?«

»Ach *das* meinten Sie? Natürlich kann ich das erklären. Es handelt sich ganz einfach um Vergrößerung. Mit ihrer Hilfe kann man dann den Strahl genauer ausrichten.«

»Warum werden dann nicht auch die Sterne genauso vergrößert?«

»Sie meinen die anderen Punkte? Nun ja, auf sie sind keine Strahlen gerichtet, und so ist eine Vergrößerung auch nicht nötig. Wirklich Powell, für so dumm sollten Sie mich nicht halten!«

Powell starrte bedrückt zur Decke. »Durch ein Teleskop sieht man aber doch mehr Sterne. Woher kommen die? Sprich doch, woher kommen denn die?«

Cutie war ärgerlich. »Hören Sie mal, Powell, glauben Sie, ich bin so dumm, dass ich versuchen werde, eine physikalische Erklärung für jede optische Illusion unserer Instrumente zu finden? Seit wann ist die Evidenz, zu der wir durch unsere Sinne gelangen, stärker als die Kraft der Vernunft?«

»Sieh mal an«, verlangte Donovan plötzlich, während er sich Cuties freundschaftlichem, aber doch schwerem Arm entwand, »gehen wir doch mal den Dingen auf den Grund! Weshalb sind die Richtstrahlen überhaupt vorhanden? Wir geben dir eine gute logische Erklärung. Kannst du eine bessere finden?«

»Die Strahlen«, kam die steife Antwort, »werden vom Meister für seine eigenen Zwecke ausgesandt. Es gibt eben Dinge« – er hob seine Augen fromm nach oben –, »die wir nicht ergründen dürfen. In dieser Beziehung diene ich nur, frage aber nicht.«

Powell ließ sich langsam nieder und vergrub den Kopf in seine zitternden Hände. »Mach, dass du rauskommst, Cutie! Geh und lass mich nachdenken.«

»Ich werde Ihnen was zu essen schicken«, sagte Cutie freundlich.

Ein Stöhnen war die einzige Antwort, und der Robot verschwand.

»Greg«, war Donovans geflüsterte Bemerkung, »was wir jetzt benötigen, ist eine gute und richtige Strategie. Wir müssen ihn packen, wenn er es am wenigsten erwartet, und ihn dann kurzschließen. Konzentrierte Salpetersäure in seine Gelenke …«

»Sei kein Esel, Mike! Glaubst du wirklich, er lässt es zu, dass wir uns ihm mit Säure in den Händen nähern? Wir müssen mit ihm *reden,* sage ich dir. Wir müssen ihn dazu bringen, dass er uns innerhalb von 48 Stunden in den Kontrollraum zurücklässt, oder alle unsere Felle schwimmen weg.«

Er schaukelte rückwärts und vorwärts in ohnmächtiger Qual. »Wer, zum Teufel, will denn einen Robot überzeugen? Es ist … es ist …«

»Beschämend«, beendete Donovan den Satz.

»Noch schlimmer!«

»Sag mal« – Donovan lachte plötzlich –, »warum geben wir uns dazu her, uns mit ihm auseinander zu setzen? Wir wollen's ihm zeigen. Bauen wir vor seinen Augen einen neuen Robot! Dann *muss* er ja alles zurücknehmen.«

Ein langsam immer strahlender werdendes Lächeln erschien auf Powells Gesicht.

Donovan fuhr fort: »Und stell dir nur das Gesicht dieses Verrückten vor, wenn er sieht, wie wir das machen!«

Robots werden natürlich auf der Erde hergestellt. Ihr Transport durch den Raum ist aber viel einfacher, wenn er in einzelnen Teilen erfolgt, die dann an Ort und Stelle zusammengesetzt werden. Nebenbei wird auf diese Weise den Robots auch jede Möglichkeit genommen wegzulaufen, solange sie sich noch auf der Erde befinden, was die U.S. Robot Co. in Konflikt bringen könnte mit den strengen Anti-Robot-Gesetzen, die noch auf der Erde herrschen.

Andererseits belastete dieses Verfahren Männer wie Powell und Donovan mit der schwierigen und manchmal recht komplizierten Aufgabe, komplette Robots an Ort und Stelle zusammenzubauen.

Powell und Donovan waren sich dieser Lage nie zuvor so bewusst gewesen als an dem Tage, an dem sie es im Raum, der für die Zusammensetzung dieser Automaten bestimmt war, unternahmen, vor den wachsamen Augen des QT1 – des Propheten des Meisters – einen neuen Robot erstehen zu lassen.

Der betreffende Robot, ein ganz einfaches MC-Modell, lag beinahe vollendet auf dem Tisch. Nur noch drei Stunden Arbeit waren nötig. Allein der Kopf war noch herzustellen … Powell machte eine Pause und warf einen unsicheren Blick auf Cutie.

Dieser Seitenblick gab ihm nicht viel Hoffnung. Drei Stunden lang war Cutie wort- und bewegungslos dagesessen, und der Ausdruck seines Gesichtes – an sich schon immer undurchdringlich – war nun völlig undeutbar.

Powell stöhnte. »Setzen wir jetzt mal das Gehirn ein, Mike!«

Donovan öffnete den festverschlossenen Behälter und zog aus dem darin enthaltenen Ölbad einen zweiten Würfel heraus. Nun öffnete er auch diesen und entnahm dem mit Gummischaum ausgeschlagenen Gehäuse eine Kugel.

Er behandelte sie vorsichtig, war es doch der komplizierteste Mechanismus, der je von Menschenhand konstruiert worden war. Eingeschlossen in die dünne platindoublierte so genannte Haut der Kugel war das positronische Gehirn, in dessen äußerst feine instabile Struktur neuronische Gehirnbahnen eingeprägt waren, was jeden Robot sozusagen mit einer vorgeburtlichen Erziehung versah.

Die Kugel passte genau in die Schädelhöhle des Robots, der auf dem Tische lag. Blaues Metall schloss sich darüber und wurde mit winziger atomischer Flamme festgeschweißt. Vorsichtig wurden photoelektrische Augen eingesetzt, festgeschraubt und bedeckt mit dünnen durchsichtigen Schichten stahlharten Kunststoffes.

Nun wartete der Robot nur noch auf den belebenden Blitz von Elektrizität hoher Spannung. Powell machte, die Hand am Schalter, eine kleine Pause.

»Nun pass auf, Cutie! Pass ganz genau auf!«

Der Schalter wurde geschlossen. Ein knisterndes Summen wurde hörbar. Die beiden Erdenmenschen beugten sich ängstlich über ihre Schöpfung.

Im Anfang zeigte sich lediglich eine unsichere Bewegung – ein Zucken der Gelenke. Der Kopf hob sich, dann stützte sich der Robot mit den Gelenken auf, und schließlich schwang sich das MC-Modell schwerfällig vom Tisch herunter. Es stand noch unsicher auf den Füßen, und zweimal konnte es nur kratzende Geräusche anstelle von Worten hervorbringen.

Schließlich aber wurde – wenn auch noch unsicher und zögernd – verständlich, was der neue Robot sagen wollte. »Ich möchte anfangen zu arbeiten«, sagte er. »Wohin soll ich gehen?«

Donovan rannte zur Tür. »Diese Treppen hinunter«, sagte er. »Da drunten wird man dir sagen, was du zu machen hast.«

Das MC-Modell hatte sich entfernt, und die beiden Erdenmenschen waren nun allein mit dem noch immer unbeweglichen Cutie. »Nun«, sagte Powell grinsend, »glaubst du jetzt, dass wir dich gemacht haben?«

Cuties Antwort war scharf und endgültig. »Nein«, sagte er.

Powells Grinsen erstarrte und verschwand dann langsam. Donovans Mund öffnete sich und blieb eine ganze Weile offen.

»Verstehen Sie«, fuhr Cutie freundlich fort. »Sie haben lediglich Teile, die schon existierten, zusammengesetzt. Sie haben das außerordentlich gut gemacht – ich nehme an instinktiv –, aber Sie haben den Robot nicht wirklich erschaffen. Die einzelnen Teile wurden vom Meister erschaffen.«

»Hör mal«, stöhnte Donovan heiser. »Jene Teile wurden drunten auf der Erde hergestellt und uns zugeschickt.«

»Schön, schön«, sagte Cutie besänftigend, »wir wollen darüber nicht streiten.«

»Aber es *ist* so.« Der Erdenmensch sprang vorwärts und packte den Arm des Robots. »Wenn du die Bücher in der Bibliothek lesen könntest, so würdest du sehen, dass es sich wirklich ganz genau so verhält.«

»Die Bücher? Die hab ich gelesen – alle miteinander. Die sind äußerst geschickt abgefasst.«

Powell mischte sich ein. »Wenn du sie gelesen hast, was gibt es dann überhaupt noch zu reden? Die Evidenz, die dir durch sie geboten wird, kannst du doch wohl nicht bestreiten. Das *kannst* du einfach nicht.«

Nun war Mitleid in Cuties Stimme. »Bitte, Powell, ich betrachte diese Bücher ganz bestimmt nicht als eine gültige Informationsquelle. Auch sie wurden vom Meister geschaffen – und sind für Sie bestimmt, nicht für mich.«

»Wie kommst du denn *darauf?«,* fragte Powell.

»Weil ich, ein vernunftbegabtes Wesen, imstande bin, die Wahrheit von a priori Ursachen abzuleiten. Sie, der Sie Intelligenz besitzen, aber keine Vernunft, benötigen eine Erklärung Ihrer Existenz, und diese wurde Ihnen vom Meister geliefert. Dass er Sie mit diesen lächerlichen Ideen von fernen Welten und Völkern versorgt hat, war sicherlich zu Ihrem Besten. Wahrscheinlich sind Ihre Gehirne zu grobkörnig für die absolute Wahrheit. Da es aber ganz offenbar der Wille des Meisters ist, dass Sie an jene Bücher glauben, werde ich mich mit Ihnen nicht mehr darüber streiten.«

Als er den Raum verließ, wandte er sich um und sagte in freundlichem Tone: »Seien Sie aber jetzt bitte nicht deprimiert! Im großen Plan des Meisters ist Platz für alle. Auch ihr armen Menschenwesen habt da euren Platz, und wenn er auch niedrig ist, so werdet ihr doch, wenn ihr ihn gut ausfüllt, auch belohnt werden.« Er ging mit der Miene eines Heiligen, wie sie gut zum Propheten des Meisters passte, und die beiden Menschen vermieden es, sich anzusehen.

Schließlich sprach Donovan: »Sag mal, Greg, du glaubst doch auch nicht, dass er mit all dem vielleicht Recht hat! Es klingt so sicher und …«

Powell wandte sich wütend zu ihm um. »Sei kein Narr! Du wirst, wenn die Ablösung nächste Woche kommt, schon herausfinden, ob die Erde existiert oder nicht. Was glaubst du wohl, was wir da drunten zu hören kriegen.«

»Dann müssen wir unter allen Umständen irgendetwas unternehmen.« Donovan weinte fast. »Er glaubt weder uns, noch seinen eigenen Augen, noch den Büchern.«

»Nein«, sagte Powell erbittert. »Er ist ein vernunftbegabter Robot – und der Teufel soll ihn holen. Er glaubt ausschließlich seiner Vernunft, und darin liegt *eine* Schwierigkeit …« Seine Stimme verlor sich.

»Und was ist diese eine Schwierigkeit?«, fragte Donovan.

»Du kannst mit kalter Logik alles, was du willst, beweisen … wenn du nur die richtigen Postulate auswählst. Wir haben die unsrigen, und Cutie hat die seinen.«

»Dann lass uns so schnell wie möglich seine Postulate angreifen! Der Sturm wird morgen losbrechen.«

Powell seufzte müde. »Das ist ja gerade die Stelle, an der alles zusammenbricht. Postulate basieren auf Annahmen, und man nimmt sie als wahr an, nicht weil sie wahr sind, sondern weil man an sie glaubt. Nichts im ganzen Weltenraum kann sie erschüttern. – Ich lege mich schlafen.«

»Möchte ich auch gerne tun, aber ich kann nicht schlafen.«

»Ich auch nicht. Aus Prinzip kann ich's aber immerhin mal versuchen.«

Auch zwölf Stunden später war Schlaf für beide nichts als eine Sache des Prinzips, aber in Wirklichkeit unerreichbar.

Der Sturm war vor der errechneten Zeit eingetroffen, und Donovans sonst so rotes Gesicht war blass, als er mit zitterndem Finger zum Bullauge deutete. Powell, unrasiert und mit trockenen Lippen, starrte hinaus in den Raum und zupfte verzweifelt an seinem Schnurrbart herum.

Unter anderen Umständen hätte der Anblick, der sich ihnen bot, wunderschön sein können. Der Strom von Elektronen, der sich mit höchster Geschwindigkeit an dem Energiestrahl brach, leuchtete an der Stelle des Aufpralls mit fluoreszierendem Lichte auf. Der Strahl, der sich sozusagen ins Unendliche erstreckte, wurde leuchtend unter dem Lichte von Billionen und Aberbillionen von tanzenden, schimmernden Staubkörnern.

Der Energiestrahl schien unbeweglich, aber die Erdenmenschen wussten, was der Wert solcher mit nacktem Auge gemachten Beobachtungen war. Winkelabweichungen von einer hunderttausendstel Sekunde – dem Auge unsichtbar – genügten, um den Strahl irgendwo ins Nichts zu schicken, und reichten aus, um hunderte von Quadratkilometern der Erde in leuchtende Ruinen zu verwandeln.

Und da hockte nun ein Robot, den Strahl, Brennpunkt, Erde nicht interessierten und der sich um nichts als um seinen Meister kümmerte, an den Kontrollhebeln.

Stunden vergingen. Die Erdenmenschen beobachteten die Ereignisse in hypnotisiertem Schweigen. Dann wurden die hüpfenden Pünktchen blasser und erloschen schließlich. Der Sturm war vorüber. Powells Stimme klang leer. »Alles ist vorüber.«

Donovan war in einen unruhigen Schlaf gesunken, und Powells müde Augen ruhten neidisch auf ihm. Das Signallicht leuchtete wieder auf, aber der Erdenmensch schenkte ihm keine Beachtung. Es war alles unwichtig geworden. Alles. Vielleicht hatte Cutie Recht – und er war nichts als ein Wesen minderer Sorte mit einem ihm angepassten Gedächtnis und einem Leben, das keinen Sinn mehr besaß.

Er wünschte, dem wäre wirklich so.

Cutie stand vor ihm. »Sie haben das Signallicht nicht bemerkt, und so bin ich einfach hereingekommen.« Seine Stimme war leise. »Sie sehen absolut nicht gesund aus, und ich fürchte, Ihre Lebensdauer nähert sich ihrem Ende. Würde es Sie dennoch interessieren, einige der heute aufgenommenen Daten zu sehen?«

Ganz dunkel wurde Powell sich darüber klar, dass dies eine freundliche Geste des Robots war, vielleicht um irgendwelche Selbstvorwürfe zu beschwichtigen – Selbstvorwürfe, die er sich machte, weil er die Menschen mit Gewalt von den Kontrollhebeln der Station entfernt hatte. Er nahm die Blätter, die ihm hingehalten wurden, und starrte, ohne zu sehen, auf die Kurven und Zahlen.

Cutie schien sehr mit sich zufrieden. »Natürlich ist es ein großes Privileg, dem Meister zu dienen. Aber bitte nehmen Sie es doch nicht zu schwer, dass ich an Ihre Stelle getreten bin!«

Powell brummte und ließ seinen Blick von einem Blatt zum anderen wandern. Er tat es mechanisch, bis sein trüber Blick an einer dünnen roten Linie haften blieb, die zitternd quer über das Papier lief.

Er starrte sie an – und starrte sie von neuem an. Er packte das Papier, hielt es mit beiden Fäusten fest und stand auf – und auch dabei starrte er das Papier noch immer an. Ohne dass er es merkte, fielen die anderen Blätter zu Boden.

»Mike, *Mike!*« Wild rüttelte er den anderen. *»Er hat den Strahl gehalten.«*

Donovan wurde munter. »Was? Wo? ...« Und auch er starrte mit aus dem Kopf heraustretenden Augen auf das Blatt Papier. Cutie mischte sich ein. »Ist etwas los?«

»Du hast den Strahl genau richtig gehalten«, stotterte Powell. »Hast du das gewusst?«

»Richtig? Wieso richtig?«

»Genau ausgerichtet auf die Empfangsstation – und zwar mit Abweichungen, die nicht größer waren als eine zehnmillionstel Bogensekunde.«

»Welche Empfangsstation?«

»Auf der Erde. Die Empfangsstation auf der Erde«, plapperte Powell. »Du hast den Strahl sozusagen in focus gehalten.«

Ärgerlich wandte Cutie sich auf dem Absatz um. »Es ist unmöglich, Ihnen gegenüber irgendwelche Freundlichkeit zu zeigen. Immer kommen Sie mit den gleichen Phantastereien. Ich habe ganz einfach gemäß dem Willen des Meisters alle Instrumente im Gleichgewicht gehalten.«

Er hob die verschiedenen Blätter vom Boden auf und entfernte sich steif. Und Donovan sagte: »Da soll doch gleich ...«

Er wandte sich an Powell. »Was tun wir jetzt?«

Powell war müde, aber erleichtert. »Nichts. Er hat gerade bewiesen, dass er die Station tadellos leiten kann. Ich habe nie zuvor gesehen, dass jemand einen Elektronensturm derartig gut überstanden hätte.«

»Aber nichts ist gelöst. Du hast doch gehört, was er über den Meister gesagt hat. Wir können doch nicht ...«

»Schau mal, Mike! Er folgt den Anweisungen des Meisters mithilfe von Zeigern, Instrumentenskalen und Kurven. Haben wir jemals was anderes getan? Das ist ja gerade der Grund, warum er uns den Gehorsam verweigert hat. Gehorsam ist die Regel Nummer Zwei. Menschliche Wesen dürfen keinen Schaden nehmen, ist Nummer Eins. Wie aber kann er, auch unwissentlich, Menschen vor Schaden schützen? Natürlich einfach in der Weise, dass er den Energiestrahl stetig hält. Er *weiß,* dass er ihn stetiger halten kann, als wir es könnten, und da er darauf besteht, dass er ein uns überlegenes Wesen ist, so muss er uns natürlich aus dem Kontrollraum draußen halten. Das alles ist, wenn du dich der robotischen Gesetze erinnerst, völlig unabweisbar.«

»Sicherlich – nur kommt es darauf doch gar nicht an. Wir können es doch nicht zulassen, dass er diesen Quatsch mit dem Meister fortsetzt.«

»Und warum nicht?«

»Mensch, wer hat denn jemals so was gehört? Wie können wir ihm, wenn er nicht an die Erde glaubt, jemals die Station anvertrauen?«

»Kann er die Station bedienen?«

»Ja, aber …«

»Was macht es dann für einen Unterschied, was er glaubt?«

Powell breitete die Arme aus. Auf seinem Gesicht lag ein unsicheres Lächeln. Dann stolperte er rückwärts und fiel aufs Bett. Er war eingeschlafen.

Powell sprach, während er damit beschäftigt war, sich in sein Raumjackett hineinzuzwängen.

»Es würde ganz einfach sein«, sagte er. »Man bringt neue QT-Modelle, immer eines nach dem anderen, rüstet sie mit einem automatischen Schalter aus, der sie nach einer Woche ausschaltet – was ihnen genügend Zeit gibt, um den Kult des Meisters vom Propheten selbst zu lernen –, verfrachtet sie dann zu einer Station und revitalisiert sie dort. Wir können zwei QT's per …« Donovan nahm seine Gesichtsplatte ab und runzelte die Stirn. »Halt's Maul und lass uns gehen! Die Ablösung wartet, und ganz wohl werde ich mich erst wieder fühlen, wenn ich tatsächlich die Erde wiedersehe und ihren Boden unter den Füßen spüre – nur weil ich erst dann ganz sicher sein werde, dass sie wirklich existiert.« Während er sprach, öffnete sich die Tür.

Donovan schloss mit einem unterdrückten Fluch die Gesichtsplatte und wandte Cutie verärgert den Rücken zu.

Leise näherte sich der Robot. Trauer klang aus seiner Stimme. »Sie gehen?«

Powell nickte kurz. »Andere werden unsere Stelle einnehmen.« Cutie seufzte. Es klang wie Wind, der durch eng nebeneinander gespannte Drähte streicht. »Ihre Dienstzeit ist vorüber und der Zeitpunkt ihrer Auflösung ist gekommen. Ich erwartete das, aber ... Nun ja, des Meisters Wille geschehe!«

Sein resignierter Ton verletzte Powell. »Wir brauchen dein Mitleid nicht, Cutie. Wir fahren zur Erde, nicht in die Auflösung.«

»Dieser Gedanke bedeutet für Sie bestimmt einen großen Trost«, seufzte Cutie von neuem. »Ich begreife jetzt die Weisheit, die in dieser Illusion liegt. Ich würde, selbst wenn ich es könnte, nicht versuchen, Ihren Glauben zu erschüttern.« Er verschwand – ein wirkliches Bild des Mitleidens.

Powell fluchte und gab Donovan ein Zeichen. Verlötete Handkoffer in der Hand, machten sie sich auf den Weg zur Luftschleuse.

Das Ablösungsschiff befand sich auf dem äußeren Landeplatz, und Franz Müller, der Mann, der sie ablösen sollte, begrüßte sie steif und höflich. Donovan nickte kaum. Er ging in den Pilotenraum, wo er die Kontrolle des Schiffes von Sam Evans übernahm.

Powell zögerte. »Wie geht's der guten alten Erde?«

Die Frage war durchaus alltäglich, und Müller gab die übliche Antwort: »Dreht sich noch immer.«

Powell sagte: »Gut.«

Müller schaute ihn an. »Die Burschen von der U.S. Robot Co. haben übrigens was ganz Neues erfunden. Einen Multiplen Robot.«

»Einen was?«

»Genau was ich gesagt habe. Sie haben einen großen Auftrag bekommen. Offenbar ist diese Erfindung genau das, was man für Bergarbeit auf den Asteroiden benötigt. Es handelt sich dabei um einen Meisterrobot, der sechs Unterrobots unter sich hat. Genau wie Finger an einer Hand.«

»Hat man's schon ausprobiert?«, fragte Powell ängstlich.

Müller lächelte. »Wie ich höre, wartet man auf euch.«

Powell ballte die Faust. »Der Teufel soll's holen! Wir haben 'ne Erholung nötig, Ferien!«

»Oh, die bekommt ihr bestimmt. Ich nehme an, so etwa zwei Wochen.«

Müller war damit beschäftigt, seine schweren Raumhandschuhe anzuziehen. »Was macht denn dieser neue Robot? Ich hoffe nur, er funktioniert richtig, oder der Teufel soll mich holen, wenn ich ihn an die Kontrollhebel lasse.«

Powell ließ eine gewisse Zeit vergehen, ehe er antwortete. Seine Augen wanderten über den stolzen Preußen, der da vor ihm stand, wanderten vom kurz geschnittenen Haar auf seinem eigensinnigen Dickschädel zu den Füßen, die in strammer Hab-acht-Stellung standen – und plötzlich überflutete ihn eine Welle reiner Glückseligkeit.

»Der Robot ist ziemlich gut«, sagte er langsam. »Ich glaube kaum, dass du dich viel um die Kontrollhebel wirst kümmern müssen.«

Er lachte in sich hinein und bestieg das Schiff. Müller würde einige Wochen hier bleiben müssen …

Erst den Hasen fangen

Die Ferien dauerten länger als zwei Wochen. Mike Donovan musste das anerkennen. In Wirklichkeit waren es sechs Monate mit voller Bezahlung. Auch das musste er zugeben. Das alles war aber, wie er erklärte, rein zufällig. U.S. Robot mussten gewisse Fehler, die sich in den Multiplen Robots gezeigt hatten, zunächst einmal ausmerzen. Es war eine ganze Anzahl von Fehlern. Dennoch blieb immer noch mindestens ein halbes Dutzend Fehler übrig, die sich erst beim praktischen Ausproben zeigen würden. So warteten sie und erholten sich, bis die Männer an den Reißbrettern und die Burschen mit den Rechenschiebern ihren Segen gaben. Und nun weilten er und Powell draußen auf dem Asteroiden, und gar nichts war in Ordnung. Dies wiederholte Powell mindestens ein dutzendmal, wobei sein Gesicht eine rübenrote Farbe annahm.

»Um Himmels willen, Greg, sieh doch die Dinge an, wie sie sind! Was hat es für einen Sinn, sich genau an die Buchstaben der Spezifikationen zu halten und zuzusehen, wie alle Versuche fehlschlagen? Es ist Zeit, dass du deine Bürokratenmanieren ablegst und dich endlich an die Arbeit machst.«

»Ich sage lediglich«, erklärte Gregory Powell, als versuche er, ein Kind über Elektronen zu belehren, »dass den Spezifikationen zufolge diese Robots für Bergwerksarbeit auf Asteroiden ausgerüstet sind, und zwar ohne Überwachung. Wir sollen sie nicht beaufsichtigen.«

»Schön. Pass mal auf! Logik!« Er hob seine haarigen Finger und deutete: »Erstens: Der neue Robot hat alle Prüfungen in den Erdlaboratorien bestanden. Zweitens: Die Gesellschaft hat garantiert, dass er die Prüfung auch auf einem Asteroiden bestehen wird. Drittens: Die Robots bestehen die Prüfung nicht. Viertens: Wenn sie sie aber nicht bestehen, so verliert United States Robot zehn Millionen Kredite in bar und ungefähr hundert Millionen an Ruf. Fünftens:

Bestehen sie die Prüfung nicht und wir können nicht erklären, warum das so ist, so besteht die Möglichkeit, dass von zwei guten Stellungen ein sehr trauriger Abschied genommen werden muss.«

Powell stöhnte schwer hinter einem offensichtlich unaufrichtigen Lächeln. Das ungeschriebene Motto der United States Robot and Mechanical Men Co. war weltbekannt: Kein Angestellter macht zweimal den gleichen Fehler. Er wird gleich beim ersten Mal hinausgeworfen.

Laut sagte er: »Du bist so klar und einleuchtend mit allem, was du sagst, wie Euklid – außer mit den Fakten. Drei Wochen lang hast du rothaariger Teufel die Robots beobachtet, und während dieser drei Wochen haben sie ihre Arbeit tadellos verrichtet. Das hast du mir doch selbst gesagt. Was können wir sonst noch tun?«

»Herausfinden, was eigentlich los ist mit ihnen. Solange ich sie beobachtet habe, war an ihrer Arbeit tatsächlich nichts auszusetzen. Bei drei verschiedenen Gelegenheiten aber haben sie, als ich sie nicht beobachtete, nicht ein einziges Gramm Eisenerz eingebracht. Noch nicht mal rechtzeitig heimgekommen sind sie. Ich musste sie holen.«

»Und was war los?«

»Nichts. Absolut gar nichts. Alles war in tadelloser Ordnung. Glatt und einwandfrei wie der lichttragende Äther. Nur ein kleines Detail hat mich gestört – nicht ein Gramm Eisenerz war vorhanden.«

Powell schaute stirnrunzelnd zur Decke, während er an seinem Schnurrbart zupfte. »Ich will dir was sagen, Mike. Wir haben schon ziemlich schwierige Aufgaben gemeistert, aber diese ist schlimmer als alle anderen. Die ganze Sache ist über alle Maßen kompliziert. Schau mal, dieser Robot DV 5 hat sechs Robots unter sich … und nicht nur unter sich, sondern gleichzeitig sind sie Teile seiner selbst.«

»Ich weiß das.«

»Halt den Mund«, sagte Powell wütend. »Ich weiß, dass du's weißt. Ich will nur beschreiben, wie höllisch schwierig das Ganze ist. Diese sechs Hilfskräfte sind Teile von DV 5, wie deine Finger Teile von dir sind, und DV 5 gibt ihnen Befehle weder durch Stimme noch durch Radio, sondern direkt durch positronische Felder. Nun also – in der ganzen United States Robot Co. ist nicht ein einziger Robot-Spezialist, der weiß, was ein positronisches Feld überhaupt ist oder wie es arbeitet. Noch weiß ich's. Noch weißt du's.«

»Letzteres«, stimmte Donovan philosophisch zu, »weiß ich.«

»Dann schau dir mal an, in welcher Lage du dich befindest! Funktioniert alles – gut und schön. Ist das aber nicht so, dann haben wir das Nachsehen, und wahrscheinlich gibt es gar nichts, was wir oder irgendein anderer daran ändern könnten. *Wir* aber haben diese Stellung und nicht irgendein anderer, und so sitzen *wir* im Dreck, Mike.« Einen Augenblick starrte er wild vor sich hin.

»Gut also – hast du ihn draußen?«

»Ja.«

»Ist jetzt im Augenblick alles normal?«

»Na ja, er hat weder den religiösen Wahnsinn, noch rennt er in Kreisen herum und zitiert dabei Gilbert und Sullivan. Ich nehme daher an, dass alles normal ist.«

Donovan ging durch die Tür. Wütend schüttelte er den Kopf.

Powell griff nach dem ›Handbuch der Robotik‹, das gewichtig auf der einen Seite seines Pultes lag, und schlug es voll Ehrfurcht auf. Einmal war er nur mit einer Unterhose bekleidet und lediglich unter Mitnahme des Handbuches aus dem Fenster eines brennenden Hauses gesprungen. Wäre es darauf angekommen, so hätte er lieber auf die Unterhose verzichtet.

Das Handbuch lag vor ihm aufgeschlagen, als Robot DV 5 eintrat. Hinter ihm her kam Donovan, der die Tür mit einem Fußtritt schloss.

»Großartig«, sagte der Robot. »Darf ich mich setzen?«

Er zog den besonders verstärkten Stuhl, der sein Platz war, hervor und ließ sich sanft darauf nieder.

Powell betrachtete Dave. Laien mochten, wenn sie an Robots dachten, sich nur an Seriennummern erinnern. Aber Robot-Spezialisten sahen in ihnen etwas anderes. Dave war keineswegs übermassiv, obwohl er als Denkeinheit für eine integrierte Siebenergruppe konstruiert war. Er war über zwei Meter groß und wog mehr als fünfhundert Kilo. Viel? Nicht, wenn jene fünfhundert Kilo sich zusammensetzen aus einer Unmasse von Kondensatoren, Leitungssystemen, Relais und Vakuum-Zellen, die praktisch jeder psychologischen Reaktion fähig sind, deren auch ein Mensch fähig ist. Über diesem Körper saß ein positronisches Gehirn, das mit seinen zehn Pfund Materie und einigen Quintillionen Positronen die ganze Sache kontrollierte.

Powell suchte in seiner Hemdtasche nach einer losen Zigarette. »Dave«, sagte er, »du bist ein guter Kerl. An dir ist nichts Oberflächliches oder Primadonnenhaftes. Du bist ein mit beiden Füßen auf dem Boden stehender Bergwerksrobot, außer dass du überdies dafür eingerichtet bist, in direkter Koordination sechs Unterlinge zu lenken. Soweit mir bekannt ist, hat diese Tatsache keine instabilen Gehirnbahnen in den Plan deines Gehirnes eingefügt.«

Der Robot nickte. »Das freut mich, aber worauf wollen Sie denn hinaus, Chef?« Er war mit einer vorzüglichen Membrane ausgestattet, die seinen Worten durch ihre Obertöne viel von der sonstigen Flachheit robotischer Stimmen nahm.

»Das werd ich dir sagen. Trotz all dieser Möglichkeiten, die dir zur Verfügung stehen, geht irgendwas schief bei deiner Arbeit. Was ist das? Was geschah zum Beispiel heute während der B-Schicht?«

Dave zögerte. »So viel ich weiß, gar nichts.«

»Ihr habt aber keinerlei Eisenerz gefördert.«

»Ich weiß.«

»Na dann …«

Dave hatte Schwierigkeiten. »Ich kann das nicht erklären, Chef. Macht mich selbst völlig nervös, oder würde es wenigstens tun, wenn ich nicht dagegen ankämpfte. Meine Hilfsarbeiter haben es tadellos geschafft. Ich weiß, ich selbst habe das gleiche getan.« Er dachte nach, wobei seine photoelektrischen Augen intensiv glühten. Dann: »Ich erinnere mich nicht. Der Tag ging zu Ende, und da war Mike und da standen die Erzwagen, und die meisten von ihnen waren leer.«

Donovan mischte sich ein. »Bei Schichtende hast du nicht den üblichen Bericht abgegeben, Dave. Du weißt das?«

»Ich weiß. Aber warum …« Langsam und schwerfällig schüttelte er den Kopf.

Powell hatte das quälende Gefühl, dass das Gesicht des Robots jetzt – wäre es ausdrucksfähig – bestimmt Zeichen von Schmerz und Scham zeigen würde. Ein Robot kann seiner ureigensten Natur gemäß ein Versagen bei der Erfüllung seiner Funktion nicht ertragen.

Donovan zog seinen Stuhl an Powells Schreibtisch heran und beugte sich nach vorne. »Verlust des Gedächtnisses vielleicht?«

»Weiß nicht. Hat aber bestimmt keinen Sinn, dieser Sache irgendwelche Krankheitsnamen zu geben. Menschliche Störungen sind auf Robots nur als romantische Analogien anwendbar. In robotischer Ingenieursarbeit haben sie keinen Platz.« Er kratzte sich den Hals. »Ich möchte ihn nur höchst ungern durch die elementaren Gehirnreaktionsprüfungen gehen lassen. Es würde seiner Selbstachtung sehr abträglich sein.«

Er schaute gedankenvoll auf Dave und dann auf den ›Abriss über die Kontrollen an Ort und Stelle‹, der im Handbuch gegeben war. Er sagte: »Schau mal, Dave, was würdest du zu einem Test sagen? Es wäre bestimmt das richtige.«

Der Robot erhob sich. »Wenn Sie's befehlen, Chef!« Deutlich konnte man den Schmerz in seiner Stimme hören.

Es begann höchst einfach. Robot DV 5 multiplizierte fünfstellige Zahlen, während eine Stoppuhr herzlos tickte. Er sagte die Primzahlen zwischen tausend und zehntausend auf. Er zog Kubikwurzeln und integrierte Funktionen von wechselnder Komplexität. Er ging durch immer schwieriger werdende mechanische Reaktionen. Schließlich arbeitete sein präzises mechanisches Gehirn an den höchsten Funktionen der robotischen Welt – an der Lösung von Problemen der Beurteilung und der Ethik.

Nach zwei Stunden war Powell in Schweiß gebadet, während Donovan sich an einer Diät nicht gerade nahrhafter Fingernägel erfreut hatte. »Und wie sieht's aus, Chef?«, fragte der Robot.

Powell sagte: »Ich muss darüber nachdenken. Übereilte Urteile nützen nichts. Wie wär's, wenn du zur C-Schicht zurückgingest? Sorg dich nicht. Versuche eine Zeit lang nicht, deine Quote zu erfüllen. Wir werden schon alles wieder in Ordnung bringen.«

Der Robot ging. Donovan schaute Powell an.

»Nun ...«

Powell schien entschlossen, seinen Schnurrbart mitsamt den Wurzeln herauszureißen. Er sagte: »Die Reaktionen dieses positronischen Gehirns sind einwandfrei in Ordnung.«

»Ich möchte nicht ganz so sicher sein.«

»O Mike! Das Gehirn ist der sicherste Teil eines Robots. Es ist auf der Erde fünfmal kontrolliert worden. Wenn so einer den Test besteht – so wie Dave es getan hat –, dann gibt es auch nicht die geringste Möglichkeit eines fehlerhaften Funktionierens. Der Test hat sich auf jede einzelne Gehirnbahn erstreckt, auf jede Einzelne.«

»Und das heißt?«

»Nun hetz mich nur nicht! Lass mich darüber nachdenken! Es besteht noch immer die Möglichkeit, dass irgendein Konstruktionselement in seinem Körper beschädigt ist. Das bedeutet, dass ungefähr fünfzehnhundert Kondensatoren, zwanzigtausend Stromleiter, fünfhundert Vakuumröhren, tausend Relais und so und so viele andere komplizierte Einzelteile fehlerhaft sein können. Und dazu kommen noch jene mysteriösen positronischen Felder, von denen niemand etwas weiß.«

»Hör mal, Greg!« Donovans Stimme wurde jetzt verzweifelt eindringlich. »Ich hab eine Idee. Vielleicht lügt dieser Robot. Er hat niemals ...«

»Robots können wissentlich doch gar nicht lügen, du Dummkopf. Hätten wir hier diesen neuen McCormack-Wesley-Tester, so könnten wir jeden einzelnen Teil seines Körpers innerhalb 24 bis 48 Stunden testen. Die einzigen beiden existierenden Apparate aber befinden sich auf der Erde. Sie wiegen zehn Tonnen, stehen auf Betonsockeln und können nicht hierher geschafft werden. Ist das nicht großartig?«

Donovan schlug mit der Faust auf den Schreibtisch. »Aber, Greg, er arbeitet doch nur dann fehlerhaft, wenn keiner von uns in der Nähe ist. Darin liegt doch irgendetwas – etwas Unheimliches.« Er bekräftigte jedes Wort dieses Satzes mit einem Schlag auf den Schreibtisch.

»Du machst mich krank«, sagte Powell langsam. »Du liest zu viel Romane.«

»Was ich wissen will«, brüllte Donovan, »ist einfach, was wir in dieser Sache tun sollen.«

»Ich werd's dir sagen. Ich werde hier über meinem Pult einen Fernsehschirm installieren. Genau gesprochen, dort drüben an der Wand, verstanden?« Er deutete wütend hinüber zu der Stelle. »Dann werd ich das Instrument jeweils auf den Punkt des Bergwerks einstellen, an dem gerade gearbeitet wird. Und dann werd ich sehen, was geschieht. Das ist alles.«

»Das ist alles? Greg ...«

Powell erhob sich von seinem Stuhl und stützte seine geballten Fäuste auf die Schreibtischplatte. »Mike, ich hab's schwer.« Seine Stimme klang müde. »Seit einer Woche plagst du mich schon wegen Dave. Du sagst, etwas an ihm ist kaputt. Weißt du vielleicht, wieso er kaputtgegangen ist? Nein. Weißt du, in welcher Form sich sein Defekt äußert? Nein. Weißt du, was ihn verursacht hat? Nein. Weißt du, was ihn berichtigen kann? Nein. Weißt du überhaupt etwas, irgendetwas darüber? Nein. Weiß ich was darüber? Nein. Was willst du also von mir?«

Donovans Arm schwang in einer leeren, aber grandiosen Geste nach außen. »Da bin ich tatsächlich überfragt.«

»Drum sag ich dir's noch einmal. Ehe wir irgendetwas bezüglich der Heilung unternehmen, müssen wir zuerst mal wissen, was eigentlich die Krankheit ist. Wenn man ein Hasenpfeffer kochen will, muss zuerst der Hase erlegt werden. Schön, wir müssen also diesen Hasen fangen. Nun mach, dass du rauskommst!«

Donovan starrte auf den vorläufigen Abriss des Berichtes, an dem er arbeitete. Er war müde. Das war aber nur die eine Seite der Sache. Die andere war, dass man nur schwer einen Bericht abfassen konnte, solange die Sache selbst ganz ungeklärt war. Er fühlte sich verletzt.

Er sagte: »Greg, wir sind fast tausend Tonnen im Rückstand.« Ohne aufzuschauen, sagte Powell: »Du sagst mir da etwas, das ich noch gar nicht wusste.«

»Was ich aber gerne wissen möchte«, sagte Donovan in einem plötzlichen Wutanfall, »ist, warum wir immer mit neuartigen Robots zu tun haben. Ich bin jetzt allmählich zu der Überzeugung gekommen, dass jene Robots, die gut genug waren für meinen Großonkel mütterlicherseits, auch gut genug sind für mich. Ich bin für das, was ausprobiert und für gut befunden ist. Was zählt, ist, dass sich ein Ding durch Jahrhunderte bewährt, und was wir wollen, sind gute, solide, altbewährte Robots, die nie versagen.«

Powell warf ein Buch nach ihm. Er hatte gut gezielt, und Donovan purzelte von seinem Sitz herunter.

»Deine Aufgabe«, sagte Powell gleichmütig, »war in den letzten fünf Jahren, neue Robots unter tatsächlichen und stets anderen Arbeitsbedingungen zu erproben. Da du genau wie ich so unklug warst, dich dieser Aufgabe gewachsen zu zeigen, hat man uns regelmäßig die schwierigsten Fälle gegeben. Das« – er stach mit dem Zeigefinger Löcher in Richtung Donovan in die Luft – »ist deine Arbeit. Soweit ich mich erinnere, hast du dich bereits fünf Minuten, nachdem du den Vertrag mit der United States Robot Co. unterschrieben hast, darüber beschwert, und seitdem ist das nicht besser geworden. Warum kündigst du nicht einfach?«

»Das will ich dir sagen.« Donovan rollte sich auf den Bauch und packte mit festem Griff sein struppiges rotes Haar, um damit seinen Kopf hochzuhalten. »Ein gewisses Prinzip ist in diese Sache verwickelt. Schließlich und endlich habe ich als derjenige Mann, der stets dann gerufen wurde, wenn Schwierigkeiten auftauchten, einen gewissen Anteil an der Entwicklung neuer Robots. Gewissermaßen helfe ich aus Prinzip dem wissenschaftlichen Fortschritt. Aber versteh mich nicht falsch! Es ist nicht dies Prinzip, das mich bei der Stange hält. Es ist das Geld, das man dabei verdient – *Greg!*«

Powell fuhr auf, als er Donovans wilden Schrei hörte, und seine Augen folgten den Blicken des rothaarigen Mannes zum Fernsehschirm. Vor Entsetzen traten sie fast aus ihren Höhlen heraus. Er knirschte: »Donner und Doria!«

Atemlos sprang Donovan auf die Füße. »Schau sie dir an, Greg! Die sind verrückt geworden.«

Powell rief: »Hol schnell ein paar Anzüge! Wir gehn da hinaus.« Er beobachtete das Auftreten der Robots auf dem Fernsehschirm. Man sah das bronzene Aufleuchten glatter Bewegungen, das sich gegen die schattigen Klippen des luftlosen Asteroiden deutlich abhob. Nun hatten sie sich in einer Marschformation aufgestellt, und die roh behauenen Wände der Mine begannen im Spiegel ihrer eigenen Körper geräuschlos vorüberzuschwimmen. Sie marschierten alle sieben im Gleichschritt und Dave bildete die Spitze. Feierlich wandten sie sich alle gleichmäßig um, vertauschten dann ihre Plätze und taten das Ganze mit der Leichtigkeit und Grazie einer Tanzgruppe in einem Varieté.

Donovan kam zurück mit den Anzügen. »Die sind dem patriotischen Wahnsinn verfallen. Jetzt zeigen sie einen militärischen Marsch.«

»So viel wir davon verstehen«, kam die kühle Antwort, »könnte das ganze eine Serie von Freiübungen sein. Oder vielleicht leidet Dave unter der Halluzination, ein Tanzlehrer zu sein. Das Beste wäre, du würdest, ehe du was sagst, nachdenken und dann einfach schweigen.«

Donovan runzelte die Stirn und schob dann mit ostentativer Bewegung einen Detonator in die leere Seitentasche seines Anzugs. Er sagte: »Wie dem auch sei, hier hast du die ganze Geschichte. Wir arbeiten mit neuen Robotmodellen. Zugegeben, das ist unsere Aufgabe. Aber beantworte mir bitte eine Frage. Warum – warum geht unweigerlich immer etwas schief mit diesen Dingern?«

»Weil«, sagte Powell düster, »ein Fluch auf uns lastet. Gehen wir!«

Weit vor ihnen blinkte das Licht der Robots. Es kam durch die samtartige Dunkelheit der Tunnels, die sich hinter den Lichtkegeln, die ihre Taschenlampen warfen, in die Unendlichkeit zu erstrecken schien.

»Dort sind sie«, flüsterte Donovan.

Powell atmete kaum. »Ich habe versucht, Dave durch das Radio zu erreichen, aber er gibt keine Antwort. Vermutlich ist der Stromkreis seines Empfangsapparates unterbrochen.«

»Dann bin ich froh, dass die Herren Zeichner noch keine Robots entworfen haben, die in der Dunkelheit arbeiten können. Es würde mir bestimmt keinen Spaß machen, sieben wahnsinnig gewordene Robots in einem schwarzen Schacht finden zu müssen, und zwar ohne Radioverbindung … wären sie nicht hellerleuchtet wie gottverdammte radioaktive Weihnachtsbäume.«

»Kriech mal auf diesen Vorsprung hinauf, Mike! Sie kommen in unserer Richtung, und ich möchte sie gerne aus nächster Nähe beobachten. Geht es?«

Donovan machte brummend den Sprung. Die Schwerkraft war bedeutend kleiner als die der Erde; mit einem schweren Anzug auf dem Leibe war der Vorteil aber nicht allzu groß, und der Vorsprung war immerhin mehr als drei Meter über ihnen. Powell folgte.

Die Kolonne der Robots marschierte im Gänsemarsch hinter Dave her. In mechanischem Rhythmus formierten sie sich zu Zweierreihen und wandelten diese dann wieder in die Gänsemarschreihe um. Das wiederholten sie immer wieder, und Donovan wandte auch nicht für eine Sekunde den Kopf.

Dave befand sich nicht mehr als sechs Meter von ihm entfernt, als das Schauspiel endete. Die Unterrobots lösten sich aus der Formation heraus, warteten einen Augenblick und rannten dann klappernd und klirrend und sehr schnell davon. Dave schaute ihnen nach und setzte sich dann langsam nieder. In sehr menschlicher Weise ließ er den Kopf auf eine Hand sinken.

Seine Stimme wurde in Powells Kopfhörern hörbar. »Sind Sie da, Chef?«

Powell gab Donovan ein Zeichen und sprang von dem Vorsprung zu Boden.

»Also, Dave – was ist eigentlich los hier?«

Der Robot schüttelte den Kopf. »Ich weiß nicht. Ich war damit beschäftigt, eine ziemlich schwierige Sache in Tunnel 17 zu meistern. Das war jetzt. Im nächsten Augenblick habe ich das Gefühl, dass menschliche Wesen ganz in meiner Nähe sind, und nun finde ich mich hier fast einen Kilometer weit weg vom Hauptschacht.«

»Wo sind die anderen jetzt?«, fragte Donovan.

»Natürlich wieder an der Arbeit. Wie viel Zeit haben wir verloren?«

»Nicht viel. Mach dir nichts draus!« Dann fügte er zu Donovan gewandt hinzu: »Bleibe bei ihm, bis die Schicht um ist! Dann komm zurück! Ich habe zwei Ideen ...«

Es dauerte drei Stunden, ehe Donovan wiederkam. Er sah müde aus. Powell fragte: »Wie ist's gegangen?«

Donovan zuckte erschöpft mit den Schultern. »Nie geht was schief, wenn man sie beobachtet. Schmeiß mir mal 'ne Zigarette rüber, ja?«

Der Rothaarige zündete sie mit übertriebener Sorgfalt an und blies dann vorsichtig einen Rauchring in die Luft. Er sagte: »Ich hab's versucht mir klarzumachen, Greg. Wie du weißt, hat Dave eine für einen Robot sonderbare Aufgabe. Er hat sechs andere unter sich, und zwar in strengster Disziplin. Er besitzt Macht über Leben und Tod dieser anderen, und das muss auf seine Mentalität spürbare Rückwirkungen haben. Nimm mal an, er findet es nötig, diese Macht, die er besitzt, als eine Konzession gegenüber seinem Ego noch besonders zu unterstreichen!«

»Komm zur Sache!«

»Ich bin mitten drin. Nimm an, dies wäre eine Art von Militarismus! Nimm an, er baut sich eine Art von Armee auf! Nimm an, er trainiert sie in militärischen Manövern. Nimm an ...«

»Nimm an, du machst dir einen kalten Wickel um den Kopf. Deine Albdrücke gehen offenbar in Technicolor vor sich. Du postulierst ein schweres Abirren des positronischen Gehirns. Wäre deine Analyse richtig, so müsste Dave die erste Regel aller Robotik übertreten –

dass nämlich ein Robot keinem menschlichen Wesen irgendein Leid zufügen darf, noch dass ein Robot es zugeben darf, dass durch seine Untätigkeit ein solches Leid getan wird. Die Art militärischer Haltung und dominierenden Egos, die du anführst, muss als Endziel die Beherrschung menschlicher Wesen haben.«

»Meinetwegen. Und woher weißt du, dass dem nicht so ist?«

»Weil jeder Robot mit einem derartigen Gehirn niemals die Fabrik verlassen haben würde, und zweitens wäre es sofort herausgefunden worden, wenn er sie dennoch verlassen hätte. Wie du weißt, habe ich Dave getestet.«

Powell schob seinen Stuhl zurück und legte seine Füße auf den Schreibtisch. »Nein, mein Lieber! Wir sind noch immer in der Lage derjenigen, die ihr Hasenpfeffer nicht kochen können, weil sie den Hasen noch nicht gefangen haben. Wüssten wir zum Beispiel, was dieser Danse Macabre für eine Bedeutung hatte, wären wir bereits einen gewaltigen Schritt weiter.«

Er machte eine Pause. »Nun hör mal zu, Mike! Was hältst du von Folgendem? Dave macht diese Geschichten immer nur dann, wenn keiner von uns zugegen ist. Und befindet er sich einmal in diesem Zustand, so befreit unsere Ankunft ihn augenblicklich daraus.«

»Ich hab dir schon mal gesagt, dass mir das irgendwie unheimlich ist.«

»Unterbrich mich bitte nicht! Inwiefern ist ein Robot anders, wenn menschliche Wesen sich nicht in der Nähe befinden? Die Antwort ist klar. Es werden größere Ansprüche an seine persönliche Initiative gestellt. In diesem Falle also wollen wir uns einmal diejenigen Körperteile betrachten, die durch jene höheren Ansprüche berührt werden.«

»Bei Gott« – Donovan setzte sich auf, sackte aber dann wieder in sich zusammen. »Nein, nein. Das genügt nicht. Ist noch immer viel zu weit gefasst. Vermindert die Möglichkeiten nicht allzu sehr.«

»Daran kann ich nichts ändern. Auf keinen Fall besteht die Gefahr, dass wir unsere Quote nicht erfüllen. Wir werden diese Robots schichtweise durch den Fernsehapparat beobachten. Wann immer irgendetwas schief geht, erscheinen wir sofort auf der Bühne. Das bringt sie dann wieder in Ordnung.«

»Dennoch werden diese Robots die Spezifikationen nicht erfüllen, Greg. United States Robot Co. kann Robots mit einem derartigen Prüfungsbericht nicht auf den Markt bringen.«

»Natürlich nicht. Wir müssen den Fehler finden und korrigieren – und um das zu tun, stehen uns zehn Tage zur Verfügung.« Powell kratzte sich am Kopfe. »Die Schwierigkeit ist nur ... na ja, schau dir mal selber die Blaupausen an.«

Die Blaupausen bedeckten den ganzen Boden wie ein Teppich, und Donovan kroch, Powells hin und her fuchtelndem Bleistift folgend, kreuz und quer über sie hin.

Powell sagte: »Dies ist der Punkt, wo deine Hilfe benötigt wird, Mike. Du bist der Körperspezialist, und ich möchte, dass du mich kontrollierst. Ich habe versucht, alle diejenigen Stromkreise auszuschalten, die mit dem Netz, das die persönliche Initiative kontrolliert, nichts zu tun haben. Hier zum Beispiel ist die Rumpfarterie, die mechanische Operationen betrifft. Ich schließe auch alle Seitenlinien aus und ...« Er schaute auf. »Was denkst du?«

Donovan hatte einen ziemlich üblen Geschmack im Munde. »Die Aufgabe ist bei weitem nicht so einfach, Greg. Persönliche Initiative ist keineswegs ein elektrischer Stromkreis, den man von allem Übrigen trennen und untersuchen kann. Sobald ein Robot auf sich selbst gestellt ist, wächst die Intensität seiner Körpertätigkeit an fast allen Fronten. Nicht ein einziger Stromkreis bleibt davon völlig unberührt. Wir müssen also die ganz spezielle Bedingung finden, die ihn sozusagen umwirft, und dann erst anfangen, Stromkreise zu eliminieren.«

Powell stand auf und staubte sich selbst ab. »Hm. Schön. Fort mit den Blaupausen! Du kannst sie in den Ofen stecken.«

Donovan sagte: »Du verstehst doch, dass, wenn die Tätigkeit sich intensiviert, irgendetwas geschehen kann – ein winziges fehlerhaftes Teilchen vorausgesetzt. Die Isolation versagt, ein Kondensator schlägt durch, ein Anschluss funkt, eine Spule überhitzt sich. Arbeitest du nun sozusagen blind und hast vor dir den Robot und all seine Teile zur Auswahl, so findest du den schwachen Punkt nie. Nimmst du Dave auseinander und untersuchst eines nach dem anderen, jedes Teilchen seines Körpermechanismus, setzt ihn dann jedes Mal wieder zusammen und probierst ihn aus ...«

»Schon gut, schon gut. Auch ich kann durch ein Bullauge sehen.«

Sie schauten sich hoffnungslos an. Dann sagte Powell vorsichtig: »Wie wär's, wenn wir mal einen der Unterrobots befragten?«

Weder Powell noch Donovan hatten je zuvor Gelegenheit gehabt, mit einem ›Finger‹ zu sprechen. Ein ›Finger‹ konnte sprechen. In dieser Beziehung stimmte also die Analogie nicht ganz. Tatsächlich besaß er sogar ein ziemlich gut entwickeltes Gehirn, nur dass dieses Gehirn in erster Linie darauf eingestellt war, Befehle durch das positronische Feld aufzunehmen. Seine Reaktion auf unabhängige Anregungen war ziemlich begrenzt.

Powell war auch nicht ganz sicher, wie der ›Finger‹ hieß. Seine Seriennummer war DV 5-2, aber das half ja nicht sehr viel.

So versuchte er einen Kompromiss. »Schau, Kamerad«, sagte er, »ich werde dich bitten, sehr scharf nachzudenken, und dann kannst du zu deinem Meister zurückkehren.«

Der ›Finger‹ nickte steif, verschwendete aber seine begrenzte Hirnkraft nicht darauf, etwas zu sagen.

»Nun also«, sagte Powell, »kommen wir zur Sache! Viermal ist dein Meister in letzter Zeit vom Gehirnschema abgewichen. Erinnerst du dich dieser vier Gelegenheiten?«

»Jawohl, Herr.«

Donovan brummte ärgerlich. »*Er* erinnert sich. Ich sage dir doch, darin steckt etwas äußerst Unheimliches.«

»Ach geh und schlag dir selbst den Schädel ein! Natürlich erinnert sich der ›Finger‹. Ihm fehlt ja nichts.« Powell wandte sich wieder dem Robot zu. »Was tatet ihr jedes Mal – ich meine, was tat die Gruppe?«

Die Art, wie der ›Finger‹ antwortete, war eigenartig. Er schnurrte die Worte herunter, als würden sie durch nichts anderes bewirkt als durch den Druck seiner Gehirnpfanne. Sie kamen ohne irgendwelche Betonung, ohne jedes Gefühl.

Er sagte: »Das erste Mal befanden wir uns in Tunnel 17 der B-Sohle und waren dort damit beschäftigt, schwieriges Gestein beiseite zu schaffen. Das zweite Mal waren wir damit beschäftigt, die Decke gegen einen möglichen Einbruch abzustützen. Das dritte Mal waren wir gerade im Begriff, sehr genaue und schwierige Sprengungen anzulegen, die vorgenommen werden mussten, um den Tunnel weiter zu treiben, ohne in eine unterirdische Spalte einzubrechen. Das vierte Mal war unmittelbar nach einem kleineren Einbruch.«

»Was geschah bei diesen Gelegenheiten?«

»Es ist schwer zu beschreiben. Ein Befehl wurde erteilt, aber noch ehe wir ihn empfangen und interpretieren konnten, kam ein neuer Befehl, in sonderbarer Formation zu marschieren.«

Powell fuhr ihn an: »Warum?«

»Ich weiß nicht.«

Donovan unterbrach ihn. »Was war der erste Befehl – ich meine den Befehl, der nachher durch den Marschbefehl ersetzt wurde?«

»Ich weiß nicht. Ich spürte, dass ein Befehl gesandt wurde, hatte aber nie die Zeit, ihn zu empfangen.«

»Kannst du irgendetwas darüber sagen? War es jedes Mal der gleiche Befehl?«

Der ›Finger‹ schüttelte den Kopf. »Ich weiß nicht.«

Powell lehnte sich zurück. »Gut. Du kannst jetzt zurückgehen zu deinem Meister.«

Der ›Finger‹ verschwand offensichtlich erleichtert.

Donovan sagte: »Na, dieses Mal haben wir aber 'ne Menge erreicht. War tatsächlich von vorne bis hinten ein hochinteressanter Dialog. Hör mal, Mensch – sowohl Dave wie dieser blöde ›Finger‹ führen uns an der Nase herum. Zu viel wissen sie einfach nicht, und an zu viel können sie sich nicht erinnern. Wir müssen endlich aufhören, ihnen zu trauen, Greg.«

Powell fuhr sich gegen den Strich über seinen Schnurrbart. »Bei Gott, Mike – noch eine einzige derartige dumme Bemerkung von dir, und ich nehm dir deine Rassel und deinen Schnuller weg.«

»Meinetwegen bist du das Genie unserer Gruppe. Ich bin nichts als ein blöder Hammel. Wie weit sind wir jetzt also?«

»Genau da, wo wir sein wollen. Ich habe versucht, die Sache von hintenher aufzurollen, indem ich den ›Finger‹ befragte, und es ist mir misslungen. So müssen wir also von neuem einen Frontangriff versuchen.«

»Was für 'n großer Mann du bist«, staunte Donovan. »Wie das alles vereinfacht. Nun übersetz mir das bitte in einfaches Englisch, Meister!«

»Wenn ich es in die Babysprache übersetzte, wäre dir bedeutend mehr gedient. Ich will einfach sagen, dass wir nun herausfinden müssen, welchen Befehl Dave jedes Mal in dem Augenblick erteilt, ehe alles schief geht. Dies wird dann der Schlüssel zur ganzen Sache werden.«

»Und wie willst du das anstellen? Wir können uns nicht in seiner Nähe aufhalten, denn nichts geht schief, solange wir da sind. Wir können die Befehle auch nicht durch Radio auffangen, da sie ja durch diese verdammten positronischen Felder übertragen werden. Das eliminiert sowohl die Arbeit aus der Nähe als auch die aus der Ferne und lässt uns nichts übrig als eine hübsche runde Null.«

»Wenn wir uns nur an direkte Beobachtungen halten, stimmt das. Daneben gibt es aber auch eine Sache, die Deduktion heißt.«

»Was?«

»Wir werden schichtweise arbeiten, Mike.« Powell lächelte grimmig, »und wir werden unsere Augen nicht von diesem Fernsehschirm nehmen. Wir werden jede Handlung dieser stählernen Quälgeister beobachten. Sobald sie mit ihrer hübschen Vorstellung beginnen, müssen wir genau wissen, was sich unmittelbar zuvor ereignete. Dann können wir vielleicht den Befehl, der eigentlich gegeben werden sollte, ableiten.«

Donovan öffnete den Mund und beließ ihn eine volle Minute in dieser Stellung. Dann sagte er halb erstickt: »Ich geb's auf. Ich hab genug.«

»Du hast zehn Tage Zeit, dir was Besseres auszudenken«, sagte Powell müde.

Was nun für die Dauer von acht Tagen Donovan mit allen Kräften zu tun versuchte. Acht Tage lang beobachtete er in abwechselnden Vierstunden-Schichten mit schmerzenden und tränenden Augen jene glänzenden metallischen Gestalten, wie sie sich vor einem verschwommenen Hintergrund hin und her bewegten. Und acht Tage lang verfluchte er in den Freistunden die United States Robot Co., die DV-Modelle und den Tag, an dem er geboren wurde.

Und dann am achten Tag, als Powell gerade mit schmerzendem Kopf und verschlafenen Augen seine Schicht antreten wollte, stand Donovan auf und schleuderte nach sorgfältigem Zielen ein schweres Buch auf den Fernsehschirm. Was folgte, war ein sehr angebrachtes Krachen und Splittern.

Powell stöhnte. »Warum hast du das getan?«

»Weil ich diesen Schirm nicht mehr beobachten werde«, sagte Donovan ruhig. »Wir haben noch zwei Tage Zeit und haben nichts herausgefunden. DV 5 ist ein schwerer Versager. Er hat, seitdem ich ihn beobachte, fünfmal aufgehört zu arbeiten. Dreimal hat er es während deiner Schicht getan. Aber wir beide können nicht herausfinden, welche Befehle er im Begriff war zu geben. Und ich glaub auch nicht, dass du es jemals herausfinden wirst, denn ich weiß, dass ich es nie können werde.«

»Du guter Gott im Himmel, wie kann man sechs Robots auf einmal beobachten. Einer macht was mit den Händen, der andere was mit den Füßen, der dritte tut, als sei er 'ne Windmühle, der vierte hüpft auf und ab wie ein Wahnsinniger. Und die anderen beiden ... der Teufel weiß, was sie tun. Und dann hören sie alle auf. So! So!«

»Greg, wir machen's nicht richtig. Wir müssen in ihre Nähe kommen. Wir müssen die Sache von einem Punkt aus beobachten, wo wir alle Einzelheiten sehen können.«

Powell gab sein erbittertes Schweigen auf. »Schöne Sache – darauf warten, dass irgendwas schief geht, und dabei stehen uns nur noch zwei Tage zur Verfügung.«

»Ist es vielleicht besser, die Sache von hier aus zu beobachten?«

»Gemütlicher jedenfalls.«

»Stimmt. Aber wenigstens gibt es dort etwas, das du tun kannst, was hier unmöglich ist.«

»Und das wäre?«

»Du kannst sie dazu bringen aufzuhören, sobald du willst und während du darauf vorbereitet bist und beobachtest, was eigentlich schief geht.«

Powell wurde plötzlich hellwach. »Wie bitte?«

»Na, du kannst dir's ja selbst ausrechnen. Stell dir doch selbst mal ein paar Fragen. Wann kommt DV 5 aus dem Gleichgewicht? Was hat jener ›Finger‹ erzählt? Wenn ein Einbruch drohte oder sich tatsächlich ereignete, wenn gefährliche Sprengungen vorbereitet wurden, wenn man auf schwieriges Gestein traf.«

»Mit anderen Worten, in Notlagen.« Powell war aufgeregt.

»Stimmt. Hattest du was anderes erwartet? Es ist der Faktor persönlicher Initiative, der uns diese Schwierigkeiten bereitet. Und gerade in Notlagen wird in Abwesenheit menschlicher Wesen persönliche Initiative ganz besonders in Anspruch genommen. Was ist nun die logische Folge? Wie können wir unsere eigene Arbeitsunterbrechung künstlich schaffen, wann und wo wir wollen?« Er machte triumphierend eine Pause – er begann an seiner Rolle Gefallen zu finden – und dann beantwortete er, um Powell zuvorzukommen, seine eigene Frage. »Indem wir unsere eigene Notlage künstlich erzeugen.«

Powell sagte: »Mike, du hast Recht.«

»Danke, Kamerad! Ich wusste, ich würde eines Tages deinen Ansprüchen genügen.«

»Schon gut, und lassen wir jetzt den Sarkasmus beiseite. Heben wir ihn auf, bis wir zurück sind auf der Erde, und machen wir ihn dort in Gläsern ein für zukünftige lange Winter. Inzwischen – welche Notlage können wir künstlich schaffen?«

»Wir könnten die Schächte unter Wasser setzen, befänden wir uns nicht auf einem luftlosen Asteroiden.«

»Soll wohl ein Witz sein, was?«, sagte Powell. »Wahrhaftig Mike, ich ersticke schon bald vor Lachen. Wie wär's mit einem hübschen kleinen Erdrutsch?«

Donovan schürzte die Lippen. »Mir soll's recht sein.«

»Schön. Dann also an die Arbeit.«

Powell kam sich wie ein Verschwörer vor, während er sich seinen Weg durch die zerklüftete Gegend suchte. Ein wenig taumelnd – die geringe Schwerkraft des Planeten machte seinen Gang recht unsicher – wankte er über den rissigen Boden. Unter seinem Gewicht spritzten Steinbrocken nach links und rechts und verursachten, wenn sie lautlos aufschlugen, kleine Wolken grauen Staubes. Vor seinem geistigen Auge aber sah er sich so, als ginge er in der schleichenden Art eines gefährlichen Attentäters.

Er sagte: »Weißt du, wo sie sich befinden?«

»Ich glaube schon, Greg.«

»Gut«, sagte Powell düster. »Wenn aber ein einziger ›Finger‹ sich uns auf sechs Meter nähert, dann wittert er uns, ganz egal, ob wir sichtbar für ihn sind oder nicht. Ich hoffe, du bist dir dessen bewusst.«

»Sollte ich Elementarunterricht in Robotik benötigen, so werde ich bei dir einen schriftlichen Antrag in dreifacher Ausfertigung einreichen. Hier hinunter!«

Sie befanden sich nun in den Tunnels. Selbst das Sternenlicht war verschwunden. Die beiden hielten sich an den Wänden fest. In Zwischenräumen erfolgte das Aufblitzen ihrer Lampen. Powell berührte die Sicherung seines Detonators.

»Kennst du diesen Tunnel, Mike?«

»Nicht allzu gut. Er ist neu. Ich glaube aber, ihn nach dem Bild, das ich auf dem Fernsehschirm gesehen habe, wiederzuerkennen, obgleich ...«

Unendlich lange Minuten gingen vorbei. Dann sagte Mike: »Spürst du's?«

Deutlich konnte Powell das leichte Trommeln einer feinen Vibration gegen seine metallumhüllte Hand verspüren. Natürlich war kein Laut hörbar.

»Sprengungen. Wir sind jetzt ganz nahe.«

»Halte die Augen offen!«, sagte Powell.

Donovan nickte ungeduldig.

Es geschah schneller, als sie es erfassen konnten. Nichts als ein bronzenes Blitzen war für den Bruchteil einer Sekunde sichtbar ... ein Blitzen, das an ihrer Sehplatte vorüberhuschte. Schweigend schmiegten die beiden sich aneinander.

Powell flüsterte: »Glaubst du, er hat uns gewittert?«

»Ich hoffe nicht. Wir wollen sie lieber aus der Flanke erfassen. Geh in den ersten Seitentunnel rechts hinein.«

»Nimm an, wir verfehlen sie dann ganz und gar?«

»Mein Gott, und was würdest du tun? Zurückgehn vielleicht?« Donovan brummte wütend. »Sie befinden sich nicht weiter als vierhundert Meter entfernt von uns. Ich hab sie schließlich und endlich durch die Sehplatte beobachtet. Und es bleiben uns nur noch zwei Tage.«

»Oh, halt's Maul! Du vergeudest nur deinen Sauerstoff. Ist dies hier ein Seitengang?« Das Licht ihrer Lampen blitzte auf. »Ja. Dann los also.«

Nun wurde die Vibration bedeutend deutlicher spürbar, und der Boden unter ihren Füßen bebte.

»Gut so«, sagte Donovan, »wenn wir nicht den ganzen Stollen auf den Kopf bekommen.« Ängstlich ließ er den Schein seiner Lampe nach vorne wandern.

Mit halbausgestreckter Hand konnten sie die Decke des Tunnels berühren. Die Stützen waren neuerdings aufgestellt worden.

Donovan zögerte: »Sackgasse. Gehn wir zurück.«

»Nein. Bleib, wo du bist.« Schwerfällig zwängte Powell sich vorbei. »Ist das da vorne ein Licht?«

»Licht? Ich sehe keins. Wo sollte denn hier unten ein Licht herkommen?«

»Ein Robot-Licht.« Auf Händen und Knien kroch er einen kleinen Hang hinauf. Seine Stimme klang heiser und eindringlich in Donovans Ohren: »He! Mike, komm mal hier herauf.«

Tatsächlich war da Licht. Donovan kroch hinauf und über Powells ausgestreckte Beine hinweg. »Eine Öffnung?«

»Ja. Offenbar arbeiten sie sich nun von der anderen Seite her zu diesem Tunnel vor. Das nehme ich zum Mindesten an.«

Donovan befühlte die rauen Ränder der Öffnung, die hinausging in einen Tunnel, der – wie es ihnen im Licht ihrer sehr vorsichtig und sparsam gebrauchten Lampen schien – offenbar der Haupttunnel war. Das Loch war jedoch zu klein, als dass ein Mann hätte hindurchkriechen können – ja fast zu klein zum gleichzeitigen Hindurchschauen.

»Hier ist nichts«, sagte Donovan.

»Im Augenblick nicht. Vor einer Sekunde aber war was da, da wir ja sonst kein Licht gesehen hätten. Vorsicht!«

Die Wände um sie herum begannen zu rollen. Sie spürten einen Aufprall. Ein feiner Staub fiel auf sie herunter. Vorsichtig hob Powell den Kopf und schaute sich um. »Schön, Mike, die Burschen *sind* hier.«

Etwa fünfzehn Meter entfernt im Haupttunnel standen die glänzenden Robots beieinander. Mächtige Metallarme arbeiteten an dem Geröllhaufen, der durch die letzte Sprengung entstanden war.

Eifrig drängte Donovan. »Verlier keine Zeit! Bald werden sie mit dem Haufen fertig sein, und bei der nächsten Sprengung erwischt es uns vielleicht.«

»Aber Mike, hetz mich doch nicht!« Powell löste den Detonator von seinem Gürtel. Angestrengt durchforschten seine Augen den dämmerigen Hintergrund, wo Robotlicht das einzige Licht war und man unmöglich einen Felsvorsprung von einem Schatten zu unterscheiden vermochte.

»Fast genau über ihnen befindet sich ein Felsblock. Siehst du ihn? Die letzte Sprengung hat nicht ganz bis dahin gereicht. Triffst du diesen Block an seiner Basis, dann wird die halbe Decke einstürzen.«

Powell folgte mit den Blicken dem ausgestreckten Finger Donovans. »Ich seh, was du meinst. Nun behalte die Robots gut im Auge und richte ein Gebet zum Himmel, dass sie sich nicht zu weit von diesem Felsblock entfernen. Sie allein sind nämlich meine Lichtquelle. Sind alle sieben da?«

Donovan zählte. »Ja, alle sieben.«

»Schön, dann beobachte sie! Beobachte jede einzelne ihrer Bewegungen!«

Er hob seinen Detonator und blieb so stehen, während Donovan scharf Ausschau hielt, derb fluchte und versuchte, seine Augen durch Blinzeln von Schweiß zu säubern.

Es blitzte.

Es gab einen Ruck, eine Serie harter Stöße und dann einen schmerzhaften Schlag, der Powell gegen Donovan schleuderte.

Donovan stöhnte. »Greg, du hast mich aus dem Gleichgewicht gebracht. Ich hab überhaupt nichts gesehen.«

Powell starrte wild um sich. »Wo sind die Kerle?«

Donovan versank in dumpfes Schweigen. Von den Robots war nicht das Geringste mehr sichtbar. Um sie herum war es so dunkel, als befänden sie sich auf dem Grunde des Styx.

»Glaubst du, wir haben sie verschüttet?«, fragte Donovan mit quäkender Stimme.

»Gehn wir dort hinunter! Frag mich bitte nicht, was ich denke!« In stürzender Eile kroch Powell nach rückwärts.

»Mike!«

Donovan, der im Begriff gewesen war, Powell zu folgen, stockte. »Was ist jetzt los, um Gottes willen?«

»Halt dich fest!« Powells Atem klang rau und unregelmäßig in Donovans Ohren. »Mike – hörst du mich, Mike?«

»Natürlich, ich bin ja neben dir. Was ist los?«

»Wir sind eingeschlossen. Es war gar nicht die Decke, die fünfzehn Meter entfernt eingebrochen ist, die uns umgeworfen hat. Es war unsere eigene Decke. Durch die Explosion ist sie zusammengebrochen.«

»Was!« Donovan kroch vorwärts, bis er gegen eine harte Schranke stieß. »Schalte mal dein Licht an!«

Powell tat, wie ihm geheißen. Nirgends war auch nur die kleinste Öffnung sichtbar. Nicht einmal ein Kaninchen hätte entkommen können.

Leise sagte Donovan: »Na, was sagst du *da*zu?«

Sie vergeudeten ein paar Augenblicke ihrer kostbaren Zeit und ein wenig von der Kraft ihrer Muskeln in einem Versuch, die Barriere zu entfernen. Powell brachte dadurch etwas Abwechslung in diese Tätigkeit, dass er sich an den Rändern der ursprünglichen Öffnung versuchte. Einen Augenblick hob Powell seinen Detonator. In einem so engen Raume aber würde ein Strahl aus diesem Instrument Selbstmord gewesen sein, und Powell wusste das natürlich. Er setzte sich.

»Weißt du, Mike«, sagte er, »hier haben wir wirklich eine hübsche Schweinerei angerichtet. Wir sind unserer Aufgabe, herauszufinden, was mit Dave los ist, keinen Schritt näher gekommen. Die Idee war nicht schlecht, nur ist der Schuss leider nach hinten losgegangen.«

Donovans Blick war voller Bitternis, deren Intensität in der völligen Dunkelheit natürlich für Powell verlorenging. »Es tut mir Leid, dich unterbrechen zu müssen, weiser alter Mann ... aber ganz abgesehen davon, ob wir nun wissen, was mit Dave los ist oder nicht, hocken wir hier sozusagen in der Falle. Kommen wir da nicht heraus, mein Freund, so verrecken wir. Verenden. Sterben. Wie viel Sauerstoff haben wir eigentlich? Doch wohl für nicht länger als sechs Stunden.«

»Auch daran habe ich bereits gedacht.« Powells Finger griffen nach dem schwer malträtierten Schnurrbart. Ohne ihr Ziel zu erreichen, klapperten sie gegen das durchsichtige Visier. »Natürlich könnten wir ohne Schwierigkeiten innerhalb dieser Zeit Dave veranlassen, dass er uns ausgräbt ... hätte nicht unsere wunderbare, künstlich geschaffene Notlage ihn aus dem Gleichgewicht gebracht und seine Radioanlage ruiniert.«

»Und ist das nicht schauderhaft?«

Donovan schob sich hinauf zu der Öffnung und brachte es fertig, seinen im Metallhelm eingeschlossenen Kopf hindurchzuzwängen. Es war sehr eng.

»He, Greg!«

»Was?«

»Nimm an, wir bringen es fertig, Dave dazu zu bringen, dass er sich uns auf eine Entfernung von sechs Metern nähert. Dann wird er automatisch wieder normal ... und uns wird das das Leben retten.«

»Sicher ... nur – wo ist er?«

»Drunten im Gang ... ganz weit weg. Hör um Gottes willen auf, an mir zu zerren! Du reißt mir sonst noch den Kopf ab. Gleich darfst du dich selber umsehen.«

Powell manövrierte seinen Kopf in die Öffnung hinein. »Fein haben wir's gemacht! Schau dir die Idioten nur an! Offenbar tanzen sie im Augenblick ein Ballett.«

»Du kannst deine Randbemerkungen geradeso gut unterdrücken, wenigstens in diesem Augenblick. Kommen sie irgendwie näher zu uns heran?«

»Kann ich noch nicht sagen. Sind zu weit weg. Gib mir etwas Zeit! Reiche mir mal meine Taschenlampe, ja? Ich will versuchen, ihre Aufmerksamkeit auf uns zu lenken.«

Nach ein paar Minuten gab er den Versuch auf. »Nichts zu machen. Die Burschen müssen blind sein. Halt mal einen Augenblick! ... die Kerle setzen sich tatsächlich auf uns zu in Marsch. Was sagst du nun?«

Donovan sagte: »He, lass mich mal sehen!«

Lautlos zwängte Powell seinen Kopf aus der Öffnung heraus. »Meinetwegen«, rief er, während Donovan den Kopf hineinsteckte.

Die Robots näherten sich. Dave ging wie ein Tambourmajor voraus, und die sechs ›Finger‹ folgten ihm wie Tänzerinnen eines Balletts.

Donovan kam aus dem Staunen nicht heraus. »Was tun sie nur? Bei Gott, das möcht ich wirklich wissen. Es gleicht ein bisschen einer Polonaise. Und Dave ist der Anführer, wenn ich je in meinem Leben einen gesehen habe.«

»Lass mich doch ja mit deinen Beschreibungen in Ruhe«, brummte Powell. »Wie nahe sind sie jetzt?«

»Kaum mehr fünfzehn Meter und sie nähern sich noch immer. In einer Viertelstunde sind wir draußen und – ach, du! Hallo! – Heeh! – Hallo!«

»Was ist los?« Powell brauchte mehrere Sekunden, um sich von dem durch Donovans Stimmaufwand hervorgerufenen halb betäubenden Erstaunen zu erholen. »Los, lass mich auch mal sehen! Nimm doch nicht alles für dich allein in Anspruch.«

Er kämpfte sich den Hang hinauf, aber Donovan blickte wie wild um sich. »Sie haben kehrtgemacht, Greg. Sie gehen weg. Dave! He, Daaave!«

Powell brüllte: »Was nützt das denn, du Esel? Schall pflanzt sich hier doch gar nicht fort.«

»Schön, dann tritt die Wände mit den Füßen«, keuchte Donovan. »Hau gegen sie, bring irgendwie eine Vibration zustande. Auf irgendeine Weise müssen wir ihre Aufmerksamkeit erregen, Greg, sonst ist es aus mit uns.« Wie ein Wilder hieb er mit den Fäusten um sich.

Powell schüttelte ihn. »Warte, Mike, wart mal! Mensch! Hör zu. Ich hab eine Idee. Toll – was alles passieren muss, dass Leute wie wir auf die ganz einfache Lösung dieser Sache kommen! Mike!«

»Was willst du?« Donovan zog den Kopf aus der Öffnung zurück.

»Lass mich schnell da hinein – schnell, ehe die Kerle aus meiner Reichweite sind!«

»Aus deiner Reichweite? Was hast du vor? He, was willst du mit diesem Detonator?« Er packte Powells Arm.

Heftig befreite Powell sich von Donovans Griff. »Was ich tue? Ich schieße ein bisschen.«

»Warum?«

»Das erzähl ich dir später. Lass mal erst sehn, ob es hilft. Tut's das nicht, dann … Mach, dass du mir aus dem Wege kommst und lass mich endlich schießen!«

Die Robots waren nichts als ein Flimmern, und sie wurden immer kleiner. Powell zielte und schoss dreimal. Dann senkte er die Waffe und schaute ängstlich hinaus. Einer der Hilfsrobots lag auf dem Boden. Nur noch sechs leuchtende Gestalten standen aufrecht.

Unsicher rief Powell in seinen Übermittlungsapparat hinein: »Dave!«

Zunächst folgte Stille, dann kam die Antwort, deutlich hörbar für beide Männer. »Chef? Wo sind Sie? Mein dritter Hilfsarbeiter hat sich die Brust verletzt. Er ist außer Tätigkeit.«

»Kümmere dich nicht um deinen Hilfsarbeiter«, sagte Powell. »Wir sind an der Stelle eurer letzten Sprengung gefangen. Kannst du den Schein unserer Taschenlampe sehn?«

»Natürlich, wir kommen sofort.«

Powell lehnte sich zurück und seine Muskeln entspannten sich. »Und damit haben wir's also geschafft.«

Ganz leise und mit Tränen in der Stimme sagte Donovan: »Schön, Greg! Du bist der Sieger. Ich knie vor dir nieder und küsse dir die Füße. Und nun erzähl mir keine langen Geschichten, sondern sag mir ganz einfach und in schlichten Worten, was eigentlich los war!«

»Ganz einfach … nur dass wir Idioten während der ganzen Zeit, wie gewöhnlich, das Nächstliegende nicht gesehen haben. Wir wussten, dass es im Stromkreis der ›Persönlichen Initiative‹ lag und dass es sich stets ereignete, wenn Notlagen eintraten. Dennoch suchten wir wie die Verrückten nach einem ganz speziellen Befehl. Warum musste es eigentlich ein ganz spezieller Befehl sein, der ihr eigenartiges Benehmen verursachte?«

»Und warum nicht?«

»Also pass mal auf! Warum konnte es nicht ein gewisser Befehlstypus sein. Welcher Befehlstypus erfordert die meiste Initiative? Welche Art von Befehl würde fast immer in Notlagen erteilt werden?«

»Frag bitte nicht mich! Sag's mir einfach!«

»Das tue ich ja gerade. Also ein Befehl, der gleichzeitig an alle sechs gegeben wird. Unter gewöhnlichen Bedingungen tut immer einer oder tun mehrere der ›Finger‹ Routinearbeit, die keine scharfe Überwachung erfordert, ganz genauso wie etwa unsere eigenen Körper sich verhalten, wenn wir gehen. In einer Notlage aber müssen alle sechs Hilfsarbeiter sofort und gleichzeitig mobilisiert werden. Dave muss alle sechs auf einmal manipulieren, und das hält irgendeiner seiner Bestandteile nicht aus. Alles Übrige war leicht. Jede Verminderung der von ihm verlangten Initiative, zum Beispiel durch die Ankunft menschlicher Wesen, brachte ihn wieder in die Reihe. So zerstörte ich einen der Robots. Nun hatte er nur noch Befehle nach fünf Seiten zu geben, was eine Verminderung der erforderlichen Initiative bedeutete, und sofort wurde er wieder normal.«

»Und wie bist du auf all das gekommen?«, wollte Donovan wissen.

»Durch logisches Raten. Ich versuchte es – und siehe da, es half.«

Wieder klang die Stimme des Robots in ihren Ohren. »Hier bin ich. Können Sie eine halbe Stunde aushalten?«

»Leicht«, sagte Powell. Dann fuhr er zu Donovan gewandt fort: »Und nun muss die Aufgabe eigentlich ganz einfach sein. Wir prüfen alle Leitungen und jeden einzelnen Teil, der bei einem sechsfachen

Befehl gegenüber einem fünffachen ganz besonders belastet wird. Wie groß ist dann noch das Terrain, das wir untersuchen müssen?«

Donovan dachte nach: »Nicht sehr groß, glaube ich. Wenn Dave so ist, wie die Modelle waren, die wir in der Fabrik sahen, dann muss er einen ganz speziellen Koordinationsstromkreis besitzen, der als Einziger in dieser Sache eine Rolle spielen kann.« Sein Gesicht heiterte sich plötzlich auf. »Hör mal, das ist ja dann gar nicht schlimm. Das können wir ja im Handumdrehen erledigen.«

»Fein. Du denkst noch ein wenig darüber nach. Dann schauen wir uns, wenn wir heimkommen, mal die Blaupausen an. Jetzt aber möchte ich mich, bis Dave kommt, ein wenig ausruhen.«

»He – wart mal! Sag mir noch eines. Was bedeuten diese eigenartigen Marschschritte, diese Tanzbewegungen, die die Robots aufführten, wenn sie verrückt wurden?«

»Die? Das weiß ich nicht. Ich habe aber eine Idee. Vergiss nicht, dass diese Hilfsarbeiter nichts anderes waren als Daves ›Finger‹. Du weißt ja, wir haben sie nie anders genannt. Na also – mir schwebt der Gedanke vor, dass jedes Mal, wenn Dave sich in einen Fall für den Irrenarzt verwandelte, er sozusagen verblödete und als Vollidot seine Zeit damit verbrachte, *die Daumen zu drehen.*«

Susan Calvin sprach über Powell und Donovan innerlich amüsiert, aber ohne das Gesicht zu einem Lächeln zu verziehen. Nur wenn sie die Robots erwähnte, wurde ihre Stimme warm. Sie hatte nicht lange dazu gebraucht, über die Speedies, die Cuties und die Daves zu sprechen, und nun unterbrach ich sie. Sonst hätte sie bestimmt noch ein halbes Dutzend ähnlicher Geschichten erzählt. Ich sagte: »Passiert eigentlich hier auf der Erde nie etwas?«

Sie schaute mich leicht stirnrunzelnd an. »Nein, hier auf Erden haben wir nur sehr wenig mit in Aktion befindlichen Robots zu tun.«

»Ach, das ist schade. Was ich damit sagen will, ist, dass Ihre Ingenieure großartige Burschen sind, aber gibt es nicht vielleicht eine Geschichte, in der Sie eine Rolle spielen? Hat nie ein Robot Ihnen gegenüber versagt? Sie wissen doch, dass es sich eigentlich um Ihren Geburtstag handelt.«

Und so wahr mir Gott helfe, Susan Calvin wurde rot. Sie sagte: »Natürlich haben Robots auch mir gegenüber versagt. Mein Gott, wie lange hab ich nicht mehr an diese Geschichte gedacht! Na ja, sie hat sich vor bald vierzig Jahren ereignet. Natürlich. Im Jahre 2021. Damals war ich erst achtunddreißig. Aber eigentlich möchte ich lieber gar nicht darüber sprechen.«

Ich wartete und siehe da, sie änderte ihre Meinung. »Warum eigentlich nicht?«, sagte sie. »Nun kann's mir nicht mehr schaden. Nicht einmal die Erinnerung daran kann mir noch was anhaben. Ich war sehr töricht damals, junger Mann. Würden Sie das heute glauben?«

»Nein«, sagte ich.

»Ich war's aber. Aber Herbie war ein gedankenlesender Robot.«

»Was?«

»Nur einen hat es jemals von dieser Sorte gegeben. Ein Fehler … irgendwo …«

Ein Lügner

Alfred Lanning zündete umständlich seine Zigarre an, aber seine Finger zitterten ein wenig. Seine grauen Augenbrauen waren zusammengepresst, als er schließlich zu sprechen begann.

»Das Ding ist ein Gedankenleser – daran ist überhaupt kein Zweifel. Aber wieso?« Seine Augen richteten sich auf Peter Bogert, den Mathematiker. »Na?«

Bogert strich sich mit beiden Händen sein schwarzes Haar glatt.

»Dies ist das 34. Modell des Typs RB, Lanning. Alle anderen waren vollkommen nach Schema F.«

Der dritte Mann am Tische runzelte die Stirn. Milton Ashe war der jüngste Direktor der U.S. Robot and Mechanical Men Comp. und stolz auf seine Stellung.

»Hören Sie mal, Bogert. Während der ganzen Produktion dieses Modells ist alles wie am Schnürchen gelaufen. Da hat's keinen Fehler gegeben. Dafür lege ich meine Hand ins Feuer.«

Bogerts dicke Lippen verzogen sich zu einem verlegenen Lächeln. »Wirklich? Wenn Sie für alle Mann am laufenden Band garantieren können, dann werde ich Sie für eine Beförderung vorschlagen. Genau gezählt, sind zur Herstellung eines positronischen Gehirns 75 234 Operationen notwendig, wobei jede Einzelne, um richtig durchführbar zu sein, eine ganze Reihe von Faktoren zur Voraussetzung hat. Die Anzahl dieser Faktoren schwankt ihrerseits zwischen fünf und hundertundfünf. Geht einer davon ernstlich schief, so ist das ›Gehirn‹ ruiniert. Ich zitiere hier Ihre eigenen Feststellungen, Ashe, und zwar aus Ihren eigenen Aufzeichnungen.«

Milton Ashe errötete, aber eine vierte Stimme schnitt ihm die Antwort ab, die er gerade geben wollte.

»Wenn wir hier versuchen sollten, den einen oder anderen verantwortlich zu machen, dann gehe ich.« Susan Calvins Hände lagen fest gefaltet in ihrem Schoß. Die kleinen Linien um ihren Mund herum hatten sich vertieft. »Wir stehen hier vor dem Faktum, dass wir einen gedankenlesenden Robot besitzen, und es kommt mir darauf an, herauszufinden, warum er das tut. Dazu werden wir aber niemals kommen, wenn wir uns einfach hinstellen und rufen: ›Ihr Fehler! Ihr Fehler!‹«

Ihre kalten Augen wanderten zu Ashe, und dieser grinste.

Auch Lanning grinste, und wie immer in solchen Augenblicken sah er mit seinem langen weißen Haar und seinen kleinen schlauen Augen aus wie ein biblischer Patriarch. »Dr. Calvin hat Recht.«

Seine Stimme wurde plötzlich kühl und geschäftsmäßig. »Ich will hier alles noch einmal in konzentrierter Form darstellen. Wir haben ein positronisches Gehirn hergestellt, das scheinbar dem regulären und ganz alltäglichen Typus zugehört. Dieses Gehirn besitzt jedoch die bemerkenswerte Fähigkeit, sich in die Gedanken anderer einzuschalten. Wüssten wir, wie das möglich ist, so würde diese Tatsache den bedeutendsten Fortschritt der Robotik in den letzten zehn Jahren bedeuten. Wir wissen es jedoch nicht und wir müssen's herausfinden. Ist das klar?«

»Dürfte ich vielleicht einen Vorschlag machen?«, fragte Bogert.

»Schießen Sie los!«

»Ich möchte anregen, dass wir, bis wir hinter die Gründe dieser Schweinerei kommen – und als Mathematiker muss ich annehmen, dass es sich um eine solche handelt –, die Existenz dieses RB 34 geheim halten. Auch gegenüber unseren anderen Mitarbeitern. Als Abteilungsleiter sollte die Lösung dieses Problems für uns keine unüberwindlichen Schwierigkeiten bieten, und je weniger davon wissen, desto …«

»Bogert hat Recht«, sagte Dr. Calvin. »Seitdem die ›Interplanetarischen Regeln‹ dahingehend abgeändert wurden, dass sie eine Erprobung von Robots vor dem Versand in den Weltraum innerhalb der Fabriken gestatten, hat sich die Anti-Robot-Propaganda ungeheuer verschärft. Wenn nun bekannt wird, dass ein Robot existiert, der Gedanken lesen kann, so kann aus dieser Tatsache – solange wir nicht imstande sind, dieses Phänomen zu erklären und es nach unserem Willen zu kontrollieren – ungeheures Kapital geschlagen werden.«

Lanning zog an seiner Zigarre und nickte besorgt. Er wandte sich an Ashe. »Ich glaube, Sie sagten, Sie seien allein gewesen, als diese Gedankenleserei zum ersten Mal auftrat?«

»Und ob ich allein war – die Sache hat mir keinen kleinen Schreck eingejagt. RB 34 war gerade vom Konstruktionstisch heruntergekommen, und man hatte ihn zu mir heruntergeschickt. Obermann war nicht da, und so nahm ich ihn persönlich hinunter in die Kontrollräume – zum Mindesten war ich dabei, es zu tun.« Ashe machte eine Pause, und ein kleines Lächeln spielte um seine Lippen. »Sagen Sie mal, hat irgendeiner von Ihnen jemals eine Gedankenkonversation mit einem anderen geführt, ohne was davon zu wissen?«

Niemand nahm sich die Mühe zu antworten, und so fuhr er fort: »Zuerst merkt man es gar nicht, verstehen Sie? Er sprach ganz einfach mit mir – logisch und vernünftig –, und ich hatte schon die Hälfte des Weges zu den Kontrollräumen zurückgelegt, ehe ich merkte, dass ich selbst ja gar nichts gesagt hatte. Natürlich hatte ich eine Menge gedacht, aber das ist doch etwas ganz anderes, oder nicht? Ich schloss das Ding ein und rannte weg, um Lanning zu holen. Ich muss ehrlich sagen, ich hatte eine richtige Gänsehaut. So ein Ding, das neben einem hergeht und einem in die eigenen Gedanken hineinschaut und sich nun auswählt, welchen davon es aufgreifen will – das hatte mich doch ziemlich nervös gemacht.«

»Das kann ich mir ganz gut vorstellen«, sagte Susan Calvin nachdenklich. Ihre Augen richteten sich in eigenartig intensiver Weise auf Ashe. »Wir sind so sehr daran gewöhnt, unsere eigenen Gedanken als unser Privateigentum zu betrachten.«

Lanning mischte sich ungeduldig ein. »Dann wissen also nur wir vier von der Sache. Schön. Wir müssen systematisch vorgehen. Ashe, Sie kontrollieren das Fließband, an dem das Ding zusammengesetzt worden ist, von Anfang bis zu Ende – alles. Alle Manipulationen, bei denen ein Irrtum völlig ausgeschlossen ist, eliminieren Sie. Alle anderen stellen Sie zu einer Liste zusammen und bemerken gleichzeitig, welche Art Fehler möglich erscheint, sowie sein eventuelles Ausmaß.

Natürlich, und selbstverständlich können Sie das nicht allein tun. Alle Männer Ihrer Abteilung haben an dieser Sache mitzuarbeiten …

und wenn nötig, alle Männer des ganzen Werkes – jeder Einzelne. Es macht mir auch absolut nichts aus, wenn wir dadurch mit unseren Lieferungen in Rückstand geraten. Keiner aber darf wissen, worum es sich handelt. Verstehen Sie?«

»M–m–m – ja.« Der junge Techniker schüttelte sich. »Auch dann bleibt es noch immer eine verdammt schwierige Aufgabe.«

Lanning wandte sich um und schaute Calvin an. »Sie, Susan, werden die Aufgabe von der anderen Seite her in Angriff nehmen. Sie sind der Robotpsychologe der Fabrik. Sie werden daher diesen Robot selbst studieren und von dieser Seite her Ihre Schlüsse ziehen. Versuchen Sie herauszufinden, was in ihm vorgeht. Finden Sie heraus, welche Zusammenhänge zwischen seinen telepathischen Kräften und vielleicht sonstigen Eigenschaften bestehen, wie weit seine telepathischen Fähigkeiten reichen, inwiefern sie sein ›Weltbild‹ verzerren – kurz gesagt, welcher Schaden für seine sonstigen RB-Eigenschaften aus dieser ›Eigenart‹ erwächst. Ich nehme an, Sie verstehen, was ich will?«

Lanning wartete nicht auf Dr. Calvins Antwort.

»Ich selbst werde Ihrer beider Arbeit koordinieren und die von Ihnen gefundenen Fakten mathematisch interpretieren.« Wütend saugte er an seiner Zigarre, und der Rest seiner Worte kam aus einer dicken Wolke von Rauch. »Hierbei wird mir Bogert natürlich helfen.«

Bogert, der damit beschäftigt war, die Nägel einer Hand mit dem Handballen der anderen zu polieren, sagte freundlich: »Das will ich meinen. Ich verstehe davon ja auch eine Kleinigkeit.«

»Schön«, meinte Ashe, »dann will ich mich gleich an die Arbeit machen.« Er schob seinen Stuhl zurück und erhob sich. Er lächelte, wodurch sein jugendliches Gesicht sich mit tausend kleinen Fältchen überzog. »Ich habe von uns allen die verdammt schwerste Aufgabe bekommen. Deshalb will ich rasch hier heraus und mich in die Arbeit stürzen.«

Susan Calvin erwiderte seinen Abschiedsgruß mit einem fast unmerklichen Kopfnicken. Ihre Augen aber folgten ihm, bis er nicht mehr zu sehen war, und sie antwortete nicht, als Lanning brummte: »Wollen Sie jetzt hinaufgehen, Dr. Calvin, und sich mal mit diesem RB 34 beschäftigen?«

Die photoelektrischen Augen von RB 34 hoben sich von dem Buch, das er gerade gelesen hatte, als er hörte, wie sich die Tür öffnete. Als Susan Calvin eintrat, stand er schon aufrecht.

Sie machte einen Augenblick halt, um das riesige Schild mit der Aufschrift ›Eintritt verboten‹ außerhalb der Tür aufzuhängen. Dann näherte sie sich dem Robot.

»Ich habe dir die Lehrbücher, die sich mit hyperatomischen Motoren beschäftigen, gebracht, Herbie – wenigstens ein paar davon. Würde es dir Spaß machen, sie dir einmal anzusehen?«

RB 34 – der auch unter dem Namen Herbie lief – nahm ihr die drei schweren Bücher ab und schlug die Titelseite des obersten auf.

»Hm! ›Die Theorie der Hyperatomie‹.« Er murmelte ein paar unverständliche Worte vor sich hin, während er in dem Buche blätterte, und sagte dann geistesabwesend: »Setzen Sie sich, Dr. Calvin! Für diese Sache hier werde ich immerhin ein paar Minuten brauchen.«

Die Psychologin nahm Platz. Sie beobachtete Herbie, der nun einen Stuhl nahm, sich ihr gegenüber auf die andere Seite des Tisches setzte und systematisch die verschiedenen Bücher durchging, mit angespannter Aufmerksamkeit.

Nach einer halben Stunde legte er die Bücher auf die Seite. »Natürlich weiß ich, warum Sie mir diese Bücher gebracht haben.«

Dr. Calvins Mundwinkel zuckten. »Ich fürchtete, du würdest es wissen. Es ist schwierig, mit dir zu arbeiten, Herbie. Du bist mir immer mindestens einen Schritt voraus.«

»Wissen Sie, mit diesen Büchern ist es genauso wie mit allen anderen. Sie interessieren mich einfach nicht. In Ihren Lehrbüchern steht nichts drin. Ihre Wissenschaft ist lediglich eine Masse gesammelter Fakten, die von einer Behelfstheorie notdürftig zusammengehalten werden. Alles erscheint mir so ungeheuer einfach, dass es eigentlich nicht der Mühe wert ist, sich damit abzugeben.

Was mich sehr interessiert, sind Ihre Romane. Ihre Studien über die Zusammenhänge zwischen menschlichen Motiven und Gefühlsregungen.« Seine mächtigen Hände gestikulierten unsicher, während er nach den passenden Worten suchte.

Dr. Calvin flüsterte: »Ich glaube, ich verstehe, was du meinst.«

»Ich kann Gedanken lesen, nicht wahr?«, fuhr der Robot fort. »Und Sie machen sich nur gar keine Vorstellung, wie kompliziert solche Gedanken sind. Ich kann nur ganz wenige verstehen, weil ich selbst ja so wenig mit dieser Art von Denken gemein habe – aber ich versuche mein Bestes, und dabei hilft mir das Lesen von Romanen.«

»Das stimmt schon. Nur fürchte ich, dass, wenn du einmal die ganzen haarsträubenden Gefühlserlebnisse unserer Gegenwartsromane genossen hast« – ihre Stimme hatte einen eigenartigen Klang von Bitterkeit –, »du *wirkliche* Gefühle und Gedanken ziemlich langweilig und farblos finden wirst.«

»Aber das stimmt ja gar nicht.«

Die plötzliche Kraft, die in dieser Antwort lag, ließ Dr. Calvin aufspringen. Sie spürte, dass sie errötete, und dachte verzweifelt: Er muss es wissen.

Herbie sank in sich zusammen. Mit leiser Stimme, in der nichts mehr von dem metallischen Timbre zu hören war, murmelte er: »Aber natürlich weiß ich das, Dr. Calvin. Sie denken ja dauernd daran. So *muss* ich es doch wissen.«

Ihr Gesicht wurde hart. »Hast du – es irgendjemand erzählt?«

»Selbstverständlich nicht.« Dies kam mit ehrlicher Überraschung heraus. »Keiner hat mich doch danach gefragt.«

»Nun«, fuhr sie los, »so glaubst du wohl, dass ich eine Törin bin?«

»Nein. Es ist eine normale Regung.«

»Vielleicht ist sie gerade deshalb so töricht.« Die Sehnsucht, die in ihrer Stimme lag, war stärker als alles andere, und für einen Augenblick wurde sie ganz und gar von ihrer Weiblichkeit beherrscht. »Ich bin ja nicht das, was man – hübsch nennen würde.«

»Wenn Sie ausschließlich körperliches Hübschsein meinen, so kann ich darüber kein Urteil abgeben. Auf alle Fälle weiß ich, dass es ja noch andere Dinge gibt, die einen Menschen anziehend machen.«

»Noch bin ich jung.« Dr. Calvin hatte die Worte des Robots kaum gehört.

»Sie sind noch nicht einmal vierzig.« Ein ängstliches Drängen war in des Robots Stimme deutlich hörbar.

»Achtunddreißig, wenn man die Jahre zählt … aber eine verschrumpfte Sechzigerin, wenn es sich um meine gefühlsmäßige Einstellung der Welt gegenüber handelt. Bin ich vielleicht umsonst Psychologin?«

Bitter und atemlos fuhr sie fort: »Und er ist kaum fünfunddreißig und noch jünger, wenn man sein Äußeres und die Art seines Handelns betrachtet. Glaubst du vielleicht, er kann jemals was anderes in mir sehen, als … als was ich eben bin?«

»Sie sind jung.« Herbies stählerne Faust krachte auf den mit einem Kunststoff überzogenen Tisch. »Hören Sie mich an!«

Aber Susan Calvin fuhr jetzt auf ihn los, und der quälende Schmerz in ihren Augen verwandelte sich in ein wildes Feuer. »Warum sollte ich? Was weißt denn du von all dem – du – du … du Maschine. Für dich bin ich einfach ein sonderbares Exemplar einer bestimmten Rasse – ein interessanter Käfer mit einem eigenartigen Gehirn, das vor dir ausgebreitet daliegt, damit du es studieren kannst. Bin ich nicht ein recht feines Muster einer enttäuschten Frau? Fast so gut, wie es in deinen Büchern geschildert wird!« Ihre Stimme ging in einem trockenen Schluchzen unter.

Der Robot schien sich vor ihrem Ausbruch zu ducken. Bittend schüttelte er den Kopf. »Würden Sie mir nicht vielleicht doch zuhören? Bitte! Ich könnte Ihnen helfen, wenn Sie es nur erlaubten.«

»Wie?« Ihre Lippen kräuselten sich. »Mit gutem Rat?«

»Nein, das meine ich gar nicht … sondern einfach, weil ich doch weiß, was andere Menschen denken … zum Beispiel auch was Milton Ashe denkt.«

Eine lange Stille folgte. Susan Calvin hatte die Augen gesenkt. »Ich will nicht wissen, was er denkt«, flüsterte sie. »Sei still!«

»Ich glaube aber, dass Sie es wissen sollten!«

Ihr Kopf blieb nach vorne geneigt, aber ihr Atem kam jetzt schneller. »Du redest Unsinn«, sagte sie.

»Warum sollte ich das tun? Ich versuche zu helfen. Milton Ashes Gedanken über Sie …« Er machte eine Pause.

Und dann hob die Psychologin den Kopf. »Nun?«

Der Robot sagte gelassen: »Er liebt sie.«

Eine ganze Minute lang sagte Susan Calvin nichts. Sie starrte einfach vor sich hin. Dann: »Du irrst dich. Du musst dich irren. Warum sollte er mich lieben?«

»Aber er tut es. So etwas kann man nicht verbergen – zum Mindesten nicht vor mir.«

»Aber ich bin so … so …«, stotterte sie, und dann brach sie ab.

»Er schaut nicht aufs Äußere eines Menschen. Was er an anderen bewundert, ist Verstand. Milton Ashe ist nicht die Art von Mann, der einen Kopf mit hübschen Haaren und schönen Augen heiratet.«

Susan Calvin musste blinzeln, um wieder klar sehen zu können. Ehe sie weitersprach, verstrichen ein paar Sekunden. Selbst dann zitterte ihre Stimme noch immer. »Dennoch hat er niemals in irgendeiner Weise gezeigt, dass ...«

»Haben Sie ihm je die Gelegenheit gegeben?«

»Wie hätte ich das gekonnt? Ich dachte doch niemals, dass er ...«

»Genau.«

In Gedanken versunken schwieg die Psychologin. Dann schaute sie plötzlich auf. »Vor einem halben Jahre empfing er hier in der Fabrik den Besuch eines Mädchens. Ich glaube, sie war hübsch – blond und schlank. Natürlich hatte sie nicht viel Verstand. Vermutlich konnte sie kaum zwei und zwei addieren. Den ganzen Tag ging er mit geschwollener Brust herum, während er der Gans zu erklären versuchte, wie man einen Robot zusammensetzt.« Ihre Härte war zurückgekehrt. »Nicht dass sie etwa ein Wort von dem, was er sagte, verstanden hätte. Wer war sie?«

Herbie antwortete, ohne zu zögern. »Ich kenne die betreffende Person. Sie ist seine Kusine, und ich kann ihnen versichern, dass er sich in keiner Weise für dieses Mädchen interessiert.«

Susan Calvin stand mit fast mädchenhafter Lebhaftigkeit auf. »Ist das nicht eigenartig? Genau das hab ich manchmal mir selbst vorgemacht, obwohl ich eigentlich nie daran geglaubt habe. Dann muss also alles wahr sein.«

Sie rannte zu Herbie und packte seine kalte schwere Hand mit ihren beiden Händen. »Ich danke dir, Herbie.« Ihre Stimme war eindringlich und fast flüsternd. »Sag niemand was von dieser Sache! Es soll unser Geheimnis sein ... und nochmals – ich danke dir.« Damit und mit einem krampfhaften Druck auf Herbies gefühllose Finger verließ sie den Raum.

Langsam wandte sich Herbie wieder seinem Roman zu. Leider gab es keinen, der *seine* Gedanken hätte lesen können.

Milton Ashe räkelte sich, dass seine Gelenke knackten, während aus seinem Munde eine Art von Stöhnen kam. Dann starrte er Dr. phil. Peter Bogert an.

»Hör mal«, sagte er, »ich habe mich nun eine volle Woche mit dieser Geschichte beschäftigt, fast ohne die nötige Zeit zum Schlafen zu finden. Wie lange soll das eigentlich so weitergehn? Ich meine, du hättest gesagt, das positronische Bombardement in der Vakuumkammer D wäre die Lösung?«

Bogert gähnte und betrachtete dann mit nachlässigem Interesse seine weißen Hände. »So ist's auch. Ich bin der Sache auf der Spur.«

»Was *das* aus dem Munde eines Mathematikers bedeutet, weiß ich. Wie nahe bist du dem Ende, mein Freund?«

»Das hängt davon ab.«

»Wovon?« Ashe ließ sich auf einem Stuhle nieder und streckte seine langen Beine von sich.

»Von Lanning. Der alte Bursche ist nicht meiner Meinung.« Er seufzte. »Ist nicht mehr ganz auf der Höhe, das ist das Schlimme. Klammert sich an Matrizenmechanik als Allheilmittel, während man für dieses Problem bedeutend wirkungsvollerer mathematischer Werkzeuge bedarf. Er ist schrecklich eigensinnig.«

Schläfrig murmelte Ashe: »Warum fragen wir nicht Herbie und beenden damit die ganze Geschichte?«

»Den Robot fragen?« Bogerts Augenbrauen hoben sich.

»Warum nicht? Hat die Alte dir nichts gesagt?«

»Du meinst Calvin?«

»Natürlich, Susie persönlich. Dieser Robot ist ein mathematisches Genie. Er weiß alles über alles plus noch ein wenig mehr. Er löst dreifache Integrale im Kopf und verspeist Tensor-Analysen als Dessert.«

Der Mathematiker starrte ihn skeptisch an. »Ist das dein Ernst?«

»So wahr mir Gott helfe! Das Komische dabei ist, dass der Idiot Mathematik gar nicht mag. Am liebsten würde er überhaupt nur Kitschromane lesen. Wirklich! Du solltest sehen, mit welcher Art von Lesestoff Susie ihn versorgt. ›Schwüle Leidenschaft‹ und ›Liebe im Weltraum‹ und solches Zeug.«

»Dr. Calvin hat aber uns gegenüber nicht ein Wort davon gesagt.«

»Na ja, offenbar hat sie ihre Untersuchungen seines Zustandes noch nicht beendet. Du weißt ja, wie sie ist. Sie möchte alles durch und durch geklärt sehen, ehe sie das große Geheimnis bekannt gibt.«

»Aber dir hat sie's offenbar bereits mitgeteilt.«

»Wir kamen irgendwie ins Gespräch. In letzter Zeit bin ich ziemlich viel mit ihr zusammengekommen.« Er machte plötzlich große Augen und runzelte die Stirn. »Sag mal, Bogie, ist dir in letzter Zeit an Susie irgendwas aufgefallen?«

Bogerts Gesicht verlor seine Spannung und verzog sich zu einem Grinsen. »Sie malt sich die Lippen, wenn's das ist, was du meinst.«

»Mein Gott, das weiß ich selbst. Verwendet Rouge, Puder und Augenbrauenschwarz. Sieht bei Gott komisch aus. Aber das ist nicht, was ich meine. Ich kann nicht genau sagen, was es wirklich ist. Vielleicht ist es die Art, wie sie redet – als wäre sie mit einem Mal sehr glücklich über irgendetwas.« Er schien nachzudenken und zuckte dann mit den Schultern.

Der andere lachte, und zwar so, wie man es bei einem Wissenschaftler seines Alters – er hatte immerhin die Fünfzig hinter sich – gar nicht erwartet hätte. »Vielleicht ist sie verliebt.«

Ashes Augen nahmen wieder ihre normale Größe an. »Du spinnst, Bogie. Los, geh jetzt und sprich mit Herbie! Ich möchte gerne hier bleiben und ein wenig schlafen.«

»Schön. Nicht, dass ich es besonders schätze, wenn ein Robot mir in meine Arbeit hineinredet, noch dass ich glaube, dass er dazu imstande ist.«

Ein leises Schnarchen war die einzige Antwort, die er bekam.

Herbie horchte aufmerksam zu, während Peter Bogert, die Hände in den Taschen, mit betonter Gleichgültigkeit redete.

»Das ist die ganze Geschichte. Man hat mir mitgeteilt, dass du diese Dinge verstehst, und ich frage dich eigentlich mehr aus Neugierde als aus irgendeinem anderen Grunde. Mein Denkprozess, wie ich ihn dir dargestellt habe, umfasst ein paar zweifelhafte Schritte – ich gebe das zu –, Schritte, die Dr. Lanning nicht anerkennen will, und das ganze Bild ist überhaupt noch ziemlich unklar.«

Der Robot antwortete nicht, und Bogert sagte: »Nun, was sagst du dazu?«

»Ich kann keinerlei Fehler entdecken.« Herbie studierte intensiv Zahlen, die Bogert ihm gereicht hatte.

»Ich nehme an, auch du kannst nicht sehr viel weitergehen, was?«

»Ich möchte den Versuch lieber nicht riskieren. Du bist ein besserer Mathematiker, als ich es bin, und – na ja, ich möchte mich nicht festlegen.«

Bogert lächelte nachsichtig. »Das hab ich mir eigentlich gleich gedacht. Die Geschichte ist für dich bestimmt zu hoch. Sprechen wir nicht mehr davon!« Er zerknüllte die Papiere, warf sie in den Müllschacht, wandte sich zum Gehen, änderte dann aber seine Absicht.

»Übrigens ...«

Der Robot wartete.

Bogert schien Schwierigkeiten zu haben, das auszudrücken, was er sagen wollte. »Ich hab da etwas – das heißt, vielleicht könntest du ...« Er brach ab.

Herbie sagte gelassen: »Deine Gedanken sind wirr, aber ohne Zweifel betreffen sie Dr. Lanning. Dein Zaudern ist töricht, denn sobald du dich gefasst hast, werde ich doch wissen, was du eigentlich fragen willst.«

Der Mathematiker strich sich mit der Hand übers Haar, wie er es zuweilen tat. »Lanning ist beinahe siebzig Jahre alt«, sagte er, als erkläre er damit alles.

»Das weiß ich.«

»Fast dreißig Jahre lang ist er nun Direktor dieses Werkes.«

Herbie nickte.

»Na schön« – Bogerts Stimme wurde einschmeichelnd –, »du weißt doch sicherlich, ob er sich mit dem Gedanken trägt, sich zur Ruhe zu setzen. Ich meine aus Gesundheitsgründen oder vielleicht, weil ...«

»Ich verstehe«, sagte Herbie, und nichts weiter.

»Nun – also weißt du es oder weißt du's nicht?«

»Selbstverständlich weiß ich es.«

»Dann – äh – könntest du's mir dann sagen?«

»Nachdem du mich fragst – ja.« Der Robot sprach völlig geschäftsmäßig. »Er hat bereits sein Amt niedergelegt.«

»Was!« Der Ausruf kam wie eine Explosion und war fast unartikuliert. Der große Kopf des Wissenschaftlers neigte sich weit nach vorne. »Sag das noch einmal!«

»Er hat bereits sein Amt niedergelegt«, kam die gelassene Wiederholung des Satzes. »Allerdings ist sein Rücktritt noch nicht in Kraft getreten. Er wartet – wie soll ich sagen – auf die Lösung meines Problems. Wenn die gefunden ist, wird er sein Amt seinem Nachfolger übertragen.«

Bogert atmete hart aus. »Und dieser Nachfolger – wer ist denn das?«

Er stand nun ganz nahe vor Herbie. Wie fasziniert schaute er in die ausdruckslosen blassroten photoelektrischen Zellen, die des Robots Augen waren.

Langsam kamen die Worte: »Du bist der nächste Direktor.«

Bogerts Muskeln entspannten sich. Ein schwaches Lächeln erschien auf seinem Gesicht. »Gut, dass ich das weiß. Darauf hab ich gehofft und gewartet. Vielen Dank, Herbie.«

In dieser Nacht blieb Bogert bis fünf Uhr morgens am Schreibtisch, und um neun Uhr war er bereits wieder da. Das Fach, in dem die Nachschlagewerke standen, leerte sich. Eines nach dem anderen wurde von Bogert zu Rate gezogen. In mikroskopischen Beträgen vergrößerte sich der Stoß von Berechnungen, der vor ihm lag, während der Haufen zerknüllten Papiers zu seinen Füßen allmählich zu einem kleinen Hügel wurde.

Genau um zwölf Uhr mittags hatte er die letzte Seite seiner Kalkulationen vor sich liegen. Gähnend rieb er sich die entzündeten Augen und zuckte mit den Schultern. »Mit jeder Minute wird diese Sache toller. Der Teufel soll's holen.«

Er hörte das Geräusch einer sich öffnenden Tür, wandte sich um und begrüßte den eintretenden Lanning mit einem Kopfnicken. Der Direktor, der natürlich sofort die Unordnung bemerkte, runzelte die Brauen.

»Irgendwelche neuen Gesichtspunkte?«, fragte er.

»Nein«, kam die trotzige Antwort. »Sind die alten vielleicht nicht gut genug?«

Lanning machte sich gar nicht die Mühe zu antworten, noch irgendetwas anderes zu tun, als einen flüchtigen Blick auf das oberste Blatt der Kalkulationen zu werfen, die auf Bogerts Pult lagen. Seine nächsten Worte kamen hinter einer Streichholzflamme hervor, mit der er sich eine Zigarre anzündete.

»Hat Calvin Ihnen erzählt, dass der Robot ein mathematisches Genie ist? Aber wirklich ein Genie?«

Der andere schnaubte laut. »Ich hab's gehört. Calvin sollte sich aber lieber ihrer Robotpsychologie widmen. Ich habe Herbie hinsichtlich seiner mathematischen Kenntnisse geprüft. Schon beim Zahlenrechnen hat er Mühe.«

»Calvins Berichte lauten aber ganz anders.«

»Sie ist verrückt.«

»Und auch mein Eindruck ist ein völlig anderer.« Die Augen des Direktors wurden klein und gefährlich.

»Sie!« Bogerts Stimme wurde hart. »Worüber reden Sie eigentlich?«

»Ich habe Herbie den ganzen Morgen geprüft, und er kann Dinge tun – ich meine auf mathematischem Gebiet –, von denen Sie überhaupt keine Ahnung haben.«

»Was Sie nicht sagen.«

»Sie scheinen skeptisch.« Lanning zog ein Stück Papier aus seiner Westentasche und faltete es auseinander. »Dies ist ja nicht meine Handschrift, das sehen Sie wohl, was?«

Bogert studierte die eckigen Zahlen und Zeichen, die das ganze Papier bedeckten. »Hat Herbie dies geschrieben?«

»Jawohl. Und wie Sie vielleicht feststellen werden, hat er an der Zeitintegration der Gleichung 22 gearbeitet. Er kommt« – und Lanning klopfte mit einem gelben Fingernagel auf die vor Bogert liegenden Kalkulationen – »zu gleichen Schlussfolgerungen wie ich selbst, allerdings in einem Viertel der Zeit. Sie hatten keinerlei Veranlassung, den Linger-Effekt bei einem Bombardement durch Positronen außer Acht zu lassen.«

»Das hab ich auch nicht getan. Können Sie es nicht ein für allemal begreifen, Lanning, dass dieser Effekt sich aufhebt und dass …«

»Ja, ja, ja, das haben Sie bereits auseinander gesetzt. Sie haben die Mitchell-Gleichung verwendet, was? Da will ich Ihnen also sagen, dass man diese Gleichung gar nicht anwenden kann.«

»Und warum nicht?«

»Einmal deshalb, weil Sie sich hyperimaginärer Werte bedienen.«

»Was hat das damit zu tun?«

»Mitchells Gleichung trifft nicht zu, wenn …«

»Sind Sie verrückt? Wenn Sie so freundlich sein und Mitchells Abhandlungen in der Zeitschrift ›Untersuchungen im Weltraum‹ nochmals lesen wollen, so …«

»Das brauche ich gar nicht zu tun. Ich habe Ihnen von Anfang an gesagt, dass ich Ihre Beweisführung nicht mag, und Herbie unterstützt mich in dieser meiner Meinung.«

»Schön«, schrie Bogert, »dann lassen Sie doch dieses Maschinenkonglomerat die Lösung finden. Warum befassen Sie sich dann überhaupt noch mit solchen Unwichtigkeiten?«

»Darin liegt ja gerade die Schwierigkeit. Herbie kann das Problem gar nicht lösen. Und kann er's nicht, so können wir's auch nicht – ich meine allein. Ich werde die ganze Frage dem Nationalen Ausschuss unterbreiten. Die Sache überschreitet bei weitem unsere eigenen Möglichkeiten.«

Bogerts Stuhl kippte nach hinten über, als er mit rotem, wutverzerrtem Gesicht aufsprang. »Das werden Sie keinesfalls tun.«

Auch Lannings Gesicht rötete sich jetzt. »Wollen Sie mir vielleicht vorschreiben, was ich tun darf und was nicht?«

»Genau das«, kam die bissige Antwort. »Ich habe das Problem gelöst, und Sie werden es nicht fertig bringen, mir meine Leistung zu stehlen, verstanden? Glauben Sie ja nicht, dass ich Sie nicht durchschaue, Sie ausgetrocknete Versteinerung. Eher würden Sie sich die eigene Nase abschneiden, ehe Sie zugäben, dass ich es bin, der das Problem der Robot-Telepathie gelöst hat.«

»Bogert, Sie sind ein verdammter Idiot. Noch ein Wort, und ich lasse Sie wegen Subordination vom Dienst suspendieren.«

Lannings Unterlippe zitterte vor innerer Erregung.

»Genau das werden Sie nicht tun, mein lieber Lanning. Da, wo ein gedankenlesender Robot in der Nähe ist, gibt es nicht mehr viele Geheimnisse. Vergessen Sie daher bitte nicht, dass ich völlig im Bilde bin über Ihre Abdankung.«

Die Asche an Lannings Zigarre zitterte und fiel zu Boden, und der Asche folgte die Zigarre selbst. »Was – was ...«

Bogert lachte bösartig. »Und ich bin der neue Direktor, verstehen Sie mich? Ich bin mir dessen durchaus bewusst. Glauben Sie ja nicht, dass ich nicht ganz genau Bescheid weiß. Der Teufel soll Sie holen, Lanning, aber von jetzt ab gebe ich hier die Befehle. Fügen Sie sich nicht, so werden Sie in solche Schwierigkeiten kommen, dass Ihnen die Augen übergehn!«

Nun fand Lanning endlich seine Sprache wieder. »Sie sind Ihres Dienstes enthoben«, brüllte er, »verstehen Sie mich? Sie sind rausgeschmissen, entlassen, aller Pflichten entbunden.«

Das Lächeln auf dem Gesicht des anderen wurde noch breiter. »Was kann Ihnen das nützen? Damit helfen Sie sich kein bisschen. *Ich* bin derjenige, der die Trümpfe in der Hand hält. Ich weiß, dass Sie zurückgetreten sind. Herbie hat's mir gesagt, und er weiß es direkt von Ihnen.«

Lanning zwang sich, ruhig zu sprechen. Er sah mit einem Mal furchtbar alt aus. Seine müden Augen schauten aus einem Gesicht, aus dem alle Röte verschwunden war und das nur noch die teigiggelbe Farbe des Greisenalters zeigte. »Ich will mit Herbie sprechen. Er kann Ihnen gar nichts Derartiges gesagt haben. Sie spielen ein hohes Spiel, Bogert, aber ich nehme Ihre Herausforderung an. Kommen Sie mit!«

Bogert zuckte mit den Schultern. »Um Herbie zu besuchen? Schön. Ausgezeichnet sogar.«

Es war genau zwölf Uhr mittags, als Milton Ashe von seiner ungeschickten Zeichnung aufschaute und sagte: »Verstehen Sie, was ich meine? Ich bin nicht in der Lage, das Ganze richtig aufzuzeichnen, aber so ungefähr sieht es aus. Es ist ein herrliches Haus, und ich kann's fast für nichts kaufen.«

Susan Calvin schaute ihn mit sanften Augen an. »Es ist wirklich wunderschön«, seufzte sie. »Ich habe oft gedacht, dass ich so gerne einmal ...« Ihre Stimme verlor sich.

»Natürlich«, fuhr Ashe schnell fort, während er den Bleistift niederlegte, »muss ich warten bis zu meinem Urlaub. Das sind nur noch zwei Wochen, aber diese Herbiegeschichte macht ja überhaupt alles fraglich.« Seine Augen senkten sich, und er starrte auf seine Fingernägel. »Nebenbei ist damit noch eine andere Sache verknüpft, aber die ist noch ein Geheimnis.«

»Dann verraten Sie es mir auch nicht?«

»Ach, warum eigentlich nicht? Ich möchte mich einfach jemandem mitteilen – und Sie sind so ziemlich die einzige Person, zu der ich hier Vertrauen habe.« Er lächelte verlegen.

Susan Calvins Herz klopfte wie rasend, aber sie sagte nichts, weil sie ihrer Stimme keineswegs sicher war.

»Offen gesagt«, Ashe rückte seinen Stuhl näher an den ihren heran und senkte seine Stimme zu einem vertraulichen Flüstern, »das Haus ist nicht für mich allein bestimmt. Ich will mich verheiraten.«

Und dann sprang er plötzlich von seinem Stuhl auf. »Was ist los?«

»Nichts.« Das Gefühl, dass sich alles um sie drehte, war verschwunden, aber Susan hatte noch immer Schwierigkeiten zu sprechen. »Sie wollen sich verheiraten? Sie – Sie wollen damit sagen, dass ...«

»Natürlich. Ist doch höchste Zeit, oder nicht? Erinnern Sie sich des Mädchens, das letzten Sommer hier war? Das ist diejenige, welche. Aber es ist Ihnen *wirklich* nicht gut. Sie ...«

»Ich habe Kopfweh.« Susan machte eine schwache Bewegung der Abwehr. »Ich hatte in letzter Zeit häufig solche Anfälle. Ich möchte – möchte Ihnen natürlich gratulieren. Ich bin sehr froh, dass ...« Das nicht sehr geschickt angebrachte Rouge machte zwei hässliche rote Flecken auf ihrem kreideweißen Gesicht. Von neuem begann sich das Zimmer um sie zu drehen. »Entschuldigen Sie mich jetzt, bitte!«

Die Worte waren fast unverständlich. Sie sprach sie, während sie wie eine Blinde durch die Tür stolperte. Das Ganze hatte sich mit der Plötzlichkeit einer Katastrophe in einem Traum ereignet – mit dem unwirklichen Grauen eines Albdruckes.

Wie aber konnte es möglich sein? Herbie hatte doch gesagt ...

Und Herbie musste es wissen. Konnte er doch Gedanken lesen. Als sie aufschaute, stand sie Herbie gegenüber. Schwer lehnte sie sich gegen den Pfosten der Tür. Offenbar war sie zwei Stockwerke hoch hinaufgestiegen, ohne dass sie sich aber daran erinnern konnte. Sie hatte die Entfernung wie in einem Traume in einem einzigen Augenblick zurückgelegt.

Wie in einem Traume.

Und noch immer starrten Herbies unbewegliche Augen sie an. Das blasse Rot seiner Pupillen schien sich auszudehnen, bis sie zu blass leuchtenden Kugeln wurden.

Nun redete er. Sie spürte kaltes Glas, das jemand gegen ihre Lippen presste. Dann wurde sie sich plötzlich und mit einem Schauder ihrer Umgebung bewusst.

Noch immer sprach Herbie. Erregung klang aus seiner Stimme – als wäre er innerlich verletzt und verängstigt, und als flehe er sie an.

Die Worte begannen verständlich zu werden. »Es ist nichts als ein Traum«, sagte er, »und Sie müssen ihn nicht glauben. Bald erwachen Sie wieder und dann lachen Sie darüber. Er liebt Sie, sag ich Ihnen. Bestimmt, ganz bestimmt. Aber nicht hier. Nicht jetzt. All dies ist eine Illusion.«

Susan Calvin nickte. Flüsternd sagte sie: »Ja. Ja.« Sie hatte Herbies Arm gepackt und hielt sich daran fest, während sie immer wieder und wieder sagte: »Es ist nicht wahr, wie? Nicht wahr – nicht wahr ...«

Sie wusste nie, wie sie wirklich wieder zu sich kam … nur, dass es so vor sich ging, als schritte sie aus einer Welt nebelhafter Unwirklichkeit in eine Welt grausamen Sonnenlichts. Sie stieß den Robot von sich weg, stieß hart gegen seinen stählernen Arm. Ihre Augen waren weit aufgerissen.

»Was beabsichtigst du mit diesem Spiel?« Ihre Stimme verwandelte sich in ein Schreien. »Was soll das alles heißen?«

Herbie wich zurück. »Ich versuche zu helfen.«

Die Psychologin starrte ihn an. »Helfen? Indem du mir sagst, dies alles sei ein Traum? Indem du versuchst, mich zum Wahnsinn zu treiben?« In einer Art von Hysterie spannten sich alle ihre Muskeln. »Dies ist absolut kein Traum. Ich wollte, es wäre einer.«

Tief atmete sie ein. »Warte mal! Warum … warum … ach Gott, jetzt verstehe ich alles. Es liegt ja so klar auf der Hand …« Grauen sprach aus der Stimme des Robots. »Ich musste es tun.«

»Und ich hab dir geglaubt. Nie habe ich daran gedacht, dass …«

Laute Stimmen vor der Tür brachten sie zum Verstummen. Sie wandte sich ab. Krampfhaft öffneten und schlossen sich ihre Fäuste. Als Bogert und Lanning eintraten, befand sie sich beim entferntesten Fenster. Keiner der Männer schenkte ihr die geringste Aufmerksamkeit.

Gleichzeitig näherten sie sich Herbie. Lanning war ärgerlich und ungeduldig. Bogert sardonisch kühl. Der Direktor sprach als Erster.

»Hör mal, Herbie! Pass auf, was ich sage!«

Die Robot-Augen wandten sich dem greisen Direktor zu. »Sie wünschen, Dr. Lanning?«

»Hast du mit Dr. Bogert über mich gesprochen?«

»Nein, Sir.« Die Antwort kam langsam, und das Lächeln auf Bogerts Gesicht verschwand.

»Was soll denn das heißen?« Bogert schob sich vor seinen Vorgesetzten und stellte sich breitbeinig dem Robot gegenüber. »Wiederhole, was du mir gestern gesagt hast.«

»Ich sagte, dass …« Herbie verstummte. Tief in ihm vibrierte sein metallisches Zwerchfell, und etwas wie ein leichtes Stöhnen wurde hörbar.

»Sagtest du nicht, er hätte abgedankt?«, brüllte Bogert. »Antworte mir!«

Wild hob Bogert seinen Arm, aber Lanning stieß ihn zur Seite.

»Versuchen Sie vielleicht, ihn zu einer Lüge zu zwingen?«

»Sie haben selbst gehört, was er gesagt hat, Lanning. Er war dabei ›ja‹ zu sagen, hat sich dann aber unterbrochen. Weg mit Ihnen! Ich will die Wahrheit hören, verstanden?«

»*Ich* werd ihn fragen.« Lanning wandte sich dem Robot zu. »Schon gut, Herbie. Reg dich nicht auf! Hab ich abgedankt?«

Herbie starrte ihn an, und Lanning wiederholte ängstlich: »Hab ich abgedankt? Bin ich zurückgetreten?« Fast unmerklich schüttelte der Robot den Kopf. Auch nach langem Warten äußerte er sich sonst in keiner Weise.

Die beiden Männer schauten sich an, und die Feindseligkeit zwischen ihnen ließ sich fast mit Händen greifen.

»Kreuzdonnerwetter noch einmal!«, brach Bogert los. »Hat der Robot plötzlich die Sprache verloren? Kannst du nicht mehr reden, du Ungeheuer?«

»Doch, ich kann sprechen«, kam prompt die Antwort.

»Dann beantworte die Frage! Hast du mir nicht gesagt, Lanning sei zurückgetreten? Und ist er nicht zurückgetreten?«

Und wieder erfolgte keine Antwort, bis plötzlich vom anderen Ende des Raumes her Susan Calvins Lachen hörbar wurde. Es war ein hohes, kicherndes, fast hysterisches Lachen.

Die beiden Mathematiker zuckten zusammen, und Bogerts Augen wurden klein. »*Sie* sind hier? Was ist an dieser Sache eigentlich so komisch?«

»Nichts ist komisch.« Ihre Stimme wirkte etwas unfrei. »Ich bin also nicht der Einzige, der hereingefallen ist. Es liegt eine gewisse Ironie in der Tatsache, dass drei der größten Robotfachleute der Welt in die gleiche recht primitive Falle gehen, oder nicht?« Ihre Stimme verlor sich, und sie hob ihre blasse Hand und berührte damit ihre Stirn. »Aber komisch – nein, komisch ist es nicht.«

Dieses Mal schauten die beiden Männer sich mit hochgezogenen Augenbrauen an.

»Von welcher Falle sprechen sie?«, fragte Lanning steif. »Stimmt was nicht mit Herbie?«

»Doch, es stimmt alles.« Sie näherte sich den beiden langsam.

»Er ist völlig in Ordnung – nur wir sind's nicht ganz.« Sie drehte sich plötzlich auf dem Absatz um und schrie den Robot an. »Mach dass du mir aus den Augen kommst! Geh ans andere Ende des Zimmers, dass ich dich nicht mehr anschauen muss!«

Herbie schien sich zu ducken. Klirrend trottete er davon.

Lannings Stimme klang feindlich. »Was soll das alles bedeuten, Dr. Calvin?«

Sie wandte sich den beiden wieder zu und sagte sarkastisch: »Sicherlich kennen Sie doch das erste *Grundgesetz der Robotik.*«

Gemeinsam nickten die beiden. »Natürlich«, sagte Dr. Bogert gereizt, »ein Robot darf kein menschliches Wesen verletzen, noch durch Untätigkeit es zulassen, dass ein Mensch sich selbst Schaden zufügt.«

»Wie gut Sie das hersagen«, höhnte Dr. Calvin. »Aber um welche Art von Schaden handelt es sich?«

»Natürlich – jede Art von Schaden.«

»Genau so. Jede Art von Schaden. Wie aber steht es mit dem Verletzen von Gefühlen? Mit der Erniedrigung des eigenen Egos? Wie steht's mit der Zerstörung von Hoffnungen? Sind auch das Verletzungen im Sinne des Gesetzes?«

Lanning runzelte die Stirn. »Was kann ein Robot wissen von …« Dann aber unterbrach er sich selbst.

»Sie begreifen's nun, was? Dieser Robot hier liest Gedanken. Nehmen Sie vielleicht an, dass er nicht ganz genau im Bilde darüber ist, was eine Gefühlsverletzung bedeutet? Nehmen Sie vielleicht an, dass er, wenn ich ihm eine Frage stellte, nicht genau die Antwort geben würde, die ich hören möchte? Würde mich nicht jede andere Antwort verletzen, und weiß Herbie das vielleicht nicht?«

»Du meine Güte!«, murmelte Bogert.

Die Psychologin warf ihm einen spöttischen Blick zu. »Ich nehme an, Sie haben ihn gefragt, ob Dr. Lanning zurückgetreten sei. Sie wollten eine positive Antwort hören, und so hat sie Herbie Ihnen gegeben.«

»Und ich nehme an, dass dies der Grund ist, warum er vor einer Weile gar nicht geantwortet hat«, sagte Dr. Lanning tonlos. »Er konnte es nicht tun, ohne einen von uns zu verletzen.«

Eine kleine Stille folgte, während die Männer in Gedanken versunken den Robot auf der anderen Seite des Raumes betrachteten. Er hatte sich in einem Stuhl neben dem Bücherschrank niedergelassen und saß mit aufgestütztem Kopf regungslos da.

Susan Calvin hatte den Blick gesenkt. »Er wusste das alles. Dieser … dieser Teufel weiß alles, auch, welcher Fehler bei seiner eigenen Herstellung gemacht worden ist.« Ihre Augen waren jetzt dunkel und bedrückt.

Lanning schaute auf. »In diesem Punkte irren Sie sich, Dr. Calvin. Er weiß keineswegs, was schief gegangen ist. Ich habe ihn gefragt.«

»Das bedeutet doch gar nichts weiter«, schrie Calvin, »als dass Sie nicht wollten, dass er uns die Lösung des Problems mitteile. Es würde Ihrem Ego schweren Abbruch tun, wüssten Sie, dass eine Maschine existiert, die etwas kann, was Sie nicht können. Haben auch Sie ihn gefragt?«, wandte sie sich an Bogert.

»Sozusagen.« Bogert hüstelte und errötete. »Er antwortete mir, er verstehe sehr wenig von Mathematik.«

Lanning lachte leise vor sich hin, und die Psychologin lächelte ironisch. Sie sagte: »Ich werde ihn fragen. Gibt er mir die Antwort auf das Problem, das uns beschäftigt … *mein* Ego kann es nicht verletzen.« Sie hob ihre Stimme, und ihr Ton wurde kalt und kommandierend. »Komm hierher!«

Herbie erhob sich und kam zögernden Schrittes näher.

»Ich nehme an, du weißt …«, fuhr sie fort, »weißt ganz genau, wo sich bei deiner Herstellung ein Fehler eingeschlichen hat oder etwas Wesentliches vergessen wurde.«

»Jawohl«, sagte Herbie kaum hörbar.

»Moment mal«, unterbrach Bogert, »das braucht nicht unbedingt zu stimmen. Sie wollen diese Antwort von ihm bekommen. Das ist alles.«

»Machen Sie sich doch nicht lächerlich!«, erwiderte Dr. Calvin. »Er kann, nachdem er doch Gedanken zu lesen vermag, ganz bestimmt so viel Mathematik wie Sie und Dr. Lanning zusammen. Lassen Sie ihn doch mal sagen, was er zu sagen hat!«

Der Mathematiker verstummte, und Calvin fuhr fort. »Schön also, Herbie, schieß los! Wir warten auf das, was du uns zu sagen hast.« Und sozusagen als Randbemerkung: »Halten Sie Bleistift und Papier bereit, meine Herren!«

Aber Herbie blieb still.

In der Stimme der Psychologin lag Triumph. »Warum antwortest du nicht, Herbie?«

Aus dem Robot brach es heraus: »Weil ich nicht kann. Sie wissen, dass ich nicht kann. Dr. Bogert und Dr. Lanning wollen nicht, dass ich antworte.«

»Sie wollen aber die Lösung.«

»Aber nicht von mir.«

Lanning mischte sich ein. Er sprach langsam und deutlich. »Sei nicht töricht, Herbie! Wir wollen, dass du uns sagst, was du weißt.«

Bogert nickte kurz.

Herbies Stimme schien sich zu überschlagen. »Was nützt es, das zu sagen? Glauben Sie nicht, dass ich durch die Oberflächenhaut Ihrer Gedanken hindurchsehen kann? Tief in Ihrem Innern wollen Sie nicht, dass ich antworte. Ich bin eine Maschine, der durch das positronische Spiel der Kräfte in meinem Gehirn ein nachgeahmtes Leben verliehen wurde. Dieses Gehirn ist Menschenwerk. Sie können mir gegenüber nie der Unterlegene sein, ohne sich verletzt zu fühlen. Dieses Gefühl ist tief verankert in Ihrem Innern und kann nicht ausgelöscht werden. Ich kann Ihnen die Lösung nicht geben.«

»Wir verlassen den Raum«, sagte Dr. Lanning. »Gib Dr. Calvin die Lösung!«

»Das würde doch gar nichts ändern«, schrie Herbie, »da Sie dann ja doch wüssten, dass ich es war, der die Antwort gegeben hat.«

Calvin mischte sich wieder ein. »Du verstehst aber doch, Herbie, dass die Herren Bogert und Lanning dennoch die Lösung des Problems haben wollen.«

»Aber nur, wenn sie sie selber finden«, sagte Herbie.

»Trotzdem verletzt sie die Tatsache, dass du die Lösung kennst und sie nicht bekannt gibst. Das begreifst du doch, oder nicht?«

»Ja – ja ...«

»Und wenn du sie nun gibst, so verletzt sie das ebenfalls.«

»Ja – ja ...« Langsam, Schritt für Schritt, wich Herbie zurück, während Susan Calvin ihm folgte. Die beiden Männer beobachteten die Szene bewegungslos, als wären sie erstarrt.

»Du kannst es nicht sagen«, fuhr die Psychologin fort, »weil sie das verletzen würde, und du darfst sie nicht verletzen. Aber sagst du's nicht, so verletzest du sie ebenfalls, und daher musst du's sagen. Tust du das aber, so verletzest du, und das darfst du nicht, und so kannst du's nicht sagen. Aber sagst du's nicht, so verletzest du, und daher musst du's sagen. Tust du das aber, so verletzest du, und das darfst du nicht. Sagst du's aber nicht, so verletzest du und ...«

Herbie war nun bis zur Wand zurückgewichen. Er sank in die Knie. »Hören Sie auf!«, schrie er. »Verschließen Sie vor mir Ihre Gedanken. Sie sind voll Schmerz und Enttäuschung und Hass. Ich hatte keine bösen Absichten. Ich versuchte zu helfen. Ich habe Ihnen nur das gesagt, was Sie hören wollten. Das musste ich tun.«

Die Psychologin achtete nicht auf ihn. »Du musst es ihnen sagen, aber tust du das, so verletzest du sie, und so darfst du es nicht tun. Tust du's aber nicht, so verletzest du ebenfalls, und so musst du's sagen. Aber ...«

Und Herbie brüllte.

Es war wie der Ton einer Pikkoloflöte, nur vielfach verstärkt. Der Ton wurde schriller und schriller, bis er sich überschlug. In ihm lag der ganze Schrecken einer verlorenen Seele, und er erfüllte den Raum und die Menschen bis in die tiefsten Tiefen.

Gleichzeitig mit dem Ersterben des Tones brach Herbie in sich selbst zusammen und wurde zu einem Haufen bewegungslosen Metalls.

Bogerts Gesicht war blutleer geworden. »Er ist tot.«

»Nein!« Susan Calvins Körper wurde von einem wilden Gelächter geschüttelt. »Nicht tot, sondern lediglich wahnsinnig. Ich konfrontierte ihn mit einem unlösbaren Dilemma, und so brach er zusammen. Nun könnt ihr ihn auseinander nehmen, denn er wird niemals wieder sprechen.«

Lanning war neben dem Ding, das einstmals Herbie war, niedergekniet. Seine Finger berührten das kalte, gefühllose Metallgesicht, und er schauderte. »Sie haben das absichtlich getan.« Er stand auf und trat ihr mit verzerrtem Gesicht gegenüber.

»Und wenn? Jetzt können Sie bestimmt nichts mehr daran ändern.« Und in einem plötzlichen Anflug von Bitterkeit: »Er hat's verdient.«

Der Direktor packte den gelähmten, bewegungslosen Bogert am Handgelenk. »Mir kann's ja gleich sein. Kommen Sie, Peter!« Er seufzte. »Ein denkender Robot dieser Sorte ist ja ohnedies wertlos.« Seine Augen waren alt und müde, und er wiederholte: »Kommen Sie, Peter!«

Nachdem die beiden Wissenschaftler den Raum verlassen hatten, dauerte es noch Minuten, bis Dr. Susan Calvin ihr Gleichgewicht wiederfand. Langsam wandten sich ihre Augen dem lebend toten

Herbie zu, und allmählich bekamen ihre Züge die alte Straffheit wieder. Lang starrte sie ihn an, während das Gefühl des Triumphs von ihr wich und hilflose Enttäuschung sich ihrer wieder bemächtigte. Aus all ihren wirren Gedanken und Empfindungen aber bahnte sich nur ein einziges bitteres Wort den Weg über ihre Lippen: »Lügner!«

Damit war natürlich für den Augenblick ihre Erzählung beendet. Ich wusste, dass ich danach nichts mehr aus ihr herausbekommen würde. Sie saß regungslos hinter ihrem Schreibtisch – regungslos und kalt, mit weißem Gesicht – und versunken in Erinnerungen.

Ich sagte: »Ich danke Ihnen, Dr. Calvin«, aber sie gab keine Antwort. Es dauerte zwei volle Tage, ehe es mir gelang, sie wiederzusehen.

Kleiner verlorener Robot

Das nächste Mal begegnete ich ihr an der Tür zu ihrem Büro. Akten wurden herausgetragen.

Sie fragte: »Was macht Ihre Artikelserie, junger Mann?«

»Geht gut«, sagte ich. Ich hatte das von ihr erhaltene Material in eine Form gebracht, die meinem Geschmack entsprach, hatte ihre Erzählung so gut es ging dramatisiert, Dialoge eingefügt und kleine, besondere Lichter aufgesetzt. »Würden Sie so freundlich sein, das, was ich geschrieben habe, durchzusehen und mir zu sagen, ob ich irgendwo zu weit gegangen bin oder gewisse Dinge nicht genau genug dargestellt habe?«

»Warum nicht? Sollen wir uns ins Direktionskasino setzen? Wir können dort einen Kaffee trinken.«

Sie schien guter Laune, und so versuchte ich mein Glück, während wir den Gang hinuntergingen. »Ich frage mich, Dr. Calvin, ob nicht …«

»Was?«

»Ob Sie mir nicht einiges über die Geschichte der Robotik erzählen könnten.«

»Aber Sie haben doch bereits, was Sie wollen, junger Mann, oder nicht?«

»In gewissem Sinne, ja. Die Ereignisse aber, über die ich schreibe, betreffen eigentlich gar nicht unsere moderne Welt. Was ich sagen will, ist, dass man offenbar nur einen einzigen gedankenlesenden Robot jemals herstellte, dass Raumstationen schon wieder unmodern sind und nicht mehr benutzt werden und dass Bergwerksarbeit durch Robots sozusagen eine alltägliche Erscheinung geworden ist. Wie steht es nun aber zum Beispiel mit interstellaren Reisen? Es ist erst etwa zwanzig Jahre her, dass der hyperatomische Motor erfunden wurde, und, wie allgemein bekannt, ist er ja eine robotische Erfindung. Stimmt das, oder wie verhält es sich damit wirklich?«

»Interstellare Reisen?« Sie wurde nachdenklich. Wir saßen jetzt im Kasino, und ich bestellte eine komplette Mahlzeit. Sie selbst trank lediglich Kaffee.

»Wissen Sie, dieser Motor war nicht einfach eine Robot-Erfindung. So war's nicht. Allerdings kamen wir, bis wir das neue Gehirn entwickelt hatten, nicht sehr weit. Wir versuchten's – wirklich, wir versuchten es. Meine erste Berührung mit interstellarer Forschung – das heißt meine erste direkte Berührung – kam im Jahre 2029 zustande, als ein Robot verlorenging.«

Die Maßnahmen in Hyper-Basis wurden in einer Art kalter Wut getroffen.

In zeitlicher Reihenfolge sowie entsprechend dem Grade wachsender Verzweiflung und Panik wurde Folgendes verfügt:

1. Alle Arbeit an dem hyperatomischen Projekt in dem von den Stationen der 27. Asteroidengruppe besetzten Raume wurde eingestellt.

2. Praktisch gesprochen, wurde dieser ganze riesige Raum aus dem System herausgeschnitten. Niemand durfte ihn ohne Erlaubnis betreten. Unter gar keinen Bedingungen durfte ihn jemand verlassen.

3. Durch ein speziell abkommandiertes Patrouillenraumschiff der Regierung wurden Dr. Susan Calvin, Oberste Psychologin, und Dr. Peter Bogert, Mathematischer Direktor der United States Robot und Mechanical Men Co., nach Hyper-Basis gebracht.

Susan Calvin hatte nie zuvor die Erdoberfläche verlassen. Auch in diesem Augenblick hatte sie keine besondere Neigung empfunden, das zu tun. Selbst in einem Zeitalter atomischer Kraft und eines sich schon deutlich am Horizont abzeichnenden hyperatomischen Motors als Kraftquelle für die ganze Erde war Susan recht provinziell geblieben. So kam es, dass sie verstimmt war über diese Reise und dass sie nicht an die Dringlichkeit der Sache glaubte. Dieses Gefühl drückte sich sozusagen in jeder Linie ihres alltäglichen und ältlichen Frauengesichtes aus und war während der ersten Mahlzeit in Hyper-Basis noch deutlich sichtbar.

Dr. Bogert war, wie er immer war, elegant, blass und ständig etwas müde. Anders Generalmajor Kallner, der Kommandeur des Unternehmens, dessen Gesicht nicht einen einzigen Augenblick den Ausdruck des Gehetztseins verlor.

Kurz gesagt, war diese Mahlzeit eine schaurige Angelegenheit, und die kleine Sitzung der drei, die dieser Mahlzeit folgte, begann in deprimierter, unglücklicher Verfassung.

Kallner, dessen Glatze glänzte und dessen elegante Gesellschaftsuniform in krassem Gegensatz zur allgemeinen Stimmung stand, eröffnete die Unterhaltung ohne Umschweife, wenn auch ziemlich nervös.

»Die Geschichte, die ich Ihnen erzählen muss, meine Herrschaften, ist eigenartig. Zunächst möchte ich Ihnen danken, dass Sie so prompt gekommen sind, ohne dass wir Ihnen die eigentliche Ursache mitgeteilt haben. Wir werden versuchen, diesem Mangel unverzüglich abzuhelfen. Wir haben einen Robot verloren. Wir haben die Arbeit eingestellt und können sie nicht wieder aufnehmen, bis wir ihn wiedergefunden haben. Bisher ist uns das nicht gelungen. Wir haben das Empfinden, dass wir fachmännische Hilfe benötigen.«

Vielleicht hatte der General das Gefühl, dass seine schwierige Lage von den beiden Wissenschaftlern nicht voll gewürdigt wurde. Er fuhr in einer Art von Verzweiflung fort: »Ich brauche Ihnen wohl kaum die Wichtigkeit unserer Arbeit hier auseinander zu setzen. Mehr als achtzig Prozent der letztjährigen staatlichen Aufwendungen für wissenschaftliche Forschung sind uns zugeflossen und …«

»Aber das wissen wir natürlich«, sagte Bogert liebenswürdig. »Die U.S. Robot Co. bekommt ja eine recht ansehnliche Miete für die Benutzung unserer Robots.«

Susan Calvin brachte eine etwas herbe Note in die Unterhaltung, als sie fragte: »Wieso ist ein einzelner Robot so wichtig für das ganze Unternehmen und wieso hat man ihn noch nicht gefunden?«

Der General wandte ihr sein rotes Gesicht zu und benetzte seine Lippen. »Na, um ganz korrekt zu sein – wir *haben* ihn gefunden.« Dann mit deutlich erkennbarer Sorge: »Passen Sie mal auf, ich will's genau erklären! Sofort, als der Robot sich beim Appell nicht meldete, wurde eine Art von Notstand erklärt und jeder Verkehr auf der Basis zum Halten gebracht. Am vorhergehenden Tage war ein Frachtschiff angekommen, das uns für unsere Laboratorien zwei Robots brachte. Auf dem gleichen Fahrzeug befanden sich zweiundsechzig

Robots des ... des gleichen Typs zur Weiterverschiffung irgendwo anders hin. Wir sind ganz sicher, dass diese Zahl stimmt. Hierüber gibt es absolut keinen Zweifel.«

»Schön, und nun der Zusammenhang?«

»Als unser fehlender Robot nirgends aufgefunden wurde – und ich versichere Ihnen, wir hätten einen verlorenen Grashalm gefunden, wenn ein solcher verloren gegangen wäre –, hatten wir einen Geistesblitz und zählten die auf dem Frachtschiff verbliebenen Robots. Es waren dreiundsechzig.«

»Sodass also, wenn ich recht verstehe, der Dreiundsechzigste der verlorene Sohn ist?« Dr. Calvins Blick wurde düster.

»Jawohl, nur gibt es keinen Weg, um festzustellen, welcher unter den dreiundsechzig es nun ist.«

Ein tiefes Schweigen folgte, und in diese Stille hinein schlug die Uhr elfmal. Dann sagte die Robotpsychologin: »Sehr sonderbar«, wobei sich ihre Mundwinkel nach unten zogen.

»Peter«, sie wandte sich an ihren Kollegen, »was ist eigentlich hier los? Welche Art von Robots wird denn hier benutzt?«

Dr. Bogert zögerte, während ein leichtes Lächeln über sein Gesicht ging. »Bis jetzt war dies eine Art von Staatsgeheimnis.«

Sie antwortete schnell. »Richtig, bis jetzt. Wenn sich auf diesem Raumschiff dreiundsechzig Robots des gleichen Typs befinden, von denen einer gesucht wird, dessen Identität man nicht kennt, warum nimmt man dann nicht irgendeinen? Was steckt hinter dieser ganzen Geschichte? Warum braucht man eigentlich uns für eine so einfache Sache?«

Bogert sagte resigniert: »Wenn Sie mir Gelegenheit geben zu antworten, Susan – Hyper-Basis benutzt zufällig einige Robots, in deren Gehirnen das Erste Gesetz der Robotik nicht in seinem vollen Umfang wirksam ist.«

»Was?« Calvin zuckte zusammen. »Ich verstehe. Und wie viel von dieser Sorte wurden hergestellt?«

»Ein paar. Es geschah im Auftrag der Regierung, und natürlich durften wir unter keinen Umständen die Geheimhaltung verletzen. Niemand außer den mit dieser Sache direkt betrauten obersten Leitern der Firma durfte etwas davon wissen. Sie, Susan, gehörten nicht dazu. Auch ich hatte nichts damit zu tun.«

Der General unterbrach ihn. »Ich würde dies gerne etwas näher erläutern. Ich wusste nicht, dass Dr. Calvin die Lage nicht kannte. Ich brauche Ihnen, gnädige Frau, ja nicht auseinander zu setzen, dass auf der Erde immer eine starke Opposition gegen Robots existierte. Das einzige wirksame Argument, das die Regierung gegen die radikalen Fundamentalisten immer besaß, war die Tatsache, dass Robots ausschließlich mit diesem Ersten Gesetz gebaut werden, das sie nicht brechen können und das es für sie unmöglich macht, Menschen – ganz gleich unter welchen Umständen – Schaden zuzufügen.

Nun brauchten wir aber eine andere Art von Robots. Daher wurden einige der NS-2-Modelle, also des ›Nestors‹, mit einem abgewandelten Ersten Gesetz hergestellt. Um die Sache geheim zu halten, wurden alle NS-2-Modelle ohne Seriennummern gefertigt. Die modifizierten Typen werden uns hier zusammen mit den normalen geliefert, und natürlich ist das Gehirn der Ersteren so angelegt, dass sie ihre Abwandlung, ihr Anderssein, irgendwelchem unautorisiertem Personal gar nicht mitteilen können.« Ein verlegenes Lächeln erschien auf seinem Gesicht. »All dies hat sich nun gegen uns selbst ausgewirkt.«

Calvin sagte grimmig: »Trotzdem – haben sie jeden Einzelnen gefragt, ob er es ist? Sie sind ja doch ganz bestimmt eine autorisierte Person, oder nicht?«

Der General nickte. »Alle dreiundsechzig leugnen, jemals hier gearbeitet zu haben – und einer davon lügt.«

»Zeigt der, den Sie suchen, nicht irgendwelche Abnützungsspuren? Ich nehme an, die anderen sind fabrikneu.«

»Der infrage stehende Robot wurde erst vergangenen Monat geliefert. Dieser sowie die beiden, die gerade angekommen sind, sollten die letzten dieser Art sein. Irgendwelche sichtbare Abnützungsspuren können nicht vorhanden sein.« Langsam schüttelte er den Kopf, und wieder bekam sein Gesicht jenen Ausdruck des Gehetztseins. »Dr. Calvin, wir wagen es nicht, dieses Transportschiff weiterfahren zu lassen. Wenn die Existenz dieser Sorte von Robots allgemein bekannt wird …« Es gab offensichtlich keine Worte, den vollen Umfang einer derartigen Katastrophe zu schildern.

»Vernichten wir alle dreiundsechzig«, sagte die Robotpsychologin kalt und unberührt. »Damit beenden wir die ganze Geschichte ein für allemal.«

Bogert verzog den Mund. »Sie meinen, wir sollen eine so hohe Anzahl von Robots zerstören, von denen jeder 30 000 Dollar kostet. Ich fürchte, der Firma U.S. Robot würde ein solches Vorgehen keine Freude machen. Ich glaube, wir strengen uns zunächst mal ein bisschen an, Susan, ehe wir ans Vernichten denken.«

»In diesem Falle«, sagte sie scharf, »brauche ich Fakten. Welches sind die besonderen Vorteile, die Hyper-Basis aus der Lieferung dieser modifizierten Modelle zieht? Aus welchem besonderen Grund wurden sie von uns verlangt?«

Kallner strich sich mit der Hand über die Stirn. »Wir hatten Schwierigkeiten mit unseren bisherigen Robots. Unsere Männer arbeiten ziemlich viel mit harten Strahlen, verstehen Sie? Natürlich ist das gefährlich, auch wenn alle im Rahmen des Möglichen liegenden Schutzmaßnahmen getroffen werden. Seit dem Beginn dieses neuen Unternehmens hatten wir nur zwei Fälle von Strahlenschädigungen, und beide waren nicht tödlich. Es war aber unmöglich, das einem gewöhnlichen Robot auseinander zu setzen. Das Erste Gesetz sagt – und ich zitiere wörtlich: Kein Robot darf ein menschliches Wesen verletzen, noch durch eigene Untätigkeit zulassen, dass ein Mensch verletzt wird.

Das ist Hauptgesetz, Dr. Calvin. Sobald es sich als notwendig erwies, dass einer unserer Männer sich für kurze Zeit einem mäßigen Feld von Gammastrahlen aussetzte – einer Strahlung, die keinerlei nachteilige, physiologische Folgen haben konnte –, rannte der nächststehende Robot herbei und schleppte den Mann aus der Gefahrenzone weg. War das Feld äußerst schwach, so hatte der Robot mit seiner Rettungsaktion vollen Erfolg und die Arbeit konnte nicht eher fortgesetzt werden, als bis alle in der Nähe beschäftigten Robots entfernt worden waren. War das Feld ein wenig kräftiger, so vermochte der Robot den betreffenden Techniker niemals zu erreichen, da ein positronisches Gehirn ja unter Gammastrahlung zusammenbricht. In diesem Falle hatten wir den Verlust eines teuren und schwer ersetzbaren Robots zu beklagen.

Wir versuchten, mit ihnen zu diskutieren. Ihr Standpunkt war ganz einfach der, dass ein menschliches Wesen sich in einem Gammafeld gefährdet, und dass es für sie bedeutungslos wäre, ob ein Mensch sich in diesem Felde nun ohne jede Gefahr eine halbe Stunde lang aufhalten könne oder nicht. Angenommen, so sagten sie, der

Betreffende vergisst die Zeit und bleibt etwa eine Stunde dort. Nein, ein derartiges Risiko könnten sie nicht eingehen. Wir setzten ihnen auseinander, dass sie wegen eines solch verschwindend kleinen Risikos schließlich ihr eigenes Leben riskierten. Selbstschutz ist aber erst das Dritte Gesetz der Robotik – und mit Vorrang kommt das Erste Gesetz der menschlichen Sicherheit. Wir gaben ihnen den Befehl, unter keinen Umständen ein Feld von Gammastrahlen zu betreten. Gehorsam ist aber erst das Zweite Gesetz, und menschliche Sicherheit – na, und so weiter. Dr. Calvin – entweder mussten wir uns ohne Robots behelfen oder hinsichtlich des Ersten Gesetzes musste etwas geschehen. Wir wählten das letztere.«

»Ich kann kaum glauben«, sagte Dr. Calvin, »dass man die Möglichkeit besaß, das Erste Gesetz aus diesen Gehirnen zu entfernen.«

»Es wurde auch nicht entfernt, sondern lediglich modifiziert«, erklärte Kallner. »Es wurden positronische Gehirne konstruiert, die ausschließlich den positiven Aspekt des Gesetzes enthalten. Bei diesen lautet die Formel dann: Kein Robot darf ein menschliches Wesen verletzen. Das ist alles. Diese neuen Modelle fühlen sich nicht gezwungen, einen Menschen vor Schaden zu bewahren, wenn ihm dieser Schaden durch fremde Einflüsse, wie zum Beispiel Gammastrahlen, zugefügt wird. Ich stelle die Sache doch wohl richtig dar, Dr. Bogert, wie?«

»Vollständig«, stimmte der Mathematiker zu.

»Und darin liegt der einzige Unterschied zwischen Ihren Robots und dem gewöhnlichen NS-2-Modell? Der absolut einzige Unterschied? Ist das richtig, Peter?«

»Der *einzige* Unterschied, Susan!«

Sie stand auf und sprach in einer Art, die keinen Widerspruch duldete. »Ich beabsichtige jetzt zu schlafen, und in ungefähr acht Stunden möchte ich mit demjenigen sprechen, der den Robot zuletzt gesehen hat. Und von jetzt an, General Kallner, wünsche ich – wenn ich überhaupt irgendwelche Verantwortung übernehmen soll – die alleinige und uneingeschränkte Leitung der Untersuchung dieser Angelegenheit.«

Susan Calvin konnte natürlich nicht schlafen. Zwei Stunden lang ärgerte sie sich über ihre eigene Müdigkeit. Schließlich klopfte sie gegen sieben Uhr Ortszeit an Bogerts Tür, der ebensowenig hatte schlafen können. Er hatte sich offenbar die Mühe gemacht, einen

Schlafrock mitzunehmen, und diesen hatte er angezogen. Als Susan Calvin eintrat, legte er eine Nagelschere beiseite.

Leise sagte er: »Mehr oder weniger hatte ich erwartet, dass Sie kommen würden. Ich nehme an, das setzt Ihnen ziemlich zu.«

»Stimmt.«

»Na ja – tut mir Leid. Es gab kein Mittel, es anders zu handhaben. Schon als ich hörte, dass Hyper-Basis uns anforderte, wusste ich, dass wohl irgendetwas mit den abgewandelten ›Nestors‹ nicht in Ordnung war. Aber was konnte ich tun? Ich konnte Sie ja auch auf der Reise hierher nicht ins Bild setzen, wie ich's gerne getan hätte, denn zunächst musste ich doch sicher sein, dass mein Gefühl auch stimmte und es sich nicht um etwas anderes handelte. Die Sache mit den Abwandlungen ist sozusagen höchstes Staatsgeheimnis.«

Die Psychologin murmelte: »Man hätte es mir dennoch sagen sollen. U.S. Robot hatte kein Recht, positronische Gehirne abzuändern, ohne vorher die Zustimmung eines Psychologen einzuholen.«

Bogert zog die Augenbrauen hoch und seufzte. »Seien Sie vernünftig, Susan! Sie hätten auch keinen Einfluss gehabt. In dieser Sache konnte keiner der Regierung widersprechen. Sie will diesen hyperatomischen Antrieb, und die Physiker brauchen Robots, die ihnen beim Bau dieser Anlage keine Schwierigkeiten bereiten. Sie mussten sie haben, auch wenn dies eine Abänderung oder Einengung des Ersten Gesetzes bedeutete. Wir mussten einräumen, dass die Lieferung derartiger Modelle vom Konstruktionsstandpunkt aus möglich war, und die Regierung schwor einen feierlichen Eid, dass sie nicht mehr als zwölf Stück haben wollte, dass sie nur hier in der Hyper-Basis Verwendung fänden, dass sie zerstört würden, sobald die Station aufgelöst werde, und dass alle nötigen Vorsichtsmaßnahmen getroffen würden. Man bestand ferner darauf, dass die Angelegenheit streng geheim gehalten werden musste – und damit habe ich Ihnen alles gesagt, was ich selber weiß.«

Dr. Calvin sprach, fast ohne die Lippen zu bewegen. »Ich hätte mein Amt niedergelegt.«

»Auch das hätte nichts genutzt. Die Regierung bot der Firma einerseits ein Vermögen und bedrohte sie anderseits für den Fall der Ablehnung mit antirobotistischer Gesetzgebung. Wir konnten uns nicht helfen … so wenig wie wir uns jetzt helfen können. Kommt diese Sache heraus, so wird sie Kallner und der Regierung schaden.

Unendlich viel größer aber wird der Schaden sein, den die U.S. Robot Co. erleidet.«

Die Psychologin starrte ihn an. »Peter, sehen Sie denn gar nicht, worum es hier eigentlich geht? Können Sie nicht begreifen, was die Entfernung des Ersten Gesetzes bedeutet? Es ist hier nicht einfach damit getan, dass ein Geheimnis gewahrt werden musste!«

»Ich weiß sehr wohl, was die Entfernung des Ersten Gesetzes zur Folge haben würde. Ich bin ja kein Kind. Wir hätten dann völlige Instabilität vor uns mit keinerlei reellen Lösungen für die positronischen Feldgleichungen.«

»Mathematisch gesprochen stimmt das. Können Sie das aber in grobe psychologische Gedanken übersetzen? Jedes normale Leben, Peter, wehrt sich bewusst oder unbewusst gegen Beherrschung durch einen anderen. Erfolgt diese Beherrschung durch einen Unterlegenen, so verstärkt sich dieses Gefühl der Abwehr und des Hasses. Physisch und bis zu einem gewissen Grade auch geistig ist aber ein Robot einem menschlichen Wesen überlegen. Was macht ihn dann zu unserem Sklaven? Einzig und allein das Erste Gesetz. Mein Gott, wäre dem nicht so, der erste Befehl, den Sie ihm geben, würde Ihren Tod zur Folge haben. Instabil? Glauben Sie, das wäre das richtige Wort?«

»Susan«, sagte Bogert mit einer Miene, die ebenso freundlich wie belustigt schien, »ich gebe zu, dass der von Ihnen gezeigte Frankenstein-Komplex eine gewisse Berechtigung hat – was ja der Grund dafür war, dass man das Erste Gesetz einführte. Dieses Gesetz aber – und ich muss das wiederholen – wurde nicht aufgehoben, sondern lediglich modifiziert.«

»Und wie steht es mit der Stabilität des Gehirns?«

Der Mathematiker schob die Unterlippe nach vorne. »Die ist natürlich vermindert. Jedoch liegt sie noch immer innerhalb der Sicherheitsgrenzen. Die ersten ›Nestors‹ wurden vor neun Monaten hierher geliefert. Bis jetzt haben sich keinerlei Schwierigkeiten gezeigt … und selbst die jetzige Schwierigkeit liegt eigentlich nur in der Angst, dass die ganze Sache herauskommt, nicht aber in der Gefahr für menschliche Wesen.«

»Na schön. Wir werden sehen, was die Konferenz morgen früh bringt.«

Bogert begleitete sie höflich zur Tür. Nachdem sie den Raum verlassen hatte, schnitt er eine vielsagende Grimasse. Er hatte keinen Grund, seine Meinung über sie zu ändern. Sie war eine nervöse und enttäuschte alte Jungfer.

Susan Calvins Gedankengang beschäftigte sich in keiner Weise mit Bogert. Schon vor Jahren hatte sie ihn als einen aalglatten, prätentiösen, sehr äußerlichen Mann abgetan.

Gerald Black hatte im vergangenen Jahre in Raumphysik promoviert. Ebenso wie alle anderen Physiker seiner Generation war er zutiefst interessiert an dem Problem hyperatomischer Antriebskraft. Er passte glänzend in die allgemeine Atmosphäre der Zusammenkünfte, die nunmehr in Hyper-Basis stattfanden.

In seinem fleckigen weißen Laboratoriumskittel war er teils rebellisch, teils völlig unsicher. Die Kraft, die in seiner untersetzten Gestalt lag, schien nach einem Ventil zu suchen, und mit seinen Fingern, die sich fast immer drehten oder krümmten, hätte er wohl einen eisernen Gitterstab aus der Wand reißen können.

Generalmajor Kallner saß neben ihm, während die zwei von der U.S. Robot Co. ihnen gegenüber Platz genommen hatten.

Black sagte: »Wie ich höre, war ich der letzte, der Nestor 10 gesehen hat, ehe er verschwand. Ich nehme an, Sie wollen mir gewisse Fragen stellen.«

Dr. Calvin betrachtete ihn interessiert. »Was Sie sagen, junger Mann, klingt fast so, als wären Sie Ihrer Sache nicht so ganz sicher. *Wissen* Sie denn nicht, ob Sie der letzte waren, der den Robot gesehen hat?«

»Gnädige Frau, er hat mit mir an den Feldgeneratoren gearbeitet und befand sich am Morgen seines Verschwindens bei mir. Ich weiß nicht, ob irgendjemand ihn nach zwölf Uhr mittags gesehen hat. Keiner gibt es jedenfalls zu.«

»Glauben Sie, dass uns jemand belügt?«

»Das kann ich nicht sagen und sage ich auch nicht. Andererseits will ich auch nicht einen eventuellen Vorwurf auf mir sitzen lassen.« Seine dunklen Augen schienen zu glühen.

»Das kommt ja auch gar nicht infrage. Der Robot hat das, was er getan hat, auf Grund seiner eigenen Natur getan. Wir versuchen lediglich, ihn zu finden, Dr. Black. Alles andere interessiert uns nicht. Nun also – wenn Sie mit dem Robot zusammengearbeitet haben, so kennen Sie ihn vermutlich besser als jeder andere. Haben Sie an ihm jemals etwas Ungewöhnliches wahrgenommen? Haben Sie je zuvor mit Robots gearbeitet?«

»Ich habe hier mit anderen zusammengearbeitet – mit den einfachen. Aber die ›Nestors‹ sind nicht viel anders. Nur sind sie geschickter und verursachen bedeutend mehr Ärger.«

»Ärger? Wieso?«

»Na ja – vielleicht können sie gar nichts dafür. Die Arbeit hier ist hart, und die meisten von uns werden ein wenig überreizt. Es ist kein Vergnügen, sich den ganzen Tag mit dem Überraum beschäftigen zu müssen.« Ein schwaches Lächeln erschien auf seinem Gesicht. Offenbar machte es ihm Freude, sich ein wenig anvertrauen zu können. »Ständig laufen wir Gefahr, ein Loch in das normale Raum-Zeit-Gewebe zu reißen und samt unserem Asteroiden aus dem Universum herauszufallen. Klingt ein bisschen verrückt, was? Natürlich ist man die ganze Zeit ein wenig kribbelig. Diesen Nestors aber macht das alles gar nichts aus. Die sind neugierig, ruhig und ohne Sorgen. Das allein genügt, um einen manchmal zum Wahnsinn zu treiben. Will man, dass etwas schnell geschieht – schnell wie der Blitz –, *die* Kerle nehmen sich Zeit. Hin und wieder denk ich, wir wären besser dran ohne sie.«

»Sie sagen, die ›Nestors‹ lassen sich Zeit. Haben sie sich jemals geweigert, einen Befehl auszuführen?«

»Nein, absolut nicht.« Es kam hastig heraus. »Es ist gar nichts gegen sie zu sagen. Allerdings sagen sie es einem, wenn sie glauben, man mache etwas falsch. Sie wissen über die ganze Sache nicht mehr, als sie von uns gelernt haben, aber das hält sie nicht davon ab, uns zu korrigieren. Vielleicht bilde ich mir das nur ein, aber ich glaube, dass alle hier die gleichen Schwierigkeiten mit ihren Nestors haben.«

General Kallner räusperte sich. »Und warum habe *ich* nie etwas von diesen Beschwerden erfahren?«

Der junge Physiker errötete. »Wir wollten die Arbeit nicht wirklich ohne die Robots verrichten, Sir, und überdies wussten wir nicht, wie man solche … ach … mehr oder weniger unwichtigen Beschwerden aufnehmen würde.«

Bogert unterbrach ihn sanft. »Hat sich an dem Morgen, als Sie ihn das letzte Mal sahen – ich meine diesen Robot –, irgendetwas Besonderes zugetragen?«

Schweigen. Mit einer gelassenen Bewegung hielt Calvin den General, der im Begriff war etwas zu sagen, davon ab es zu tun. Geduldig warteten alle.

Dann sprach Black. Er tat es in einem Ausbruch von Ärger. »Ich hatte Schwierigkeiten mit ihm. Ich hatte an diesem Morgen eine Kimballröhre zerbrochen und war mit meinem gesamten Arbeitsprogramm fünf Tage im Rückstand. Mehr als zwei Wochen hatte ich von zu Hause keine Post bekommen. Und da kam er und wollte, dass ich ein Experiment, das ich bereits vor zwei Wochen aufgegeben hatte, wiederhole. Immer ärgerte er mich mit dieser Sache, und ich hatte es einfach satt. Ich sagte ihm, er solle machen, dass er wegkomme – und das war das Ende und seither hab ich ihn nicht mehr gesehen.«

»Sie sagten ihm, er solle machen, dass er wegkomme?«, fragte Dr. Calvin scharf und aufs höchste interessiert. »Genau mit diesen Worten? Sagten Sie ›Mach, dass du wegkommst‹? Versuchen Sie bitte, sich Ihrer genauen Worte zu erinnern.«

Offenbar ging in Black ein innerer Kampf vor sich. Einen Augenblick legte er die Stirn in seine breite Hand, zog dann die Hand weg und sagte trotzig: »Genau hab ich mich noch anders ausgedrückt. Ich habe gesagt: ›Hau ab, verlier dich irgendwo!‹«

Bogert lachte kurz auf. »Und genau das hat er dann auch getan, was?«

Aber Calvin war noch nicht fertig. Einschmeichelnd sagte sie: »Nun bekommen wir endlich Resultate, Mr. Black. Wichtig aber sind die genauen Einzelheiten. Um hinterher die Handlungsweise eines Robots verstehen zu können, ist jedes Wort wichtig, das gesprochen wurde, jede Geste, jede Betonung. Es kann doch wohl kaum möglich sein, dass Sie lediglich diese fünf Worte gesagt haben. Wie Sie selbst sagen, befanden Sie sich in miserabler Laune. Vielleicht haben Sie sich noch etwas kräftiger ausgedrückt, was?«

Der junge Mann errötete wieder. »Ja ja … vielleicht hab ich das auch noch mit ein paar Schimpfnamen belegt.«

»Was für Schimpfnamen?«

»Ach, ganz genau weiß ich das nicht mehr. Überdies könnte ich sie vor Ihnen doch nicht wiederholen. Sie wissen ja selbst, wie man wird, wenn man sich aufregt.« Sein verlegenes Lachen klang fast wie das Kichern eines Mädchens. »Ich habe eine gewisse Neigung, Schimpfworte zu gebrauchen.«

»Das macht gar nichts«, antwortete sie mit affektierter Strenge. »Im Augenblick bin ich lediglich Psychologin. Ich möchte bitten, dass Sie so genau wie möglich wiederholen, was Sie an jenem Morgen sagten und – was fast noch wichtiger ist – dass Sie es genau in dem Ton tun, den Sie damals gebrauchten.«

Black schaute seinen Vorgesetzten hilfesuchend an, aber ohne Erfolg. Seine Augen wurden rund und entsetzt. »Das kann ich doch gar nicht.«

»Sie müssen.«

»Wie wär's«, sagte Bogert, der sein Vergnügen nur schlecht verbergen konnte, »wenn Sie mich anredeten. Vielleicht fällt es Ihnen dann leichter.«

Das scharlachrote Gesicht des jungen Mannes wandte sich Bogert zu. Er schluckte. »Ich sagte ...« Seine Stimme versagte. Dann machte er einen neuen Versuch. »Ich sagte ...«

Und dann sog er eine ganze Menge Luft ein, und danach sprudelte er das, was er damals gesagt hatte, in einer langen Folge von Worten heraus. Schließlich schloss er, fast in Tränen ...

»Das war's mehr oder weniger. Die genaue Reihenfolge der Schimpfnamen weiß ich nicht mehr. Und vielleicht hab ich was vergessen oder was hinzugefügt, aber so ungefähr waren das meine Worte.«

Nur eine ganz feine Röte verriet, dass die Robotpsychologin irgendetwas empfand. Sie sagte: »Ich bin mir über die Bedeutung der meisten Worte, die Sie gebrauchten, im Klaren. Ich nehme an, dass diejenigen, die ich nicht kenne, die gleiche abschätzige Bedeutung haben wie die anderen.«

»Leider ja«, stimmte der gequälte Black zu.

»Und zu alledem sagten Sie ihm, er solle abhauen, solle sich verlieren.«

»Das meinte ich natürlich nur bildlich.«

»Darüber bin ich mir im Klaren. Ich bin sicher, dass deswegen kein Disziplinarverfahren gegen Sie eröffnet werden wird.« Sie warf dem General einen fragenden Blick zu, der – obwohl er fünf Sekunden früher dessen gar nicht so sicher gewesen war – zustimmend nickte.

»Sie können jetzt gehen, Mr. Black. Ich danke Ihnen für Ihre Mitarbeit.«

Susan Calvin brauchte fünf Stunden, um die dreiundsechzig Robots zu verhören. Es waren dies fünf Stunden ewiger Wiederholungen. Ein Robot löste den anderen ab. Fortgesetzt wurden die gleichen Fragen A, B, C und D gestellt, worauf die Antworten A, B, C und D gegeben wurden. Alles wurde mit sorgfältiger Milde behandelt, in einem sorgfältig neutralen Ton und einer sorgfältig freundlichen Atmosphäre. Und alles wurde von einem versteckten Aufnahmegerät festgehalten.

Als sie schließlich fertig war, hatte die Psychologin ein Gefühl, als sei alle Lebenskraft aus ihr gewichen.

Bogert wartete auf sie. Erwartungsvoll schaute er sie an, während sie die Drahtspule des Aufnahmeapparates erschöpft auf sein Pult fallen ließ.

Sie schüttelte den Kopf. »Alle dreiundsechzig schienen mir ein und derselbe Robot zu sein. Ich könnte nicht sagen ...«

Er unterbrach sie. »Natürlich nicht. Nach dem Gehör allein war das ja auch unmöglich, Susan. Wie wär's, wenn wir die Bandaufnahme hier einmal analysierten.«

Selbst in gewöhnlichen Fällen ist die mathematische Interpretation verbaler Robotreaktionen einer der kompliziertesten Zweige der Robotanalyse. Hierfür ist ein ganzer Stab gutausgebildeter Techniker erforderlich sowie die Hilfe komplizierter Rechenmaschinen. Bogert wusste das, und nachdem er jede einzelne Aufnahme angehört und sich Listen von Wortabweichungen und Kurven über Antwortpausen gemacht hatte, räumte er diese Tatsache auch ein, ohne sich allerdings seinen tiefen inneren Ärger anmerken zu lassen.

»Hier zeigen sich keinerlei Anomalien, Susan. Die Wortvariationen sowie die Zeitreaktionen liegen innerhalb der Grenzen gewöhnlicher Häufigkeitsgruppierungen. Wir benötigen feinere Methoden. Es muss hier ja wohl Rechenmaschinen geben. Ach nein« – er runzelte die Stirn und nagte sehr delikat an seinem Daumennagel –, »Rechenmaschinen können wir ja gar nicht benutzen. Die Gefahr, dass dann etwas herauskäme, wäre ja viel zu groß. Oder wenn wir vielleicht ...«

Mit ungeduldiger Geste brachte Dr. Calvin ihn zum Verstummen. »Ich bitte Sie, Peter. Hier handelt es sich nicht um eines Ihrer hübschen Laboratoriumsprobleme. Können wir nicht den modifizierten Nestor durch irgendeinen groben Unterschied, der für das nackte Auge erkennbar ist, determinieren – durch einen Unterschied, über den es überhaupt keinen Zweifel geben kann –, ich sage, können wir das nicht, dann ist alles aus. Die Gefahr eines Irrtums, durch den der Richtige uns entkommen könnte, ist viel zu groß. Es genügt nicht, eine winzige Abweichung in einer Kurve festzustellen. Ich kann Ihnen jetzt schon sagen, dass ich, wenn ich nichts in die Hand bekomme als eine derartige minimale Differenz, alle vernichten lasse, nur um ganz sicher zu sein. Haben Sie schon mal mit den anderen modifizierten Nestors gesprochen?«

»Jawohl, das habe ich getan«, antwortete Bogert schnippisch, »und ich kann Ihnen berichten, dass denen mal bestimmt nichts fehlt. Wenn man überhaupt was sagen kann, so wäre es lediglich, dass ihre Freundlichkeit über das Normalmaß hinausgeht. Sie beantworteten meine Fragen, waren stolz auf ihr Wissen – außer den zwei neuen, die noch nicht die Zeit hatten, Raumphysik zu erlernen. In freundlichster Weise lachten sie mich wegen meiner Unwissenheit in manchen hier erforderlichen Spezialkenntnissen aus.« Er zuckte mit den Schultern. »Ich nehme an, dass hierauf das Ressentiment mancher hier beschäftigten Techniker gegen sie beruht. Die Robots sind vielleicht zu sehr geneigt, mit ihren größeren Kenntnissen Eindruck machen zu wollen.«

»Könnten Sie ein paar planare Reaktionen prüfen – nur um herauszufinden, ob seit ihrer Herstellung irgendwelche Änderungen eingetreten sind, irgendwelche Verschlechterung ihrer geistigen Beschaffenheit?«

»Das werde ich tun.« Er drohte ihr mit dem Finger. »Sie verlieren den Mut, Susan. Ich verstehe nicht, warum Sie die ganze Geschichte so dramatisieren. Die Dinger sind im Grunde genommen völlig harmlos.«

»Wirklich?« Calvin fing Feuer. »Sind sie das wirklich? Verstehen Sie nicht, dass einer von ihnen lügt? Einer von den dreiundsechzig, die ich interviewt habe, hatte mich, trotz strengster Ermahnung, bei der Wahrheit zu bleiben, absichtlich angelogen. Die Abnormität, die so zutage trat, ist grauenhaft und beängstigend.«

Peter Bogert spürte, wie seine Zähne sich aufeinander pressten. Er sagte: »Keineswegs. Sehen Sie mal her! Man hat Nestor 10 befohlen, sich zu verlieren. Dieser Befehl wurde ihm mit allerhöchster Eindringlichkeit von der Person gegeben, die in höchstem Maße dazu berufen ist, ihn zu kommandieren. Diesem Befehl können Sie weder durch noch größere Eindringlichkeit noch durch höhere Autorität entgegenwirken. Ganz natürlicherweise wird der Robot versuchen, die Durchführung dieses Befehls zu sichern. Wie die Dinge liegen, bewundere ich geradezu seine Erfindungsgabe. Wie kann ein Robot sich besser verlieren als dadurch, dass er sich unter einer Gruppe identischer Robots versteckt?«

»Jawohl, man könnte es bewundern. Ich habe Sinn für Humor in Ihnen entdeckt, Peter – Humor und einen erschreckenden Mangel an Verständnis. Sind Sie ein Robotspezialist, Peter? Diese Robots messen allem, was sie als Überlegenheit betrachten, große Bedeutung bei. Genau das haben Sie ja eben selbst gesagt. Im Unterbewusstsein haben sie das Gefühl, dass Menschen ihnen unterlegen sind, und in diesem Falle nun ist das Erste Gesetz, das uns vor ihnen beschützen soll, nur unvollkommen wirksam. Sie sind nicht stabil. Und nun ist da plötzlich ein junger Mann, der einem Robot befiehlt, ihn zu verlassen, sich zu verlieren, und der das mit allen Anzeichen des Ekels, der Verachtung und der Ablehnung tut. Zugegeben, dass dieser Robot Order pariert, aber im Unterbewusstsein lehnt er den Befehl ab. Für dieses Ding wird es noch wichtiger werden, als es zuvor schon war, zu beweisen, dass es überlegen ist trotz aller Schimpfnamen, mit denen es bedacht wurde. So wichtig könnte dieses Gefühl werden, dass der Teil, der vom Ersten Gesetz noch übrig ist, nicht mehr genügt.«

»Wie kann im Himmel oder auf Erden ein Robot die Bedeutung dieser gegen ihn gebrauchten Schimpfworte kennen? Flüche gehören nicht zu den vielfältigen Möglichkeiten, mit denen sein Gehirn im Herstellungsprozess gespeist wurde.«

»Die ursprüngliche Anlage bedeutet ja keineswegs alles«, fauchte Calvin ihn an. »Robots besitzen Lernfähigkeit, Sie … Sie Idiot …« Und Bogert spürte, dass sie sich nicht mehr beherrschen konnte. Sie aber fuhr heftig fort: »Glauben Sie nicht, dass der Robot allein aus dem Ton der Worte erkennen konnte, dass sie nicht als Komplimente gemeint waren? Und nehmen Sie nicht an, dass er die Worte hier schon früher gehört hatte und wohl wusste, bei welcher Gelegenheit man sich ihrer bediente?«

»Na schön«, rief Bogert, »wollen Sie mir dann freundlichst sagen, auf welche Art und Weise ein modifizierter Robot einen Menschen verletzen kann, ganz gleich, wie sehr er selbst beleidigt wurde, und ganz gleich, wie brennend die Begierde, die eigene Überlegenheit zu beweisen, auch sein mag?«

»Wenn ich Ihnen als Beispiel *einen* Weg sage, werden Sie dann still sein?«

»Jawohl.«

Sie starrten sich gegenseitig mit ärgerlichen Augen an.

Die Psychologin sagte: »Wenn ein modifizierter Robot ein schweres Gewicht auf einen Menschen fallen ließe, so würde er damit nicht das Erste Gesetz verletzen – vorausgesetzt, er täte es in dem Bewusstsein, dass seine Stärke und seine Reaktionsschnelligkeit ausreichten, um das Gewicht aufzufangen, ehe es den Menschen trifft. Sobald es aber einmal seine Finger verlassen hätte, wäre der Robot nicht mehr das aktive Medium. Wirksam wäre dann einzig und allein die blinde Kraft der Anziehung. In diesem Augenblick könnte der Robot seine Meinung ändern und lediglich durch seine Untätigkeit es zulassen, dass das Gewicht den Menschen zerschmetterte. Das modifizierte Erste Gesetz gibt ihm diese Möglichkeit.«

»Da gehört aber schon eine ganz gewaltige Phantasie dazu, um sich so was vorzustellen.«

»Phantasie ist in meinem Beruf manchmal dringend erforderlich. Peter, wir wollen nicht streiten. Gehn wir an die Arbeit! Sie kennen die genaue Natur des Anreizes, der den Robot dazu brachte, sich zu verlieren. Sie besitzen alle Angaben über seine ursprünglichen Anlagen. Ich möchte gerne, dass Sie mir sagen, wie groß die Möglichkeit ist, dass unser Robot etwa das tut, was ich soeben auseinander gesetzt habe. Ich will natürlich nicht einen speziellen Fall geschildert haben, sondern die ganze von mir ungefähr aufgezeigte Reaktionsgruppe. Und diese Angaben möchte ich so schnell wie möglich.«

»Und inzwischen …«

»Inzwischen müssen wir Versuche machen, die sich ganz unmittelbar mit der Reaktion der Robots in Situationen befassen, die unter das Erste Gesetz fallen.«

Auf seinen eigenen Wunsch überwachte Gerald Black selbst die Errichtung der hölzernen Trennwände, die in dem gewölbeartigen dritten Stock des ›Strahlungsbaues Nr. 2‹ in einem Kreis angeordnet wurden. Meistens arbeiteten die Leute schweigend, aber hie und da stellte doch der eine oder andere die Frage, was wohl die dreiundsechzig Photozellen bedeuteten, die installiert werden mussten.

Einer von ihnen ließ sich in Blacks Nähe nieder und wischte sich mit dem sommersprossigen Unterarm die Stirn.

Black nickte ihm zu. »Na, wie geht's, Walensky?«

Walensky zuckte mit den Schultern und zündete sich eine Zigarre an. »Vortrefflich! Kannst du mir vielleicht sagen, was hier vorgeht? Erst gibt's drei Tage lang überhaupt keine Arbeit und dann auf einmal diese Sache hier mit all den Wänden und Geschichten.« Er lehnte sich rückwärts auf seine Ellbogen und blies dicke Rauchwolken vor sich hin.

Black zog die Augenbrauen zusammen. »Zwei Robotfachleute von der Erde sind hier angekommen. Erinnerst du dich an die Schwierigkeiten, die wir mit all den Robots hatten, die in die Gammafelder hineinrannten, bis es uns schließlich gelang, den Dingern klarzumachen, dass sie das nicht tun durften?«

»Natürlich. Haben wir aber nicht neue Robots bekommen?«

»Ein paar wurden durch neue ersetzt. Zum größten Teil aber wurde das Problem durch Indoktrination gelöst. Wie dem auch sei, die Leute, die Robots herstellen, wollen etwas erfinden, das bewirkt, dass Gammastrahlen auf positronische Gehirne keine Schädigungen mehr ausüben.«

»Kommt einem dennoch komisch vor, alle Arbeit an dem Projekt für diese Robotsache einzustellen. Ich dachte immer, *nichts* dürfe die Herstellung des Antriebswerkes aufhalten.«

»Da kann ich nur sagen, dass das die Sache des Herrn droben ist. Was mich angeht – ich führe aus, was man befiehlt. Wahrscheinlich alles 'ne Protektionsgeschichte ...«

»Natürlich«, lächelte der Elektriker und blinzelte verschmitzt. »Jemand kennt jemand in Washington. Mir kann's ja egal sein, solange ich pünktlich bezahlt werde. Das Antriebswerk selbst geht mich 'nen Dreck an. Und was soll denn nun hier oben vor sich gehen?«

»Mich fragst du das? Die beiden haben eine ganze Masse Robots mitgebracht – mehr als sechzig Stück, und da werden sie nun wohl hier Reaktionen messen oder so was. Mehr weiß ich selbst auch nicht.«

»Wie lange wird das dauern?«

»Hab keine Ahnung.«

»Na ja«, sagte Walensky mit ungeschicktem Sarkasmus, »solange sie mir meine Moneten zahlen, können sie sich von mir aus hier mit ihren Spielen amüsieren bis zum Ende meines Lebens.«

Black schaute ihm mit Befriedigung nach. Die Geschichte würde sich weiterverbreiten. Sie war harmlos und so nahe der Wahrheit, dass sie alle neugierigen Fragen beantwortete.

Ein Mann saß unbeweglich und schweigend auf seinem Stuhle. Ein Gewicht fiel auf ihn herunter, wurde dann im letzten Moment, ehe es den Mann traf, von einem plötzlichen Kraftfeld zur Seite gerissen. In dreiundsechzig hölzernen Zellen sprangen diesen Vorgang beobachtende NS-2-Robots, ehe das Gewicht abgelenkt wurde, vorwärts. Dreiundsechzig Photozellen setzten die Registrierschreiber in Bewegung, die eine kleine Zacke auf ein Stück Papier kritzelten. Das Gewicht hob sich und fiel herunter, hob sich und fiel herunter …

Zehnmal.

Zehnmal sprangen die Robots vorwärts und fingen das Gewicht auf, während der Mann ruhig und sicher auf seinem Stuhle saß.

Generalmajor Kallner hatte seit dem Essen mit den Robotfachleuten nicht mehr seine vollständige Uniform getragen. Auch jetzt trug er nichts über seinem blaugrauen Hemd, dessen Kragen über einer gelockerten Krawatte offenstand.

Er schaute Bogert, der noch immer genauso geschniegelt und gebügelt war und dessen innere Spannung höchstens durch ein paar glänzende Schweißtropfen an den Schläfen verraten wurde, hoffnungsvoll an.

Der General sagte: »Na, wie sieht's aus? Was versuchen Sie herauszufinden?«

Bogert antwortete: »Einen Unterschied, der – wie ich fürchte – für unsere Zwecke vielleicht ein wenig zu subtil sein wird. Für zweiundsechzig dieser Robots war die Notwendigkeit, vorwärts zu springen und dem anscheinend gefährdeten menschlichen Wesen zu Hilfe zu kommen, das, was wir eine Zwangsreaktion nennen. Verstehen Sie – selbst als die Robots wussten, dass der betreffende Mensch in Wirklichkeit nicht verletzt werden würde – und bestimmt wussten sie dies nach dem dritten und vierten Mal –, konnten sie es nicht verhindern so zu reagieren, wie sie es taten. Das Erste Gesetz zwingt sie dazu.«

»Nun?«

»Der dreiundsechzigste Robot aber, der modifizierte Nestor, empfand keinen derartigen Zwang. Er konnte frei handeln. Hätte er gewollt, er hätte sitzenbleiben können. Unglücklicherweise« – und hier bekam seine Stimme einen leicht bedauernden Klang – »tat er uns diesen Gefallen nicht.«

»Und warum wohl nicht?«

Bogert zuckte mit den Schultern. »Ich nehme an, Dr. Calvin wird uns dies sagen, wenn sie hierher kommt. Überdies wird sie uns wahrscheinlich eine furchtbar pessimistische Interpretation liefern. Manchmal geht sie einem wirklich etwas auf die Nerven.«

»Sie ist aber doch eine hochqualifizierte Person, oder nicht?«, fragte der General, der plötzlich beunruhigt schien.

»Unbedingt.« Bogert schien sich zu amüsieren. »Sie ist hochqualifiziert. Sie versteht die Robots, als wäre sie ihre Schwester – was vermutlich daher kommt, dass sie Menschen so sehr hasst. Was ich sagen will, ist einfach, dass sie – Psychologin hin und Psychologin her – hochgradig neurotisch ist. Hat paranoide Züge. Nehmen Sie sie bitte nicht allzu ernst!«

Er breitete in langer Reihe die Kurven vor sich aus. »Sie sehen, Herr General, dass im Falle jedes einzelnen Robots das Zeitintervall zwischen dem Augenblick des Falles und dem Ende der Robotbewegungen die Tendenz zeigt, sich zu vermindern, je öfter man die Versuche wiederholt. Es gibt eine ganz bestimmte mathematische Relation für diese Dinge, und Nichtkonformität mit diesen Normen würde unbedingt eine gewichtige Abnormität des positronischen Gehirns anzeigen. Unglücklicherweise erscheinen hier keinerlei Abweichungen.«

»Wenn nun aber unser Nestor 10 doch nicht mit einer Zwangshandlung reagierte, warum ist dann seine Kurve nicht verschieden? Das verstehe ich nicht.«

»Ist aber ganz einfach. Robotreaktionen sind nicht vollständig analog menschlichen Reaktionen – leider! Bei uns Menschen ist eine freiwillige Handlung bedeutend langsamer als eine Reflexhandlung. Dies ist aber bei Robots nicht der Fall. Bei diesen handelt es sich lediglich um die Frage der Freiheit in der Auswahl der Mittel. Darüber hinaus sind die Schnelligkeiten freier und zwangsläufiger Handlung völlig gleich. Was ich allerdings erwartet hatte, war, dass Nestor 10 das erste Mal überrascht sein und dadurch ein größerer Zwischenraum bis zu seiner Reaktion sichtbar werden würde.«

»Und dies geschah nicht.«

»Leider nein.«

»Dann haben wir also gar nichts geschafft.« Der General lehnte sich mit schmerzlichem Ausdruck zurück. »Sie sind jetzt bereits fünf Tage hier.«

An diesem Punkt der Unterhaltung trat Susan Calvin ein. Sie warf die Tür hinter sich zu. »Legen Sie Ihre Kurven weg, Peter«, rief sie. »Sie wissen ja selbst, dass sie uns gar nichts zeigen.«

Ungeduldig murmelte sie irgendetwas vor sich hin, während Kallner sich halb aus seinem Sessel erhob, um sie zu begrüßen, und fuhr dann fort: »Wir müssen schnell etwas Neues versuchen. Die Situation gefällt mir ganz und gar nicht.«

Bogert wechselte einen resignierten Blick mit dem General. »Ist etwas los?«

»Sie meinen was Bestimmtes? Nein. Mir gefällt's aber nicht, dass Nestor 10 sich uns noch immer entzieht. Das ist schlimm. Das muss ja seinem ohnehin bereits aufgeblasenen Überlegenheitsgefühl ungeheuer schmeicheln. Leider glaube ich, dass sein Motiv nicht mehr allein darin besteht, dass er einen ihm erteilten Befehl ausführt. Ich bin der Meinung, dass er mehr und mehr den Wunsch hat, Menschen zu überlisten. Daraus aber erwächst eine gefährliche und recht unangenehme Lage. Peter, haben Sie getan, um was ich Sie gebeten habe? Haben Sie die Instabilitätsfaktoren der modifizierten NS 2 nach meinen Richtlinien ausgearbeitet?«

»Ich bin dabei«, sagte der Mathematiker uninteressiert.

Einen Augenblick starrte sie ihn ärgerlich an, wandte sich dann Kallner zu. »Nestor 10 ist fraglos völlig im Bilde darüber, was wir tun. Er hatte keinen Grund, bei diesem Experiment, das Sie machten, anzubeißen, ganz besonders nicht nach dem ersten Mal, als er erkannte, dass tatsächlich für den Menschen gar keine wirkliche Gefahr bestand. Die anderen konnten gar nicht anders. Er aber täuschte absichtlich eine Reaktion vor.«

»Was also sollen wir nach Ihrer Ansicht jetzt unternehmen, Dr. Calvin?«

»Wir müssen es ihm das nächste Mal unmöglich machen, eine Reaktion zu simulieren. Wir werden das Experiment wiederholen, aber mit einer Ergänzung. Hochspannungskabel, die imstande sind, die Nestormodelle zu vernichten, werden zwischen den Robot und den Menschen platziert werden – und zwar so viele, dass es für den Robot unmöglich sein wird, sie zu überspringen. Wir werden dann die Robots darüber informieren, dass die Berührung mit den Kabeln unweigerlich ihren Tod bedeutet.«

»Moment mal«, sagte Bogert mit plötzlicher Wut. »Das kommt überhaupt nicht infrage. Wir werden unter keinen Umständen Robots im Werte von zwei Millionen Dollar vernichten, nur um Nestor 10 herauszufinden. Es gibt noch andere Wege.«

»Wissen Sie das bestimmt? Bis jetzt haben Sie keinen gefunden. Und ohnehin denke ich ja selbst ebensowenig an so etwas. Wir können einen Stromunterbrecher einrichten, der im Augenblick, in dem man den Draht mit einem Gewicht belastet, wirksam wird. Sollte der Robot nun sein Gewicht auf den Draht legen, so stirbt er nicht. Das ist ihm aber natürlich nicht bekannt, verstehen Sie?«

Die Augen des Generals leuchteten hoffnungsvoll auf. »Wird *das* zum Erfolg führen?«

»Man sollte es meinen. Unter diesen Bedingungen müsste Nestor 10 eigentlich sitzen bleiben. Man könnte ihm natürlich befehlen, die Drähte zu berühren und zu sterben, da ja das Zweite Gesetz, das Gehorsamsgesetz, stärker ist als das Dritte, das Selbsterhaltungsgesetz. Wir *werden's* ihm aber nicht befehlen. Wir werden ihn vielmehr, wie alle anderen Robots auch, sich selbst überlassen. Im Falle der normalen NS-2-Modelle liegt die Sache dann so, dass das Erste Gesetz der menschlichen Sicherheit sie auch ohne unseren Befehl in den vermeintlichen Tod treiben wird. Nicht aber unseren Nestor 10. Ohne das ganze Erste Gesetz und ohne dass er spezielle Befehle erhalten hat, wird bei ihm das Dritte Gesetz, das der Selbsterhaltung, das wichtigste sein. So wird er keine andere Wahl haben als sitzen zu bleiben, wo er sitzt. Für ihn bedeutet dies eine Zwangshandlung, und er kann gar nicht anders.«

»Wird dies dann heute Nacht vor sich gehen?«

»Heute Nacht«, sagte die Psychologin, »wenn die Kabel rechtzeitig gelegt werden können. Ich werde jetzt die Robots über das, was ihnen bevorsteht, verständigen.«

Ein Mann saß unbeweglich und schweigend auf einem Stuhle. Ein Gewicht fiel auf ihn herunter, wurde dann im letzten Moment, ehe es den Mann traf, von einem plötzlichen Kraftfeld zur Seite gerissen.

Nur ein einziges Mal.

Dann erhob sich Dr. Susan Calvin mit einem Stöhnen des Grauens von einem Feldstuhl in der Beobachtungszelle auf dem Balkon. Dreiundsechzig Robots saßen gelassen auf ihren Stühlen und starrten mit Eulenaugen auf den gefährdeten Mann vor ihnen. Nicht einer bewegte sich.

Dr. Calvin war sehr ärgerlich – so ärgerlich, dass sie es kaum noch ertragen konnte. Ihr Ärger wurde noch besonders dadurch vergrößert, dass sie nicht wagen durfte, ihn vor den Robots zu zeigen, die einer nach dem anderen hereinkamen und dann wieder gingen. Sie kontrollierte eine Liste. Der Nächste war Nummer achtundzwanzig. Danach standen ihr noch fünfunddreißig weitere bevor.

Nummer achtundzwanzig trat bescheiden ein.

Sie zwang sich selbst bis zu einem gewissen Grade zur Ruhe. »Und wer bist du?«

Der Robot antwortete mit leiser, unsicherer Stimme: »Ich habe bis jetzt noch keine Nummer erhalten, Madame. Ich bin ein NS-2-Robot und ich war draußen der achtundzwanzigste in der Reihe. Ich habe hier ein Stück Papier, das ich Ihnen geben soll.«

»Du warst heute noch nicht hier drin?«

»Nein, Madame.«

»Setz dich! Hierher. Ich will dir ein paar Fragen stellen. Befandest du dich vor etwa vier Stunden im Strahlungsraum des Baues Nr. 2?«

Dem Robot bereitete die Antwort Schwierigkeiten. Dann kam sie heraus, heiser und quietschend. »Jawohl, Madame.«

»Ein Mann befand sich dort, der fast verletzt wurde, nicht wahr?«

»Jawohl, Madame.«

»Und du hast nichts getan, oder?«

»Nein, Madame.«

»Der Mann hätte durch deine Untätigkeit zu Schaden kommen können. Weißt du das?«

»Jawohl, Madame. Ich konnte nicht anders, Madame.«

Es ist schwer, sich vorzustellen, dass eine große, ausdruckslose Metallfigur sich dreht und windet – aber das, genau das tat der Robot.

»Ich will jetzt, dass du mir genau erzählst, warum du nichts unternommen hast, um den Mann zu retten.«

»Ich will das gerne erklären, Madame. Ich möchte wirklich nicht, dass Sie oder dass andere von mir denken, dass ich irgendetwas tun könnte, das einem Herrn und Meister Schaden zufügt. O nein, das wäre eine schreckliche … eine unvorstellbare …«

»Bitte reg dich nicht auf, Junge! Ich mache dir absolut keine Vorwürfe. Ich möchte nur, dass du mir sagst, was in jenem Augenblick deine Gedanken waren.«

»Madame, ehe das alles geschah, sagten Sie uns, dass einer der Meister von jenem fallenden Gewicht gefährdet werden würde und dass wir, wenn wir ihn retten wollten, elektrisch geladene Kabel zu überschreiten hätten. Madame, das hätte mich nicht aufgehalten. Was bedeutet schon meine Zerstörung verglichen mit der Sicherheit eines menschlichen Wesens? Aber … aber es fiel mir ein, dass, wenn ich auf meinem Weg zu ihm zugrunde ginge, ich ohnehin nicht in der Lage sein würde, ihn zu retten. Das Gewicht würde ihn zerschmettern, und dann wäre ich selbst ja zwecklos gestorben, und eines Tages würde vielleicht ein anderer Meister verletzt werden, den ich, wäre ich am Leben geblieben, hätte retten können. Verstehen Sie mich, Madame?«

»Du willst sagen, dass du nur die Wahl hattest zwischen zwei Dingen. Entweder starb der Mensch allein oder ihr starbt beide zusammen. Stimmt das?«

»Jawohl, Madame. Es war unmöglich, den Meister zu retten. Er konnte als tot angesehen werden. In diesem Falle ist es unvorstellbar, dass ich mich für nichts selbst zerstöre, das heißt natürlich ohne Befehl.«

Die Robotpsychologin spielte mit ihrem Bleistift. Die gleiche Geschichte mit nur unwesentlichen Abweichungen in den Ausdrücken hatte sie bereits siebenundzwanzigmal gehört. Was nun kam, war die entscheidende Frage.

»Junge«, sagte sie, »deine Art zu denken hat eine gewisse Berechtigung. Dennoch sind dies nicht die Gedanken, die ich eigentlich von dir erwartete. Hast du dir das alles selbst ausgedacht?«

Der Robot zögerte. »Nein.«

»Und wer war derjenige, dem dieser Gedanke kam?«

»Wir haben gestern Abend darüber gesprochen, und da kam

einem von uns die Idee, und sie schien uns allen sehr vernünftig.«

»Und wer war derjenige?«

Der Robot dachte angestrengt nach. »Ich weiß nicht. Einer von uns eben.«

Sie seufzte. »Das ist alles.«

Nummer neunundzwanzig war der Nächste. Danach kamen vierunddreißig weitere.

Auch Generalmajor Kallner war ärgerlich. Eine ganze Woche lang hatte jede Tätigkeit auf Hyper-Basis geruht. Nur in den Büros auf den Asteroiden der Gruppe waren ein paar Leute beschäftigt gewesen. Fast eine ganze Woche lang hatten die beiden größten Experten auf diesem Gebiet die Situation mit nutzlosen Versuchen erschwert. Und nun machten die beiden – oder zum Mindesten machte die Frau – zu allem Überfluss auch noch völlig unmögliche Vorschläge.

Zum Glück für die allgemeine Lage empfand Kallner es als politisch unklug, seinen Ärger öffentlich zu zeigen.

Susan war im Begriff, ihn zu bedrängen. »Warum nicht, Sir? Es ist ganz klar, dass die gegenwärtigen Umstände unglücklich genannt werden können. Der einzige Weg, auf dem wir vielleicht in der Zukunft zu Resultaten gelangen werden – wenn wir in dieser Angelegenheit überhaupt noch eine Zukunft haben –, ist der, dass wir die Robots voneinander trennen. Keinesfalls können wir sie länger beieinander lassen.«

»Meine liebe Frau Dr. Calvin«, sagte der General mit einer Stimme, die in die tieferen Baritonlagen absank, »ich kann mir nicht denken, wie ich es fertig bringen soll, dreiundsechzig Robots über die ganze Gegend verstreut unterzubringen.«

Dr. Calvin hob hilflos den Arm. »In diesem Falle kann ich nichts mehr tun. Nestor 10 wird entweder das imitieren, was die anderen Robots tun, oder sie mit logischen Argumenten dazu bringen, das nicht zu tun, was er selbst nicht tun kann. Beides ist schlecht für uns. Wir befinden uns in einem tatsächlichen Kampf mit diesem kleinen verlorenen Robot, und er ist im Begriff, uns zu besiegen. Jeder Triumph, den wir ihm lassen, erhöht seine Anomalie.«

Entschlossen stand sie auf. »General Kallner, wenn Sie nicht – wie ich es verlange – alle dreiundsechzig Robots voneinander trennen, dann muss ich leider die Forderung stellen, dass alle sofort vernichtet werden.«

»Sie fordern – was?« Bogert schaute plötzlich auf, und dieses Mal wirklich verärgert. »Was gibt Ihnen das Recht, eine derartige Forderung zu stellen? Diese Robots bleiben ganz genau wie sie sind. *Ich* bin verantwortlich für die geschäftliche Leitung, nicht Sie.«

»Und ich«, fügte Generalmajor Kallner hinzu, »bin dem Welt-Koordinator verantwortlich … und daher muss dieses Problem gelöst werden.«

»In diesem Falle«, brauste Dr. Calvin auf, »bleibt mir nur eines übrig, und das ist: mein Amt niederzulegen. Ich werde, um die nötige Vernichtung dieser Robots zu erzwingen – wenn es gar nicht anders geht –, diese ganze Geschichte veröffentlichen. *Ich* selbst habe ja der Herstellung dieser modifizierten Modelle nicht zugestimmt.«

»Ein einziges Wort von Ihnen, Dr. Calvin«, sagte der General langsam, »eine einzige Bemerkung, die die Sicherheitsmaßnahmen der Regierung verletzt, und Sie wandern ins Gefängnis.«

Bogert spürte, dass die Sache, wenn es in dieser Art weiterging, bald völlig verfahren sein würde. Er versuchte zu dämpfen. »Sachte, sachte! Wir benötigen lediglich etwas mehr Zeit. Wir werden doch schließlich einen Robot überlisten können, ohne gleich unsere Ämter niederzulegen oder Leute einzusperren oder zwei Millionen Dollar zu vernichten.«

In verhaltener Wut wandte sich die Psychologin ihm zu. »Ich lasse es nicht zu, dass solche Robots, die sich nicht im inneren Gleichgewicht befinden, existieren. Wir haben bereits einen Nestor, der völlig aus dem Gleichgewicht geraten ist, elf weitere, die potenziell zur gleichen Gruppe gehören, und zweiundsechzig normale Robots, die aber einer aus dem Gleichgewicht gekommenen Umgebung ausgesetzt sind. Die einzige absolut sichere Rettung ist, sie alle zusammen völlig zu vernichten.«

Das Summen eines Signals brachte sie alle zum Verstummen. Der Wirbel ihrer nicht mehr beherrschten Gefühlsregungen erstarrte plötzlich.

»Herein«, brummte Kallner.

Es war Gerald Black. Er sah verstört aus. Er hatte ärgerliche Stimmen gehört. Er sagte: »Ich dachte, ich käme am besten gleich selber. Ich wollte keinen anderen darum bitten.«

»Was ist los? Halten Sie keine langen Reden!«

»Jemand hat an den Schlössern der C-Abteilung des Handelsfahrzeuges herumgewirtschaftet. Sie zeigen frische Kratzer.«

»Abteilung C?«, rief Calvin schnell. »Das ist doch die Abteilung, in der sich die Robots befinden, ja? Wer ist das gewesen?«

»Es geschah von innen«, antwortete Black lakonisch.

»Die Schlösser funktionieren aber noch, was?«

»Jawohl. Es ist alles in Ordnung. Ich habe das Schiff jetzt vier Tage lang genau überwachen lassen, und keiner von ihnen hat versucht herauszukommen. Ich dachte aber, Sie sollten es wissen, und ich wollte nicht, dass es allgemein bekannt würde. Die Kratzer habe ich selber bemerkt.«

»Ist jetzt jemand da, der das Fahrzeug überwacht?«, wollte der General wissen.

»Ich habe Robbins und McAdams dort gelassen.«

Ein nachdenkliches Schweigen folgte. Dann sagte Dr. Calvin ironisch: »Na, was sagen Sie nun?«

Kallner rieb sich unsicher die Nase. »Was soll das Ganze?«

»Ist es nicht ganz offensichtlich? Nestor 10 hat die Absicht zu verschwinden. Dieser Befehl, sich zu verlieren, beherrscht seine Anomalie stärker als alles andere. Ich wäre keineswegs überrascht, wenn das, was noch von dem Ersten Gesetz in ihm existiert, nur knapp ausreichte, um den Drang zum Verschwinden zu kompensieren. Er ist durchaus imstande, sich des Fahrzeuges zu bemächtigen und mit dessen Hilfe abzufahren. Dann haben wir einen verrückten Robot in einem Raumschiff. Was wird er nun wohl als nächstes anstellen? Wollen Sie die ganze Bande noch immer beieinander lassen?«

»Unsinn«, unterbrach sie Bogert. Er hatte seine alte Glätte zurückgewonnen. »All dies konstruieren Sie aus ein paar Kratzern an einer Tür.«

»Haben Sie, Dr. Bogert, die von mir verlangte Analyse fertig, da Sie ja hier solch feste und bestimmte Meinungen äußern?«

»Ja.«

»Darf ich sie sehen?«

»Nein.«

»Und warum nicht? Oder darf ich diese Frage vielleicht auch nicht stellen?«

»Weil es keinen Sinn hat, Susan. Ich habe Ihnen schon von Anfang an gesagt, dass diese modifizierten Robots weniger innere Stabilität besitzen als die normale Sorte, und dies wird von meiner Analyse bestätigt. Die sehr kleine Möglichkeit eines Zusammenbruches unter äußerst extremen Umständen lässt sich nicht leugnen. Dass solche Umstände aber eintreten, ist nicht wahrscheinlich. Belassen Sie es bitte bei dieser Darstellung. Ich werde Ihnen bestimmt keine neuen Gründe liefern für Ihre absurde Forderung, dass zweiundsechzig vollkommen einwandfreie Robots zerstört werden sollen, nur weil Sie nicht in der Lage sind, Nestor 10 unter ihnen herauszufinden.«

Susan Calvin schaute ihn an, bis er die Augen senkte. Ein Ausdruck von Abscheu lag auf ihrem Gesicht. »Sie werden es nicht zulassen, dass irgendetwas geschieht, das Ihrer Chance, Generaldirektor der Gesellschaft zu werden, Abbruch tut, was?«

»Aber ich bitte Sie«, bat Kallner gereizt. »Bestehen Sie darauf, Dr. Calvin, dass es nichts anderes gibt, was man noch tun könnte?«

»Ich kann mir absolut nichts denken«, antwortete sie müde. »Wenn zwischen Nestor 10 und den normalen Robots nur noch andere Unterschiede beständen – Unterschiede, die nicht lediglich das Erste Gesetz betreffen. Selbst ein Einziger würde genügen. Etwas bezüglich Indoktrination, Umgebung, Spezifikationen.« Sie brach plötzlich ab.

»Was ist los?«

»Mir ist da etwas eingefallen ... ich glaube ... Diese modifizierten Nestors, Peter – die bekommen doch die gleiche Indoktrination wie die normalen, was?«

»Jawohl, genau die gleichen.«

»Und was haben Sie gesagt, Mr. Black?« Sie wandte sich dem jungen Manne zu, der durch die Stürme, die seinem Erscheinen gefolgt waren, völliges Schweigen bewahrt hatte. »Als Sie sich einmal über die Haltung von Überlegenheit, die die Nestors zeigen, beschwerten, da sagten Sie doch, die Techniker hätten sie alles gelehrt, was sie konnten.«

»Jawohl, bezüglich Raumphysik alles. Die haben, wenn sie hierher kommen, von diesem Stoff keine Ahnung.«

»Das stimmt«, sagte Bogert überrascht. »Ich habe Ihnen doch erzählt, Susan, dass ich – als ich mit den anderen Nestors hier sprach – herausfand, dass die Neuangekommenen von Raumphysik noch keine Ahnung hatten.«

»Und warum ist das so?« Dr. Calvin sprach mit wachsender Erregung. »Warum werden NS-2-Modelle nicht von vorneherein mit Raumphysik indoktriniert?«

»Das kann ich Ihnen sagen«, rief Kallner. »Gehört alles zu dem Geheimnis. Wir dachten, dass es Misstrauen erwecken würde, wenn wir ein Spezialmodell mit raumphysikalischen Kenntnissen herausbrächten, wenn wir dann zwölf von dieser Sorte für diesen Zweck benützten, alle anderen aber in Gebieten beschäftigten, die mit Raumphysik nicht das mindeste zu tun haben. Männer, die mit normalen Nestors zu tun hatten, wären vielleicht erstaunt gewesen über die Tatsache, dass diese Robots sich in Raumphysik auskannten. Daher wurden diese Dinger lediglich so konstruiert, dass sie die Fähigkeit besaßen, sich die nötigen Kenntnisse während ihrer Beschäftigung auf diesem Gebiete anzueignen. Natürlich erhalten nur diejenigen, die hierher kommen, ein solches Training. So einfach liegt dieser ganze Fall.«

»Ich verstehe. Bitte verlassen Sie alle miteinander den Raum! Geben Sie mir bitte etwa eine Stunde Zeit!«

Calvin hatte das Gefühl, dass sie die Qual nicht ein drittes Mal auf sich nehmen könnte. Sie hatte mit dem Gedanken gespielt, ihn aber dann mit solcher Heftigkeit von sich gewiesen, dass sie hinterher geradezu eine körperliche Übelkeit empfand. Nein – sie konnte nicht noch einmal die endlose Folge sich dauernd wiederholender Robots ertragen.

Daher stellte nun Bogert die Fragen, während sie neben ihm saß, mit halb geschlossenen Augen und nur halb gegenwärtigen Gedanken.

Nummer vierzehn kam herein. Neunundvierzig weitere würden folgen.

Bogert schaute von dem vor ihm liegenden Fragebogen auf und sagte: »Was ist deine Nummer?«

»Vierzehn, Sir.« Der Robot reichte ihm sein Nummernschild.

»Setz dich, Junge!«

Bogert fragte: »Du warst heute noch nicht hier, was?«

»Nein, Sir.«

»Nun, mein Junge, sobald wir hier fertig sind, werden wir einen anderen Menschen einer Gefahr aussetzen. In der Tat wirst du, wenn du diesen Raum verlässt, zu einer Zelle geführt werden, wo du ruhig zu warten hast, bis wir dich benötigen. Verstehst du mich?«

»Jawohl, Sir.«

»Nun wirst du natürlich, wenn ein Mann sich in Gefahr befindet, verletzt zu werden, versuchen ihn zu retten.«

»Selbstverständlich, Sir.«

»Unglücklicherweise wird sich zwischen dir und dem Manne ein Gammastrahlenfeld befinden.«

Schweigen.

»Weißt du, was Gammastrahlen sind?«, fragte Bogert scharf.

»Energieausstrahlungen, Sir?«

Die nächste Frage kam in einer freundlichen, nebensächlichen Art und Weise. »Hast du je mit Gammastrahlen gearbeitet?«

»Nein, Sir.« Die Antwort war bestimmt.

»Hm. Nun, mein Junge, Gammastrahlen werden dich auf der Stelle töten. Sie zerstören dein Gehirn. Diese Tatsache musst du wissen und dich ihrer erinnern. Natürlich willst du dich nicht selbst zerstören.«

»Natürlich nicht.« Wieder schien der Robot erschreckt. Dann langsam: »Aber, Sir, wenn sich die Gammastrahlen zwischen mir und dem Meister, den ich retten soll, befinden – wie kann ich ihm dann helfen? Ich würde mich dann ja nur selbst ohne jeden Zweck zerstören.«

»Ja, das stimmt wohl.« Bogert schien besorgt. »Der einzige Rat, den ich dir geben kann, mein Junge, ist der, dass du, wenn du die Gammastrahlen zwischen dir und dem Menschen entdeckst, gerade so gut sitzen bleiben kannst, wo du gerade sitzest.«

Der Robot war sichtlich erleichtert. »Danke schön, Sir! Etwas anderes hätte ja auch wohl keinen Sinn, was?«

»Selbstverständlich nicht. Gäbe es aber keine gefährliche Strahlung zwischen dir und ihm, so wäre das natürlich ...«

»Keine Frage, Sir.«

»Du kannst jetzt gehen. Der Mann draußen wird dich zu deiner Zelle geleiten. Bitte warte dort!«

Nachdem der Robot den Raum verlassen hatte, wandte Bogert sich an Susan. »Wie ging's, Susan?«

»Sehr gut«, sagte sie stumpf.

»Glauben Sie, wir könnten Nestor 10 dadurch fangen, dass wir schnelle Fragen bezüglich Raumphysik stellen?«

»Vielleicht, aber das ist nicht sicher genug. Vergessen Sie nicht, dass er uns bekämpft. Er ist auf der Hut. Die einzige Art, wie wir ihn zu Fall bringen können, ist, dass wir ihn überlisten. Und innerhalb der ihm gezogenen Grenzen kann er bedeutend schneller denken als wir.«

»Lassen Sie mich dennoch einfach spaßeshalber von jetzt an den Robots ein paar Fragen bezüglich der Gammastrahlen stellen. Zum Beispiel: Grenzen der Wellenlängen.«

»Nein.« Dr. Calvins Augen fingen Feuer. »Es wäre zu leicht für ihn, einfach seine Kenntnisse zu verstecken, und danach wäre er gewarnt vor dem kommenden Test, der doch unsere wirkliche Chance ist. Bitte halten Sie sich an die Fragen, die ich vorgeschrieben habe, Peter, und improvisieren Sie nicht. Es geht gerade noch, dass wir sie fragen, ob sie jemals mit Gammastrahlen gearbeitet haben. Und versuchen Sie bitte, noch unbefangener zu erscheinen, wenn Sie diese Fragen stellen.«

Bogert zuckte mit den Schultern und drückte auf den Türöffner, der dem nächsten – der Nummer fünfzehn – den Eintritt gestattete.

Wieder war der große Strahlungsraum in Bereitschaft. Geduldig warteten die Robots in ihren hölzernen Zellen, die alle nach vorne offen waren, aber streng voneinander getrennt.

Generalmajor Kallner wischte sich langsam mit einem großen Taschentuch den Schweiß von der Stirn, während Calvin die letzten Einzelheiten mit Black kontrollierte.

»Sie sind völlig sicher, dass keiner der Robots in der Lage gewesen ist, mit einem anderen Robot zu sprechen, nach dem er den Orientierungsraum verlassen hat?«

»Unbedingt sicher«, sagte Black. »Nicht ein einziges Wort ist gewechselt worden.«

»Und die Robots stehen alle in ihren Zellen?«

»Hier ist der genaue Plan.«

Nachdenklich betrachtete die Psychologin die Skizze. »Mhm.« Der General schaute ihr über die Schulter. »Was ist der Sinn dieses Arrangements, Dr. Calvin?«

»Ich habe verlangt, dass jene Robots, die auch nur die geringsten Abweichungen in den vorangegangenen Tests aufwiesen, auf einer Seite des Kreises konzentriert würden. Dieses Mal werde ich selbst im Mittelpunkt sitzen. Die soeben genannten möchte ich gerne besonders scharf beobachten.«

»Sie selbst wollen da sitzen und …«

»Warum nicht?«, fragte sie kühl. »Was ich zu sehen erwarte, mag etwas sein, das nur einen Augenblick sichtbar wird. Ich kann es nicht riskieren, jemand anderem die Aufgabe des Hauptbeobachters zu überlassen. Peter, Sie werden in der Beobachtungszelle sein, und ich möchte, dass Sie die gegenüberliegende Seite des Kreises im Auge behalten. General Kallner, ich habe Anordnungen getroffen, dass von jedem Robot Filmaufnahmen gemacht werden für den Fall, dass die rein visuelle Beobachtung nicht genügen sollte. Sollten wir diese benötigen, so müssen die Robots genau auf den Plätzen verbleiben, wo sie sind, bis wir die Bilder entwickelt und studiert haben. Keiner darf seinen Platz verlassen oder wechseln. Ist das klar?«

»Vollkommen.«

»Dann machen wir diesen letzten Versuch.«

Susan Calvin saß schweigend, aber mit unruhigen Augen auf ihrem Stuhl. Ein Gewicht fiel auf sie herunter, wurde dann im letzten Moment, ehe es sie traf, von einem plötzlichen Kraftfeld zur Seite gerissen.

Und ein einziger Robot sauste hoch und machte zwei Schritte. Und blieb stehen.

Aber Dr. Calvin stand bereits aufrecht da, und ihre Finger deuteten scharf auf ihn. »Nestor 10, komm hierher«, schrie sie, »komm hierher! KOMM HIERHER!«

Langsam und zögernd machte der Robot noch einen Schritt vorwärts.

Ohne die Augen von dem Robot zu nehmen, schrie sie mit der ganzen Kraft ihrer Lungen: »Jemand soll alle anderen Robots hier herausnehmen – und zwar schleunigst – und sie draußen halten.«

Irgendwo in Hörweite entstand Lärm. Deutlich war das Geräusch schwerer Füße auf dem Boden hörbar. Sie schaute nicht weg.

Nestor 10 – wenn es Nestor 10 war – machte noch einen Schritt und dann unter dem Zwang ihrer befehlenden Geste zwei weitere. Er war nur noch zehn Schritte entfernt, als er heiser sagte: »Man hat mir gesagt, ich solle mich verlieren …«

Er machte eine Pause. »Ich darf nicht ungehorsam sein. Bis jetzt hat man mich nicht gefunden … Er würde glauben, ich sei ein Versager … Er sagte mir … Aber es ist nicht so … Ich bin stark und gescheit …«

Die Worte kamen in Stößen.

Noch ein Schritt. »Ich weiß eine ganze Menge … Er würde denken … Ich meine, man hat mich jetzt gefunden … So eine Schande … Nicht ich … Ich bin intelligent … Und gefunden hat mich ein Meister, der schwach ist … Langsam …«

Noch ein Schritt, und plötzlich ging ein Metallarm nach vorne und legte sich auf ihre Schulter, und sie spürte sein Gewicht, das sie niederdrückte. Ihre Kehle zog sich zusammen, und sie spürte, wie sich ihr ein Schrei entrang.

Verschwommen hörte sie die nächsten Worte von Nestor 10. »Keiner darf mich finden. Kein Meister.« Und nun drückte kaltes Metall gegen ihren Körper, und unter seinem Gewicht sank sie zusammen.

Dann kam ein eigenartiger metallischer Klang, und mit einem Schlag, den sie nicht empfand, fiel sie zu Boden. Ein leuchtender Arm lag quer über ihrem Körper. Er rührte sich nicht. Noch rührte sich Nestor 10, der ausgestreckt neben ihr lag.

Gesichter beugten sich über sie.

Gerald Black schnaufte. »Sind Sie verletzt, Dr. Calvin?«

Schwach schüttelte sie den Kopf. Sie bogen den Arm von ihr weg und halfen ihr sanft auf die Beine. »Was ist passiert?«

Black sagte: »Fünf Sekunden lang habe ich den ganzen Raum in Gammastrahlen sozusagen gebadet. Wir wussten nicht, was geschah. Erst in der letzten Sekunde merkten wir, dass er im Begriff stand, Sie anzugreifen. Wir hatten für nichts anderes mehr Zeit als für ein Gammastrahlenfeld. Fast augenblicklich ging er zu Boden. Sie selbst aber haben bestimmt keinen Schaden genommen, dafür war die Strahlung zu kurz. Machen Sie sich also keine Sorgen!«

»Ich mach mir auch keine.« Sie schloss die Augen und stützte sich einen Augenblick auf seine Schulter. »Ich glaube nicht, dass ich wirklich attackiert wurde. Nestor 10 machte lediglich den Versuch, dies zu tun. Der Überrest des Ersten Gesetzes hielt ihn noch immer zurück.«

Zwei Wochen nach ihrem ersten Zusammentreffen mit General Kallner trafen Susan Calvin und Peter Bogert ihn zum letzten Mal. In der Hyper-Basis war die Arbeit wieder aufgenommen worden. Das Raumschiff mit seinen zweiundsechzig normalen NS 2 war zu seinem Bestimmungsort abgeflogen. Offiziell hatte man irgendeine Geschichte erfunden, um die zweiwöchentliche Verspätung des Fahrzeuges zu erklären. Das Regierungsflugzeug war im Begriff, sich startbereit zu machen, um die beiden Robotspezialisten zur Erde zurückzubringen.

Kallner hatte wieder seine Ausgehuniform angelegt. Seine weißen Handschuhe leuchteten, während er den Scheidenden die Hände schüttelte.

Calvin sagte: »Die anderen modifizierten Nestors müssen natürlich zerstört werden.«

»Werden sie auch. Wir werden uns mit normalen Robots behelfen oder, wenn nötig, ohne.«

»Gut.«

»Aber sagen Sie mir noch, ehe Sie gehen – wie haben Sie's eigentlich gemacht?«

Sie lächelte ein wenig gezwungen. »Ach so. Ich hätte Ihnen natürlich alles im Voraus auseinander gesetzt, wäre ich sicher gewesen, dass die Sache auch funktioniert. Nestor 10 hatte, wie Sie sich vielleicht denken werden, einen Überlegenheitskomplex, der immer schlimmer wurde. Ihm gefiel besonders der Gedanke, dass er und alle anderen Robots mehr wussten als wir Menschen. Nach und nach wurde dies sein wichtigster Gedanke.

Wir wussten das. Daher informierten wir im Voraus jeden Robot, dass Gammastrahlen tödlich seien, was auch den Tatsachen entspricht, und ferner teilten wir ihnen mit, dass sich solche Gammastrahlen zwischen ihnen und mir befänden. Daher blieben sie natürlich alle sitzen. Auf Grund eigener Logik von Nestor 10, die er ihnen bei dem früheren Versuch auseinander gesetzt hatte, waren sich alle darüber einig, dass es keinen Sinn hatte, ein menschliches Wesen zu retten, wenn man sicher war, bereits bei dem Versuch dazu selber zugrundezugehen.«

»Ja, natürlich, Dr. Calvin, das begreife ich ja alles. Nur – warum stand dann Nestor 10 selbst auf?«

»Der Grund dafür liegt in einer kleinen Verabredung zwischen mir und Ihrem jungen Mr. Black. Verstehen Sie – es waren nicht Gammastrahlen, die den Raum zwischen mir und den Robots durchfluteten, sondern infrarote Strahlen. Ganz gewöhnliche, harmlose Wärmestrahlen. Nestor 10 wusste dies, und so sprang er vorwärts, wie er es auch von den anderen erwartete, die ja unter der vollen Wirkung des Ersten Gesetzes standen. Nur den Bruchteil einer Sekunde zu spät fiel ihm ein, dass ein normaler NS 2 Strahlung entdecken, diese aber nicht identifizieren kann. Dass er selbst auf Grund der Schulung, die er hier von ganz gewöhnlichen menschlichen Wesen erhalten hatte, Wellenlängen zu erkennen vermochte, war ein wenig zu demütigend, um sich dessen gerade in diesem Augenblick zu erinnern. Für die normalen Robots war der Raum gefüllt mit Todesstrahlen, weil wir ihnen dies weisgemacht hatten, und nur Nestor 10 wusste und konnte wissen, dass wir logen.

Und für einen Moment vergaß er – oder wollte sich nicht daran erinnern –, dass andere Robots vielleicht dümmer waren als menschliche Wesen. Sein Überlegenheitsgefühl brachte ihn in die Falle. Leben Sie wohl, Herr General!«

Flucht

Als Susan Calvin von der Hyper-Basis zurückkehrte, wartete Alfred Lanning schon auf sie. Nie sprach der alte Mann über sein Alter, aber jeder wusste, dass er mehr als fünfundsiebzig Jahre auf dem Rücken hatte. Dennoch war er geistig frisch und hellwach. Er kam noch täglich ins Büro, auch wenn er schließlich eingewilligt hatte, dass man ihm den Ehrenposten eines ›Direktor Emeritus‹ gab und Bogert den eines Direktors.

»Wie weit sind die da droben mit dem hyperatomischen Antrieb?«, fragte er.

»Ich weiß nicht«, antwortete sie reizbar, »ich habe mich nicht erkundigt.«

»Hm. Ich wollte, die würden sich ein wenig beeilen. Tun sie das nämlich nicht, so wird die Consolidated Corp. ihnen, das heißt natürlich uns, zuvorkommen.«

»Die Consolidated Corporation? Was haben die denn damit zu tun?«

»Na, wir sind ja schließlich nicht die Einzigen, die Rechenmaschinen besitzen. Unsere sind vielleicht positronisch, was aber nicht unbedingt heißt, dass sie besser sind. Robertson hat in dieser Angelegenheit für morgen eine große Besprechung anberaumt. Er hat nur darauf gewartet, dass Sie zurückkommen.«

Robertson von der U.S. Robot und Mechanical Men Co. war der Sohn des Gründers dieser Firma. Er wandte seinem Leitenden Direktor den scharfprofilierten Kopf zu. »Fangen Sie an! Erklären Sie, wie die Dinge liegen!«

Der Generaldirektor tat das sichtlich gern. »Die Sache präsentiert sich so, Sir. Die Firma Consolidated Robot Corp. trat vor reichlich einem Monat mit einem eigenartigen Vorschlag an uns heran. Sie brachte uns etwa fünf Tonnen Zahlen, Gleichungen und ähnliches Zeug. Das Ganze stellte ein mathematisches Problem dar, verstehen Sie, und die Burschen wollten nun von unserem ›Gehirn‹ die Lösung. Folgende Bedingungen wurden angeboten …«

Er zählte unter Zuhilfenahme seiner dicken Finger auf. »Hunderttausend Dollar für uns, wenn es keine Lösung gibt und wir ihnen sagen können, was die fehlenden Faktoren sind. Zweihunderttausend, wenn es eine Lösung gibt, plus aller Kosten der Herstellung der betreffenden Maschine plus einem Viertel des Nutzens, der durch den Gebrauch dieser Maschine erzielt wird. Das Problem betrifft die Entwicklung einer interstellaren Maschine, die …«

Robertson runzelte die Stirn, und seine hagere Gestalt reckte sich. »Obwohl die Burschen doch ein eigenes ›Gehirn‹ besitzen?«

»Das ist es ja gerade, was die ganze Transaktion so anrüchig macht, Sir. Levver, vielleicht nehmen Sie nun das Wort!«

Abe Levver schaute auf. Er saß am unteren Ende des Konferenztisches. Er strich sich mit der Hand über sein unrasiertes Kinn und lächelte.

»Die Geschichte ist ganz einfach, Sir. Consolidated Corp. *hatten* einmal ein ›Gehirn‹. Es ist zerstört.«

»Was?« Robertson erhob sich.

»Wie ich sage. Funktionsunfähig. Zerstört. Niemand weiß, wieso. Ich aber bin in den Besitz einiger recht interessanter Hypothesen gekommen – wie zum Beispiel jener, die behauptet, man habe von dem ›Gehirn‹ die Antwort auf genau jenes Problem einer interstellaren Maschine verlangt, mit dem man zu uns gekommen ist, und dass es genau diese Frage war, die die Maschine ruiniert hat. Im Augenblick ist deren ›Gehirn‹ Alteisen – einfach Alteisen – Schrott.«

»Verstehen Sie, was das heißt, Sir?« Der Generaldirektor konnte den Jubel, den er empfand, kaum unterdrücken. »Begreifen Sie die Auswirkungen einer derartigen Lage? Es gibt in der ganzen Welt nicht eine einzige industrielle Forschungsgruppe, die sich im Augenblick *nicht* mit der Entwicklung einer Raumkrümmungsmaschine befasste. Consolidated Corporation und wir selbst sind mit unseren Untersuchungen am weitesten vorgedrungen. Nachdem es unseren Konkurrenten nun gelungen ist, ihre eigene Maschine außer Tätigkeit zu setzen, haben wir nichts mehr zu befürchten. Das ist der Witz dabei – ich meine: der Kernpunkt der gegenwärtigen Lage. Es wird sie mindestens sechs Jahre kosten, um ein neues ›Gehirn‹ zu konstruieren, und daher sind die Herren am Ende ihres Lateins … vorausgesetzt natürlich, dass es ihnen nicht gelingt, auch unsere Maschine außer Betrieb zu setzen, indem sie ihr das gleiche Problem aufgeben.«

Die Augen des Präsidenten der Gesellschaft schienen aus ihren Höhlen zu treten. »Das sind ja verdammt üble Kerle. Nein, so etwas habe ich doch …«

»Einen Augenblick, bitte! Wir sind noch nicht ganz fertig.« Er zeigte mit ausgestrecktem Finger auf Lanning. »Lanning, würden Sie von diesem Punkte aus die weiteren Darstellungen übernehmen?«

Dr. Alfred Lanning betrachtete die Dinge, die um ihn herum vorgingen, mit einem Ausdruck leichter Verachtung … so wie er dies gewöhnlich tat, wenn er mit Leuten der sehr viel besser bezahlten kaufmännischen Abteilung zu tun hatte:

»Vom wissenschaftlichen Standpunkte aus kann die Situation, obgleich sie nicht völlig klar ist, dennoch ziemlich eindeutig analysiert werden. Die Frage interstellaren Reisens ist unter gegenwärtigen Bedingungen – sagen wir mal – ungeklärt. Alles befindet sich noch im Fluss – und die Informationen, welche die Consolidated Corp. ihrer Denkmaschine unterbreiten wollte und die sie nachher uns gab – vorausgesetzt, dass es die gleichen sind –, müssen ziemlich vage sein. Unsere mathematische Abteilung hat eine genaue Analyse angestellt. Wie es scheint, hat die Consolidated Corp. alles nur denkbare Material mit eingeschlossen. Das uns überreichte Material enthält alle bisher bekannt gewordenen Entwicklungen von Franciaccis' Raumkrümmungstheorie und, wie es scheint, alle dazugehörigen astrophysikalischen und elektronischen Angaben. Ist eine ziemliche Aufgabe, die man uns da gibt.«

Robertson folgte ängstlich. Er unterbrach Lanning. »Zu viel für das ›Gehirn‹, was?«

Lanning schüttelte mit Entschiedenheit den Kopf. »Nein. Es gibt für die Fähigkeiten des ›Gehirnes‹ keine Grenzen. Die Sache hat ihren Haken anderswo. Sie hängt zweifellos mit den robotischen Gesetzen zusammen. Zum Beispiel könnte das Gehirn niemals eine Lösung liefern, wenn diese den Tod oder die Verletzung menschlicher Wesen bedeuten würde. Für die Denkmaschine würde ein derartiges Problem einfach unlösbar sein. Wird die Stellung eines solchen Problems verbunden mit der höchst dringlichen Bitte um seine Lösung, so besteht immerhin die Möglichkeit, dass dadurch das ›Gehirn‹ – das ja schließlich auch nichts anderes als ein Robot ist – vor ein Dilemma gestellt wird, wo es weder die Frage beantworten noch deren Antwort verweigern kann. Etwas ähnliches muss sich wohl im Falle der Consolidated Corp. ereignet haben.«

Er verstummte, aber der Generaldirektor drängte ihn fortzufahren. »Weiter, Dr. Lanning! Erklären Sie die Sache genau so, wie Sie das mir auseinander gesetzt haben!«

Lanning schaute zu Susan Calvin hinüber, die nunmehr zum ersten Mal die Augen von ihren gefalteten Händen abwandte.

»Die Art, wie ein Robot auf ein Dilemma reagiert, ist erstaunlich«, begann sie. »Die Robotpsychologie – ich kann Ihnen das als Fachmann sagen – ist noch weit entfernt von jeglicher Vollkommenheit. Dennoch kann man in qualitativen Ausdrücken darüber sprechen. Trotz aller Komplikationen eines positronischen Robotgehirnes ist dieses von Menschen konstruiert und daher menschlichen Werten nachgebildet.

Ein Menschenwesen nun, das sich einer Unmöglichkeit gegenübersieht, reagiert oft in der Weise, dass es sich aus der Welt der Realitäten zurückzieht. Ein solches Wesen tritt in eine Illusionswelt ein, oder es ergibt sich dem Trunk, wird hysterisch oder stürzt sich von einer Brücke ins Wasser. All das läuft auf das Gleiche hinaus – nämlich auf die Weigerung oder auf die Unfähigkeit, einer gegebenen Situation gerade ins Auge zu sehen. Genau so geht es dem Robot. In der mildesten Form wird ein Dilemma die Relais einer solchen Maschine in Unordnung bringen, und im schlimmsten Fall wird es in sämtlichen Gehirnbahnen des positronischen Gehirnes sozusagen Kurzschluss verursachen und das ganze Gehirn hoffnungslos ruinieren.«

»Ich verstehe«, sagte Robertson, der gar nichts verstand. »Wie steht es nun also mit der Information, die die Consolidated Corp. von uns haben will?«

»Ohne Frage«, antwortete Dr. Calvin, »ist darin ein Problem der verbotenen Sorte enthalten. Unser ›Gehirn‹ ist jedoch sehr erheblich anders als dasjenige der Consolidated Corp.«

»Das stimmt, Sir. Das stimmt ganz genau.« Der Generaldirektor war voller Energie. »Ich möchte, dass Sie das, was jetzt kommt, ganz genau verstehen, weil es der Angelpunkt der ganzen Lage ist.«

Susan Calvins Augen blitzten hinter ihren Brillengläsern. Geduldig fuhr sie fort: »Verstehen Sie, Sir, die Maschinen der Consolidated Corp. – darunter auch die große Denkmaschine – sind ohne Personalität gebaut. Man legt dort Wert auf so genannten Funktionalismus. Man ist dazu gezwungen, da man ja die Patente der U.S. Robot Gesellschaft über die Gehirnbahnen der Gefühle nicht besitzt. Die Maschine, die sie dort den Denker nennen, ist nichts weiter als eine groß angelegte Rechenmaschine, die von einem Widerspruch in der Aufgabenstellung sofort ruiniert wird. Unsere Maschine aber, das ›Gehirn‹, besitzt eine Persönlichkeit – eine Kinderpersönlichkeit. Als Denkmaschine ist unsere Anlage unübertrefflich. Sonst aber gleicht sie einem *Idiot Savant.* Sie versteht nicht wirklich, was sie tut – sie tut es einfach. Und weil sie in Wirklichkeit wie ein Kind ist, ist sie elastisch. Für unsere Maschine ist das Leben nicht so ernst, könnte man fast sagen.«

Die Psychologin fuhr fort: »Wir werden nun Folgendes tun. Wir haben das ganze uns von der Consolidated Corp. übergebene Material in logische Einheiten aufgeteilt. Wir werden diese Einheiten dem ›Gehirn‹ einzeln und sehr vorsichtig vorlegen. Erscheint der berüchtigte Fehler, von dem wir bereits sprachen – jener Faktor, der das Dilemma hervorbringt –, so wird die Kinderpersönlichkeit des ›Gehirns‹ zaudern. Sein Urteilsvermögen ist nicht reif. Es wird eine recht deutliche Pause eintreten, ehe die Maschine den Widerspruch als einen solchen erkennt. Und in dieser Pause wird die Maschine automatisch die ganze Einheit ausscheiden – also ehe die Gehirnbahnen in Aktion gesetzt und ruiniert werden können.«

Robertson fragte dazwischen: »Sind Sie dessen ganz sicher?«

Dr. Calvin unterdrückte ihre Ungeduld: »Ich gebe zu, dass dies alles, ausgedrückt in Laiensprache, keinen rechten Sinn ergibt. Anderseits kann ich keinen Nutzen darin sehen, die Angelegenheit hier mathematisch begründet vorzutragen. Ich versichere Ihnen aber, dass es so ist, wie ich sage.«

Augenblicklich und mit einem großen Wortschwall sprang der Generaldirektor für Dr. Calvin in die Bresche. »Die Lage ist also höchst einfach, Sir. Akzeptieren wir den vorgeschlagenen Handel, so können wir auf einen Schlag einen ganzen Haufen Geld verdienen. Das ›Gehirn‹ wird uns sagen, welche Einheit ein Dilemma enthält. Wissen wir das, können wir uns auch ausrechnen, worin der Widerspruch besteht. Stimmt das nicht, Dr. Bogert? Na also, und Dr. Bogert ist weit und breit der beste Mathematiker. Wir geben der Consolidated Corp. die Antwort ›Keine Lösung‹ sowie den Grund dazu und kassieren hunderttausend Dollar. Die behalten ihre kaputte Maschine und wir unsere ganze. In einem Jahr vielleicht oder in zweien besitzen wir eine Raumkrümmungsmaschine oder – wie manche Leute es nennen – einen hyperatomischen Motor. Der Name ist ja ganz gleichgültig. Auf jeden Fall wird es die tollste Sache, die wir jemals hergestellt haben.«

Robertson lachte und streckte die Hand aus. »Zeigen Sie mir mal den Vertrag her! Ich will ihn unterschreiben.«

Als Susan Calvin das schwerbewachte Gewölbe betrat, in dem sich das ›Gehirn‹ befand, hatte diesem einer der Techniker gerade die Frage gestellt: »Wenn ein und ein halbes Huhn ein und ein halbes Ei in ein und einem halben Tag legen, wie viel Eier werden dann neun Hühner in neun Tagen legen?«

Das ›Gehirn‹ hatte gerade ›Vierundfünfzig‹ geantwortet.

Und der Techniker hatte gerade zu einem anderen Techniker seiner Schicht gesagt: »Siehst du, du Dummkopf.«

Dr. Calvin hüstelte, und eilig und verlegen taten die Männer, als wären sie mit allem möglichen beschäftigt. Die Psychologin machte eine kurze Handbewegung – dann war sie allein mit dem ›Gehirn‹.

Das ›Gehirn‹ war eine Kugel mit einem Durchmesser von etwa sechzig Zentimetern. Im Innern dieser Kugel befand sich ein Hohlkörper, der völlig vibrations- und strahlungsgeschützt in einer Heliumatmosphäre jene unglaublich komplizierten und komplexen positronischen Gehirnbahnen enthielt, die das eigentliche ›Gehirn‹ darstellten. Der übrige Platz in diesem Gewölbe wurde von jenen Zusatzgeräten eingenommen, die sozusagen die Vermittler zwischen dem ›Gehirn‹ und der Außenwelt waren – seine Stimme, Arme, Sinne. Leise sagte Dr. Calvin: »Wie geht es dir, Gehirn?«

Die Stimme des ›Gehirns‹ war hoch und voller Begeisterung. »Großartig, Fräulein Susan. Ich sehe schon, dass Sie mich etwas fragen wollen. Immer haben Sie, wenn Sie mich etwas fragen wollen, ein Buch in der Hand.«

Dr. Calvin lächelte milde. »Nun, du hast Recht, aber noch nicht gleich. Es handelt sich nämlich um eine sehr komplizierte Frage, die wir dir schriftlich stellen werden. Aber noch nicht gleich. Ich meine, ich sollte zunächst mit dir reden.«

»Gut. Es macht mir Spaß, mich zu unterhalten.«

»Also, hör zu: Dr. Lanning und Dr. Bogert werden in Kürze mit dieser komplizierten Frage hier auftauchen. Wir werden sie dir stückchenweise stellen und sehr langsam. Wir möchten, dass du äußerst vorsichtig bist. Wir werden dich bitten, aus den dir gegebenen Informationen etwas zu bauen, wenn du das kannst. Aber schon jetzt möchte ich dich darauf hinweisen, dass eine eventuelle Lösung für menschliche Wesen schädlich sein mag.«

»Oh, das ist ja schlimm!« Der Ausruf war bestürzt.

»Pass auf etwas Derartiges genau auf! Kommen wir zu einer Einheit unseres Problems, die Schaden oder vielleicht den Tod von Menschen bedeuten könnte, so reg dich nicht auf! Verstehst du, Gehirn, in diesem Falle macht es uns nämlich gar nichts aus, absolut nichts – nicht einmal Tod macht uns was aus. Kommst du also zu diesem Punkte, höre einfach auf zu arbeiten und gib uns das betreffende Blatt zurück! Das ist alles. Verstehst du das?«

»Ja, natürlich! Aber – den Tod menschlicher Wesen! Das ist ja fürchterlich!«

»Also, Gehirn – du hast mich verstanden. Ich höre bereits Dr. Lanning und Dr. Bogert kommen. Sie werden dir sagen, um was es sich handelt, und dann fangen wir an. Sei ein braver Junge und …«

Langsam reichten sie ihm die einzelnen Blätter. Nach jedem kam eine kurze Pause, in der nichts hörbar war als das eigenartig kichernde und flüsternde Geräusch, aus dem deutlich wurde, dass das ›Gehirn‹ sich in Tätigkeit befand. Dann folgte Stille, was bedeutete, dass die Maschine nun bereit war für das nächste Blatt. Es war eine Sache von vielen Stunden, in deren Verlauf dem ›Gehirn‹ der Inhalt von siebzehn dicken Bänden mathematischer Physik vorgelegt wurde.

Je länger die Sache dauerte, umso stärker vertieften sich die Falten auf der Stirn der Männer. Lanning murmelte wild vor sich hin. Bogert starrte erst nachdenklich auf seine Fingernägel und biss dann geistesabwesend an ihnen herum. Erst als das letzte Blatt in der Maschine verschwand, sagte Dr. Calvin, die jetzt sehr blass war:

»Etwas stimmt nicht.«

Lanning brachte kaum die Worte hervor: »Es kann nicht sein. Es ist – tot?«

»Gehirn?«, sagte Susan Calvin zitternd. »Hörst du mich, Gehirn?«

»Haeh?«, kam die Antwort. »Brauchen Sie mich?«

»Die Lösung …«

»Ach die! Ist ganz einfach. Und genauso leicht baue ich für Sie das Fahrzeug, wenn Sie mir die nötigen Robots zur Verfügung stellen. Ein hübsches Fahrzeug. Wird vielleicht zwei Monate dauern.«

»Und … es ging ohne Schwierigkeiten?«

»Es auszurechnen hat ziemlich lange gedauert.«

Dr. Calvin zuckte zurück. Ihre schmalen Wangen waren noch immer blass. Sie gab den anderen ein Zeichen, ihr zu folgen.

In ihrem Büro sagte sie: »Ich kann's nicht verstehen. Die gegebenen Daten müssen einen Widerspruch in sich enthalten – wahrscheinlich einen, der sich um Tod und Leben handelt. Wenn etwas versagt hat, so …«

Bogert meinte gelassen: »Die Maschine spricht, und was sie sagt, hat Hand und Fuß. Es kann sich also gar nicht um ein Dilemma handeln.«

Die Antwort der Psychologin klang eindringlich. »Es gibt Dilemmas und Dilemmas. Es gibt verschiedene Formen von Ausweichen, von Flucht. Nehmen wir einmal an, das ›Gehirn‹ sei nur in milder Form beeinträchtigt … sagen wir, gerade stark genug, um unter der Illusion zu leiden, es könne das Problem lösen, obgleich dies gar nicht zutrifft. Oder angenommen, das ›Gehirn‹ steht schwankend am Abgrund von etwas wirklich Schlimmem, und zwar so nahe, dass die kleinste Kleinigkeit genügt, um es hineinzustoßen.«

»Oder angenommen«, sagte Lanning, »es gäbe gar kein Dilemma. Angenommen, die Maschine der Consolidated Corp. ist über einer anderen Frage oder aus einem völlig anderen Grunde zusammengebrochen.«

»Selbst dann«, bestand Dr. Calvin, »dürfen wir kein Risiko auf uns nehmen. Von jetzt ab darf niemand auch nur ein einziges Wort mehr mit dem ›Gehirn‹ sprechen. Es untersteht ausschließlich meiner Kontrolle.«

»Schön«, seufzte Lanning, »tun Sie, was Sie nicht lassen können. Und in der Zwischenzeit soll das ›Gehirn‹ mal das Fahrzeug bauen, von dem es gesprochen hat. Und tut es das, dann müssen *wir* das Vehikel ausprobieren. Nicht?«

Er dachte offenbar über seine eigenen Worte nach. »Dafür aber«, sagte er schließlich, »brauchen wir unsere besten Testingenieure.«

Michael Donovan strich sich mit heftiger Bewegung die roten Haare glatt. Ihm schien es völlig gleichgültig, dass sich sein nicht zu bändigender Haarschopf fast augenblicklich wieder aufrichtete. Donovan sagte: »Auf in den Kampf, Greg! Man sagt, das Fahrzeug sei fertig. Man weiß nicht, was es eigentlich darstellt, aber fertig ist es. Los, Greg! An die Kontrollhebel! Los!«

Müde erwiderte Powell: »Halt den Mund, Mike! Dein Humor hat – selbst wenn er ganz frisch ist – einen eigenartig überreifen Geruch, der durch die stickige Luft hier auch nicht gerade besser wird.«

»Na, also hör mal zu!« Donovan unternahm einen neuen, ebenso fruchtlosen Bändigungsversuch mit seinen Haaren. »Unser gusseisernes Genie stört mich gar nicht so sehr, auch dieses Blechfahrzeug nicht. Was mich wirklich aufbringt, ist die Angelegenheit meines in die Binsen gegangenen Urlaubs. Und außerdem diese Monotonie. In dieser Gegend hier scheint es nichts zu geben als Bärte und Zahlen. Ein Mädchen hab ich seit Ewigkeiten nicht mehr zu Gesicht bekommen. Warum, um Himmels willen, gibt man immer gerade uns diese Art von Aufgaben?«

»Weil wir«, antwortete Powell sanft, »kein Verlust sind, wenn sie uns verlieren. Reg dich also ab! Dr. Lanning kommt.«

Lanning näherte sich. Seine grauen Augenbrauen waren buschig wie immer, seine Gestalt trotz des hohen Alters ungebeugt und voller Lebenskraft. Schweigend ging er zusammen mit den beiden Männern die Rampe hinauf und hinaus ins freie Feld, wo Robots, die nicht unter dem Befehl eines menschlichen Wesens standen, schweigend ein Fahrzeug bauten.

Falsch! Gebaut hatten.

Denn Lanning sagte: »Die Robots haben aufgehört zu arbeiten. Nicht ein Einziger hat sich heute bewegt.«

»Dann ist es also fertig? Endgültig?«, fragte Powell.

»Wie soll ich das wissen?« Lanning schien verschmitzt, und seine Augenbrauen senkten sich so tief über seine Augen, dass sie diese fast versteckten. »Man *scheint* fertig zu sein. Irgendwelche Teile sind nicht mehr übrig, und das Innere ist auf Hochglanz poliert.«

»Waren Sie schon drin?«

»Nur einen einzigen Augenblick. Ich bin ja kein Raumpilot. Weiß einer von euch beiden irgendetwas über Motorenbau?«

Donovan schaute Powell an, der seinerseits Donovan anschaute. Donovan sagte: »Ich habe natürlich meinen Führerschein, Sir, aber wie ich beim Lesen festgestellt habe, enthält er weder etwas über Hypermotoren noch über Fahrzeuge im gekrümmten Raum. Nur das übliche Kinderspiel in drei Dimensionen.«

Alfred Lanning schaute in scharfer Missbilligung auf. Er schnaubte und sagte auffällig kühl: »Schön, wir haben ja unsere Motorenspezialisten.«

Powell packte ihn, als er bereits im Weggehen war, am Ellbogen. »Sir, ist das Betreten des Fahrzeugs noch immer verboten?«

Der alte Direktor zögerte, rieb sich dann den Nasenrücken. »Ich glaube nicht. Bestimmt nicht für Sie beide.«

Donovan schaute ihm nach. Leise murmelte er einen kurzen, aber recht ausdrucksvollen Satz hinter ihm drein. Dann wandte er sich Powell zu. »Ich gäbe ihm gerne eine detaillierte Beschreibung seiner eigenen Person, Greg.«

»Ich nehme an, du kommst mit, Mike.«

Das Innere des Fahrzeuges war fertig – so fertig, wie ein Fahrzeug jemals war. Das konnte man mit einem einzigen Blick feststellen. Alles glänzte und spiegelte, besonders die Wände, die silbrig leuchteten und auf denen keine Fingerabdrücke haften blieben.

Es gab keine Winkel. Wände, Boden und Decke gingen sanft ineinander über, und in dem kalten metallischen Leuchten versteckter Lichter war man umgeben von sechs kühlen Spiegelbildern seiner eigenen Person.

Der Hauptgang war ein langer und schmaler Tunnel, der an einer Reihe von Räumen entlangführte, die sich durch nichts voneinander unterschieden.

Powell sagte: »Ich nehme an, dass die Möbel eingebaut sind. Oder vielleicht sollen wir weder sitzen noch schlafen.«

Im letzten Raum, der sich am nächsten der Spitze des Fahrzeugs befand, wurde die Monotonie schließlich unterbrochen. Ein gekrümmtes Fenster aus reflektionsfreiem Glas war die erste Abwechslung in dem ewigen Metall. Darunter befand sich ein einziges großes Zifferblatt mit einem einzigen unbeweglichen Zeiger, der auf Null deutete.

Donovan sagte: »Schau dir das mal an!«, und zeigte auf ein einziges Wort, das auf dem fein unterteilten Zifferblatt stand.

Das Wort hieß ›Parsec‹ und die winzige Zahl am rechten Ende der gekrümmten Skala besagte ›1 000 000‹.

Zwei Stühle standen in dem Raum. Sie waren schwer, ausladend und ohne Kissen oder Polster. Vorsichtig nahm Powell Platz und fand, dass der Stuhl entsprechend den Rundungen seines Körpers geformt und sehr bequem war.

Powell sagte: »Was hältst du davon?«

»Wenn ich ganz offen sein soll, so glaube ich, dass das ›Gehirn‹ eine Hirnhautentzündung hat. Machen wir, dass wir rauskommen!«

»Bist du ganz sicher, dass du dir dieses Fahrzeug nicht ein wenig genauer ansehen willst?«

»Das habe ich bereits getan. Ich kam, ich sah, ich hatte genug davon.« Donovans rotes Haar schien sich in einzelnen Strähnen zu sträuben. »Greg, machen wir, dass wir hier herauskommen! Vor fünf Sekunden habe ich meine Stellung hier gekündigt, und das Betreten dieses Fahrzeugs ist hier nicht beschäftigten Personen untersagt.«

Powell lächelte ölig und selbstzufrieden. Dann strich er sich den Schnurrbart glatt. »Gut, Mike! Stell mal den Adrenalinhahn ab, der die ganze Zeit deinen Blutkreislauf vergiftet! Auch ich hatte Angst, aber nun habe ich keine mehr.«

»Keine mehr? Wieso keine mehr? Hast du vielleicht deine Lebensversicherung erhöht?«

»Mike, dieses Fahrzeug hier kann gar nicht fliegen.«

»Woher weißt du das?«

»Na, Mensch, wir haben doch die ganze Maschine besichtigt, oder nicht?«

»Anscheinend.«

»Du kannst mir glauben, wir haben's getan. Hast du irgendwo einen Pilotenraum gefunden außer dieser Kammer hier mit ihrer einen Skala? Hast du irgendwelche Bedienungshebel oder Ähnliches entdeckt?«

»Nein.«

»Und hast du irgendwelche Motoren aufgespürt?«

»Heiliger Bimbam, nein.«

»Na also. Gehn wir zu Lanning und erklären wir ihm diese neuesten Neuigkeiten, Mike!«

Fluchend gingen sie durch die ununterscheidbaren Korridore und gelangten schließlich recht und schlecht zu dem kurzen Stück, das in die Luftschleuse führte.

Donovan zuckte zusammen. »Hast du dieses Ding abgeschlossen, Greg?«

»Nein, hab's nicht angerührt. Drück mal bitte den Hebel runter, ja?«

Der Hebel ließ sich nicht bewegen, obwohl Donovans Gesicht sich vor lauter Anstrengung verzerrte.

Powell sagte: »Ich habe nirgends einen Notausgang bemerkt. Wenn hier was nicht in Ordnung sein sollte, dann müssen sie uns herausschmelzen.«

»Stimmt, und in der Zwischenzeit müssen wir hier warten, bis man herausfindet, dass irgendein Idiot uns eingeschlossen hat«, fügte Donovan erschreckt hinzu.

»Gehn wir zurück zu dem Raum mit dem Bullauge! Es ist der einzige Platz, von dem aus wir vielleicht die Aufmerksamkeit auf uns lenken können.«

Aber das ging auch wieder nicht. In jenem letzten Raum nämlich sah man durch das Bullauge gar nicht mehr einen blauen Himmel, sondern alles war schwarz, und harte, gelblich leuchtende Sterne, die so groß waren wie Stecknadelköpfe, zeigten an, dass sie sich im Weltraum befanden.

Es gab einen dumpfen Ton, als zwei Körper sich schwer in die breiten und so bequemen Stühle fallen ließen.

Alfred Lanning traf Dr. Calvin unmittelbar vor seinem Büro. Nervös zündete er sich eine Zigarre an und machte ihr ein Zeichen einzutreten.

Er sagte: »Na, Susan – wir sind bis jetzt nicht sehr weit gekommen, und Robertson verliert allmählich die Nerven. Was wollen Sie mit dem ›Gehirn‹ anfangen?«

Susan Calvin spreizte die Finger. »Ungeduldig zu werden, hat überhaupt keinen Sinn. Das ›Gehirn‹ ist bedeutend mehr wert als irgendetwas anderes, das wir bei diesem Geschäft aufs Spiel setzen.«

»Sie haben es nun aber bereits zwei Monate lang ausgefragt.«

Die Stimme der Psychologin klang flach, aber im Hintergrund

gefährlich. »Sie würden diese Sache wohl lieber selbst in die Hand nehmen, was?«

»Also Sie wissen ganz genau, dass dem nicht so ist und was ich mit meiner Bemerkung sagen wollte.«

»Ach, natürlich, ich weiß schon.« Dr. Calvin rieb sich nervös die Hände. »Es ist nicht leicht. Ich habe das ›Gehirn‹ äußerst zart behandelt und nur ganz vorsichtig ausgefragt, und es hat mir nicht das mindeste genützt. Seine Reaktionen sind normal. Seine Antworten – nun ja, die sind recht sonderbar. Bis jetzt habe ich nichts in der Hand, verstehen Sie? Bis wir aber wissen, wo es fehlt und was los ist, müssen wir ganz einfach sozusagen auf den Zehenspitzen gehen. Ich kann ja nicht vorauswissen, welche einfache oder ganz harmlose Frage oder Bemerkung das ›Gehirn‹ gewissermaßen über den Rand des Abgrundes stoßen kann und was dann geschehen wird. Passiert das aber, dann bleibt nichts anderes übrig als ein völlig nutzloses ›Gehirn‹. Wollen vielleicht Sie so etwas riskieren?«

»Immerhin kann es wenigstens nicht das Erste Gesetz brechen.«

»Ich war der gleichen Auffassung, habe aber ...«

»Sie sind also noch nicht einmal ganz sicher, dass es menschlichen Wesen nichts antun wird?« Lanning war zutiefst erschreckt.

»Ach, Alfred, wissen Sie, ich kann eigentlich gar nichts mehr ganz sicher wissen.«

Mit erschreckender Plötzlichkeit begann das Alarmsystem zu läuten. In einer Art von Krampf schaltete Lanning die Lautsprecheranlage ein. Die atemlosen Worte, die aus dem Apparat kamen, ließen ihn fast zu Stein erstarren.

Schließlich gelang es ihm zu sprechen. »Susan«, sagte er, »Sie haben's gehört. Das Raumschiff ist fort. Vor einer halben Stunde habe ich die beiden Testingenieure hineingeschickt. Sie müssen unbedingt von neuem mit dem ›Gehirn‹ sprechen.«

Mit erzwungener Ruhe sagte Susan Calvin: »›Gehirn‹, was ist mit dem Raumschiff geschehen?«

Das ›Gehirn‹ antwortete glücklich: »Mit dem Raumschiff, das ich gebaut habe, Fräulein Susan?«

»Jawohl, mit dem. Was ist mit ihm geschehen?«

»Aber gar nichts. Die beiden Männer, die es ausprobieren sollten, befanden sich gerade an Bord, als wir fertig waren zum Abflug. So habe ich es losgeschickt.«

»Oh! – Na, das ist ja reizend.« Die Psychologin empfand gewisse Atemschwierigkeiten. »Glaubst du, dass an Bord alles in Ordnung sein wird?«

»Tadellos in Ordnung, Fräulein Susan! Ich habe für alles gesorgt. Es ist ein ganz wun – der – schönes Fahrzeug.«

»Ja, ›Gehirn‹ – es *ist* wunderschön. Sie haben doch wohl genügend Nahrungsmittel dabei, wie? Ich meine, es geht ihnen nichts ab, wie?«

»Massenhaft Nahrungsmittel.«

»Die Sache muss ja ein ziemlicher Schreck für die beiden sein, ›Gehirn‹. Ich meine, das Ganze kam doch ziemlich unerwartet.« Auf das ›Gehirn‹ blieb dies ohne Eindruck: »Alles ist in bester Ordnung. Ich denke mir, dass es für die beiden äußerst interessant sein muss.«

»Interessant? Wieso?«

»Einfach interessant«, sagte das ›Gehirn‹ verschlagen.

»Susan«, flüsterte Lanning mit nur schwer verhaltener Wut, »fragen Sie es, ob Tod etwas mit der Sache zu tun hat. Fragen Sie es nach den damit verbundenen Gefahren.«

Susan Calvins Gesicht drückte Wut aus. »Halten Sie den Mund!« Mit zitternder Stimme sprach sie das ›Gehirn‹ an: »Wir können uns mit dem Fahrzeug in Verbindung setzen, oder nicht?«

»Natürlich können Sie sich per Funk mit den beiden in Verbindung setzen. Auch dafür habe ich gesorgt.«

»Danke schön! Das wäre im Augenblick alles.«

Als sie dann draußen waren, fuhr Lanning sie an: »Heiliger Himmel, Susan, wenn diese Sache bekannt wird, dann sind wir alle ruiniert. Wir müssen die beiden Männer zurückbekommen. Warum haben Sie diese Maschine nicht geradeheraus gefragt, ob Todesgefahr besteht?«

»Weil ich genau das nicht erwähnen darf«, antwortete Calvin müde und enttäuscht. »Ist nämlich ein Dilemma vorhanden, so betrifft es diese Frage. Jede Bemerkung, die die innere Lage des ›Gehirns‹ erschwert, könnte es vollkommen aus dem Gleichgewicht bringen. Wären wir dann vielleicht besser dran? Also nun passen Sie mal auf – das ›Gehirn‹ hat gesagt, wir könnten uns mit den beiden in Verbindung setzen. Tun wir das, finden wir auch heraus, wo sie sich befinden, und dann bringen wir sie zurück. Wahrscheinlich können sie die Maschine nicht selber bedienen. Vermutlich tut das ›Gehirn‹ all das durch Fernsteuerung. Dennoch – kommen Sie!«

Es dauerte eine ziemlich lange Zeit, bis Powell sich fasste.

»Mike«, sagte er, »hast du irgendwelche Beschleunigung empfunden?«

Donovans Augen waren verständnislos. »Wie? Nein … nein.«

Dann ballten sich plötzlich die Hände des rothaarigen Mannes. Mit jäher wilder Energie sprang er von seinem Stuhle auf und zu jenem breiten gekrümmten Fenster hin. Nichts war zu sehen … außer Sternen.

Er wandte sich um. »Greg, offenbar hat man die Maschine in Bewegung gesetzt, während wir drinnen waren. Greg, wir sind in eine Falle gegangen. Man hat es mit den Robots verabredet. Wir sollen die Versuchskaninchen sein. Man wollte uns keine Chance lassen, eventuell nein zu sagen.«

Powell sagte: »Was redest du? Was soll der Sinn sein, wenn wir doch keine Ahnung haben, wie diese Maschine funktioniert? Wie sollen wir das Ding hier zur Erde zurückbringen? Nein – dieses Fahrzeug ist ganz von selbst abgeflogen und ohne dass irgendwelche Beschleunigung fühlbar geworden wäre.« Er stand auf und machte ein paar langsame Schritte. Von den Metallwänden wurde das Klappern seiner Schuhe auf dem Boden zurückgeworfen.

Er sagte tonlos: »Mike, dies ist die verworrenste Lage, in der wir uns jemals befunden haben.«

»Das«, sagte Donovan bitter, »ist für mich völlig neu. Ich war gerade im Begriff, mich großartig zu amüsieren. Nun hast du mir mit dieser Bemerkung alles verdorben.«

Powell achtete nicht auf seine Worte. »Keine Beschleunigung – was bedeutet, dass dieses Fahrzeug nach einem völlig anderen Prinzip funktioniert als alles, was wir kennen.«

»Wobei man den Ton auf das Wort ›Wir‹ legen sollte.«

»*Der* Ansicht bin ich nicht. Es sind keine Maschinen hier, die durch Schalthebel bedient werden könnten. Vielleicht befinden sie sich in den Wänden. Vielleicht sind die Wände deshalb so dick.«

»Was murmelst du da vor dich hin?«, fragte Donovan.

»Warum hörst du mir nicht zu? Ich sage, dass – ganz gleichgültig, durch welche Art von Antriebskraft dieses Fahrzeug in Bewegung gesetzt wird – diese ganz offensichtlich von hier aus nicht manipuliert werden kann. Die Maschine wird ferngesteuert.«

»Vom ›Gehirn‹?«

»Warum nicht?«

»Dann glaubst du, dass wir einfach hier draußen bleiben, bis das ›Gehirn‹ uns zurückbringt?«

»Könnte sein. Wenn dem aber so ist, wollen wir gelassen warten. Das ›Gehirn‹ ist ein Robot. Es muss dem Ersten Gesetz folgen. Es darf kein menschliches Wesen verletzen.«

Donovan ließ sich langsam auf seinen Stuhl nieder. »So stellst du dir wenigstens die Sache vor.« Bedächtig glättete er sich die Haare. »Also, pass mal auf! Jener Mist bezüglich Raumkrümmung hat den Robot der Consolidated Corp. außer Betrieb gesetzt. Die Herren Wissenschaftler haben behauptet, der Grund dafür sei gewesen, dass interstellare Reisen für menschliche Wesen tödlich sind. Welchem der beiden Robots willst du nun dein Vertrauen schenken? Wie ich höre, hat man *unserem* ja genau die gleichen Zahlen gegeben.«

Powell zupfte wie wild an seinem Schnurrbart herum. »Tu nicht so, als wüsstest du nichts von Robotik, Mike! Ehe es physisch für einen Robot möglich ist, auch nur den ersten Ansatz zu einem Übertreten des obersten Gesetzes zu machen, geht so viel in ihm kaputt, dass er einfach zu einem Haufen Alteisen wird. Für das, was jetzt geschieht, muss es eine ganz simple Erklärung geben.«

»Selbstverständlich eine ganz einfache Erklärung. Lassen Sie mich morgen früh vom Butler wecken. Es ist viel zu simpel und alltäglich, als dass ich mich darüber aufregen könnte, ehe ich mich schlafen lege.«

»Aber, Mike, was, zum Kuckuck, ist denn bis jetzt so schlimm, dass du dich darüber beschweren könntest? Das ›Gehirn‹ kümmert sich um uns. Dieser Raum hier ist warm, gut beleuchtet, luftig. Von der Beschleunigung war noch nicht einmal so viel bemerkbar, um deine Haare zu verwirren, wenn sie überhaupt jemals glatt genug wären, um verwirrt werden zu können.«

»Wahrhaftig? Greg, du hast sicherlich schon Unterricht bekommen. Niemand kann ganz von allein alles so rosig sehen wie du. Was essen wir? Was trinken wir? Wo befinden wir uns? Wie gelangen wir zurück? Und im Falle eines Unfalles – welchen Ausgang und welchen Raumanzug benutzen wir? Noch nicht einmal ein Badezimmer habe ich bis jetzt entdeckt, noch jene kleine Annehmlichkeit, die man Toilette nennt. Natürlich kümmert sich das ›Gehirn‹ um uns – und wie!«

Die Stimme, die Donovans Tirade unterbrach, war nicht diejenige Powells. Es war niemandes Stimme. Sie war einfach da, hing in der leeren Luft – eine Stentorstimme, die einen erschreckt.

»GREGORY POWELL! MICHAEL DONOVAN! GREGORY POWELL! MICHAEL DONOVAN! WO SEID IHR? WENN EUER SCHIFF GELENKT WERDEN KANN, KEHRT BITTE ZUR HEIMATBASIS ZURÜCK! GREGORY POWELL! MICHAEL DONOVAN ...!«

Die Mitteilung wiederholte sich. Sie klang völlig mechanisch. Zwischen den einzelnen Sätzen lagen regelmäßige gleichlange Pausen. Donovan sagte: »Wo kommt das denn her?«

»Ich weiß nicht.« Powells Stimme war ein eindringliches Flüstern. »Woher kommt das Licht? Woher kommt überhaupt irgendwas?«

»Nun, und wie sollen wir antworten?« Sie mussten in den Pausen sprechen, in der Zeit, in der nicht gerade die dröhnenden Worte aus dem Nichts den Raum füllten.

Die Wände waren nackt – so nackt und fugenlos, wie glattes gekrümmtes Metall es nur sein kann. Powell rief: »Ruf eine Antwort!«

Das taten sie. Sie schrien einzeln und zusammen. »Unsere Position unbekannt. Fahrzeug nicht steuerbar. Lage verzweifelt.«

Ihre Stimmen hoben und überschlugen sich. Die kurzen nüchternen Sätze wurden vermischt mit Schreien und wilden Flüchen, während die kalte rufende Stimme von draußen die gleiche Mitteilung in der gleichen Art immer wieder und wieder von sich gab.

»Sie hören uns nicht«, stöhnte Donovan. »Hier gibt es keine Sendeeinrichtung. Nur einen Empfänger.« Seine Augen richteten sich auf einen bestimmten Punkt an der Wand.

Langsam wurde der Lärm der dröhnenden Stimme leiser. Als sie schließlich nur noch ein Flüstern war, riefen die beiden von neuem und dann wiederum, und jetzt schon ganz heiser, bis die Stimme endlich verstummte.

Etwa fünfzehn Minuten später sagte Powell müde: »Gehen wir noch einmal durch das ganze Fahrzeug! Irgendwo *muss* doch was zum Essen sein.« Seine Worte klangen nicht hoffnungsvoll, sie klangen wie das Eingeständnis einer Niederlage.

Sie trennten sich. Einer nahm die Gänge zur Linken, der andere die zur Rechten. Sie konnten einander allein durch den Klang ihrer Schritte folgen. Von Zeit zu Zeit trafen sie sich dann wieder im Mittelgang, wo sie sich wortlos anstarrten und wortlos weitergingen.

Powells Suche endete ganz plötzlich, und in diesem Augenblick hörte er Donovans dröhnende Stimme.

»He – Greg«, donnerte die Stimme. »Das Fahrzeug hat *wohl* Badezimmer und so weiter. Wie kommt's, dass wir das übersehen haben?«

Es dauerte fünf Minuten, bis er Powell nach verschiedenen Irrwegen fand. Er sagte: »Allerdings keine Duschen und Bäder, aber immerhin ...« Das Ende des Satzes blieb ihm im Halse stecken.

»Nahrungsmittel!« Er schnappte nach Luft.

Die Wand war nach unten gefallen. Dahinter wurde eine Öffnung sichtbar, in der sich zwei Fächer befanden. Das obere war vollgepackt mit unetikettierten Büchsen von verwirrender Verschiedenheit der Größe und Form. Die emaillierten Dosen auf dem unteren Fach waren gleichförmig. Donovan spürte einen kalten Luftzug an seinen Fußgelenken. Die untere Hälfte der Öffnung war ein Kühlschrank.

»Wieso – wieso?«

»Das war vorher nicht da«, sagte Powell kurz. »Dieser Wandteil verschwand in dem Augenblick, als ich durch die Tür hereinkam.«

Er aß. Die Dose war von jener Art, die man vorher erhitzt und in der sich ein Löffel befindet. Der warme Geruch gebackener Bohnen füllte den Raum. »Nimm dir doch auch eine Dose, Mike!«

Donovan zögerte. »Was ist das heutige Menü?«

»Wie soll ich das wissen. Bist du vielleicht wählerisch?«

»Nein, aber immer esse ich in Flugzeugen und Schiffen Bohnen. Wenn ich die Wahl habe, nehme ich lieber was anderes.« Seine Hand schwebte über den Büchsen. Er suchte sich eine schimmernde elliptische Büchse aus, die durch ihre flache Form irgendwie an Büchsen mit Lachs oder ähnlichen Delikatessen erinnerte. Sie öffnete sich auf Druck.

»Bohnen!«, schrie Donovan und griff nach einer anderen. Powell packte ihn am Hosenboden. »Iss lieber die, die du geöffnet hast, mein Junge. Die Vorräte sind begrenzt ... und möglicherweise werden wir uns eine recht lange Zeit hier aufhalten müssen.«

Donovan zog mürrisch die Hand zurück. »Haben wir denn gar nichts anderes? Nur Bohnen?«

»Möglicherweise.«

»Was ist in dem unteren Fach?«

»Milch.«

»Nur Milch?«, schrie Donovan auf.

»Sieht beinahe so aus.«

Die aus Bohnen und Milch bestehende Mahlzeit wurde schweigend zu Ende gebracht. Als sie den Raum verließen, glitt das verschwundene Wandstück wieder in die Höhe, und wieder war nichts sichtbar als fugenloses Metall.

Powell seufzte. »Alles automatisch. Alles ganz genau, wie es eben eingerichtet ist. Bin mir nie in meinem ganzen Leben so hilflos vorgekommen. Wo ist dein Badezimmer?«

»Gleich hier. Und auch das war nicht vorhanden, als wir uns das erste Mal umschauten.«

Fünfzehn Minuten später befanden sie sich wieder in dem Raum mit dem Glasfenster und starrten sich gegenseitig aus den sich gegenüberstehenden Stühlen an.

Bedrückt wandte Powell den Kopf und schaute auf die Skala. Noch immer lautete die Einteilung ›Parsec‹ und noch immer war die Zahl ›1 000 000‹. Und noch immer stand der Zeiger auf Null.

Im Privatbüro der United States Robot und Mechanical Men Co. sagte Alfred Lanning erschöpft: »Sie antworten nicht. Wir haben jede Wellenlänge ausprobiert … öffentliche, private, verschlüsselt und Klartext. Selbst dieses Subätherzeug, das man jetzt hat, haben wir verwendet.« Er wandte sich an Dr. Calvin. »Und das ›Gehirn‹ will noch immer nichts sagen?«

»Es geht nicht auf die Sache ein, Alfred«, sagte sie emphatisch. »Es sagt, die Männer könnten uns hören … und wenn ich versuche, in es zu dringen … dann wird es irgendwie mürrisch. Und das darf es doch eigentlich gar nicht. Wer hat jemals von einem mürrischen Robot gehört?«

»Wie wär's, wenn Sie uns sagen würden, Susan, wie weit Sie gekommen sind?«, sagte Bogert.

»Bitte sehr. Das ›Gehirn‹ gibt zu, dass es ganz allein und vollständig das Fahrzeug kontrolliert. Das ›Gehirn‹ ist absolut optimistisch hinsichtlich der Sicherheit unserer beiden Leute, gibt aber keine Einzelheiten. Ich wage nicht, darauf zu bestehen. Der Mittelpunkt der ganzen Störung scheint aber ganz woanders zu liegen, nämlich im Prinzip interstellaren Reisens überhaupt. Das ›Gehirn‹ lachte – ich kann es wirklich nicht anders ausdrücken –, als ich das Thema zur Sprache brachte. Es gibt noch andere Anzeichen – aber dieses Lachen ist bis jetzt der einzige wirklich ganz deutliche Anhaltspunkt für eine unbedingt bestehende Anomalie.«

Sie schaute die anderen an. »Ich meine Hysterie. Ich habe sofort das Thema gewechselt, und ich hoffe, ich habe mit dessen Erwähnung keinen Schaden angerichtet. Immerhin habe ich jetzt einen Fingerzeig. Mit Hysterie kann ich fertig werden. Geben Sie mir zwölf Stunden Zeit! Kann ich das ›Gehirn‹ sozusagen wieder normal machen, so wird es das Fahrzeug zurückbringen.«

Bogert schien plötzlich von einer Idee gepackt. »Die interstellare Reise!«

»Was ist los?« Der Schrei kam gleichzeitig von Calvin und Lanning.

»Die Daten für den Motor hat uns das ›Gehirn‹ gegeben. Mein Gott ... mir ist da gerade ein Gedanke gekommen.«

Er verließ eilig den Raum.

Lanning schaute ihm nach. Brüsk sagte er: »Sie, Susan, kümmern sich um Ihre Seite der Angelegenheit.«

Zwei Stunden später sagte Bogert eifrig: »Ich sage Ihnen, Lanning, das ist die ganze Geschichte. Die interstellare Reise oder besser – wenn Sie wollen – der interstellare Sprung geschieht nicht in unserer Zeit ... nicht, solange Licht eine endliche Geschwindigkeit besitzt. Leben kann gar nicht existieren – auch Masse und Energie können es nicht in der Krümmung des Raumes. Ich weiß nicht, wie es dort ist – aber ich weiß, dass das, was ich soeben gesagt habe, zutrifft. Und an dieser Tatsache ist der Robot der Consolidated Corp. zugrundegegangen.«

Donovan fühlte sich ebenso hohlwangig, wie er aussah. »Erst fünf Tage?«

»Erst fünf Tage. Ich bin dessen ganz sicher.«

Donovan schaute sich bedrückt um. Die Sterne draußen waren ein vertrauter Anblick, aber fern und völlig gleichgültig. Die Wände fühlten sich kalt an. Die Lichter, die neuerdings wieder heller leuchteten, waren von kühler Helligkeit. Der Zeiger auf der Skala deutete noch immer auf Null. Und Donovan konnte den Geschmack von Bohnen in seinem Munde nicht mehr los werden.

Er sagte traurig: »Ich sollte dringend baden.«

Powell schaute kurz auf und sagte: »Ich auch. Du brauchst dir gar nicht schuldbewusst vorzukommen. Wenn du aber nicht gerade in Milch baden willst, und wenn du nicht überdies auf Trinken verzichten willst …«

»Wir werden schließlich und endlich ohnehin, ohne zu trinken, existieren müssen. Greg, was hat eigentlich dieses interstellare Reisen mit der ganzen Sache zu tun?«

»Vielleicht kannst *du* mir's sagen. Möglicherweise fliegen wir einfach weiter und immer weiter. Schließlich werden wir irgendwann irgendwo ankommen. Zum Mindesten wird der Staub unserer Skelette irgendein Ziel erreichen. Nur – ist nicht unser Tod die ursprüngliche Ursache für den Zusammenbruch des ›Gehirns‹?«

Donovan sagte, den Rücken dem anderen zugewandt: »Greg, ich habe darüber nachgedacht. Die Situation ist ziemlich verzweifelt. Wir können nicht viel tun – außer herumzulaufen und zu uns selber zu reden. Du kennst ja jene Geschichten von Leuten, die irgendwie im Weltraum gestrandet waren. Sie werden lange, bevor sie verhungern, verrückt. Ich weiß nicht, was es ist, Greg, aber seitdem die Lichter wieder heller brennen, hab ich ein ganz komisches Gefühl.«

Stille. Dann kam Powells Stimme, und sie klang dünn und klein. »Ich auch. Wie ist es denn bei dir?«

Der Rothaarige wandte sich um. »Ich habe hier drinnen ein eigenartiges Gefühl. Es klopft, und meine ganzen Muskeln und Nerven sind gespannt. Ich kann nur schwer atmen. Ich kann kaum still stehn.«

»Mhm. Spürst du irgendeine Vibration?«

»Wie meinst du das?«

»Setz dich mal eine Minute! Pass auf! Man hört es nicht, aber man fühlt es … als ob irgendwo etwas pochte, und so pocht das ganze Fahrzeug, und man selbst pocht auch. Pass mal auf …«

»Tatsächlich. Was kann das sein, Greg? Du glaubst doch nicht, es steckt in uns?«

»Könnte sein.« Powell strich sich langsam den Schnurrbart. »Es könnten aber auch die Motoren sein. Vielleicht bereitet es sich vor.«

»Worauf?«

»Auf den interstellaren Sprung. Vielleicht steht der unmittelbar bevor, und der Teufel mag wissen, wie die Auswirkungen sein werden.«

Donovan dachte nach. Dann sagte er wütend: »Wenn sich die Maschine vorbereitet, soll sie's tun. Ich wünschte nur, wir könnten uns wehren. Es ist so erniedrigend, dass man einfach warten muss.«

Eine Stunde später schaute Powell auf seine Hand, die auf der Armstütze des Metallstuhles lag. Mit eisiger Kälte sagte er: »Berühre die Wand, Mike!«

Donovan tat es und sagte: »Man kann spüren, wie sie zittert, Greg.«

Selbst die Sterne sahen aus, als seien sie verwischt. Aus irgendeinem Grunde hatte man das Gefühl, dass man sich in der Nähe einer Maschine befand, die Kräfte sammelte, Energie aufspeicherte für einen mächtigen Sprung, sich zitternd immer höher hinaufschraubte auf der Skala ihrer Stärke.

Es kam mit ungeheurer Plötzlichkeit. Man empfand einen scharfen Schmerz. Powell richtete sich halb aus seinem Stuhle auf. Sein Blick fiel auf Donovan, und dann wurde es ihm dunkel vor den Augen, während Donovans dünner Schrei laut wurde und dann verklang. Etwas wand sich in ihm und kämpfte gegen eine immer wachsende Schicht von Eis.

Etwas brach los und tanzte in einem feurigen Leuchten von Licht und Schmerz. Es fiel …

– und tanzte
– und fiel kopfüber
– in die Stille.

Es war der Tod!

Es war eine Welt ohne jede Bewegung und ohne Gefühl. Eine Welt empfindungslosen Bewusstseins – eines Bewusstseins von Dunkelheit und Schweigen und schattenhaften Kampfes.

Hauptsächlich war es ein Ewigkeitsbewusstsein.

Er war ein kleiner weißer Faden von einem Ego – kalt und voller Angst.

Dann kamen die Worte, drohend und dröhnend, donnerten über ihn hin in schäumendem Klang.

»Passt dein Sarg dir neuerdings nicht mehr? Warum machst du nicht einen Versuch mit Morbid M. Cadavers ausziehbaren Särgen? Diese sind auf wissenschaftlicher Basis konstruiert und passen sich sehr bequem den natürlichen Rundungen des Körpers an. Sie sind verstärkt durch Vitamin B_1. Benutzen Sie Cadavers Särge und Sie fühlen sich wohl. Vergessen Sie nicht: Sie – werden – eine – lange – lange – Zeit – tot – sein.«

Es war eigentlich gar kein Klang, aber was es auch immer war, es erstarb in einem grollenden Flüstern.

Der weiße Faden, der vielleicht einmal Powell gewesen war, zerrte nutzlos an den nicht substanziellen Äonen der Zeit, die um ihn herum überall existierten – und brach dann in sich selbst zusammen, während der durchdringende Schrei von hundert Millionen Geistern, von hundert Millionen Sopranstimmen sich zu einem Crescendo steigerte.

»Ich bin froh, wenn du mal tot bist, du Lump …

Ich bin froh, wenn du mal tot bist, du Lump …

Ich bin froh …«

Die Melodie kletterte eine Wendeltreppe ungeheuersten Tönens hinauf bis zu den sich überschlagenden Ultraschallklängen, die nicht mehr hörbar waren, und dann noch über diese hinaus.

Der weiße Faden zitterte in pulsierendem Schmerz.

Still spannte er sich.

Die Stimmen waren jetzt gewöhnliche Stimmen. Es waren ihrer viele. Eine Menge sprach. Ein Mob, der sich wild durcheinander mischte, der vorbeiflog und über ihn hinaus in schneller Bewegung, und hinter dem ein paar Wortbrocken und halbe Sätze herflatterten.

»Warum haben sie dich gepackt? Siehst ein wenig mitgenommen aus …«

»Ein heißes Feuer, nehm ich an, aber die Sache steht nicht aussichtslos …«

»… hab's bis zum Paradies geschafft, aber der olle Petrus …«

»Nee, ich hab Beziehungen bei dem alten Burschen. Hatte mal mit ihm zu tun …«

»He Sam, in dieser Richtung …«

»Nimm dir 'nen Anwalt mit 'ner guten Schnauze! Beelzebub sagt …«

Und über allem das ursprüngliche stentorianische Dröhnen, das lauter war als alles andere.

»SCHNELL! SCHNELL! SCHNELL! Nimm deine Beine in die Hand und lass uns nicht warten! Hinter uns kommen noch viele. Haltet Eure Papiere bereit! Sichert Euch den Erlaubnisstempel bei Petrus am Tor! Passt auf, dass Ihr zum richtigen Eingangstor kommt! Es gibt genug Feuer für alle. He du – DU DA DRUNTEN! JA DU! BLEIB IN DER REIHE ODER …«

Der weiße Faden, der Powell war, kroch vor dem vorwärts drängenden Schrei davon. Deutlich spürte er den scharfen Stich eines auf ihn deutenden Fingers. Das alles explodierte plötzlich und wurde zu einem Regenbogen von Tönen, dessen einzelne Teile auf ein schmerzendes Gehirn heruntertropften.

Powell befand sich wieder in seinem Stuhle. Er spürte, dass er zitterte.

Donovans Augen öffneten sich. Sie waren groß und traten aus seinem Kopf heraus wie zwei gläserne blaue Kugeln.

»Greg«, flüsterte er fast schluchzend, »warst du tot?«

»Ich – hab mich tot gefühlt.« Er erkannte den Ton seiner eigenen Stimme nicht.

Donovan versuchte aufzustehen. Offenbar aber versagten ihm die Beine. »Leben wir jetzt? Oder geht das so weiter – ich meine das Schreckliche?«

»Ich – ich fühle mich lebendig.« Er war noch immer heiser. Powell sagte vorsichtig: »Hast du – als du tot warst – irgendwas gehört?«

Donovan antwortete nicht gleich. Dann nickte er sehr langsam mit dem Kopfe. »Und du?«

»Ich auch. Hast du was von Särgen gehört – und singende Frauenstimmen – und die Reihen, die sich bildeten zum Marsch in die Hölle? Hast du das gehört?«

Donovan schüttelte den Kopf. »Nein, nur eine einzige Stimme.«

»Eine laute Stimme?«

»Nein. Leise, aber so, als führe man mit einer Feile über Fingerspitzen. Verstehst du, es war eine Predigt. Über das Höllenfeuer. Er beschrieb die Qualen – na, du weißt schon, was ich meine. Ich hab früher schon mal so eine Predigt gehört – fast genau die gleiche.«

Er war in Schweiß gebadet.

Es kam ihnen zum Bewusstsein, dass Sonnenlicht durch das Fenster hereinströmte. Es war schwach, aber von blauweißer Farbe – eine Sonne von der Größe einer Erbse, die nicht die gute alte Sonne war, die sie kannten.

Powell deutete mit zitterndem Finger auf die Skala. Die Nadel zeigte steif und stolz auf die feine Linie neben der Zahl 300 000 Parsec.

Powell sagte: »Mike, wenn das stimmt, dann müssen wir uns völlig außerhalb der Milchstraße befinden.«

Und Donovan sagte: »Bei Gott, Greg! Dann sind wir die ersten menschlichen Wesen außerhalb des Sonnensystems.«

»Jawohl. Genauso ist's. Wir sind der Sonne entkommen. Wir haben uns losgemacht von unserer Milchstraße. Mike, dieses Fahrzeug ist die Lösung. Es bedeutet Freiheit für die ganze Menschheit – Freiheit sich auszubreiten zu jedem Stern, der existiert, zu all den vielen Millionen und Milliarden und Billionen, die es gibt.«

Und dann stand er plötzlich wieder auf dem harten Boden der Tatsachen. »Aber, Mike, wie gelangen wir je zur Erde zurück?«

Donovan lächelte unsicher. »Ach, da brauchst du dir keine Sorge zu machen. Dieses Vehikel hat uns hierher gebracht. Es wird uns auch nach Hause bringen ... damit ich dort weiterhin Bohnen essen kann.«

»Aber Mike ... einen Augenblick bitte! Nimmt das Fahrzeug uns auf die gleiche Weise zurück, wie es uns hierher gebracht hat, dann ...«

Donovan, der im Begriff gewesen war aufzustehen, ließ sich wieder auf seinen Stuhl zurücksinken.

Powell fuhr fort: »Wir müssen dann ... wieder sterben, Mike.«

»Na ja«, seufzte Donovan, »wenn wir müssen, dann müssen wir eben. Zum Mindesten ist der Tod nicht ewig ... oder sagen wir nicht *sehr* ewig.«

Susan Calvin sprach jetzt ganz langsam. Sechs Stunden lang hatte sie versucht, das ›Gehirn‹ äußerst vorsichtig dahin zu locken, wo sie es haben wollte – sechs Stunden lang ohne Erfolg. Sie war der dauernden Wiederholungen müde, müde der Umschreibungen, müde ihres ganzen Daseins.

»Nun, ›Gehirn‹, noch eine einzige Sache! Du musst eine ganz besondere Anstrengung machen, mir eine einfache Antwort zu geben. Bist du dir völlig im Klaren über den interstellaren Sprung? Ich meine, bringt er die beiden Männer zu ihrem Ziele?«

»Er bringt sie genau so weit, wie sie gehen wollen, Fräulein Susan. Mein Gott, es ist kein Vergnügen, durch die Raumkrümmung hindurchzufahren.«

»Und was werden sie auf der anderen Seite sehen?«

»Sterne und solches Zeug. Was sonst?«

Die nächste Frage entglitt ihrem Munde, ohne dass sie sie eigentlich stellen wollte. »Dann werden sie also leben?«

»Natürlich.«

»Und der interstellare Sprung verletzt sie nicht?«

Sie erstarrte, als das ›Gehirn‹ keine Antwort gab. Da also war der wunde Punkt. Sie hatte ihn berührt.

»Gehirn«, bettelte sie, »Gehirn, hörst du mich?«

Die Antwort kam schwach und zitternd. Das ›Gehirn‹ sagte: »Muss ich antworten? Ich meine wegen des Sprunges?«

»Nicht, wenn du nicht willst. Immerhin würde es interessant sein – ich meine, wenn du Lust hättest.« Susan versuchte vergnügt zu sprechen.

»Ach, Sie verderben ja alles.«

Und plötzlich sprang die Psychologin auf. Sie hatte mit einem Mal verstanden, um was es ging.

»Ach, du lieber Gott!«, stieß sie hervor, »du lieber Gott!«

Die Spannung von Stunden und Tagen löste sich plötzlich, und sie begann zu weinen. Viel später sagte sie zu Lanning: »Ich sage Ihnen, alles ist in Ordnung. Nein, Sie müssen mich jetzt in Ruhe lassen. Das Fahrzeug kommt heil zurück, und zwar *mit* den Männern, und ich will mich jetzt ausruhen. *Ich werde mich ausruhen.* Gehen Sie jetzt!«

Das Fahrzeug kam ebenso still und erschütterungsfrei zur Erde zurück, wie es sie verlassen hatte. Es landete haargenau an der dafür bestimmten Stelle. Die Haupttür öffnete sich. Die zwei Männer, die aus dem Fahrzeug herauskamen, tasteten sich vorsichtig über die Landungsbrücke. Ab und zu kratzten sie sich die rauen, unrasierten Gesichter.

Dann kniete der mit dem roten Haar langsam und bedächtig nieder und küsste inbrünstig die betonierte Startbahn.

Sie schoben die Menschenmenge, die sich um sie scharte, zur Seite und winkten energisch den beiden Männern ab, die mit einer Tragbahre aus einem Krankenwagen herausstürzten.

Gregory Powell sagte: »Wo ist die nächste Dusche?«

Man führte sie weg.

Dann saßen sie alle miteinander um einen Tisch herum. Alle führenden Leute der U.S. Robot und Mechanical Men Co. nahmen an diesem Treffen teil.

Langsam und dramatisch beendeten Powell und Donovan ihre sehr lebendige Darstellung der Ereignisse.

Susan Calvin brach das dem Bericht der beiden Ingenieure folgende Schweigen. In den wenigen Tagen, die seit ihrer letzten Unterredung mit dem ›Gehirn‹ vergangen waren, hatte sie ihre eisige, etwas bissige Ruhe wiedergewonnen. Dennoch spürte man noch immer eine Spur von Verlegenheit.

»Genau betrachtet«, sagte sie, »war dies meine Schuld – alles miteinander. Als wir dieses Problem zum ersten Mal dem ›Gehirn‹ vorlegten, gab ich mir, wie wohl die meisten hier Anwesenden sich erinnern werden, die größte Mühe, ihm klarzumachen, dass es alle diejenigen Fakten zurückweisen solle, die geeignet wären, ein Dilemma zu schaffen. Ich tat dies, indem ich etwa Folgendes sagte: ›Reg dich nicht auf über den Tod menschlicher Wesen! Diese Tatsache macht uns gar nichts aus. Gib uns einfach das betreffende Blatt zurück und vergiss die ganze Sache!‹«

»Hm«, sagte Lanning. »Und was weiter?«

»Das ist doch ganz klar. Als die Bedingung auftauchte, die schließlich die Gleichung bezüglich des Minimum-Intervalls für den interstellaren Sprung ergab, da bedeutete diese Bedingung den Tod menschlicher Wesen. An diesem Punkt war die Maschine der Consolidated Corp. vollständig zusammengebrochen. Ich aber hatte die Wichtigkeit des Todes dem ›Gehirn‹ gegenüber vermindert. Zwar nicht ganz und gar, da das Erste Gesetz ja niemals gebrochen werden kann, aber dennoch genügend, um es dem ›Gehirn‹ zu ermöglichen, sich die Gleichung nochmals anzusehen. Dies genügte, um dem ›Gehirn‹ klarzumachen, dass nach dem Intervall die Menschen zum Leben zurückkehren würden … genauso wie Materie und Energie des Raumschiffes wieder in ihre Rechte traten. Dieser so genannte Tod war also genau gesagt nichts als ein temporäres Phänomen. Verstehen Sie?«

Sie schaute sich um. Alle hörten gespannt zu.

So fuhr sie fort. »Daher akzeptierte das ›Gehirn‹ diese Bedingung – allerdings mit einem gewissen inneren Schock. Obwohl der Tod nur ein temporärer war und obgleich ich seine Wichtigkeit herabgesetzt hatte, genügte die Tatsache allein, um das ›Gehirn‹ – wenn auch nur ganz leicht – aus dem Gleichgewicht zu bringen.«

Völlig ruhig und gelassen sagte sie: »Es entwickelte eine Art von Humor. Auch das ist eine Fluchtmethode, eine teilweise Flucht vor der Wirklichkeit. Das ›Gehirn‹ wurde sozusagen zu einem Spaßvogel.«

Powell und Donovan sprangen auf.

»Was?«, schrie Powell.

Donovan drückte sich bedeutend farbiger aus.

»So ist es«, sagte Calvin. »Das ›Gehirn‹ sorgte für Sie und beschützte Sie. Sie konnten aber keinerlei Schalthebel bedienen, weil diese gar nicht für Sie bestimmt waren, sondern für das sehr humorvolle ›Gehirn‹ selbst. Wir konnten Sie durch Funk erreichen, aber Sie konnten nicht antworten. Sie hatten genügend Nahrungsmittel, aber nichts als Bohnen und Milch. Dann starben Sie, sozusagen, und wurden wiedergeboren, aber die Zeit Ihres Todes wurde – wollen wir einmal sagen, interessant gemacht. Ich wollte, ich wüsste, wie das ›Gehirn‹ das fertig gebracht hat. Es war der Hauptwitz des ›Gehirns‹, aber er war nicht bös gemeint.«

»Nicht bös gemeint«, ereiferte sich Donovan. »Ach, wenn der liebe kleine Knabe nur ein Genick hätte, das man ihm umdrehen könnte!«

Lanning hob besänftigend die Hand. »Schon gut! Es war eine Schweinerei, aber nun ist es ja vorüber. Was weiter?«

»Nun«, sagte Bogert gelassen, »ganz offensichtlich ist es jetzt unsere Aufgabe, die Raumkrümmungsmaschine zu verbessern. Es muss ja schließlich möglich sein, auf irgendeine Art und Weise das Intervall beim Sprung zu vermeiden. Gibt es aber diese Möglichkeit überhaupt, so müssen wir – die wir jetzt die einzige Organisation sind, die noch einen großangelegten Superrobot besitzt – diese finden. Dann aber kontrolliert die U.S. Robot Co. interstellare Reisen, und dann hat die Menschheit endlich die Möglichkeit, sich ein Weltreich im Weltraum zu schaffen.«

»Und wie steht es mit der Consolidated Corp.?«, fragte Lanning.

»Einen Augenblick bitte«, unterbrach Donovan, »ich möchte gerne einen Vorschlag machen. Diese Burschen haben unserer Firma eine böse Suppe eingebrockt. Diese auszulöffeln war zwar nicht so schlimm, wie die Herren von der Consolidated Corp. erwarteten, und schließlich ist alles noch zu einem guten Ende gekommen. Dennoch muss ich sagen, dass die Absichten unserer lieben Konkurrenz nicht allzu gute waren. Und Greg und ich waren jedenfalls die Hauptleidtragenden.

Na, schön, die Herren wollten eine Antwort, und sie haben eine bekommen. Liefern wir ihnen das Fahrzeug und kassieren wir zweihunderttausend Dollar plus Herstellungskosten. Und wenn sie's dann ausprobieren wollen – dann schlage ich vor, lassen wir das ›Gehirn‹ noch mal ein paar seiner hübschen Scherze machen, ehe wir es wieder zurückbringen zu seiner normalen Geistesverfassung.«

Lanning sagte ernst: »Der Vorschlag scheint mir gerecht und brauchbar.«

Und Bogert fügte geistesabwesend hinzu: »Und völlig kontraktgemäß.«

Beweismaterial

»Aber auch das ist nicht das Eigentliche und Wichtige«, sagte Dr. Calvin gedankenvoll. »Zum Schluss wurden das Fahrzeug und andere ähnliche Raumschiffe Eigentum der Regierung. Der Sprung durch den Überraum wurde vervollkommnet, und nun besitzen wir ja tatsächlich Kolonien auf den Planeten einiger näherer Sterne. Aber das ist doch nicht das Wichtigste.«

Ich war fertig mit dem Essen und beobachtete sie durch den Rauch unserer Zigaretten.

»Was wirklich zählt, ist, was mit den Menschen hier auf der Erde in den letzten fünfzig Jahren geschehen ist. Als ich zur Welt kam, junger Mann, hatten wir gerade den letzten Weltkrieg beendet. Jene Zeit war ein Tiefpunkt der Geschichte. Immerhin bedeutete er das Ende aller Nationalismen. Die Erde war zu klein geworden für Nationen, und so gruppierten die Menschen sich in Regionen. Das dauerte ziemlich lange. Als ich geboren wurde, waren die Vereinigten Staaten von Amerika noch eine Nation und nicht nur ein Teil der nördlichen Region. In der Tat trägt unsere Firma ja noch immer den Namen ›United States Robot‹. Auch der Wandel von Nationen zu Regionen, der unsere Wirtschaft stabilisiert und eine Zeit hervorgebracht hat, die man ruhig als Goldenes Zeitalter betrachten darf – ich meine im Vergleich zum vergangenen Jahrhundert –, auch dieser Wandel wurde durch unsere Robots bewirkt.«

»Sie meinen die Denkmaschinen«, sagte ich. »Das ›Gehirn‹, von dem Sie gerade gesprochen haben, ist wohl die erste derartige Anlage gewesen?«

»Das stimmt. Ich dachte aber weniger an die Denkmaschine als an einen Mann. Er starb letztes Jahr.« Ihre Stimme wurde plötzlich tieftraurig. »Oder besser, er richtete es ein zu sterben, da er wusste, dass wir ihn nicht länger benötigen. Sein Name war Stephen Byerley.«

»Ich dachte mir, dass Sie ihn meinten.«

»Zum ersten Mal nahm er im Jahre 2032 ein öffentliches Amt an. Sie waren damals ja noch ein kleiner Junge, sodass Sie sich wohl kaum daran erinnern werden, wie sonderbar das alles war. Sein Kampf um den Bürgermeisterposten war wohl der eigenartigste Wahlkampf, der jemals geführt wurde.«

Francis Quinn war ein Politiker der neuen Schule. Das bedeutet natürlich gar nichts, wie alle derartigen Feststellungen nichts bedeuten. Die meisten unserer so genannten ›Neuen Schulen‹ hat es im sozialen Leben des alten Griechenland schon einmal gegeben. Wüssten wir mehr davon, so würden wir vielleicht ihre Vorgänge sogar im alten Sumerien finden oder in den prähistorischen Seesiedlungen der Schweiz.

Um aber die Geschichte nicht langweilig werden zu lassen, ist es vielleicht das Beste, wenn ich gleich sage, dass Quinn sich weder um das Amt bewarb, noch Stimmen für sich sammelte, dass er keine Reden hielt, noch irgendwelchen Wahlschwindel trieb. All das tat er genausowenig, wie Napoleon bei Austerlitz ein Gewehr bediente.

Da man in der Politik mit eigenartigen Leuten schlafen gehen muss, saß Alfred Lanning auf der anderen Seite des Pultes ... Lanning mit seinen wilden weißen Augenbrauen über Augen, die scharf und hart sind vor lauter innerer Ungeduld. Lanning gefiel die ganze Sache gar nicht.

Hätte Quinn dies gewusst, es hätte ihn nicht im Mindesten geärgert. Seine Stimme war, vielleicht berufsmäßig, freundlich.

»Ich nehme an, Sie kennen Stephen Byerley, Dr. Lanning.«

»Ich habe, wie viele andere auch, schon von ihm gehört.«

»Genau wie ich auch. Vielleicht haben Sie die Absicht, ihm bei der nächsten Wahl Ihre Stimme zu geben.«

»Kann ich nicht sagen.« Ganz deutlich klang eine gewisse Schärfe aus Lannings Stimme. »Ich habe die politischen Ereignisse nicht verfolgt. Daher weiß ich wohl auch nicht, dass er Kandidat ist.«

»Er wird vielleicht unser nächster Bürgermeister werden. Natürlich ist er nur ein Jurist, aber eine Kanone und ...«

»Jawohl«, unterbrach Lanning. »Ich habe das alles schon gehört. Könnten wir aber jetzt nicht vielleicht zu unseren eigenen Angelegenheiten kommen?«

»Wir sind mitten drin, Dr. Lanning.« Quinns Ton war sehr sanft. »Es liegt in meinem Interesse, dass Mr. Byerley Staatsanwalt bleibt – allerhöchstens Staatsanwalt –, und es liegt in Ihrem Interesse, mir dabei zu helfen.«

»In *meinem* Interesse? Aber ich bitte Sie.« Lannings Lider senkten sich tief über seine Augen.

»Nun, sagen wir vielleicht besser im Interesse der U.S. Robot Co. Ich komme zu Ihnen, weil Sie Direktor Emeritus der Forschungsabteilung dieser Firma sind und weil ich weiß, dass Sie auch heute noch dort als Berater ein gewichtiges Wort zu sprechen haben. Man hört auf Sie, und dennoch sind Ihre Beziehungen zu jener Gesellschaft nicht mehr so eng, dass Sie nicht völlige Handlungsfreiheit besäßen … selbst wenn diese Handlung – sollen wir sagen – etwas unorthodox ist.«

Dr. Lanning schwieg einen Augenblick, während er über die Worte des Sprechers nachdachte. Dann sagte er, und nun etwas sanfter: »Ich weiß durchaus nicht, worauf Sie hinaus wollen, Mr. Quinn.«

»Das überrascht mich keineswegs, Dr. Lanning. Dennoch liegt die ganze Angelegenheit eigentlich recht einfach. Gestatten Sie?« Quinn zündete sich eine dünne Zigarette an, wobei er sich eines sehr einfachen, aber äußerst geschmackvollen Anzünders bediente. Auf seinem grobknochigen Gesicht erschien ein Ausdruck stillen Vergnügens. »Wir sprachen gerade über Mr. Byerley – eine eigenartige, recht lebendige Persönlichkeit. Vor drei Jahren war er noch völlig unbekannt. Jetzt kennt ihn jeder. Er ist ein energischer und sehr tüchtiger Mann … ganz bestimmt der beste Staatsanwalt, der mir je begegnet ist. Unglücklicherweise ist er nicht mein Freund …«

»Ich verstehe«, sagte Lanning mechanisch. Er starrte auf seine Fingernägel.

»Ich hatte Gelegenheit«, fuhr Quinn in gleichmäßigem Tone fort, »im verflossenen Jahre die Vergangenheit des Mr. Byerley einer genauen Prüfung zu unterziehen. Sie verstehen ja wohl, dass es immer von großem Nutzen ist, das frühere Leben so genannter Reformpolitiker etwas genauer zu durchforschen. Wenn Sie wüssten, wie oft das schon geholfen hat …« Er machte eine Pause und fuhr dann fort: »Mr. Byerleys Vergangenheit jedoch ist recht wenig bemerkenswert. Ein ruhiges Leben in einer Kleinstadt, Universitätsstudium, eine Frau, die jung gestorben ist, ein Automobilunfall, von dem er sich nur langsam erholen konnte, Arbeit auf das Doktorexamen, Übersiedlung in die Hauptstadt, Rechtsanwalt – das ist alles.«

Francis Quinn schüttelte langsam den Kopf und fügte dann hinzu: »Ganz anders sein gegenwärtiges Leben. Ja – das *ist* bemerkenswert. Unser Staatsanwalt isst niemals.«

Lannings Kopf fuhr hoch. Seine alten Augen waren plötzlich scharf und leuchtend. »Wie bitte?«

»Unser Staatsanwalt isst niemals.« Quinn zerhackte den Satz in einzelne Silben. »Ich will diese Behauptung leicht modifizieren. Er ist niemals beim Essen oder Trinken gesehen worden. Niemals! Verstehen Sie, was das bedeutet? Ich sage nicht, er ist nur selten dabei beobachtet worden, ich sage ausdrücklich niemals.«

»Das finde ich ziemlich unglaubhaft. Können Sie sich auf Ihre Informationen verlassen?«

»Vollkommen, und ich persönlich finde es auch keineswegs unglaubhaft. Ich sage ausdrücklich, man hat ihn nicht nur niemals essen sehen, sondern auch nicht trinken, und zwar weder Wasser noch irgendwelche alkoholischen Getränke. Noch hat man ihn je schlafen sehen. Es gibt noch andere Faktoren, die das Bild abrunden. Ich nehme aber an, dass Sie auch so verstehen, was ich meine.«

Lanning lehnte sich in seinem Stuhl zurück. Ein angespanntes Schweigen herrschte zwischen den beiden Männern. Dann aber schüttelte der alte Robotspezialist den Kopf. »Nein. Wenn ich Ihre Behauptungen mit der Tatsache, dass Sie diese vorbringen, verbinde, dann gibt es nur eine einzige Schlussfolgerung, die Sie mir offenbar zu suggerieren versuchen, und die ist völlig ausgeschlossen.«

»Aber der Mann ist absolut kein menschliches Wesen, Dr. Lanning.«

»Würden Sie mir sagen, er sei ein verkleideter Teufel, dann bestünde eine kleine Chance, dass ich Ihren Worten Glauben schenkte.«

»Ich sage Ihnen, Dr. Lanning, er *ist* ein Robot.«

»Und ich sage Ihnen, dass diese Behauptung das Irrsinnigste ist, was ich jemals gehört habe.«

»Dennoch verlange ich«, sagte Quinn, während er umständlich und vorsichtig seine Zigarette ausdrückte, »dass Sie diese von Ihnen behauptete Unmöglichkeit meiner Annahme mit allen Ihnen zur Verfügung stehenden Mitteln untersuchen.«

»Ich werde nichts Derartiges unternehmen, Mr. Quinn. Sie werden ja kaum ernstlich glauben, dass unsere Gesellschaft sich in die hiesige Lokalpolitik einmischen wird.«

»Sie haben keine andere Wahl. Nehmen Sie mal an, ich würde, ohne Beweise zu haben, die mir bekannten Tatsachen öffentlich bekannt geben. Ich meine, das Beweismaterial ist doch wohl recht belastend.«

»Tun Sie in dieser Beziehung genau, was Sie wollen.«

»Von Wollen kann gar keine Rede sein. Beweise wären bedeutend nützlicher. Auch Sie könnten ein derartiges Vorgehen meinerseits keineswegs wünschen. Ich bin sicher, dass die damit zusammenhängende Kampagne für Ihre Gesellschaft recht schädigende Folgen haben könnte. Ich nehme an, dass Sie vollkommen auf dem Laufenden sind über die strenge Durchführung der Vorschriften gegen die Verwendung von Robots in menschenbewohnten Teilen der Welt.«

»Allerdings«, sagte Lanning brüsk.

»Sie wissen, dass die U.S. Robot Co. die einzige Herstellerin positronischer Robots in unserer Welt ist. Sollte aber Byerley ein Robot sein, so besitzt er ein positronisches Gehirn. Sie wissen ferner, dass alle Robots ausgeliehen werden, aber nicht verkauft … dass die Gesellschaft Eigentümerin bleibt und daher für die Handlungen ihrer Maschinen verantwortlich gemacht werden kann.«

»Die Gesellschaft kann ganz leicht und jederzeit beweisen, dass sie niemals einen Robot humanoiden Charakters hergestellt hat.«

»Sie könnte es aber tun, wie? Ich frage das lediglich, weil wir ja doch die verschiedenen Möglichkeiten besprechen müssen.«

»Jawohl. Es wäre technisch möglich.«

»Ich nehme an, auch im geheimen. Ich meine, ohne dass ein derartiger Vorgang in Ihren Büchern erscheint.«

»Nicht das positronische Gehirn, Sir. Die Herstellung dieses Apparates ist mit zu vielen verschiedenen Faktoren verknüpft, über welche die Regierung eine strikte Kontrolle ausübt.«

»Jawohl, aber Robots nutzen sich ab, gehen kaputt, funktionieren irgendwie nicht mehr – und werden dann auseinander genommen.«

»Und ihre positronischen Gehirne finden entweder neue Verwendung oder werden vernichtet.«

»Tatsächlich?« Francis Quinn gestattete sich eine Spur von Sarkasmus. »Und wenn nun eines – ich meine natürlich rein zufällig – nicht zerstört würde und ebenso zufällig eine humanoide Konstruktion gerade auf ein derartiges Gehirn wartete?«

»Ausgeschlossen.«

»Sie würden das sowohl der Regierung als auch der Öffentlichkeit zu beweisen haben. Warum also wollen Sie es nicht lieber *mir* beweisen?«

»Und was sollte der Zweck eines solchen Unternehmens gewesen sein?«, fragte Lanning verärgert. »Welches Motiv sollte einer derartigen Transaktion zugrunde gelegen haben? Ein klein wenig gesunden Menschenverstand müssen Sie uns schon zutrauen.«

»Oh, entschuldigen Sie bitte! Ihre Gesellschaft wäre nur zu glücklich, wenn die verschiedenen Regionen den Gebrauch humanoider positronischer Robots in den bewohnten Teilen unserer Welt gestatteten. Die Gewinne würden ganz enorm sein. Das Vorurteil des Publikums gegen eine derartige Aktion ist zu groß. Nehmen wir mal an, man gewöhnt die Menschen zunächst an derartige Robots – zum Beispiel in der Art, dass man darauf hinweist, was für einen tüchtigen Anwalt wir hier haben, welch guten Bürgermeister –, und dabei ist er ein Robot. Würden die Menschen dann nicht vielleicht anfangen, sich Robot-Butler zu kaufen?«

»Vollkommen phantastisch. Ein fast humorvoller Abstieg ins Lächerliche.«

»Vermutlich. Warum aber sollten Sie es dann nicht beweisen? Oder wollen Sie den Beweis noch immer lieber der Öffentlichkeit gegenüber antreten?«

Es wurde schon düster im Raume, aber noch war es nicht so düster, dass man nicht die Röte des Ärgers auf Alfred Lannings Gesicht hätte sehen können. Langsam berührten die Finger des Robotfachmanns einen Knopf. Die Wandbeleuchtung strahlte in sanftem Lichte auf.

»Gut«, brummte er. »Sehen wir mal, was dabei herauskommt!«

Das Gesicht Stephen Byerleys ist nicht leicht zu beschreiben. Er war seinem Geburtsschein zufolge vierzig Jahre alt und seine Erscheinung entsprach diesem Alter … wenn er auch ein gesunder, gut genährter, immer gut gelaunter Vierziger war.

Dies traf ganz besonders dann zu, wenn er lachte, und das tat er gerade in diesem Augenblick. Sein Lachen war laut und beständig, ließ ein wenig nach und begann dann von Neuem.

Alfred Lannings Gesicht erstarrte vor bitterer Missbilligung. Er blickte wie hilfesuchend zu der neben ihm sitzenden Frau, aber auch deren dünne blutlose Lippen verzogen sich spürbar verärgert.

Byerley fand schnaufend seine Sprache wieder.

»Wirklich und wahrhaftig, Dr. Lanning ... glauben Sie wirklich und wahrhaftig, dass ich – ich – ausgerechnet ich ein Robot bin?«

»Dies ist nicht meine eigene Behauptung, Sir. Mir persönlich wäre es vollkommen recht, wenn Sie ein Mitglied der menschlichen Gesellschaft wären. Da unsere Firma Sie niemals hergestellt hat, bin ich ja ziemlich sicher, dass Sie das auch sind – wenigstens im juristischen Sinne. Nachdem aber von einem Mann, der ein gewisses Ansehen genießt, uns gegenüber die ernsthafte Behauptung aufgestellt worden ist, dass Sie ...«

»Sie brauchen seinen Namen nicht zu nennen, wenn eine derartige Indiskretion einen Splitter vom Granitblock Ihres Ehrenkodex abschlagen würde, aber nehmen wir einmal hypothetisch an, es sei Francis Quinn gewesen. Nun fahren Sie bitte fort!«

Lanning schöpfte wütend Atem. Er war es nicht gewohnt, unterbrochen zu werden. Deshalb machte er eine kleine Pause, ehe er fortfuhr. Schließlich sagte er noch etwas kühler als zuvor: »Ich sagte also, der Mann besitzt ein gewisses Ansehen. Wegen seiner Identität möchte ich mich lieber nicht auf Ratespiele einlassen. Ich bin gezwungen, Sie um Ihre Mitarbeit bei der Entkräftigung seiner Behauptung zu ersuchen. Schon die einfache Tatsache, dass eine solche Behauptung aufgestellt und in den verschiedenen diesem Manne zur Verfügung stehenden Organen veröffentlicht werden könnte, würde einen schweren Schlag für die von mir vertretene Firma bedeuten – selbst wenn die Anklage nie bewiesen werden könnte. Verstehen Sie mich?«

»Absolut. Ihre Lage ist mir völlig klar, auch wenn die Anklage selbst lächerlich ist. Ich bitte um Entschuldigung, wenn mein Gelächter Sie verletzt haben sollte. Ich habe keineswegs über die Situation gelacht, in der Sie sich befinden, sondern über die Behauptung an sich. Wie kann ich Ihnen nun helfen?«

»Sehr einfach. Sie brauchen sich lediglich vor Zeugen in einem Restaurant an einen Tisch zu setzen und eine Mahlzeit einzunehmen.« Lanning lehnte sich zurück. Das Schlimmste war überstanden. Die Frau neben ihm beobachtete Byerley mit einem Ausdruck völliger Versunkenheit, trug aber selbst nichts zur Unterhaltung bei.

Einen Augenblick trafen sich ihre und Byerleys Augen. Dann wandte Byerley sich wieder dem Robotfachmann zu. Eine Weile spielten seine Finger mit einem bronzenen Briefbeschwerer, der der einzige Schmuck seines Schreibtisches war.

Er sagte bedächtig: »Ich glaube, da kann ich Ihnen nicht dienlich sein.«

Er hob die Hand. »Nun warten Sie einen Augenblick, Dr. Lanning! Ich bin mir völlig im Klaren darüber, dass diese ganze Angelegenheit Ihnen im höchsten Grade peinlich ist und dass man Sie sozusagen gegen Ihren Willen zu diesem Besuch bei mir gezwungen hat. Sie fühlen, dass Sie eine unwürdige Rolle spielen, um nicht zu sagen eine lächerliche. Immerhin betrifft die Sache mich selbst ja in einem viel weiteren Ausmaße, und ich bitte Sie daher, nachsichtig zu sein.

Zunächst möchte ich Sie Folgendes fragen: Wieso ist Ihnen nicht der Gedanke gekommen, dass Quinn – dieser angesehene Mann – Ihnen nicht Sand in die Augen streute, nur um von Ihnen genau das zu erreichen, was Sie jetzt tun?«

»Mein Gott, es schien mir kaum wahrscheinlich, dass eine bekannte Persönlichkeit sich selbst so sehr der Gefahr der Lächerlichkeit aussetzen sollte, wenn sie nicht sicheren Boden unter den Füßen hatte oder zum Mindesten überzeugt war, diesen zu haben.«

Eine Spur von Humor tauchte in Byerleys Augen auf. »Sie kennen Quinn nicht. Er bringt es fertig, aus einem Felsvorsprung, auf dem Bergschafe nicht zu stehen vermögen, sicheren Boden zu machen. Ich nehme an, er informierte Sie über die Einzelheiten der Nachforschungen, die er behauptet, über mich angestellt zu haben?«

»Er machte mir genügend Angaben, um mich davon zu überzeugen, dass es für unsere Gesellschaft nicht lohnend wäre, seine Beweise oder Behauptungen zu entkräften, wenn ich dies mit Ihrer Hilfe ganz mühelos tun könnte.«

»Dann glauben Sie ihm also, wenn er sagt, dass ich niemals esse? Sie sind ein Wissenschaftler, Dr. Lanning. Sehen Sie sich mal diese Art von Logik an! Man hat mich niemals essen sehen, daher esse ich nicht. Quod erat demonstrandum. Ich bitte Sie doch!«

»Sie benutzen jetzt Staatsanwaltstricks, um die an sich wirklich recht einfache Lage zu verwirren.«

»Ganz im Gegenteil. Ich versuche das zu klären, was Ihnen und Quinn so kompliziert erscheint. Ich schlafe nicht viel, verstehen Sie? Das stimmt, und ganz bestimmt schlafe ich nicht in der Öffentlichkeit. Ich habe mir nie etwas daraus gemacht, mit anderen zu essen – eine Idiosynkrasie, die bestimmt niemandem wehe tut. Sehen Sie, Dr. Lanning, lassen Sie mich mal einen hypothetischen Fall konstruieren! Nehmen wir mal an, es gäbe einen Politiker, der alles Interesse daran hätte, einen Reformkandidaten um jeden Preis zu besiegen. Dieser Politiker käme nun bei seinen Nachforschungen auf Eigenheiten, wie ich sie gerade erwähnt habe.

Nehmen wir ferner an, dass dieser Politiker nun, um dem betreffenden Kandidaten eins auszuwischen, zu Ihrer Gesellschaft kommt, weil diese das ideale Mittel zum Zweck sein kann. Erwarten Sie von ihm, dass er sagt: ›Der So-und-so ist ein Robot, weil er fast niemals mit anderen Leuten isst und weil ich noch nie gesehen habe, dass er während eines Prozesses eingeschlafen ist. Und einmal, als ich mitten in der Nacht in sein Zimmer hineinspähte, da habe ich ihn mit einem Buch in der Hand aufrecht dasitzen sehn. Und außerdem habe ich in seinem Eisschrank herumgeschnüffelt und habe dort keine Nahrungsmittel gefunden‹?

Würde einer so was sagen, so würden Sie ihn in eine Zwangsjacke stecken lassen. Sagt er aber: ›Er schläft niemals, er isst niemals‹, dann macht Sie der Schreck über die Behauptung blind gegenüber der Tatsache, dass derartige Anklagen nie zu beweisen sind. Sie spielen das Spiel dieses Mannes, indem Sie sich zu seinem Werkzeug machen.«

»Trotz allem«, begann Lanning eigensinnig von neuem, »ganz gleichgültig, ob Sie diese Sache als ernst betrachten oder nicht, ist lediglich die von mir bereits erwähnte Mahlzeit nötig, um dem ganzen Spuk ein für allemal ein Ende zu machen.«

Wieder wandte Byerley sich der Frau zu, die ihn noch immer beobachtete. »Entschuldigen Sie, bitte! Ich habe Ihren Namen doch richtig verstanden. Sie sind doch Dr. Susan Calvin?«

»Jawohl, Mr. Byerley.«

»Sie sind die Psychologin der Gesellschaft, nicht wahr?«

»Die Robotpsychologin, bitte.«

»Ach, ich wusste gar nicht, dass Robots geistig so anders sind als Menschen.«

»Völlig anders.« Sie gestattete sich ein kaltes Lächeln. »Robots sind im Grunde anständig.«

Der Anwalt lachte. »Da versetzen Sie uns aber einen bösen Schlag. Was ich aber eigentlich sagen wollte: Da Sie eine Psycho – entschuldigen Sie – eine Robotpsychologin sind und eine Frau, so haben Sie bestimmt schon etwas getan, woran Dr. Lanning bisher noch gar nicht dachte.«

»Und was soll das sein?«

»Sie haben bestimmt etwas zum Essen in Ihrer Handtasche.«

Die wohlgeschulte Gleichgültigkeit in Susan Calvins Augen wurde einen Augenblick durchbrochen. »Sie überraschen mich, Dr. Byerley«, sagte sie.

Sie öffnete die Tasche und brachte einen Apfel zum Vorschein. Wortlos reichte sie Byerley die Frucht. Dr. Lanning, der zunächst etwas aus der Fassung geraten war, folgte der langsamen Bewegung ihrer Hände mit scharfen und wachsamen Blicken.

Gelassen biss Stephen Byerley in den Apfel und gelassen schluckte er den Bissen hinunter.

»Sehen Sie, Dr. Lanning?«

Dr. Lanning lächelte mit einer solchen Erleichterung, dass selbst seine Augenbrauen ein paar Sekunden lang wohlwollend erschienen. Leider dauerte diese Erleichterung nicht lange.

Susan Calvin sagte: »Ich war neugierig zu sehen, ob Sie den Apfel essen würden. Allerdings beweist dies im vorliegenden Fall absolut nichts.«

Byerley blickte auf. »Wieso nicht?«

»Das ist doch klar. Dieser Mann, Dr. Lanning, würde, wenn er ein humanoider Robot wäre, natürlich eine vollkommene Imitation darstellen. Er ist fast zu menschlich, um noch glaubhaft zu erscheinen. Schließlich und endlich haben wir ja menschliche Wesen unser ganzes Leben lang gesehn und beobachtet. Es wäre völlig unmöglich, uns mit etwas hereinzulegen, das etwa nur annähernd korrekt wäre. Solch ein Robot müsste ganz und gar in Ordnung sein. Beobachten Sie doch bitte das Gewebe der Haut, die Qualität der Regenbogenhaut, die Knochenformation der Hand. Ist er ein Robot, so wollte ich, unsere Firma hätte ihn hergestellt, denn er ist ein wirklich erstklassiges Fabrikat. Gut. Scheint es Ihnen also dann wahrscheinlich, dass irgendjemand, der in der Lage war, auf derartige Kleinigkeiten so viel Wert zu legen, nicht auch in der Lage sein würde, ein paar Apparate einzubauen, um essen, schlafen und trinken vorzutäuschen? Natürlich nur zur Benutzung in Notlagen – wie zum Beispiel jetzt eine entstanden ist. Daher kann eine Mahlzeit eigentlich gar nichts beweisen.«

»Nun warten Sie mal«, fauchte Lanning. »Ich bin nicht ganz so dumm, wie Sie offenbar beide glauben. Das Problem, ob Byerley ein Mensch ist oder nicht, interessiert mich nicht. Mein ganzes Ziel besteht darin, die Gesellschaft aus einer schwierigen Lage herauszubringen. Eine Mahlzeit in aller Öffentlichkeit wird dieser Sache ein Ende bereiten, und zwar für immer, ganz gleichgültig, was Quinn auch tut. Die feineren Details der ganzen Sache können wir ruhig Anwälten und Robotpsychologen überlassen.«

»Aber, Herr Dr. Lanning«, sagte Byerley, »Sie übersehen völlig die politische Seite der Angelegenheit. Ich bin ebenso darauf aus, gewählt zu werden, wie Quinn darauf aus ist, mir den Weg zu verbauen. Haben sie übrigens bemerkt, dass Sie seinen Namen verwendet haben? Durch einen recht billigen Winkeladvokatentrick habe ich Sie dazu gebracht. Ich wusste, Sie würden ihn früher oder später namentlich erwähnen.«

Lanning errötete. »Was hat die Wahl mit dieser Sache zu tun?«

»Reklame, mein Herr, wirkt für die eine wie für die andere Seite. Wenn Quinn mich einen Robot schimpfen will und die Frechheit besitzt, dies zu tun, so besitze ich die Frechheit, das Spiel nach seinen Regeln zu spielen.«

»Sie meinen, Sie …« Lanning zeigte ganz offen, dass er sich abgestoßen fühlte.

»Genau. Ich will damit sagen, dass ich ihn weitermachen lasse. Er wird sich den Strick, an dem er schließlich hängen wird, selber aussuchen, wird selber seine Stärke ausprobieren, selber die richtige Länge abschneiden, selber die Schlinge knoten, selber den Kopf hineinstecken und grinsen. Das Übrige … und es bleibt schließlich nur sehr wenig … besorge ich dann mit dem größten Vergnügen.«

»Sie sind recht zuversichtlich.«

Susan Calvin stand auf. »Kommen Sie, Alfred, wir brauchen gar nicht erst zu versuchen ihn umzustimmen!«

»Sehen Sie«, sagte Byerley, »Sie sind doch auch eine Menschenpsychologin.«

Vielleicht besaß Byerley aber doch nicht in vollem Maße jene Zuversicht, von der Lanning gesprochen hatte, als er an jenem Abend seinen Wagen bei den automatischen Laufbändern parkte, die zu seiner tiefer liegenden Garage hinunterführten, und selbst den Pfad zur Vordertür seines Hauses hinaufging.

Die Gestalt im Rollstuhl schaute bei seinem Eintritt lächelnd auf. Byerleys Gesicht wurde warm und freundlich. Er ging hinüber zu dem Manne.

Die Stimme des Krüppels war ein heiseres, kratzendes Flüstern, das aus einem nach einer Seite hin verzerrten Munde herauskam. Die Hälfte des Gesichtes war eine einzige verwachsene Narbe. »Du kommst spät, Steve.«

»Ich weiß, John, ich weiß. Ich hatte heute aber mit einer sehr eigenartigen und interessanten Schwierigkeit zu tun.«

»So?« Weder das zerrissene Gesicht noch die zerstörte Stimme waren irgendeines Ausdrucks fähig. Sorge aber zeigte sich im Blick der klaren Augen. »Hoffentlich nichts, womit du nicht fertig werden könntest?«

»Ich bin nicht ganz sicher. Ich brauche möglicherweise deine Hilfe. Du bist das Genie in der Familie. Willst du, dass ich dich in den Garten schiebe? Es ist ein wundervoller Abend.«

Zwei starke Arme hoben John aus seinem Rollstuhl. Sanft, fast zärtlich, legten Byerleys Arme sich um die verbundenen Beine des Krüppels und um seine Schultern. Vorsichtig und langsam ging er durch die Räume, die sanft abfallende Rampe hinunter, die im Hinblick auf den Rollstuhl so konstruiert worden war, und durch die Hintertür hinaus in den mit einer Mauer und Stacheldraht umgebenen Garten hinter dem Haus.

»Warum lässt du mich nicht den Rollstuhl benutzen, Steve? Dies ist töricht.«

»Weil ich dich lieber trage. Hast du was dagegen? Du weißt sehr wohl, dass du ebenso froh bist, aus dieser motorisierten Kutsche herauszukommen, wie ich es bin, dich mal nicht darin sehen zu müssen. Wie geht es dir denn heute?« Mit unendlicher Sorgfalt ließ er John auf dem kühlen Gras nieder.

»Wie soll es mir denn gehn? Aber erzähle mir von deinen Nöten.«

»Quinns Wahlkampf wird sich darauf aufbauen, dass er behauptet, ich sei ein Robot.«

Johns Augen öffneten sich weit. »Woher weißt du das? Das ist unmöglich. Ich kann's nicht glauben.«

»Ich sage dir aber, dass es so ist. Er hat bereits einen von den Großmogulen der U.S. Robot Gesellschaft zu mir ins Büro geschickt, um mit mir zu diskutieren.«

Langsam rissen Johns Hände Grashalme aus. »Ich verstehe. Ich verstehe.«

Byerley sagte: »Wir können ihn aber seine eigenen Waffen wählen lassen. Ich habe nämlich eine Idee. Hör mal zu und sag mir dann, ob du glaubst, dass wir's schaffen!«

Die Szene in Lannings Büro am Abend beschränkte sich weitgehend darauf, dass man sich gegenseitig anstarrte. Francis Quinn starrte nachdenklich Alfred Lanning an. Lanning wieder starrte wütend auf Susan Calvin, die ihrerseits unbewegt Quinn anstarrte.

Francis Quinn unterbrach schließlich die Stille mit einem Versuch, die Beklemmung zu lösen. »Reiner Bluff. Er erfindet Ausreden je nach der Situation, in der er sich befindet.«

»Wollen Sie wirklich darauf spekulieren, Mr. Quinn?«, fragte Dr. Calvin gleichgültig. »Na, in Wirklichkeit ist die ganze Sache ja ebenso gut Ihre Spekulation.«

»Passen Sie mal auf«, sagte Lanning und versuchte seinen zähen Pessimismus durch Auftrumpfen zu verdecken, »wir haben getan, was Sie von uns verlangt haben. Wir waren Zeugen, als der Mann aß. Es ist lächerlich, ihn für einen Robot zu halten.«

»Glauben Sie wirklich?« Quinn wandte sich Dr. Calvin zu. »Lanning hat behauptet, Sie seien sozusagen Experte in dieser Angelegenheit.«

Lannings Stimme war jetzt fast drohend. »Also, Susan, bitte ...!«

Quinn unterbrach aalglatt. »Warum lassen Sie sie nicht selber sprechen, Mann? Sie sitzt nun seit einer halben Stunde hier, stumm wie ein Fisch.«

Lanning war aufs Äußerste gereizt. In diesem Augenblick war es von dem, was er empfand, bis zu hellem Wahnsinn eigentlich nur ein Schritt. Er sagte: »Schön. Sagen Sie, was Sie zu sagen haben, Susan! Wir werden Sie nicht unterbrechen.«

Susan Calvin schaute ihn an – ohne jeden Humor –, wandte dann ihre kalten Augen Quinn zu. »Es gibt nur zwei Wege, um definitiv zu beweisen, dass Byerley ein Robot ist. Bis jetzt bringen Sie nichts als einen Indizienbeweis. Damit können Sie zwar eine Anklage erheben, aber nicht wirklich überführen … und ich persönlich glaube, dass Mr. Byerley geschickt genug ist, dieser Art von Material zu begegnen. Wahrscheinlich sind Sie der gleichen Meinung, sonst wären Sie ja nicht hierher gekommen.

Die eine der beiden Beweismethoden ist die physische, die andere die psychologische. Sie können ihn sezieren oder mit Röntgenstrahlen durchleuchten. Wie Sie das anstellen, wäre Ihre Sache. Psychologisch kann sein Verhalten studiert werden, denn ist er ein positronischer Robot, so muss er sich an die drei Regeln der Robotik halten. Ohne diese kann ein positronisches Gehirn überhaupt nicht konstruiert werden. Kennen Sie diese Regeln, Mr. Quinn?«

Sie selbst zitierte sie bedächtig, wiederholte klar und deutlich und Wort für Wort die bekannten dickgedruckten Sätze, die auf Seite 1 im ›Handbuch der Robotik‹ zu lesen sind.

»Ich habe von diesen Regeln schon gehört«, sagte Quinn uninteressiert.

»Dann ist die Sache ganz einfach«, antwortete die Psychologin trocken. »Bricht Mr. Byerley eine dieser Regeln, dann ist er kein Robot. Unglücklicherweise funktioniert diese Prozedur nur in einer Richtung. Hält er sich nämlich an die Regeln, so beweist das freilich gar nichts.«

Quinn fragte höflich: »Und warum nicht, Frau Doktor?«

»Weil Sie – wenn Sie einmal darüber nachdenken – finden werden, dass die drei Regeln der Robotik die leitenden Grundprinzipien einer ganzen Reihe von ethischen Systemen darstellen. Natürlich soll jedes menschliche Wesen einen Selbsterhaltungstrieb besitzen. Das ist die Regel Nummer Drei für Robots. Auch soll jedes ›gute‹ menschliche Wesen mit einem sozialen Gewissen und Verantwortungsgefühl sich der Obrigkeit unterwerfen, seinem Arzt folgen, seinem Chef, seiner Regierung, seinem Psychiater, seinem Mitmenschen. Es soll Gesetzen gehorchen, Regeln, Sitten und Gebräuchen – selbst wenn diese seine eigene Bequemlichkeit einschränken oder seine Sicherheit gefährden. Das ist für einen Robot die Regel Nummer Zwei. Schließlich soll ein ›guter‹ Mensch seinen Nächsten lieben wie sich selbst, ihn beschützen, eventuell sein Leben riskieren, um ihn zu retten. Das aber ist für einen Robot die Regel Nummer Eins. Um es auf einen ganz einfachen Nenner zu bringen – wenn Byerley alle Regeln der Robotik befolgt, dann mag er ein Robot sein. Vielleicht aber ist er auch nur ein sehr guter Mensch.«

»Damit aber«, sagte Quinn, »sagen Sie mir doch, dass Sie nie beweisen können, dass er ein Robot ist.«

»Ich bin aber vielleicht in der Lage, Ihnen zu zeigen, dass er *keiner* ist.«

»Nur ist *das* nicht der Beweis, den ich suche.«

»Sie werden eben denjenigen Beweis bekommen, der existiert. Was Sie *wollen,* ist ganz allein Ihre Angelegenheit.« An diesem Punkte hatte Lanning plötzlich eine Idee. »Ist es bis jetzt denn noch niemandem in den Sinn gekommen«, sagte er, »dass Staatsanwalt zu sein eigentlich für einen Robot ein sehr eigenartiger Beruf ist? Die Verfolgung menschlicher Wesen – die von ihm erwirkten Todesurteile –, das unendliche Unglück, das eigentlich durch ihn über menschliche Wesen gebracht wird ...«

Quinn wurde plötzlich hellwach. »Nein, so leicht kommen Sie mir nicht davon! Dass er Staatsanwalt ist, macht ihn noch lange nicht menschlich. Wissen Sie denn nichts von seiner Tätigkeit? Haben Sie nicht gehört, dass er sich rühmt, nie einen unschuldigen Menschen verfolgt zu haben? Dass es dutzende von Leuten gibt, denen man den Prozess nicht macht, weil das Beweismaterial ihm nicht voll genügte ... obwohl er die Geschworenen wahrscheinlich hätte überzeugen können? Dies sind Tatsachen.«

Lannings dünne Wangen zitterten. »Nein, Quinn – nein! Nirgendwo steht etwas in den Regeln der Robotik, dass diese im Falle menschlicher Schuld etwa nicht zur Anwendung zu bringen sind. Ein Robot kann nicht darüber urteilen, ob ein menschliches Wesen die Todesstrafe verdient oder nicht. *Er darf kein menschliches Wesen verletzen* – ganz gleich, ob es zur Spielart Lump oder Engel gehört.«

Susan Calvins Stimme klang müde. »Alfred«, sagte sie, »sprechen Sie kein dummes Zeug! Wie wäre es zum Beispiel, wenn ein Robot dazu käme, während ein Wahnsinniger Feuer an ein Haus legt, in dem sich Menschen befinden? Er würde den Wahnsinnigen daran hindern, oder nicht?«

»Natürlich.«

»Und wenn der einzige Weg, dies zu tun, darin bestünde, dass er ihn tötete ...?«

Ein leiser, gequälter Ton kam aus Lannings Kehle. Das war alles.

»Die Antwort ist ganz einfach die, dass er sein Bestes tun würde, den Menschen nicht zu töten. Stürbe der Wahnsinnige, so würde der Robot wahrscheinlich psychiatrische Behandlung benötigen, weil er über diesem Konflikt ganz leicht den Verstand verlieren könnte ... diesem Konflikt, der darin bestand, dass er Regel Nummer Eins brach, um Regel Nummer Eins in einem höheren Sinne zu folgen. Aber ein Mann würde tot sein, und ein Robot würde ihn getötet haben.«

»Na und ist Byerley wahnsinnig?«, fragte Lanning mit allem ihm zur Verfügung stehenden Sarkasmus.

»Nein, aber er selbst hat niemanden getötet. Er hat Tatsachen enthüllt, die möglicherweise ein menschliches Wesen als gefährlich für die Gesellschaft erscheinen lassen. Damit schützt er die größere Zahl und befolgt daher in höchstem Ausmaße die Regel Nummer Eins. So weit geht er immerhin. Es liegt dann beim Richter, den Verbrecher zur Todesstrafe oder zu Gefängnis zu verurteilen, nachdem die Geschworenen sich über das Schuldproblem schlüssig geworden sind. Der Gefängnisbeamte sperrt ihn ein, der Henker bringt ihn um. Und Mr. Byerley hat nichts anderes getan als die Wahrheit festgestellt und damit der Gesellschaft geholfen.«

»Ich will ganz offen zugeben, dass ich – nachdem Sie die Sache aufgebracht hatten, Mr. Quinn – Herrn Byerleys Laufbahn einer genauen Prüfung unterzogen habe. Ich habe festgestellt, dass er in seinem Schlussplädoyer niemals die Todesstrafe beantragt hat. Ich habe ferner festgestellt, dass er sich offen für die Aufhebung der Todesstrafe ausgesprochen und sich mit großzügigen Spenden an Forschungsinstituten für kriminelle Neurophysiologie beteiligt hat. Ganz offenbar glaubt er mehr an die Besserungstheorie als an die Straftheorie. Ich finde das recht beachtenswert.«

»Wirklich?« Quinn lächelte. »Vielleicht in dem Sinne, dass dieser ganzen Sache ein gewisser Robotgeschmack anhaftet?«

»Vielleicht. Warum sollte ich es abstreiten? Handlungen wie die seinen können nur von einem Robot stammen oder von einem sehr ehrenwerten und anständigen menschlichen Wesen. Sie sehen hier, dass man ganz einfach zwischen einem Robot und der höchsten Klasse von Menschen keinen Unterschied finden kann.«

Quinn setzte sich in seinem Stuhl zurück. Seine Stimme bebte vor Ungeduld. »Dr. Lanning, es ist doch wohl absolut möglich, einen humanoiden Robot zu schaffen, der im Aussehen nicht von einem Menschen zu unterscheiden ist, wie?«

Lanning räusperte sich und überlegte. »Experimentell haben wir das bei unserer Firma fertiggebracht«, sagte er zögernd, »... natürlich ohne dass wir dieses Wesen mit einem positronischen Gehirn versehen hätten. Durch Benutzung menschlicher Eierstock- und Hormonkontrollorgane kann man menschliches Fleisch sowie Haut über ein Skelett aus porösem Silikatkunststoff wachsen lassen ... wobei Haut und Fleisch durch äußere Untersuchung nicht als künstlich hergestellt erkennbar sind. Die Augen und das Haar würden wirklich menschlich sein und nicht humanoid. Setzt man diesem Wesen nun ein positronisches Gehirn in den Kopf und andere irgendwie wünschenswerte oder erforderliche Apparate in den Leib, so hat man einen humanoiden Robot.«

Quinn sagte kurz: »Wie lange würde es dauern, um so etwas herzustellen?«

Lanning dachte nach. »Besäße man sämtliche benötigten Hilfsmaterialien, das heißt also das Gehirn, das Skelett, die Eierstöcke, die nötigen Hormone und Strahlungen – sagen wir zwei Monate.«

Der Politiker reckte sich und stand auf. »Dann werden wir einmal untersuchen, wie die Eingeweide des Herrn Byerley aussehen. Es wird keine angenehme Publizität für die U.S. Robot Co. bedeuten, aber ich habe Ihnen ja Ihre Chance gegeben.«

Lanning wandte sich, als sie allein waren, ungeduldig Susan Calvin zu. »Warum bestehen Sie darauf, zu ...«

Sie unterbrach ihn scharf und fast augenblicklich. »Was wollen Sie haben – die Wahrheit oder meine Abdankung? Ich werde mich für Sie zu keiner Lüge hergeben. Die Firma kann schon für sich selber sorgen. Verwandeln Sie sich doch nicht plötzlich in einen Feigling.«

»Und was geschieht«, sagte Lanning, »wenn er Byerley öffnet und Räder und Getriebe herausfallen? Was dann?«

»Er wird Byerley nicht öffnen«, sagte Calvin verachtungsvoll. »Byerley ist zum Mindesten ebenso schlau wie Quinn.«

Die Neuigkeit wurde eine Woche, ehe Byerley aufgestellt werden sollte, in der Stadt bekannt. Wurde bekannt, ist eigentlich falsch ausgedrückt. Die Neuigkeit stolperte in die Stadt, schwankte hin und her, kroch auf allen vieren. Man begann zu lachen und Witze wurden gerissen. Dann verstärkte die unsichtbare Hand Quinns ihren Druck. Nun begann das Lachen gezwungen zu klingen. Ein Element hohler Unsicherheit machte sich breit. Die Leute verstummten schließlich und begannen nachzudenken.

Die Zusammenkunft der Wähler selbst machte den Eindruck eines scheuen Pferdes. Eigentlich hatte man keinen Kampf vorausgesehen. Eine Woche früher wäre es unmöglich gewesen, einen anderen Kandidaten aufzustellen als Byerley. Selbst jetzt war kein Ersatz für ihn da. Man musste ihn aufstellen, aber man war völlig verwirrt und unsicher.

Alles wurde eigentlich nur dadurch so schlimm, dass jeder Einzelne hin und her gerissen wurde zwischen Gefühlen der Abscheu und Gefühlen der Angst vor der eigenen Dummheit, je nachdem, ob der Vorwurf sich als richtig oder als falsch erwies.

Am Tage, nachdem Byerley ohne inneren Schwung und Überzeugung aufgestellt worden war, veröffentlichte endlich eine Zeitung das Resumé eines Interviews mit Dr. Susan Calvin, »der weltbekannten Kapazität auf dem Felde der Robotpsychologie und der Positronik«.

Was folgte, kann man am besten damit beschreiben, dass man sagt: »Die Hölle brach los.«

Auf etwas Derartiges hatten die Fundamentalisten längst gewartet. Sie waren keine politische Partei, und sie behaupteten auch nicht, eine formale Religion darzustellen. Im Grunde setzten sie sich aus solchen Leuten zusammen, die sich dem, was man früher einmal das Atomzeitalter nannte, als die Atome noch Neuheiten waren, nicht hatten anpassen können. In Wirklichkeit waren sie Menschen, die ein einfaches Leben wollten, sich nach einem Leben sehnten, das denjenigen, die es früher einmal gelebt hatten, vermutlich gar nicht so einfach vorgekommen war, weshalb wohl auch diese wiederum sich nach einem einfachen Leben gesehnt hatten.

Die Fundamentalisten brauchten keine neuen Gründe, um Robots und Robothersteller zu verabscheuen. Ein Anlass aber wie die Anklage Quinns und die Analyse Calvins brachte sie dazu, ihre Einstellung recht hörbar werden zu lassen.

Die ungeheure Fabrikanlage der U.S. Robot Co. wurde Tag und Nacht von bewaffnetem Werkschutz überwacht. Die Firma bereitete sich auf einen richtigen Krieg vor.

Natürlich traten alle anderen Ziele dieser Wahlkampagne in den Hintergrund. Überhaupt hatte diese Zeit nur insoweit Ähnlichkeit mit einem Wahlkampf, als sie eben zwischen der Aufstellung des Kandidaten und der schließlichen Wahl lag.

Stephen Byerley ließ sich von dem umständlichen kleinen Mann nicht ablenken, noch ließ er sich in irgendeiner Weise von den Uniformen im Hintergrund beirren. Draußen vor dem Hause warteten hinter einer Reihe grimmiger Polizisten traditionsgemäß die Reporter und Fotografen. Eine tüchtige Fernsehstation hatte sogar ihre Kameras auf die leere Eingangstür zu dem bescheidenen Hause des Staatsanwalts eingestellt, während ein künstlich aufgeregter Ansager die Zeit mit aufgeblähtem Geschwätz ausfüllte.

Der umständliche kleine Kerl näherte sich. Vor sich ausgestreckt hielt er ein eng bedrucktes, kompliziert aussehendes Schriftstück. »Dies, Mr. Byerley, ist eine einstweilige Verfügung des Gerichtes, die mich ermächtigt, dieses Haus nach – nach illegalen mechanischen Männern oder Robots jeder Art zu untersuchen ...«

Byerley erhob sich und nahm das Papier in die Hand. Gleichgültig betrachtete er es und lächelte, als er es zurückgab. »In Ordnung. Fangen Sie ruhig an! Mrs. Hoppen«, sagte er zu seiner Haushälterin, die zögernd in der Tür erschien, »bitte begleiten Sie die Herren und helfen Sie ihnen, wenn nötig!«

Der kleine Mann, der Harroway hieß, zögerte. Er war unverkennbar errötet. Seine Augen wichen denen Byerleys konstant aus. »Kommt!«, murmelte er den beiden Polizisten zu.

In zehn Minuten war er zurück.

»Fertig?«, fragte Byerley im Tone eines Mannes, der weder an der Frage noch an deren Beantwortung ein besonderes Interesse hat.

Harroway räusperte sich, versuchte etwas zu sagen, brach ab und begann dann ärgerlich von neuem. »Passen Sie mal auf, Mr. Byerley! Unsere Instruktionen gehen dahin, dieses Haus sehr gründlich zu durchsuchen.«

»Und haben Sie das nicht getan?«

»Man hat uns genau gesagt, wonach wir suchen sollen.«

»Na, und?«

»Kurz, Mr. Byerley, um es ganz geradeheraus zu sagen, man hat uns aufgetragen, Sie persönlich zu durchsuchen.«

»Mich?«, sagte der Staatsanwalt mit einem immer vergnügter werdenden Lächeln. »Und wie wollen Sie das anstellen?«

»Wir haben einen Durchdringungsstrahler dabei ...«

»Dann soll also mit anderen Worten eine Röntgenaufnahme von mir gemacht werden, was? Sind Sie dazu ermächtigt?«

»Sie haben ja den Haussuchungsbefehl gesehen.«

»Würden Sie mir diesen bitte nochmals zeigen?«

Harroway, dessen Stirn tropfnass war und der bestimmt nicht vor lauter Enthusiasmus über seine Aufgabe schwitzte, gab Byerley das Papier ein zweites Mal.

Byerley sagte gemessen: »Ich lese hier als Beschreibung dessen, was Sie zu durchsuchen haben, wörtlich Folgendes: ›Das Wohnhaus 335 Willow Grove in Evanston, Eigentümer Stephen Allen Byerley, sowie eine etwa dazugehörige Garage, Vorratshaus oder irgendwelche andere Einrichtungen oder Gebäude, die zu diesem Hause gehören, sowie das gesamte Gelände und so weiter und so weiter.‹ Das ist durchaus in Ordnung. Aber diese Anordnung besagt absolut nichts über eine eventuelle Durchsuchung meines Innern. Ich bin kein Teil des Hauses. Wenn Sie denken, ich hätte vielleicht einen Robot in der Tasche, können Sie meine Kleidung durchsuchen, aber sonst nichts.«

Harroway sagte, wiederum leicht errötend: »Hören Sie mal, ich habe das Recht, die Möbel in Ihrem Hause zu durchsuchen, sowie alles andere, was ich sonst in Ihrem Hause finde! Unter anderem fand ich Sie persönlich hier, oder nicht?«

»Sehr gut beobachtet. Ich *bin* hier, aber ich bin kein Möbelstück. Als ein erwachsener, voll verantwortlicher Bürger – und ich besitze die Bescheinigung eines Psychiaters, dass ich dies bin – habe ich nach den Artikeln der regionalen Verfassung gewisse Rechte. Würden Sie mich durchsuchen, so würden Sie damit das Recht verletzen, das ich als Person besitze. Dazu reicht Ihre Anordnung aber nicht aus.«

»Stimmt, sind Sie aber ein Robot, so besitzen Sie kein Recht der Person.«

»Völlig korrekt – dennoch reicht Ihre Anordnung nicht aus. Sie erkennt mich stillschweigend als menschliches Wesen an.«

»Wo bitte?« Harroway griff nach dem Papier.

»Wo es heißt: Das Wohnhaus, Eigentümer so-und-so. Ein Robot kann kein Eigentümer sein. Und Sie können auch gleich Ihrem Auftraggeber ausrichten, Mr. Harroway, dass er – sollte er versuchen, eine Anordnung gegen mich zu erwirken, die mich nicht stillschweigend als menschliches Wesen anerkennt – eine einstweilige Verfügung zu gewärtigen hat, sowie eine Zivilklage, die ihn zwingen wird zu beweisen, dass ich ein Robot bin, und zwar mittels Informationen, die sich bereits jetzt in diesem Augenblick in seinem Besitz befinden, oder aber eine Strafe zu bezahlen – in einer Höhe, dass ihm die Augen übergehen – für den Versuch, mich unberechtigterweise meiner verfassungsmäßigen Rechte zu berauben. Sie werden ihm das doch bitte ausrichten, nicht wahr?«

Harroway ging zur Tür. Dort wandte er sich um. »Sie sind ein aalglatter Anwalt.« Seine Hand hielt er in der Tasche. Einen kurzen Augenblick stand er unbeweglich da. Dann ging er, lächelte in Richtung der Fernsehkamera, winkte den Reportern zu und schrie: »Morgen haben wir vermutlich was Neues für Euch. Ohne Scherz, was ganz Neues.«

Als er dann im Wagen saß, lehnte er sich in die Polster, nahm einen winzigen Mechanismus aus der Tasche und inspizierte ihn sorgfältig. Zum ersten Mal in seinem Leben hatte er eine Fotografie durch Röntgenstrahlenreflektion gemacht. Er hoffte, keinen Fehler begangen zu haben.

Quinn und Byerley hatten sich nie von Angesicht zu Angesicht getroffen. Dies geschah nun durch Visorphon, wie sich die neue Fernsehapparatur nannte, und wenn die beiden sich auch nicht persönlich gegenüber saßen, so war doch die Wirkung so, als wäre dies der Fall.

Es war Quinn, der Byerley angerufen hatte, und er war es auch, der das Gespräch begann, und zwar ohne alle besonderen Formalitäten. »Ich dachte, es würde Sie interessieren zu erfahren, Byerley, dass ich beabsichtige, die Tatsache bekannt zu geben, dass Sie einen Schutzpanzer gegen Röntgenstrahlen tragen.«

»Wirklich? In diesem Falle haben Sie es vermutlich bereits veröffentlicht. Ich habe das Gefühl, dass unsere recht unternehmungslustigen Pressevertreter schon seit einiger Zeit all meine Gespräche abhören. Ich weiß bestimmt, dass das bei meinen Büroverbindungen so ist. Deshalb habe ich mich auch in den letzten Wochen hier in meinem eigenen Hause vergraben.« Byerley war freundlich, er brachte alles in einem richtigen Plaudertone vor.

Quinns Lippen wurden ein wenig dünner. »Unser augenblickliches Gespräch ist abgeschirmt … und zwar hundertprozentig. Ich führe es mit Ihnen, obwohl ich damit ein gewisses Risiko eingehe.«

»Kann ich mir denken. Niemand weiß, dass Sie hinter dieser ganzen Hetze stehen. Zum Mindesten weiß dies keiner offiziell. Inoffiziell gibt es allerdings keinen, der es nicht weiß. Ich würde mir an Ihrer Stelle keine Sorge darüber machen. Ich trage also einen Schutzpanzer? Ich nehme an, Sie fanden das heraus, als es sich zeigte, dass die von Ihrem Schoßhund Harroway gemachte Aufnahme unterbelichtet war, wie?«

»Es ist Ihnen doch wohl klar, Byerley, dass es für jeden einleuchtend sein muss, dass Sie es nicht wagen, sich einer Röntgenanalyse zu stellen.«

»Ebenso, dass Sie oder Ihre Leute einen illegalen Versuch auf Verletzung der Rechte meiner Person unternehmen.«

»Der Teufel wird sich darum scheren.«

»Vielleicht doch. Die Tatsache ist doch eigentlich symbolisch für die Verschiedenheit unserer Wahlfeldzüge, oder nicht? Sie kümmern sich wenig um die Rechte des Einzelbürgers. Ich kümmere mich viel darum. Ich werde mich einer Röntgenanalyse nicht unterwerfen, weil ich aus Prinzip meine Rechte als Bürger aufrechterhalten möchte. Genauso wie ich die Rechte anderer schützen werde, wenn man mich wählt.«

»Ganz ohne Zweifel können Sie daraus eine interessante Rede machen. Nur wird keiner Ihnen glauben. Klingt ein bisschen zu edel, um wahr zu klingen. Noch etwas anderes« – seine Stimme wurde hart und geschäftsmäßig –, »das Personal in Ihrem Hause war neulich nicht vollständig.«

»Wieso?«

»Nach dem mir vorliegenden Bericht« – er fingerte in vor ihm liegenden Papieren herum, die gerade noch im Bereich des Fernsehschirmes waren – »fehlte eine Person. Ein Krüppel.«

»Wie Sie sagen«, sagte Byerley tonlos, »ein Krüppel. Es handelt sich bei dieser Person um meinen alten Lehrer, der bei mir lebt und sich jetzt bereits seit zwei Monaten auf dem Lande befindet. Eine wohlverdiente Ausspannung ist wohl der Ausdruck, den man gewöhnlich in solchen Fällen anwendet. Ich hoffe, Sie haben nichts dagegen?«

»Ihr Lehrer? Eine Art von Wissenschaftler, nicht wahr?«

»Ein Anwalt, ehe er zum Krüppel wurde. Er besitzt eine Regierungslizenz als Biophysiker und hat ein eigenes Laboratorium. Eine komplette Beschreibung der von ihm geleisteten Arbeit befindet sich in den Akten der Behörden, an die ich Sie zum Zwecke der Einsichtnahme hiermit verweise. Seine Arbeiten sind unwichtig. Sie bedeuten aber für einen solch armen Krüppel einen harmlosen und interessanten Zeitvertreib. Ich stehe ihm natürlich – wie Sie wohl verstehen werden –, wo ich nur kann, hilfreich zur Seite.«

»Ich verstehe ganz genau. Und was weiß dieser – Lehrer – über die Herstellung von Robots?«

»Ich kann nur sehr schwer seine Kenntnisse beurteilen auf einem Gebiet, mit dem ich selber völlig unvertraut bin.«

»Er wäre wohl nicht in der Lage, sich positronische Gehirne zu beschaffen?«

»Fragen Sie doch hierüber Ihre Freunde bei der U.S. Robot Co. Die müssen das doch wissen.«

»Ich mache es kurz, Byerley. Ihr verkrüppelter Lehrer ist der wirkliche Stephen Byerley. Sie sind eine Robotschöpfung. Wir können das beweisen. *Er* erlitt jenen Autounfall, nicht Sie. Es wird ja wohl Mittel und Wege geben, um die betreffenden Akten zu prüfen.«

»Tatsächlich? Dann tun Sie das doch! Meine besten Wünsche begleiten Sie.«

»Wir können ferner den Landaufenthalt Ihres so genannten Lehrers durchsuchen lassen und sehn, was wir dort alles finden.«

»Das stimmt nicht ganz, Quinn.« Byerley lächelte breit. »Sehr zu Ihrem Nachteil ist mein so genannter Lehrer ein kranker Mann. Sein Landsitz ist sein Kuraufenthalt. Sein Recht unter der Verfassung ist daher noch stärker als mein eigenes. Es wird Ihnen bestimmt nicht gelingen, einen Haussuchungsbefehl zu erwirken, ohne dass Sie den Nachweis der Notwendigkeit für diese Maßnahme erbringen. Wie dem auch sei – ich werde jedenfalls der Letzte sein, der Sie an einem derartigen Versuch hindert.«

Eine mäßig lange Pause folgte. Dann neigte Quinn sich nach vorne, sodass sein Gesicht auf dem Fernsehschirm sich ausdehnte und die feinen Linien auf seiner Stirn sichtbar wurden. »Byerley, warum machen Sie weiter? Sie *können* nicht gewählt werden.«

»Nein?«

»Glauben Sie wirklich, Sie könnten? Meinen Sie denn nicht, dass allein die Tatsache, dass Sie überhaupt keinen Versuch gemacht haben, den Robotvorwurf zu widerlegen – wo Sie dies doch ganz einfach dadurch hätten tun können, dass Sie eine der drei Grundregeln durchbrachen –, dass allein diese Tatsache genügt, um die Leute davon zu überzeugen, dass Sie ein Robot sind?«

»Keineswegs. Ich sehe lediglich, dass ich, anstatt ein ziemlich unbekannter Anwalt zu sein, nunmehr zu einer weltbekannten Figur geworden bin. Sie haben mir große Propagandadienste erwiesen.«

»Aber Sie *sind* doch ein Robot.«

»Das hat man behauptet, aber nicht bewiesen.«

»Für die Wählerschaft genügen unsere Beweise.«

»Dann ruhen Sie sich doch aus! Sie haben immerhin gesiegt.«

»Leben Sie wohl!« Und zum ersten Mal war wirklicher Hass in Quinns Stimme. Der Fernsehschirm wurde dunkel.

»Leben Sie wohl!«, sagte Byerley unberührt zu dem leeren Schirm.

Eine Woche vor der Wahl brachte Byerley seinen ›Lehrer‹ zurück. Sein Luftautomobil landete schnell in einem unbekannten Teil der Stadt.

»Du bleibst hier, bis die Wahl vorüber ist«, sagte Byerley zu ihm. »Es ist besser, du bist aus dem Weg, sollte die Sache schief gehen.«

Die heisere Stimme, die sich nur mit Mühe Johns verzerrtem Munde entrang, klang besorgt. »Besteht Gefahr der Gewaltanwendung?«

»Die Fundamentalisten drohen damit, und so glaube ich, dass eine gewisse derartige Möglichkeit besteht. In Wirklichkeit aber erwarte ich, dass alles glatt geht. Die Fundies besitzen keine wirkliche Macht. Sie sind nichts als jener dauernde Reizfaktor, der manchmal genügt, um nach einer gewissen Zeit Unruhe zu verursachen. Es macht dir doch nichts aus, hier zu bleiben, wie? Ich bitte dich darum. Ich würde sehr behindert sein, müsste ich mir auch um dich noch Sorgen machen.«

»Ich bleibe schon. Du glaubst aber doch noch immer, dass alles planmäßig verlaufen wird?«

»Ich bin ganz sicher. Hat dich jemand da draußen auf dem Lande gestört?«

»Niemand. Kannst dessen gewiss sein.«

»Und du hattest keine Schwierigkeiten mit deiner Seite der Sache?«

»Nicht die Geringsten. Aus dieser Richtung brauchst du nichts zu befürchten.«

»Dann pass auf dich auf … und schalte morgen den Fernsehapparat ein.« Byerley drückte die zerfurchte Hand, die eine Weile in der seinen verblieb.

Lentons Stirn war voller Furchen – ein Spiegelbild seiner inneren Spannung. Er hatte die nicht sehr beneidenswerte Aufgabe, Byerleys Wahlkampagne zu lenken. Dieser Wahlkampf war wirklich nicht das Übliche. Wann war es jemals vorgekommen, dass ein Kandidat sich weigerte, seine Strategie bekannt zu geben, und es gleichzeitig ablehnte, die Pläne seines Managers zu akzeptieren?

»Sie können nicht gewinnen.« Es war sein Lieblingssatz geworden. Besser gesagt – es war der einzige Satz geworden, den er überhaupt noch sagte. »Ich sage Ihnen, Steve, Sie können nicht gewinnen.«

Er warf sich sozusagen auf die Knie vor dem Staatsanwalt, der im Augenblick gerade seine Zeit damit zubrachte, seine mit Schreibmaschine geschriebene Rede durchzublättern.

»Legen Sie das mal weg, Steve! Ich sage Ihnen, dieser Mob ist von den Fundies organisiert. Man wird Sie nicht sprechen lassen. Viel wahrscheinlicher werden Sie gesteinigt werden. Warum müssen Sie persönlich vor einer Menschenmenge sprechen? Weshalb übertragen wir die ganze Sache nicht einfach über einen Fernsehsender?«

»Sie wollen doch, dass ich die Wahlkampagne gewinne, oder nicht?«, fragte Byerley mit milder Stimme.

»Die Kampagne gewinnen! Sie werden sie nicht gewinnen, Steve. Ich versuche, Ihr Leben zu retten. Steve.«

»Ach – dafür besteht keine Gefahr.«

»Keine Gefahr. Er befindet sich in keiner Gefahr!« Lentons Kehle brachte einen eigenartig heiseren Ton hervor. »Sie wollen sagen, dass Sie auf jenen Balkon hinaustreten und vernünftig mit fünfzigtausend Wahnsinnigen reden werden – von einem Balkon herunter wie ein mittelalterlicher Diktator!«

Byerley schaute auf die Uhr. »In ungefähr fünf Minuten … sobald auch die Fernsehverbindungen frei sind, dass man mich überall sehen und hören kann.«

Lentons Antwort war nicht ganz salonfähig.

Die Menge füllte einen durch Seile abgesperrten Platz der Stadt. Es schien, als wüchsen Häuser und Bäume aus einem Fundament menschlicher Massen. Es war eine rein lokale Wahl. Dennoch hörte die ganze Stadt zu. Byerley musste bei diesem Gedanken lächeln.

In der Menge selbst aber gab es nichts, worüber man hätte lächeln können. Banner und Transparente wandten sich in jeder erdenklichen Form gegen sein angebliches Robotertum. Deutlich, fast greifbar deutlich, lag die Feindschaft der Menge in der Luft. Gleich von Anfang an hatte die Rede keinen Erfolg. Sie musste gegen das unartikulierte Schreien der fundamentalistischen Cliquen ankämpfen, die wie kleine Inseln über das Meer der Menge verteilt waren. Dennoch redete Byerley weiter, langsam und ohne Erregung.

Im Zimmer drin raufte Lenton sich die Haare und stöhnte – und wartete auf das kommende Blutvergießen.

In den vordersten Reihen begann ein Schieben und Stoßen. Ein eckiger Bürger mit vortretenden Augen und Kleidern, die zu kurz waren für die schlaksige Länge seiner Gliedmaßen, wollte sich nach vorne drängen. Ein Polizist suchte ihn zu packen. Er bahnte sich langsam und mühevoll einen Weg hinter dem Manne drein. Byerley winkte den Polizisten ärgerlich weg.

Der hagere Mann befand sich nun unmittelbar unter dem Balkon. Seine Stimme kämpfte vergebens gegen das allgemeine Gebrüll an.

Byerley lehnte sich nach vorne. »Was sagen Sie? Wenn Sie eine legitime Frage haben, so werde ich diese beantworten.« Er wandte sich an einen Wachtposten, der neben ihm stand. »Bringen Sie den Mann herauf!«

Eine Spannung legte sich über die Menge. Schreie wie »Ruhe!« und »Seid doch still!« kamen von verschiedenen Seiten. Sie wurden lauter und wuchsen sich aus zu einem ungeheuren Lärm, bis sie schließlich nach und nach verstummten. Der hagere Mann stand schnaufend und mit gerötetem Gesicht vor Byerley.

Byerley sagte: »Haben Sie eine Frage?«

Der hagere Mann starrte ihn an und sagte dann mit halbzerbrochener Stimme: »Schlagen Sie mich!«

Mit plötzlicher Energie schob er sein Kinn scharf nach vorne. »Schlagen Sie mich! Sie behaupten, Sie seien kein Robot. Beweisen Sie es! Sie können gar kein menschliches Wesen schlagen, Sie Ungeheuer.«

Ein eigenartiges dumpfes Schweigen folgte. Byerleys Stimme zerstach diese Stille. »Ich habe keinen Grund, Sie zu schlagen.«

Der hagere Mann lachte wild auf. »Sie *können* mich gar nicht schlagen. Sie *werden* mich daher nicht schlagen. Sie sind kein Mensch. Sie sind ein Monstrum, ein Scheinmensch.«

Mit fest aufeinander gepressten Lippen holte Byerley vor Tausenden, die persönlich zusahen, und vor Millionen, die diese Szene auf dem Fernsehschirm verfolgten, aus und versetzte dem Mann einen krachenden Boxschlag genau auf die Spitze seines Kinns. Der Mann sackte zusammen. Sein Gesicht war nichts als ein Ausdruck völliger Überraschung.

Byerley sagte: »Es tut mir Leid. Tragen Sie ihn hinein und machen Sie es ihm so bequem wie möglich! Wenn ich hier draußen fertig bin, möchte ich mit ihm sprechen.«

Als Dr. Calvin, die alles von ihrem an einer reservierten Stelle parkenden Wagen aus beobachtet hatte, den Motor anließ und wegfuhr, hatte sich nur ein einziger Berichterstatter so weit erholt, um ihr nachzurasen und ihr eine unverständliche Frage zuzubrüllen.

Über ihre Schulter hinweg rief sie: »Er ist menschlich.«

Das genügte. Der Reporter wandte sich um und rannte zum nächsten Telefon.

Der Rest der Rede wird am besten gekennzeichnet durch die Worte: »Gehalten, aber nicht gehört.«

Dr. Calvin und Stephen Byerley trafen sich noch einmal … und zwar eine Woche, ehe Byerley als Bürgermeister vereidigt wurde. Es war spät – lange nach Mitternacht.

Dr. Calvin sagte: »Sie sehen gar nicht müde aus.«

Der neugewählte Bürgermeister lächelte. »Ich werde bestimmt noch eine Weile aufbleiben. Aber erzählen Sie das nicht Quinn!«

»Werde ich auch nicht tun. Immerhin hatte er sich eine interessante Geschichte ausgedacht, über die ich nicht gesprochen hätte, hätten Sie nicht gerade selbst seinen Namen genannt. Schade, dass Sie sie ihm zerstört haben. Ich nehme an, Sie waren im Bilde über seine Theorie?«

»Teilweise.«

»War wirklich höchst dramatisch. Stephen Byerley war ein junger Anwalt, ein großartiger Redner, ein wirklich echter Idealist. Außerdem hatte er eine gewisse Begabung oder Neigung für Biophysik. Sind Sie an Robotik interessiert, Mr. Byerley?«

»Nur vom Rechtsstandpunkt aus.«

»*Jener* Stephen Byerley war an der Wissenschaft selbst interessiert, leider aber ereignete sich ein Unfall. Byerleys Frau kam um, er selbst lebte, war aber schlimmer daran, als wäre er zugrunde gegangen. Seine beiden Beine waren weg, sein Gesicht hatte sich in eine formlose Masse verwandelt. Er hatte die Stimme verloren. Eine chirurgische Behandlung lehnte er ab. Er zog sich von der Welt zurück. Seine Karriere als Anwalt gab er auf. Was ihm einzig und allein blieb, war seine Intelligenz und die Geschicklichkeit seiner Hände. Irgendwie konnte er sich positronische Gehirne beschaffen, darunter eines von den ganz fein entwickelten, das die Fähigkeit besaß, sich in ethischen Dingen ein Urteil zu bilden – was, wie Sie vielleicht wissen werden, der höchste Grad von Vervollkommnung ist, den wir bisher bei positronischen Gehirnen erreicht haben.

Um dieses Gehirn herum ließ er einen Körper wachsen und lehrte dieses neue Wesen dann all das zu sein, was er selbst sonst gewesen wäre, nun aber nicht mehr sein konnte. Dann schickte er es als Stephen Byerley hinaus in die Welt, während er selbst als der alte, verkrüppelte Lehrer, den keiner jemals sah, im Hintergrunde blieb.«

»Unglücklicherweise«, sagte der neugewählte Bürgermeister, »habe ich diese ganze Theorie zerstört, indem ich jenen Mann schlug. Wie die Zeitungen sagen, war damals Ihr eigenes offizielles Urteil das, dass ich menschlich sei.«

»Wie ist das eigentlich gekommen? Würden Sie es mir nicht erzählen? Es war doch wohl kein reiner Zufall.«

»Nein, kein ganz reiner. Die meiste Arbeit hat Quinn selbst geleistet. Meine Leute begannen ganz leise und unauffällig die Tatsache zu verbreiten, dass ich noch nie einen Menschen geschlagen hätte … und dass ich unfähig sei, das zu tun. Sie sagten weiter, würde ich nicht schlagen, selbst wenn man mich provozierte, so wäre dies ein ganz sicherer Beweis für mein Robotertum. Demzufolge arrangierte ich eine öffentliche Kundgebung. Selbstverständlich gab es einen Dummkopf, der auf meinen Leim kroch. Im Grunde genommen war die ganze Sache ein Winkeladvokatentrick ... ein Trick, bei dem die künstlich geschaffene Atmosphäre die ganze Arbeit leistet. Natürlich machten die folgenden Gefühlsregungen meine Wahl sicher, was allein ich beabsichtigt hatte.«

Die Robotpsychologin nickte. »Wie ich sehe, sind Sie selbst etwas Psychologe. Ich nehme an, jeder Politiker muss das sein. Dennoch tut's mir Leid, dass die Angelegenheit diese Wendung genommen hat. Ich mag Robots. Ich habe sie bedeutend lieber als menschliche Wesen. Könnte man einen Robot schaffen, der in der Lage wäre, einen hohen Regierungsposten einzunehmen, ich glaube, niemand würde ihm gleichkommen können. Infolge der Gesetze der Robotik wäre er nicht imstande, Menschen Schaden zuzufügen, unfähig der Tyrannei, der Korruption, der Dummheit und des Vorurteils. Nach Beendigung seiner Zeit würde er gehen, obwohl er ja unsterblich ist, weil es ihm unmöglich wäre, Menschen wissen zu lassen, dass sie von einem Robot regiert wurden, da dieses Wissen sie verletzen müsste. Es wäre eine wirklich ideale Lösung.«

»Außer dass ein Robot vielleicht doch einmal versagen könnte. Niemals ist ja das positronische Gehirn in seiner Komplexität dem menschlichen gleichgekommen.«

»Er würde Ratgeber haben. Noch nicht einmal ein menschliches Gehirn ist in der Lage, ohne die Hilfe anderer zu regieren.«

Byerley betrachtete Susan Calvin mit tiefem Interesse. »Warum lächeln Sie, Dr. Calvin?«

»Ich lächelte, weil Mr. Quinn nicht an alles gedacht hat.«

»Sie meinen, an seiner Geschichte könnte doch etwas dran sein?«

»Etwas mehr, möchte ich mal sagen. Vor der Wahl befand sich jener Stephen Byerley, von dem Quinn sprach, jener gebrochene Mann, aus irgendwelchen mysteriösen Gründen für die Dauer von drei Monaten auf dem Lande. Er kam rechtzeitig vor jener berühmten Rede, die Sie hielten, zurück. Schließlich konnte der Krüppel ja, was er schon einmal getan hatte, auch ein zweites Mal tun ... besonders nachdem die Aufgabe das zweite Mal ja wirklich – verglichen mit der Ersten – höchst einfach war.«

»Ich verstehe Sie nicht ganz.«

Dr. Calvin stand auf und strich sich das Kleid glatt. Offenbar war sie im Begriff, sich zu verabschieden. »Ich will damit sagen, dass es einen einzigen Fall gibt, in dem ein Robot ein menschliches Wesen schlagen kann. Nur einen einzigen Fall.«

»Und was ist dieser Fall?«

Dr. Calvin befand sich jetzt an der Tür. Gelassen sagte sie: »Wenn dieses menschliche Wesen eben auch nur ein Robot ist.« Sie lächelte vergnügt. Ihr schmales Gesicht strahlte. »Leben Sie wohl, Mr. Byerley! Ich hoffe, in fünf Jahren meine Stimme für Ihre Wahl zum Koordinator abgeben zu dürfen.«

Stephen Byerley lachte. »Ich muss darauf antworten, dass mir dies als ziemlich weit hergeholt erscheint.«

Die Tür schloss sich hinter ihr.

Ich schaute sie mit einer Art von Grauen an. »Ist das alles wahr?«

»Alles«, sagte sie.

»Und der große Byerley war also ein ganz gewöhnlicher Robot?«

»Das wird man niemals wirklich feststellen können. Ich glaube, er war einer. Als er sich entschloss zu sterben, ließ er sich atomisieren. Somit werden wir für immer auf einen legalen Beweis verzichten müssen. Und im Übrigen, was macht es schon aus?«

»Na, ich bitte Sie aber …«

»Sie teilen ein Vorurteil gegen Robots, das völlig unvernünftig ist. Byerley war ein sehr guter Bürgermeister. Fünf Jahre später wurde er regionaler Koordinator. Als dann im Jahre 2044 die Weltregionen sich zu einer Föderation zusammenschlossen, wurde er der erste Weltkoordinator. Zu jener Zeit aber regierten ohnehin bereits die Denkmaschinen die Welt.«

»Jawohl, aber …«

»Kein Aber. Denkmaschinen sind Robots, und sie regieren die Welt. Vor fünf Jahren habe ich die ganze Wahrheit herausgefunden. Es war im Jahre 2052. Byerley beendete damals gerade seine zweite Wahlperiode als Weltkoordinator …«

Der unvermeidliche Konflikt

Der Koordinator besaß in seinem Privatbüro ein mittelalterliches Kuriosum – einen Kamin. Um es gleich zu sagen – vermutlich hätten Leute aus dem Mittelalter diesen Kamin gar nicht als einen solchen erkannt, weil er keinen Dienst zu verrichten hatte.

Seine gleichmäßige Flamme befand sich in einem isolierten Kasten hinter klarem Quarz.

Die Holzblöcke wurden fernentzündet, ganz einfach dadurch, dass ein Teil des Energiestrahles, der die öffentlichen Gebäude der Stadt versorgte, etwas abgelenkt wurde. Der gleiche Knopf, mit dem man das Anzünden besorgen konnte, ließ auch die Asche des vorausgegangenen Feuers in einen Abfallschacht fallen und regelte die Zufuhr von frischem Holz. Alles in allem: Es war ein völlig ›stubenreiner‹ Kamin.

Das Feuer selbst aber brannte tatsächlich. Durch eine Verstärkeranlage wurde ein Knistern hörbar gemacht, und natürlich konnte man auch sehen, wie die Flammen im Luftzuge tanzten.

Im kleinen spiegelte sich das Feuer in der Brille des Koordinators und in noch kleinerem Maßstabe in seinen Pupillen.

Auch in den eiskalten Pupillen seines Gastes, der Frau Dr. Susan Calvin von der U.S. Robot und Mechanical Men Co., spiegelte es sich.

Der Koordinator sagte: »Ich habe Sie nicht nur aus rein gesellschaftlichen Gründen hierher gebeten, Susan.«

»Das hab ich auch nicht geglaubt, Stephen«, antwortete sie.

»… und nun weiß ich eigentlich gar nicht, wie ich mein Problem in die richtigen Worte bringen soll. Möglicherweise mag überhaupt nichts dahinterstecken. Steckt aber was dahinter, so könnte es schließlich das Ende der Menschheit bedeuten.«

»Mir sind schon viele Probleme begegnet, bei denen es sich genau um die gleichen Alternativen handelte. Ich glaube, fast alle Probleme haben so etwas an sich.«

»Wirklich? Dann sagen Sie mir, was Sie von Folgendem halten! Die Weltstahlgesellschaft berichtet von einer Überproduktion von zwanzigtausend Tonnen. Die Fertigstellung des mexikanischen Kanals wird sich um zwei Monate verzögern. Die Quecksilberminen in Almaden haben seit vergangenem Frühling einen beträchtlichen Produktionsausfall von ich weiß nicht wie viel, während die Hydroponik-Gesellschaft in Tientsin bereits Personal entlässt. Dies sind Fakten, die mir eben jetzt so einfallen. Man könnte noch bedeutend mehr dieser Art aufzählen.«

»Und ist das alles so wichtig? Entscheidend? Ich bin zu wenig Volkswirtschaftler, um mir die schrecklichen Konsequenzen derartiger Erscheinungen vorstellen zu können.«

»An sich sind sie natürlich nicht beängstigend. Man kann Mineningenieure nach Almaden schicken, wenn die Lage sich verschlechtern sollte. Techniker der Hydroponik-Gesellschaft können auf Java oder Ceylon verwendet werden, wenn sie in Tientsin keine Beschäftigung mehr finden. Zwanzigtausend Tonnen Stahl sind nicht mehr als ein paar Tage des Weltverbrauchs, und die um zwei Monate verspätete Eröffnung des mexikanischen Kanals ist gewiss nicht von so großer Bedeutung. Was mir Sorge macht, sind die Denkmaschinen. Ich habe mich deswegen bereits mit dem Direktor Ihrer Forschungsabteilung unterhalten.«

»Mit Vincent Silver? Er hat bisher nichts davon erwähnt.«

»Ich hatte ihn gebeten, mit niemandem darüber zu sprechen. Offenbar ist er meinem Wunsche nachgekommen.«

»Und was hat er Ihnen geantwortet?«

»Darauf komme ich gleich. Erst möchte ich einmal über die Denkmaschinen sprechen …, und zwar ausschließlich mit Ihnen, weil Sie die einzige Person in der ganzen Welt sind, die Robots gut genug versteht, um mir jetzt helfen zu können. Darf ich ein wenig philosophisch werden?«

»*Heute* Abend, Stephen, dürfen Sie reden, wie Sie wollen und worüber Sie wollen. Vorausgesetzt, Sie sagen mir zunächst, was Sie eigentlich zu beweisen beabsichtigen.«

»Dass kleine Gleichgewichtsstörungen in unserem System von

Angebot und Nachfrage, wie die von mir erwähnten, der erste Schritt zum Krieg sein mögen.«

»Mhm. Fahren Sie fort!«

Susan Calvin machte es sich nicht sonderlich bequem in dem Sessel, in dem sie saß, obgleich er besonders komfortabel war. Ihr kaltes dünnlippiges Gesicht und ihre flache gleichmäßige Stimme hatten im Laufe der Jahre eine gewisse Schärfe bekommen. Und obwohl Stephen Byerley ein Mann war, den sie gernhaben und dem sie vertrauen konnte, ließ sie sich auch ihm gegenüber nie gehen. Sie war nun fast siebzig Jahre alt, und man streift nicht so leicht die Gewohnheiten eines ganzen Lebens ab.

»Jede Periode menschlicher Entwicklung«, sagte der Koordinator, »hat ihre eigene Art menschlicher Konflikte gehabt ... ihre eigene Art von Problemen, die offenbar nur durch Gewalt gelöst werden konnten. Und noch niemals hat Gewalt zu wirklicher Lösung geführt. Immer existierte das betreffende Problem während einer Reihe von folgenden Konflikten weiter und verschwand dann von selbst – wie sagt man da? –, ›nicht mit einem Knall, sondern mit Gewimmer‹, im Zuge der Veränderung des sozialen und ökonomischen Klimas. Dann tauchten alsbald neue Probleme auf und neue Serien von Kriegen. Anscheinend ein endloser Zyklus.

Betrachten Sie einmal verhältnismäßig moderne Zeiten! Da gab es ganze Serien dynastischer Kriege im sechzehnten und achtzehnten Jahrhundert. Damals hieß die Europa beherrschende Frage, ob das Haus Habsburg oder das Haus Valois-Bourbon den Kontinent regieren solle. Das war so einer jener ›unausweichlichen Konflikte‹, weil Europa offenbar nicht halb unter der einen Dynastie und halb unter der anderen existieren konnte.

Nur dass es dennoch existierte und dass kein Krieg jemals weder die eine noch die andere Dynastie auslöschte ... bis in Frankreich im Jahre 1789 eine neue soziale Atmosphäre zum Durchbruch kam, die zuerst die Bourbonen zu Fall brachte und schließlich auch das Haus Habsburg in den staubigen Schacht der geschichtlichen Verbrennungsanlage hinabstieß.

In den gleichen Jahrhunderten fanden auch die noch barbarischeren religiösen Kriege statt, bei denen es sich um die wichtige Frage handelte, ob Europa katholisch oder protestantisch sein solle. Halb und halb – nein, das war unmöglich. Es war ›unausweichlich‹, dass diese Frage mit dem Schwert entschieden werden müsse. Nur dass dies nicht gelingen konnte. In England begann ein neuer Industrialismus zu wachsen, auf dem Kontinent ein neuer Nationalismus. Und heute noch ist Europa halb katholisch und halb protestantisch, und niemand kümmert sich darum.

Im neunzehnten und zwanzigsten Jahrhundert folgte dann der Zyklus nationalistisch-imperialistischer Kriege, wobei es als wichtigstes Problem in der Welt galt, welche Teile Europas die wirtschaftlichen Quellen und Märkte dieser oder jener nichteuropäischen Teile der Welt kontrollieren sollten. Offenbar vermochten alle diese außereuropäischen Gebiete unter teils englischer, teils französischer, teils deutscher Herrschaft und so fort auf die Dauer nicht zu existieren.

Bis sich die nationalistischen Kräfte Europas so sehr verzettelt hatten, dass die außereuropäischen Teile der Erde das zum Ende führten, was alle Kriege nicht hatten beenden können. Es stellte sich nämlich eines Tages heraus, dass man ganz bequem *völlig ohne* Europa existieren konnte.

Und so geht das alles nach einem bestimmten Schema …«

»Stimmt, Stephen, Sie haben das ganz klar dargestellt«, sagte Susan. »Nur sind dies freilich keine sehr tiefschürfenden Beobachtungen.«

»Nein. Aber ist es nicht gerade das Offensichtliche, das man manchmal am schwersten zu erkennen vermag? Die Leute sagen, das und das ist so deutlich wie die Nase in deinem Gesicht. Aber wie viel von Ihrer Nase können Sie sehen, wenn Ihnen nicht einer einen Spiegel vorhält? Im zwanzigsten Jahrhundert begannen wir einen neuen Kriegszyklus. Wie soll ich ihn nennen, Susan? Ideologische Kriege … in denen religiöse Gefühle in ökonomischen Systemen Anwendung finden, anstatt in ethischen. Wiederum hießen alle diese Kriege ›unvermeidbar‹. Dieses Mal verwendete man Atomwaffen. Die Menschheit konnte aber diese Qual nicht überstehen, ebenso wenig wie sie fähig war, sie zu vermeiden. Und so kamen dann schließlich die positronischen Robots.

Sie kamen im richtigen Moment, und mit ihnen und neben ihnen kam interplanetarisches Reisen … sodass es nicht mehr so wichtig war, ob die Welt an Adam Smith glaubte oder an Karl Marx. Unter den neuen Umständen hatten die Lehren von keinem der beiden noch viel Sinn. Beide mussten sich angleichen und gelangten schließlich fast zum gleichen Punkte.«

»Dann war dies also ein Deus ex Machina in einem doppelten Sinn«, sagte Dr. Calvin trocken.

Der Koordinator lächelte sanft. »Ich habe Sie nie zuvor Witze machen hören, Susan – aber was Sie sagen, stimmt. Dennoch bestand eine neue Gefahr. Die Lösung jedes früheren Problems hatte lediglich ein neues zur Welt gebracht. Unsere neue weltweite Robotökonomie mag vielleicht ebenfalls ihre eigenen Probleme entwickeln, und aus diesem Grunde haben wir die Denkmaschinen eingeführt. Die Wirtschaft der Erde ist stabil und wird stabil bleiben, da sie auf den Entscheidungen der Denkmaschinen aufgebaut ist, denen nichts anderes am Herzen liegt als das Wohl der Menschheit. Sie werden völlig beherrscht vom Ersten Gesetz der Robotik.«

Stephen Byerley fuhr dann fort: »Obgleich nun die Denkmaschinen nichts anderes sind als das ausgedehnteste Konglomerat von Kalkulationsbahnen, das jemals zusammengestellt wurde, so sind sie doch Robots und unterstehen daher dem Ersten Gesetz, und deshalb ist auch unsere Erdökonomie in Übereinstimmung mit dem wohlverstandenen Interesse aller Menschen. Die Erdbevölkerung weiß, dass es weder Arbeitslosigkeit geben wird noch Überproduktion, noch Mangel an irgendwelchen Produkten. Vergeudung und Hungersnot sind veraltete Worte aus Geschichtsbüchern. Auch die Frage des Eigentums wird damit hinfällig. Wer immer auch die Produktionsstätten besäße (wenn ein derartiger Satz überhaupt noch einen Sinn hat), ein Mann, eine Gruppe, eine Nation oder die ganze Welt, sie könnten lediglich so benutzt werden, wie die Denkmaschinen sie lenken ... und dies nicht etwa unter Druck oder Terror, sondern weil es so das gescheiteste ist und weil die Menschen das erkannt haben und sich daran halten.

Diese Einrichtung hat Kriegen ein Ende gemacht – nicht nur dem letzten Zyklus von Kriegen, sondern allen Kriegen überhaupt. Vorausgesetzt, dass ...«

Eine lange Pause folgte. Schließlich wiederholte Dr. Calvin seine letzten Worte: »Vorausgesetzt, dass ...«

Das Feuer duckte sich, glitt dann an einem Holzklotz entlang und flammte schließlich wieder auf.

»Vorausgesetzt, dass«, sagte der Koordinator, »die Denkmaschinen ihre Funktionen auch tatsächlich erfüllen.«

»Ich verstehe. Und in diesem Zusammenhang haben Sie also die kleinen Gleichgewichtsstörungen erwähnt – Stahl, Hydroponik und so fort.«

»Jawohl. Diese Irrtümer dürften nicht vorkommen. Dr. Silver berichtet mir, dass sie gar nicht vorkommen *können.*«

»Er streitet also die Tatsachen ab? Wie ungewöhnlich!«

»Nein, die gibt er natürlich zu. Das habe ich nicht gemeint. Er streitet lediglich ab, dass ein Irrtum der Denkmaschinen verantwortlich ist für die – wie er sich ausdrückte – Irrtümer der Antworten. Er behauptet, die Maschinen korrigierten sich selbst, und fügt hinzu, dass es die Fundamentalgesetze der Natur verletzen würde, wenn ein Irrtum in den Relaisbahnen existierte. Und so sagte ich …«

»Und so sagten Sie denn – schicken Sie Ihre Leute dennoch hin und lassen Sie die Maschinen kontrollieren!«

»Susan, Sie sind eine Gedankenleserin. Genau das hab ich gesagt, und er hat geantwortet, er könne das nicht tun.«

»Zu sehr beschäftigt?«

»Nein – er sagte, kein menschliches Wesen wäre dazu imstande. Er war ganz offen. Er sagte mir – und ich hoffe, ich habe ihn richtig verstanden –, die Denkmaschinen seien gigantische Extrapolationen. So käme es, dass eine Gruppe von Mathematikern mehrere Jahre daran zu arbeiten habe, wolle sie ein positronisches Gehirn kalkulieren, das gewisse ähnliche Kalkulationen durchzuführen habe. Unter Benutzung dieses Gehirnes stellt man dann weitere Berechnungen an, um ein noch komplizierteres herzustellen und so weiter. Nach Silver sind die Maschinen, die wir Denkmaschinen nennen, die Resultate von zehn derartigen Operationen.«

»Jaaa, das klingt durchaus vertraut. Glücklicherweise bin ich keine Mathematikerin. Armer Vincent. Er ist ein junger Mann. Die Leute, die vor ihm Direktoren waren, Alfred Lanning und Peter Bogert, sind tot. Sie kannten solche Probleme nicht. Ich selber auch nicht. Vielleicht soll die Robotik als Ganzes jetzt zugrundegehen, nachdem wir offenbar selber nicht mehr in der Lage sind, unsere eigenen Schöpfungen zu verstehen.«

»Ganz offenbar verstehen wir sie nicht. Die Denkmaschinen sind keine Übergehirne in dem Sinne, wie sie in Kolportageromanen beschrieben werden. Auf ihrem Spezialgebiet des Sammelns und Analysierens einer fast unendlichen Zahl von Fakten und deren gegenseitigen Beziehungen in einer unendlich kurzen Zeit sind sie so weit fortgeschritten, dass sie für eine detaillierte menschliche Kontrolle unerreichbar geworden sind.

Und dann habe ich etwas anderes versucht. Ich habe die Denkmaschine selbst befragt. Ohne dass irgendjemand davon erfuhr, übergaben wir ihr die Originaldaten, die zu ihrer Entscheidung in der Stahlsache führten, ihre eigene Antwort und die Angaben über die seitherige Entwicklung und baten sie um Erklärung der aufgetretenen Diskrepanz.«

»Gut so. Und was war die Antwort?«

»Ich kann sie wörtlich zitieren. ›Die Sache gestattet keine Erklärung.‹«

»Und wie hat Vincent dies interpretiert?«

»Auf zwei Arten. Entweder hatten wir der Maschine nicht genügend Angaben gemacht, um eine definitive Antwort von ihr zu erhalten, was unwahrscheinlich war. Dr. Silver gab dies zu. Oder war es für die Maschine unmöglich, zuzugeben, dass sie auf gewisse Daten eine Antwort kannte, die Schaden für Menschen zur Folge haben mochte. Natürlich liegt dies am Ersten Gesetz. Und darauf empfahl Dr. Silver mir, Sie zu konsultieren.«

Susan Calvin sah sehr müde aus. »Ich bin alt, Stephen. Als Peter Bogert starb, wollten sie mich zum Direktor des Forschungsinstituts machen, aber ich lehnte ab. Ich war nicht mehr jung und ich scheute die Verantwortung. Man gab dem jungen Silver das Amt, und damit war ich einverstanden. Was nützt mir aber das alles, wenn ich immer wieder in solche Sachen hineingezerrt werde?

Stephen, lassen Sie mich ganz klar meinen Standpunkt darlegen! Meine Forschungen umfassen in der Tat das Verhalten von Robots im Lichte der drei Gesetze der Robotik. Da gibt es nun also diese unglaublichen Denkmaschinen. Diese sind positronische Robots und unterliegen daher den drei bekannten Gesetzen. Was ihnen aber fehlt, ist eine Persönlichkeit. Mit anderen Worten, ihre Funktionen sind äußerst begrenzt. Das muss auch so sein, nachdem sie ja hochspezialisierte Maschinen sind. Daher bleibt hier nicht viel Raum für das freie Spiel der Gesetze … und so wird meine gewöhnliche Untersuchungsmethode von vorneherein wirkungslos. Kurz gesagt, ich glaube kaum, dass ich Ihnen helfen kann, Stephen.«

Der Koordinator lachte kurz. »Lassen Sie mich trotzdem den Rest der Geschichte erzählen! Ich möchte Ihnen gerne meine eigenen

Theorien mitteilen, und Sie werden dann in der Lage sein, mir zu sagen, ob diese vom robotpsychologischen Standpunkt aus irgendwelche Wahrscheinlichkeit für sich haben.«

»Aber natürlich. Schießen Sie nur los!«

»Nun, da die Maschinen die falschen Antworten geben und unter der Voraussetzung, dass sie gar keine Irrtümer begehen können, besteht nur eine einzige Möglichkeit. *Man gibt ihnen falsche Zahlen.* Mit anderen Worten, die Schwierigkeiten sind menschlichen und nicht robotischen Ursprungs. Deshalb machte ich meine kürzliche planetarische Inspektionsreise …«

»Von der Sie gerade aus New York zurückgekommen sind.«

»Jawohl. Dies war, wie Sie verstehen werden, nötig, weil sich dort vier Denkmaschinen befinden, von denen je eine eine planetarische Region bedient. Und *alle vier geben fehlerhafte Resultate.*«

»Aber das ist doch eine ganz natürliche Folge, Stephen. Ist eine Einzige der Maschinen nicht in Ordnung, so wird dies automatisch Rückwirkungen auf die anderen drei haben, da jede annimmt, dass die ihr von den anderen Maschinen gelieferten Angaben korrekt sind und sie hierauf ja ihre Entscheidungen aufbaut. Stimmt diese Angabe aber nicht, so ergeben sich naturgemäß falsche Antworten.«

»Mhm. So schien es mir. Nun habe ich hier die Protokolle meiner Interviews mit jedem der regionalen Vize-Koordinatoren. Wollen Sie diese gemeinsam mit mir durchgehen? Ach so – zunächst noch eine andere Frage. Haben Sie jemals von einer ›Gesellschaft für die Menschlichkeit‹ gehört?«

»Ja. Diese Leute sind die Nachfolger der Fundamentalisten, die unsere Firma von jeher daran gehindert haben, positronische Gehirne zu verwenden mit der Begründung unfairer Konkurrenz und ähnlichem Zeug. Die ›Gesellschaft für Menschlichkeit‹ ist gegen die Denkmaschinen eingestellt, nicht wahr?«

»Jawohl, aber … Nun, Sie werden sehen! Sollen wir anfangen? Beginnen wir mit der östlichen Region.«

»Wie Sie wollen.«

Die östliche Region

a) Gebiet: 7500000 Quadratmeilen,
b) Bevölkerung: 1700000000,
c) Hauptstadt: Shanghai.

Ching Hso-Lins Urgroßvater war bei der Invasion der alten chinesischen Republik durch die Japaner getötet worden. Niemand außer seinen Kindern betrauerte seinen Tod oder wusste, dass er umgekommen war. Ching Hso-Lins Großvater hatte den Bürgerkrieg in den späten Vierzigerjahren überlebt, aber niemand außer seinen Kindern wusste davon oder kümmerte sich darum.

Und nun war Ching Hso-Lin regionaler Vize-Koordinator, und die Hälfte der Erdbevölkerung unterstand seiner Fürsorge.

Vielleicht hatten derartige Gedanken Ching veranlasst, als einzigen Schmuck in seinem Büro zwei Landkarten aufzuhängen. Die eine war eine alte, handgezeichnete Angelegenheit und zeigte ein paar Ar Land. Die Worte und Erklärungen waren in den alten, jetzt unmodern gewordenen Schriftzeichen der chinesischen Sprache eingetragen. Ein kleiner Bach rieselte quer durch die schiefen Zeichen, und zarte Pinselstriche zeigten armselige Hütten. In einer davon war Chings Großvater zur Welt gekommen.

Die andere Karte war riesig groß. Sie zeigte scharfe Linien, und alle Angaben waren in sauberen kyrillischen Buchstaben geschrieben. Die rote Grenzlinie, welche die östliche Region abgrenzte, umfasste alles, was einstmals China, Burma, Indochina und Indonesien gewesen war. Auf dieser Karte hatte Ching innerhalb der alten Provinz Szechuan ein fast unsichtbares Zeichen angebracht und damit den Platz seines väterlichen Hofes festgelegt.

Ching stand vor diesen Landkarten, während er in gutem Englisch mit Stephen Byerley sprach. »Niemand weiß besser als Sie, Herr Koordinator, dass mein Posten hier in großem Maße eine Sinekure ist. Der Posten bringt eine gewisse gesellschaftliche Stellung mit sich, und ich stelle sozusagen den Mittelpunkt der Verwaltung dar. Darüber hinaus aber wirkt die Maschine. Sie verrichtet alle Arbeit. Was war zum Beispiel Ihre Ansicht über die Hydroponik-Werke in Tientsin?«

»Ungeheuer«, sagte Byerley.

»Und sie sind lediglich eines von dutzenden ähnlicher Unternehmungen in Shanghai, Kalkutta, Batavia, Bangkok. Sie sind gut verteilt und stellen daher die Antwort dar auf die Frage, wie man eine Milliarde siebenhundert Millionen Menschen füttern soll.«

»Und dennoch«, sagte Byerley, »haben sie ein Arbeitslosenproblem in Tientsin. Ist es möglich, dass sie überproduzieren? Es ist geradezu absurd zu glauben, Asien könnte unter einem Überfluss an Nahrungsmitteln leiden.«

Die Ränder um Chings dunkle Augen herum legten sich in Fältchen. »Nein. So weit sind wir noch nicht. Es stimmt, dass während der letzten paar Monate ein paar Bottiche stillgelegt worden sind, aber das ist doch nichts Ernstliches. Die Leute sind nur provisorisch entlassen worden, und diejenigen, die nicht in anderen Branchen arbeiten wollten, hat man nach Colombo auf Ceylon gebracht, wo eine neue Fabrik gerade in Betrieb gesetzt wird.«

»Warum aber sollten Bottiche stillgelegt werden?«

Ching lächelte sanft. »Wie ich sehe, verstehen Sie nicht viel von Hydroponik. Nun – das überrascht mich nicht. Sie stammen aus dem Norden, und im Norden ist Bodenbebauung noch immer profitabel. Im Norden ist es gang und gäbe, dass man – wenn man an Hydroponik denkt – sich eine Einrichtung vorstellt, mit deren Hilfe man Rüben in einer chemischen Lösung züchten kann. Das trifft ja auch tatsächlich zu – nur dass die ganze Sache etwas ungeheuer Kompliziertes ist.

Zunächst ist die größte Ernte, die wir alljährlich hervorbringen, Hefe. Sie ist sogar noch ständig im Wachsen. Wir haben mehr als zweitausend Stränge in Produktion, und jeden Monat werden neue Stränge eingesetzt. Die grundlegenden anorganisch-chemischen Nahrungsstoffe für die verschiedenen Hefen sind Nitrate und Phosphate zusammen mit bestimmten Mengen der benötigten Spurmetalle bis hinunter zu den winzigen Teilen von Bor und Molybdän, die erforderlich sind, um gute Resultate zu erzielen. Die organischen Teile bestehen hauptsächlich aus Zuckermischungen, die aus der Hydrolyse von Zellulose gewonnen werden, aber auch noch andere Nährfaktoren werden benötigt. Um eine erfolgreiche hydroponische Industrie zu leiten – eine, die 1700 Millionen Menschen mit Nahrungsmitteln versorgen kann –, müssen wir im ganzen Osten ein ungeheures Wiederaufforstungsprogramm durchführen. Wir benötigen riesige Holzumwandlungsanlagen, um mit unseren Dschungeln fertig zu werden. Wir brauchen Kraftanlagen, Stahl und vor allem chemische synthetische Produkte.«

»Weshalb letztere, Sir?«

»Weil – was Sie wohl nicht wissen werden, Mr. Byerley – diese verschiedenen Hefestränge alle ihre besonderen Eigenheiten haben.

Wie ich schon sagte, haben wir zweitausend Stränge entwickelt. Das Beefsteak, das Sie heute zu essen glaubten, war Hefe. Das gefrorene Fruchtdessert, das Sie aßen, ebenfalls. Wir besitzen filtrierten Hefesaft mit dem Geschmack, dem Aussehen und dem Nährwert von Milch.

Mehr als alles andere ist es der Geschmack und das Aroma, was Hefenahrung so populär gemacht hat. Zu diesem Zwecke haben wir künstlich Hefestränge gezüchtet, die nicht mehr allein auf Grund einer Diät von Salzen und Zucker existieren können. Ein Strang benötigt Biotin. Ein anderer Bteroylglutonsäure. Wieder andere brauchen siebzehn verschiedene Aminosäuren sowie alle B-Vitamine, außer einem. Das ist recht kompliziert und dennoch ist gerade dieser Strang so populär, dass wir seine Produktion nicht so ohne weiteres aufgeben können.«

Byerley rückte ungeduldig auf seinem Stuhle hin und her. »Zu welchem Zweck erzählen Sie mir das alles?«

»Sie haben mich gefragt, warum in Tientsin Leute arbeitslos geworden sind. Ich muss zu diesem Zweck sogar noch weitere Dinge auseinander setzen. Nicht nur müssen wir zur Erhaltung unserer Hefezucht diese verschiedenen Nährstoffe haben. Wir müssen auch mit dem sehr komplizierten Faktor der allgemeinen Geschmacksrichtung rechnen, der sich ständig ändert. Wir müssen ununterbrochen die Möglichkeit im Auge behalten, neue Stränge zu entwickeln, mit denen wir dann neu auftretende Erfordernisse und Ansprüche erfüllen können. All dies muss geplant werden, und die Denkmaschine erfüllt ihre Aufgabe.«

»Aber leider nicht vollkommen.«

»Auch nicht sehr unvollkommen ... ich meine im Hinblick auf die von mir dargestellten Komplikationen. Schön – in Tientsin sind wirklich ein paar Tausend Arbeiter vorübergehend arbeitslos geworden. Beachten Sie aber doch bitte noch Folgendes! Die Höhe des Verlustes im vergangenen Jahre (wobei Verlust ausgedrückt wird entweder durch mangelndes Angebot oder mangelnde Nachfrage) beläuft sich auf noch nicht ein Zehntel Prozent unseres gesamten Produktionsumsatzes. Ich betrachte dies als ...«

»Sie haben schon Recht. Dennoch war diese Zahl in den ersten Jahren der Maschine noch nicht einmal ein Tausendstel Prozent.«

»Schon, aber vergessen Sie doch nicht, dass wir die Denkmaschine in den zehn Jahren, in denen wir sie wirklich ausgenützt haben, dazu verwendeten, unsere alte Hefeindustrie um das Zwanzigfache zu vergrößern. Es ist nur natürlich, dass mit gesteigerten Komplikationen auch die kleinen Unvollkommenheiten wachsen, obgleich ...«

»Obgleich?«

»Da hat sich tatsächlich mit einem gewissen Rama Vrasayana eine sonderbare Sache zugetragen.«

»Was ist passiert?«

»Vrasayana hat die Laugeverdampfungsanlage für die Herstellung von Jod geleitet, das Hefe nicht zu ihrem Wachstum benötigt, worauf aber Menschen nicht verzichten können. Seine Anlage wurde gezwungen, sich unter Konkursverwaltung stellen zu lassen.«

»Wirklich? Und wodurch?«

»Ob Sie's glauben oder nicht – durch Konkurrenz. Im Allgemeinen ist eine der Hauptfunktionen der Denkmaschine, die beste und wirkungsvollste Verteilung unserer Produktionseinheiten anzuzeigen. Es ist ganz offensichtlich fehlerhaft, wenn gewisse Gebiete ungenügend beliefert werden, wodurch dann die Transportkosten einen großen Prozentsatz der Generalunkosten verschlingen. Genauso fehlerhaft ist es natürlich, wenn ein Gebiet zu gut versorgt wird, sodass Fabriken dann nicht voll ausgenutzt werden können oder in für alle Teile schädlicher Weise miteinander konkurrieren müssen. Im Falle Vrasayanas wurde in der gleichen Stadt eine neue Fabrik errichtet, und zwar eine mit einem bedeutend wirkungsvolleren Extraktionssystem.«

»Und die Denkmaschine hat das gestattet?«

»Gewiss. Das ist nicht überraschend. Das neue System breitet sich sehr schnell aus. Das Überraschende ist vielmehr, dass die Denkmaschine es unterlassen hat, Vrasayana darauf aufmerksam zu machen, dass er seine Anlage erneuern oder sich mit dem neuen Unternehmen fusionieren muss. Dennoch ist eigentlich kein wesentlicher Schaden entstanden. Vrasayana hat eine Stellung als Ingenieur bei der neuen Firma angenommen, und wenn auch seine Bezahlung geringer geworden ist, so leidet er doch nicht wirklich Not. Die Arbeiter fanden leicht anderweitig Beschäftigung. Die alte Fabrikanlage ist umgewandelt worden und stellt jetzt etwas anderes her. Was Nützliches. All das haben wir einfach der Denkmaschine überlassen.«

»Und sonst haben Sie keine Klagen?«
»Nein, keine.«

Die tropische Region

a) Gebiet: 22 000 000 Quadratmeilen,
b) Bevölkerung: 500 000 000,
c) Hauptstadt: Capital City.

Die Karte in Lincoln Ngomas Büro war weit entfernt von der sauberen Genauigkeit derjenigen in Chings Haus. Die Grenzen von Ngomas tropischer Region waren in langer dunkelbrauner Linie eingefügt. Sie umfassten ein weites Binnenland, das mit ›Dschungel‹ oder ›Wüste‹ bezeichnet war, und mitten drin stand ein Satz, der lautete: »Hier soll es Elefanten und alle Arten von wilden Tieren geben.«

Die Landfläche dieser Region umfasste die Hauptteile zweier Kontinente: ganz Südamerika nördlich von Argentinien und ganz Afrika südlich des Atlasgebirges. Ferner war Nordamerika südlich des Rio Grande eingeschlossen und weiterhin Arabien und Iran auf dem asiatischen Kontinent. Diese Region war das genaue Gegenteil der östlichen Region. Wo dort die riesigen Menschenmassen des Orients sich in 15 Prozent der Landmasse hineinpressten, verteilten sich in den Tropen 15 Prozent der Menschheit über fast die Hälfte der Erde. Aber die Bevölkerung wuchs beständig. Diese Region war die Einzige, in der der Bevölkerungszuwachs durch Einwanderung denjenigen durch Geburtenüberschuss überstieg. Und für alle, die kamen, hatte man Verwendung.

Stephen Byerley erschien Ngoma wie einer jener Einwanderer – ein blasser Sucher nach der schöpferischen Arbeit, die darin besteht, eine harte Umgebung in die für den Menschen nötige Weichheit umzugraben. Er empfand automatisch ein Gefühl der Verachtung, das der starke, in den Tropen geborene Mensch dem unglücklichen Bleichgesicht kälterer Länder gegenüber unwillkürlich spürt.

Die Tropen besaßen die neueste Hauptstadt der Erde. Ihr Name war Capital City, also Hauptstadt. Ihre Straßen breiteten sich licht und weit über die fruchtbaren Hügel Nigerias aus. Durch Ngomas Fenster konnte man buntes Leben beobachten – konnte man die strahlend helle Sonne sehen, und ab und zu die schnellen, alles durchnässenden Regengüsse. Selbst das Quaken der Regenbogenvögel war hell und laut, und in der Dunkelheit der Nacht leuchteten die Sterne wie harte Kristalle.

Ngoma lachte. Er war ein großer Neger mit einem starken und hübschen Gesicht.

»Sicherlich«, sagte er in seinem breiten Dialekt, »der mexikanische Kanal ist überfällig. Und wenn? Er wird trotz allem fertig werden, Mann.«

»Bis vor etwa einem halben Jahre war alles tadellos in Ordnung.«

Ngoma schaute Byerley an, während seine Zähne langsam die Spitze einer Zigarre abbissen. Das abgebissene Ende spuckte er aus und zündete dann das andere Ende an. »Ist dies eine offizielle Untersuchung, Byerley? Was steckt dahinter?«

»Nichts. Absolut nichts. Als Koordinator ist es einfach eine meiner Funktionen, neugierig zu sein.«

»Schön – wenn es sich einfach um gar nichts anderes handelt, als dass Sie mit dieser Reise einen stillen Moment ausfüllen wollen, so möchte ich Ihnen sagen, dass wir ununterbrochen an einem Mangel an Arbeitskräften leiden. In den Tropen geschieht nämlich eine ganze Menge. Der Kanal ist nur eine einzige Sache.«

»Sagt Ihre Denkmaschine denn nicht die Anzahl der für den Kanal zur Verfügung stehenden Arbeitskräfte voraus … ich meine unter Berücksichtigung aller anderen Projekte?«

Ngoma legte seine Hände in den Nacken. Aus seinem Munde stiegen Rauchringe zur Decke. »Die Maschine hatte sich ein wenig geirrt.«

»Tut sie das öfter?«

»Nicht öfter als zu erwarten. Wir erwarten ja nicht zu viel von ihr, Byerley. Wir machen ihr die nötigen Angaben. Wir erhalten ihre Resultate. Wir tun, was sie sagt. Im Grunde ist die Maschine aber gar nichts anderes als eine Bequemlichkeit, wenn ich mal so sagen darf, eine arbeitsparende Einrichtung. Wären wir dazu gezwungen, wir könnten auch ohne die Denkmaschine auskommen. Vielleicht nicht ganz so gut. Vielleicht ginge auch nicht alles so schnell. Aber unser Ziel würden wir trotz allem erreichen.

Wir hier draußen haben Selbstvertrauen, Byerley, und das ist das ganze Geheimnis. Selbstvertrauen! Wir haben neues Land, das tausende von Jahren lang auf uns gewartet hat, während sich die übrige Welt in den blödsinnigen Dummheiten des präatomischen Zeitalters selbst zerfetzte. *Wir* brauchen keine Hefe zu fressen wie die Ostländer, und wir müssen uns auch nicht wie ihr Nordländer mit dem abgestandenen Bodensatz des letzten Jahrhunderts abquälen.

Wir haben die Tsetse-Fliege und die Anopheles-Schnake ausgerottet, und die Menschen merken nun plötzlich, dass sie in unserer Sonne leben können, ja, dass es geradezu schön ist, dies zu tun. Wir haben die Dschungel gerodet und Ackerboden gefunden. Wir haben Wüsten bewässert und Gärten darin angelegt. Wir besitzen Kohle und Öl in noch völlig unberührten Gebieten und Mineralien – mehr als wir bis heute überhaupt wissen.

Tretet einfach zurück! Mehr wollen wir nicht, als dass die übrige Welt beiseite tritt und uns arbeiten lässt.«

Byerley sagte prosaisch: »Aber der Kanal – vor sechs Wochen ging doch noch alles plangemäß. Was hat sich ereignet?«

Ngoma spreizte die Finger. »Arbeiterschwierigkeiten.« Er suchte unter den auf seinem Schreibtisch liegenden Akten, fand nicht, was er suchte, und gab es auf.

»Hatte etwas Diesbezügliches irgendwo hier herumliegen«, murmelte er, »aber das ist ja auch ganz unwichtig. Irgendwo in Mexiko war ein Mangel an Arbeitern eingetreten, und zwar weil nicht genügend Frauen vorhanden waren. Wie es scheint, hatte man vergessen, der Maschine auch die nötigen Angaben über die Sexualbedürfnisse der Männer zu machen.«

Er brach ab, lachte amüsiert und fuhr dann nüchtern fort. »Warten Sie mal. Ich glaube, ich hab's da. Villafranca!«

»Villafranca?«

»Francisco Villafranca. Er war der leitende Ingenieur. Jetzt gestatten Sie mal, dass ich mir klar darüber werde, was sich zugetragen hat. Irgendwas passierte und ein Damm brach zusammen. Ja natürlich, so war es. Soweit ich mich erinnere, kam niemand dabei ums Leben, aber dennoch war das ganze eine ziemliche Schweinerei ... und ein richtiger Skandal.«

»Tatsächlich?«

»Irgendein Fehler war in seinen Kalkulationen vorgekommen. Zum Mindesten behauptete das die Maschine. Man gab ihr alle Angaben Villafrancas, Annahmen und so weiter ... ich meine das ganze Material, das als Grundlage für die ursprünglichen Berechnungen gedient hatte. Nun lauteten die Antworten mit einem Mal anders.

Wie es scheint, hatten die Antworten, die Villafranca für seine Arbeiten verwandte, die Wirkungen starker Regenfälle auf die Ränder des Einschnittes nicht berücksichtigt. Oder irgend so was war es. Ich bin ja kein Ingenieur, wie Sie wissen.

Wie dem auch sei. Villafranca beschwerte sich mit viel Geschrei. Er behauptete, die Antworten der Maschine seien das erste Mal andere gewesen und dass er die Anweisungen der Maschine aufs Genaueste befolgt hätte. Dann kündigte er. Wir boten ihm an, ihn zu behalten auf Grund – auf Grund nicht völlig beseitigter Zweifel, auf Grund seiner früheren befriedigenden Leistungen und so weiter – natürlich als Untergebener in einer anderen Stellung – musste das ja tun – Fehler darf man ja nicht so ohne weiteres durchgehn lassen – ist schlecht für die Disziplin ... Wo war ich stehen geblieben?«

»Sie boten ihm an zu bleiben.«

»Ach ja. Er lehnte dies ab. Nun ja, alles in allem sind wir zwei Monate rückständig mit der Arbeit. Mein Gott, das bedeutet doch absolut gar nichts.«

Byerley streckte die Hand aus, und seine Finger begannen leise auf die Pultplatte zu trommeln. »Villafranca gab der Maschine die Schuld, nicht wahr?«

»Nun ja, er wollte ja wohl die Sache nicht selbst ausfressen. Seien wir doch ehrlich. Die menschliche Natur ist nun mal so. Außerdem fällt mir jetzt noch was anderes ein – warum kann ich eigentlich diese verdammten Akten nicht finden, wenn ich sie mal brauche? Mein Ablegesystem taugt nicht einen Pfifferling. Dieser Villafranca war Mitglied einer Ihrer nördlichen Organisationen. Mexiko liegt zu nahe beim Norden. Das ist ein Teil der Schwierigkeiten, die wir die ganze Zeit haben.«

»Von welcher Organisation sprechen Sie denn?«

»Sie nennt sich ›Gesellschaft der Menschlichkeit‹. Villafranca ging gewöhnlich nach New York zu den alljährlichen Zusammenkünften. Das ist eine Gesellschaft von Wirrköpfen, aber harmlos. Die mögen die Maschinen nicht. Behaupten, die Denkmaschinen zerstörten die menschliche Initiative. Daher hat Villafranca auch der Maschine die Schuld zugeschoben – begreife diese Leute selber nicht. Sieht Capital City eigentlich so aus, als würde die menschliche Initiative nachlassen?«

Und draußen breitete sich Capital City in goldener Glorie unter einer goldenen Sonne aus – die neueste und jüngste Schöpfung des *Homo Metropolis.*

Die europäische Region

a) Gebiet: 4 000 000 Quadratmeilen,
b) Bevölkerung: 300 000 000,
c) Hauptstadt: Genf.

Die europäische Region war in vieler Beziehung eine Anomalie. Gebietsmäßig war sie die kleinste. Sie besaß noch nicht ein Fünftel der Fläche der tropischen Region und nicht ein Fünftel der östlichen Bevölkerung. Geographisch gesprochen war diese Region nur bis zu einem gewissen Grade ähnlich dem präatomischen Europa. Sie umfasste nicht jene Gebiete, die früher zum europäischen Russland gehört hatten, noch was damals die britischen Inseln gewesen waren. Dafür aber gehörten die Mittelmeerküsten Afrikas und Asiens dazu und mit einem sonderbaren Sprung quer über den Atlantik Argentinien, Chile und Uruguay.

Es war unwahrscheinlich, dass diese Region jemals ihren relativen Stand gegenüber den anderen Regionen verbessern würde, außer vielleicht durch die Kraft ihrer südamerikanischen Provinzen. Von allen Regionen war die europäische die Einzige, in der man während der letzten fünfzig Jahre eine Bevölkerungsabnahme registriert hatte. Sie allein hatte ihre Produktionseinrichtungen nur unwesentlich erweitert, und sie allein hatte für die menschliche Kultur nichts wirklich Neues geleistet.

»Europa«, sagte Madame Szegeczowska in ihrem sanften Französisch, »ist in der Hauptsache ein ökonomisches Anhängsel der nördlichen Region. Wir wissen das, und es macht uns nichts aus.« Sozusagen als äußeres Zeichen für die Resignation, mit der man in Europa den Mangel an eigener Individualität hinnahm, befand sich keine Karte an den Wänden des Büros der Madame Koordinator.

»Und dennoch«, sagte Byerley eindringlich, »besitzen Sie eine eigene Denkmaschine, und bestimmt befinden Sie sich von der anderen Seite des Ozeans her unter keinerlei ökonomischem Druck.«

»Eine Denkmaschine. Na ja!« Sie zuckte mit ihren zarten Schultern. Ein stilles Lächeln ging über ihr kleines Gesicht, während sie mit ihren langen Fingern eine Zigarette ausdrückte. »Europa ist ein verschlafener Platz. Diejenigen unserer Männer, denen es nicht gelingt, in die Tropen auszuwandern, sind genauso verschlafen wie die ganze Region. Sehen Sie doch selbst – mir, einer armen kleinen Frau, fällt hier die Aufgabe zu, Koordinator zu werden. Na, glücklicherweise ist es keine schwierige Stellung, und man erwartet nicht allzu viel von mir.

Was die Denkmaschine betrifft – was kann sie schon anderes tun als sagen ›Tu dies oder tu das, und es wird gut für dich sein‹? Was aber ist für uns das allerbeste? Dass wir ein ökonomisches Anhängsel der nördlichen Region sind.

Und ist das vielleicht so schrecklich? Keine Kriege. Wir leben in Frieden. Und nach siebentausend Jahren Krieg ist das alles recht angenehm. Wir sind alt, Monsieur. Wir haben innerhalb unserer Grenzen jene Gebiete, in denen die Wiege der westlichen Zivilisation gestanden hat. Wir haben Ägypten und Mesopotamien, Kreta und Syrien, Kleinasien und Griechenland. Ein hohes Alter ist aber nicht notwendigerweise eine unglückliche Zeit. Es kann reich sein und …«

»Vielleicht haben Sie Recht«, sagte Byerley höflich. »Zum Mindesten ist das Lebenstempo nicht so intensiv wie in anderen Regionen. Die Atmosphäre ist angenehm.«

»Stimmt das nicht? Hier kommt der Tee, Monsieur! Wollen Sie bitte sagen, ob Sie Tee mit Zucker wünschen? Danke sehr …«

Sie schlürfte ihren Tee und fuhr dann fort: »Ja, es ist angenehm. Mag die übrige Erde weiterkämpfen. Dafür finde ich übrigens hier in unserer Region eine interessante Parallele. Es gab einmal eine Zeit, in der Rom die Welt beherrschte. Es hatte die Kultur und Zivilisation Griechenlands angenommen, eines Griechenland, das niemals einig gewesen war, das sich selbst durch Kriege ruiniert hatte und das in einem Zustand dekadenten Elends zugrundeging. Rom einigte es, brachte ihm Frieden und ließ es ein ruhmloses, aber gesichertes Dasein fristen. Weit entfernt von den Kämpfen, die Wachstum und Kriege mit sich bringen, beschäftigte Griechenland sich mit seinen Philosophien und mit seiner Kunst. Dies bedeutete eine Art von Tod, aber es war ein friedlicher Tod, der mit kurzen Unterbrechungen vierhundert Jahre lang dauerte.«

»Und dennoch«, sagte Byerley, »fiel schließlich auch Rom, und der Opiumrausch nahm ein Ende.«

»Heutzutage gibt es keine Barbaren mehr, die die Zivilisation bedrohen könnten.«

»Wir können unsere eigenen Barbaren sein, Madame Szegeczowska. Ach so – ich wollte Sie ja was fragen. Die Quecksilberminen in Almaden sind arg in Rückstand gekommen mit ihrer Produktion. Sicherlich verlieren die Erzbecken doch nicht schneller als angenommen an Ergiebigkeit?«

Die grauen Augen der kleinen Frau hefteten sich mit schlauem Blick auf Byerley. »Barbaren – Untergang der Zivilisation – mögliches Versagen der Denkmaschine – Ihre Gedankengänge, Monsieur, sind recht durchsichtig.«

»Wirklich?« Byerley lächelte. »Ich sehe, ich wäre besser daran, hätte ich auch hier mit einem Manne zu tun. Sie glauben, dass die Sache Almaden auf einem Fehler der Maschine beruht?«

»Keineswegs. Aber ich glaube, dass Sie das meinen. Sie stammen selbst aus der nördlichen Region. Das Zentralbüro der Koordination befindet sich in New York. Und ich beobachte schon lange Zeit, dass euch Herren der nördlichen Region das volle Vertrauen in die Denkmaschine fehlt.«

»Meinen Sie?«

»Da ist zum Beispiel diese ›Gesellschaft für die Menschlichkeit‹. Sie ist im Norden sehr stark, kann aber natürlich im müden, alten Europa nicht viele Anhänger finden. Wir hier sind gerne bereit, der schwachen Menschheit eine Weile ihren Frieden zu lassen. Sicherlich gehören Sie doch zu den Männern des Nordens, die voller Selbstvertrauen sind, und nicht zu uns alten, zynischen Europäern.«

»Hat das was mit der Angelegenheit Almaden zu tun?«

»Ich glaube schon. Die Minen befinden sich unter der Kontrolle der Consolidated Cinnabar Gesellschaft, die doch bestimmt eine Nordgesellschaft ist und die ihren Sitz in Nikolaev hat. Persönlich frage ich mich, ob die Direktion überhaupt die Denkmaschine benutzt hat. In unserer letztmonatlichen Konferenz behaupteten sie, ja, sie hätten es getan, und natürlich haben wir keinerlei Beweise, dass das nicht stimmt. Dennoch würde ich einem Mann aus dem Norden in dieser Sache keinen Glauben schenken – entschuldigen Sie bitte, wenn ich das sage –, ganz gleichgültig, wie hoch und heilig er auch die Wahrheit seiner Angaben versichert. Dennoch glaube ich, dass alles gut ausgehen wird.«

»Wie meinen Sie das?«

»Sie werden verstehen, dass die ökonomischen Unregelmäßigkeiten der letzten paar Monate, die – obgleich klein im Vergleich zu den Stürmen vergangener Zeiten – dennoch für unsere friedlichen Geister recht störend sind, eine beträchtliche Unruhe in der spanischen Provinz verursacht haben. Wie ich höre, ist die Cinnabar-Gesellschaft im Begriff, die Minen an eine Gruppe eingeborener Spaniolen zu verkaufen. Das ist tröstlich. Wenn wir auch wirtschaftliche Vasallen des Nordens sind, so ist es doch demütigend, immer wieder mit der Nase auf diese Tatsache gestoßen zu werden. Überdies kann man Europäern mehr Vertrauen schenken. Sie werden die Anweisungen der Maschine striktest befolgen.«

»Dann glauben Sie, dass wir keine Schwierigkeiten mehr haben werden?«

»Ganz bestimmt nicht. Auf keinen Fall in Almaden.«

Die nördliche Region

a) Gebiet: 18 000 000 Quadratmeilen,
b) Bevölkerung: 800 000 000,
c) Hauptstadt: Ottawa.

Die nördliche Region bildete in vieler Beziehung die Spitze. Dies wurde deutlich, wenn man die Landkarte betrachtete, die im Büro des Vize-Koordinators Hiram Mackenzie hing. Im Zentrum befand sich der Nordpol. Außer der europäischen Enklave mit ihren skandinavischen und isländischen Gebieten befand sich die ganze arktische Erdfläche innerhalb der nördlichen Region.

Grob gesprochen, konnte man diese Region in zwei Hauptgebiete teilen. Links auf der Karte war ganz Nordamerika oberhalb des Rio Grande. Rechts war das ganze Gebiet der ehemaligen Sowjet-Union. Zusammen repräsentierten diese Gebiete in den ersten Jahren des Atomzeitalters die konzentrierte Kraft unseres Planeten. Zwischen ihnen lag Großbritannien wie eine Zunge der nördlichen Region, die an Europa leckte. Oben am Kopf der Karte waren Australien und Neuseeland in eigenartig großen, verzerrten Formen eingezeichnet. Auch diese Gebiete waren Teile der Region.

Trotz aller Wandlungen der vergangenen Jahrzehnte hatte der Norden wirtschaftlich die Vorherrschaft behalten.

Ein ostentatives Symbol dieser Tatsache konnte man darin erblicken, dass unter allen offiziellen Karten der verschiedenen Regionen, die Byerley zu Gesicht bekommen hatte, allein diejenige Mackenzies die ganze Erde zeigte. Als fürchte der Norden keine Konkurrenz. Als benötige er keine Begünstigung, um seine Vormacht zu unterstützen.

»Unmöglich«, sagte Mackenzie gelassen über seinen Whisky-Soda hinweg. »Mr. Byerley, ich nehme an, Sie haben bisher niemals eine Ausbildung als Robottechniker genossen.«

»Nein, da haben Sie Recht.«

»Hm. Na ja, es ist meiner Meinung nach sehr traurig, dass auch Ngoma und Szegeczowska keine derartige Ausbildung besitzen. Die Ansicht, dass ein Koordinator nichts weiter zu sein brauche als ein fähiger Organisator und ein liebenswürdiger Mensch, ist zu weit verbreitet unter den Völkern der Erde. Heutzutage sollte er bestimmt eine umfassende Kenntnis der Robotik haben. Ich möchte Sie damit natürlich keineswegs kränken.«

»Das tun Sie auch nicht. Ich stimme Ihnen im Gegenteil durchaus bei.«

»Ich nehme auch nach dem, was Sie mir bereits gesagt haben, an, dass Sie sich wegen der kleinen Unregelmäßigkeiten innerhalb der Weltwirtschaft Sorgen machen. Ich weiß nicht, welche Art von Verdacht Sie haben, aber es ist in der Vergangenheit vorgekommen, dass Leute – die es eigentlich hätten besser wissen müssen – sich fragten, was geschehen würde, wenn man der Maschine falsche Angaben machte.«

»Und was würde geschehen, Mr. Mackenzie?«

»Nun« – der Schotte verlagerte sein Körpergewicht und seufzte –, »alle gesammelten Angaben und Zahlen gehen durch ein kompliziertes Sortierungssystem, wenn ich einmal so sagen darf, das sowohl menschliche als auch mechanische Kontrolle ausschließt, sodass sich das Problem aller Wahrscheinlichkeit nach überhaupt nie stellen kann. Sehen wir einmal davon ab. Menschen machen Fehler und sind bestechlich, und gewöhnliche mechanische Einrichtungen und Apparate können versagen.

Der Kernpunkt der Sache ist Folgender. Was wir eine falsche Angabe nennen, ist eine Angabe, die mit allen anderen bekannten Fakten nicht übereinstimmt. Dies ist überhaupt unser Kriterium von

Richtig und Falsch. Genauso ist dies das Kriterium der Denkmaschine. Befehlen Sie ihr zum Beispiel, die landwirtschaftliche Tätigkeit in Iowa im Juli auf der Basis einer Durchschnittstemperatur von 25 Grad Celsius zu lenken. Die Maschine wird Ihnen keine Antwort geben. Nicht, dass sie irgendein Vorurteil gegen diese bestimmte Temperatur hätte oder dass eine Antwort unmöglich wäre. Der Grund ist vielmehr, dass die Denkmaschine durch alle ihr über eine Periode von Jahren gemachten Angaben weiß, dass die Wahrscheinlichkeit einer Durchschnittstemperatur von 25 Grad im Juli in Iowa praktisch null ist. So weist die Maschine diese Angabe zurück.

Die einzige Art, in der man der Maschine eine falsche Angabe aufzwingen kann, ist die, dass man sie als Teil eines in sich selbst beruhenden Ganzen einschmuggelt, eines Ganzen, welches als solches irgendwie falsch ist, aber so raffiniert falsch, dass die Maschine den Fehler nicht zu entdecken vermag – oder aber eines Ganzen, das außerhalb der Erfahrung der Denkmaschine liegt. Ersteres geht weit über menschliche Fähigkeiten hinaus, und mit dem letzteren ist es ganz ähnlich. Dazu kommt, dass mit jeder Sekunde die Erfahrungen der Maschine wachsen.«

Stephen Byerley legte zwei Finger auf den Rücken seiner Nase. »Dann kann man also mit der Maschine nach Belieben herumspielen. Wie aber erklären Sie dann die kürzlich aufgetauchten Irrtümer?«

»Mein lieber Byerley, ich sehe, dass Sie instinktiv den großen Irrtum begehen, zu glauben, die Maschine wisse alles. Lassen Sie mich Ihnen einen Fall aus meiner persönlichen Praxis erzählen. Die Baumwollindustrie beschäftigt erfahrene Aufkäufer, um Baumwolle zu kaufen. Deren Methode besteht darin, dass sie einen Fetzen Baumwolle aus einem beliebigen Ballen herauszerren. Sie sehen sich diesen Fetzen an, befühlen ihn, zupfen ihn auseinander, lauschen vielleicht auf das knisternde Geräusch; während sie das tun, berühren sie die Baumwolle mit der Zunge. Auf diese Weise bestimmen sie die Qualitätsklasse des betreffenden Ballens oder des betreffenden Lots. Es gibt etwa ein Dutzend derartiger Klassen. Auf die Entscheidung dieser Aufkäufer hin werden nun die Käufe zu gewissen Preisen vorgenommen, es werden Mischungen zu bestimmten Proportionen gemacht und so weiter und so weiter. Und nun kommt das Eigenartige. Derartige Aufkäufer können auch heute noch nicht durch die Denkmaschine ersetzt werden.«

»Und warum nicht? Sicherlich sind doch die damit zusammenhängenden Angaben nicht zu kompliziert für die Maschine, was?«

»Wahrscheinlich nicht. Aber welche Angaben meinen Sie eigentlich? Kein Textilchemiker weiß genau, was es eigentlich ist, das der Aufkäufer testet, wenn er den Baumwollfetzen befühlt. Vermutlich ist es die Durchschnittslänge der Fäden, die Art, wie sie sich anfühlen, das Ausmaß ihrer Glätte, die Art, wie sie zusammenhängen und so fort. Mehrere Dutzend Faktoren werden im Unterbewusstsein des Einkäufers auf Grund jahrelanger Erfahrung gegeneinander abgewogen. Die *quantitative* Natur dieser Untersuchungen ist unbekannt. Vielleicht weiß man nicht einmal, was alles wirklich dazugehört. Damit haben wir aber nichts in der Hand, was wir der Maschine als Angabe liefern könnten, noch können die Aufkäufer erklären, wie sie zu ihrer Beurteilung kommen. Sie können lediglich sagen: ›Na, schauen Sie sich das Zeug doch an! Können Sie denn nicht sehen, dass es in die und die Klasse gehört?‹«

»Ich verstehe.«

»So wie diesen gibt es zahllose Fälle. Die Denkmaschine ist ja schließlich auch nichts weiter als ein Werkzeug, das der Menschheit helfen kann, schneller fortzuschreiten, indem die Last gewisser Kalkulationen und Interpretationen von unseren Schultern genommen wird. Die Aufgabe des menschlichen Gehirnes ist die gleiche geblieben. An uns liegt es, neue Aufgaben zu finden, die analysiert werden müssen, neue Methoden zu entdecken, die auszuprobieren sind. Schade, dass die ›Gesellschaft für die Menschlichkeit‹ das absolut nicht begreift!«

»Diese Leute sind gegen die Denkmaschine, was?«

»Sie würden genauso gegen Mathematik sein oder auch gegen jede neue Erfindung, wenn sie in der entsprechenden Zeit lebten. Diese Gesellschaftsreaktionäre behaupten, die Maschine beraube den Menschen seiner Seele. Wie ich feststelle, sind tüchtige Männer auch in unserer Gesellschaft noch immer sehr gesucht. Wir benötigen noch immer den Menschen, der intelligent genug ist, die richtigen Fragen zu stellen. Könnten wir genug von dieser Sorte finden, dann würden vielleicht die kleinen Unstimmigkeiten, über die Sie, Herr Koordinator, sich Sorgen machen, nicht auftreten.«

Erde (einschließlich des unbewohnten Antarktika)

a) Gebiet: 54000000 Quadratmeilen (Landfläche),
b) Bevölkerung: 3300000000,
c) Hauptstadt: New York.

Das Feuer hinter dem Quarz war jetzt müde. Zögernd zuckte es sich zu Tode.

Der Koordinator war bedrückt. Seine Stimme entsprach der verlöschenden Flamme.

»Sie alle minimalisieren den Stand der Dinge.« Seine Stimme war leise. »Es ist nicht leicht, sich vorzustellen, dass sie alle über mich lachen, was? Und dennoch – Vincent Silver hat mir gesagt, die Denkmaschinen können gar nicht in Unordnung sein, und ich muss ihm glauben. Hiram Mackenzie behauptet, man könne ihnen keine falschen Angaben vorlegen, und ich muss auch ihm glauben. Irgendwie aber machen die Maschinen Fehler, und auch das muss ich glauben. Damit bleibt also noch eine andere Alternative.« Er warf Susan Calvin einen Blick von der Seite her zu. Sie hatte die Augen geschlossen, und für einen Augenblick schien es, als sei sie eingeschlafen.

»Und worin besteht diese?«, fragte sie, als hätte sie nur auf ihr Stichwort gewartet.

»Nun, natürlich darin, dass korrekte Angaben gemacht und korrekte Antworten erteilt werden, dass man diese aber nicht beachtet. Es besteht ja keine Möglichkeit für die Maschine, sich Gehorsam zu erzwingen.«

»Wie mir scheint, hat Madame Szegeczowska mit Bezug auf die Nordländer etwas Derartiges angedeutet.«

»Jawohl.«

»Und was soll der Zweck einer derartigen Haltung sein? Überlegen wir uns einmal eventuelle Motive!«

»Mir sind sie klar, und eigentlich sollten sie auch Ihnen klar sein. Es geht darum, den Robot absichtlich zu erschüttern. Unter der Herrschaft der Denkmaschinen kann es keine ernstlichen Konflikte auf Erden geben. Keine Gruppe kann sich mehr Macht aneignen als die andere, kann zum eigenen Nutzen über die andere die Herrschaft gewinnen, ganz gleich was der Schaden für die Gesamtheit sein mag. Kann aber das allgemeine Zutrauen in die Maschinen so weit erschüttert werden, dass man sie aufgibt, dann wird wieder das erbarmungslose Gesetz des Dschungels Platz greifen. Und nicht eine einzige der vier Regionen kann davon freigesprochen werden, dass sie genau dies will.

Der Osten hat die Hälfte der Menschheit innerhalb seiner Grenze, und die Tropen besitzen die Hälfte aller irdischen Hilfsquellen. Jede der beiden Regionen kann sich einbilden, sie sei zum natürlichen Herrscher der Erde bestimmt. Jede kann auf eine lange Geschichte der Demütigung durch den Norden zurückblicken, für die sie möglicherweise auf Rache sinnt. Das wäre doch durchaus menschlich. Anderseits hat Europa eine große Tradition. Es *hat* tatsächlich einstmals die Erde beherrscht, und nichts sitzt so tief und fest in Menschen wie die Erinnerung an besessene Macht.

Dennoch ist es schwer zu glauben. Beide Regionen – der Osten wie auch die Tropen – sind in einem Zustande ungeheurer Expansion innerhalb ihrer eigenen Grenzen. Beide kommen schier unglaublich rasch hoch. Sie können nicht auch noch die Überschussenergie für militärische Abenteuer besitzen. Europa seinerseits kann außer seinen Träumen gar nichts haben. Militärisch gesprochen ist es nur noch ein Schatten.«

»Dann, Stephen«, sagte Susan, »bleibt ja nur noch der Norden.«

»Jawohl«, erwiderte Byerley energisch. »Das stimmt auch. Der Norden ist im Augenblick die stärkste Region und war es auch ein Jahrhundert lang. Jetzt aber verliert der Norden relativ gesprochen an Stärke. Die Tropen mögen zum ersten Mal seit den Pharaonen den Platz des Nordens in der vordersten Linie der Zivilisation einnehmen, und es gibt Nordländer, die davor Angst haben.

Die ›Gesellschaft für die Menschlichkeit‹ ist, wie Sie wissen, in der Hauptsache eine Organisation des Nordens, und diese Leute machen kein Geheimnis daraus, dass sie gegen die Maschinen eingestellt sind. Susan, die Mitgliederzahl dieser Gesellschaft ist klein, aber die Leute sind mächtig. Fabrikleiter, Direktoren der Industrie und von landwirtschaftlichen Organisationen, die es hassen, das zu sein, was sie ›Laufburschen der Maschine‹ nennen, gehören dazu. Hauptsächlich sind es Männer mit Ehrgeiz. Männer, die glauben, selber stark genug zu sein, darüber zu entscheiden, was für sie das Beste ist, und die nicht immer hören wollen, was für andere das Beste ist.

Kurz gesagt, der Gesellschaft gehören gerade diejenigen Männer an, die dadurch, dass sie gemeinsam die Entscheidungen der Denkmaschinen ablehnen, in kürzester Zeit die Welt in ein tolles Durcheinander zu stürzen vermögen.

Susan, die verschiedenen Fälle hängen miteinander zusammen. Fünf Direktoren der Weltstahlgesellschaft gehören der Gruppe an, und Weltstahl leidet unter Überproduktion. Consolidated Cinnabar, die die Minen in Almaden ausbeuteten, war eine Gesellschaft der nördlichen Region. Man prüft noch die Bücher dieser Gesellschaft, aber es steht bereits fest, dass mindestens einer der führenden Leute ein Mitglied der Gesellschaft war. Das gleiche trifft zu bei Francisco Villafranca, der aus eigener Machtbefugnis den Bau des mexikanischen Kanals um zwei Monate verzögerte, und ich war keineswegs überrascht, herauszufinden, dass auch Rama Vrasayana das Mitgliedsbuch in der Tasche trägt.«

Susan sagte gelassen: »Diese Männer haben, wenn ich so sagen darf, alle schlecht gewirtschaftet.«

»Aber natürlich«, warf Byerley ein. »Ungehorsam gegenüber den Denkmaschinen heißt einen Weg gehen, der nicht der optimale ist. Dadurch werden die Resultate schlechter, als sie sonst gewesen wären. Das ist der Preis, den diese Männer für ihre Handlungsweise bezahlen. Im Augenblick geht es ihnen nicht gut, aber in der Konfusion, die schließlich eintreten wird …«

»Was sind Ihre Pläne, Stephen?«

»Wir dürfen ganz offensichtlich keine Zeit verlieren. Ich werde die ›Gesellschaft für die Menschlichkeit‹ als ungesetzlich erklären lassen. Jedes Mitglied, das einen verantwortlichen Posten innehat, wird von diesem entfernt. In Zukunft können nur solche Personen Exekutivstellungen und hohe technische Positionen erhalten, die einen Eid leisten, dass sie nicht dieser Gesellschaft angehören. Das wird zwar eine gewisse Einschränkung der bürgerlichen Freiheiten bedeuten, aber ich bin ganz sicher, dass der Kongress …«

»Es wird nichts nutzen.«

»Was? Warum nicht?«

»Ich will eine Voraussage machen. Wenn Sie einen derartigen Versuch unternehmen, so werden Sie auf Schritt und Tritt auf Schwierigkeiten stoßen. Sie werden finden, dass Sie Ihren Plan nicht durchführen können. Sie werden sehen, dass jeder Versuch in dieser von Ihnen angezeigten Richtung die Dinge nur verschlimmert.«

Byerley schien erschrocken. »Warum sagen Sie das? Ich hatte auf Ihre Zustimmung in dieser Angelegenheit gerechnet.«

»Sie können diese, solange Ihre Handlungen von einer falschen Voraussetzung ausgehen, nicht bekommen. Sie geben zu, dass die Maschinen nicht irren können, und dass man nicht in der Lage ist, ihnen falsche Angaben zu machen. Ich werde Ihnen jetzt zeigen, dass es auch nicht möglich ist, ihnen den Gehorsam zu verweigern, was, wie Sie offenbar denken, die Mitglieder jener ›Gesellschaft für die Menschlichkeit‹ tun.«

»Wie meinen Sie das?«

»Hören Sie zu! Jede Handlung einer Exekutive, die sich nicht genauestens nach den Direktiven der Maschine richtet, wird zu einem Teil der Angaben für das folgende Problem. Daher weiß die Denkmaschine, dass der betreffende Leiter eine gewisse Tendenz zeigt, Anordnungen nicht zu befolgen. Sie kann und wird nun diese Tendenz berücksichtigen und sie quantitativ auswerten, da sie ja ziemlich genau voraussehen kann, in welcher Richtung und inwieweit Ungehorsam auftreten wird. Somit sind dann ihre folgenden Antworten bereits leicht gefärbt, und zwar so, dass der betreffende Fabrikleiter – oder was er sonst auch sein mag –, wenn er nun nicht gehorcht, automatisch ganz genau das Richtige tut. Die Maschine ist im Bilde, Stephen.«

»Dessen können Sie aber doch wohl nicht sicher sein. Das sind doch lediglich Annahmen.«

»Es sind Annahmen, die sich auf meine ein Menschenleben langen Erfahrungen mit Robots stützen. Sie tun sicher gut daran, Stephen, wenn Sie sich auf derartige Annahmen verlassen.«

»Und was bleibt uns dann übrig, um die verschiedenen Unstimmigkeiten aufzuklären? Die Denkmaschinen arbeiten richtig, und die Voraussetzungen, auf Grund deren sie ihre Arbeiten verrichten, sind richtig. Darüber sind wir einer Meinung. Nun sagen sie ferner, dass man den Maschinen nicht den Gehorsam verweigern kann. Wo liegt denn dann der Fehler?«

»Sie haben sich die Frage selbst beantwortet. Es besteht gar kein Fehler. Denken Sie mal einen Augenblick an den Mechanismus, Stephen! Es handelt sich um Robots, und sie arbeiten nach dem Ersten Gesetz. Die Denkmaschinen dienen aber nicht einem einzelnen menschlichen Wesen, sondern der ganzen Menschheit, sodass sich aus dem Ersten Gesetz folgender Satz entwickelt: Keine Denkmaschine darf der Menschheit schaden noch durch Untätigkeit gestatten, dass die Menschheit zu Schaden kommt.

Schön, Stephen – was also schadet der Menschheit? Am allermeisten schaden ihr wirtschaftliche Schwierigkeiten, ganz gleich, welche Ursachen diese haben mögen. Stimmt das nicht?«

»Doch.«

»Und was wird wahrscheinlich in der Zukunft derartige Schwierigkeiten verursachen? Antworten Sie, Stephen!«

»Ich möchte sagen«, antwortete Byerley widerstrebend, »die Zerstörung der Maschinen.«

»Genau der gleichen Meinung bin ich auch, und genau der gleichen Meinung sind die Maschinen. Deren erste Sorge ist daher, sich selbst für uns zu bewahren. Und so beseitigen sie ganz in der Stille diejenigen Elemente, die sie noch bedrohen können. Es ist keineswegs die ›Gesellschaft für die Menschlichkeit‹, die Unruhe stiftet, um damit einen Grund für die Beseitigung der Maschinen zu liefern. Sie haben die Rückseite der Medaille betrachtet. Sagen Sie lieber, die Maschinen machen die Schwierigkeiten – allerdings sehr kleine Schwierigkeiten, aber doch solche, die ausreichen, um diejenigen loszuwerden, die eine Gefahr für die Menschheit bedeuten.

So verliert Vrasayana seine Fabrik und bekommt eine andere Stellung, wo er keinen Schaden anrichten kann. Er selbst ist dadurch nicht sehr verletzt. Er kann sich noch immer sein Brot verdienen. Die Maschine kann ja kein menschliches Wesen stärker als nur ganz leicht verletzen … und auch das nur, wenn es darum geht, eine größere Anzahl anderer Menschen zu retten. Die Consolidated Cinnabar-Gesellschaft verliert die Kontrolle über die Minen in Almaden. Villafranca ist nicht mehr Zivilingenieur, und jenes wichtige Projekt wird aus seinen Händen genommen. Und die Direktoren der Weltstahlgesellschaft verlieren ihren Halt in dieser Industrie, oder sie werden ihn verlieren.«

»Das alles aber *wissen* Sie doch nicht wirklich«, sagte Byerley geistesabwesend. »Wie können wir ein derartiges Risiko übernehmen?«

»Sie müssen es tun. Erinnern Sie sich der eigenen Feststellung der Denkmaschine, die diese machte, als Sie ihr das Problem vorlegten? Es lautete: ›Die Angelegenheit gestattet keine Erklärung.‹ Die Maschine behauptete nicht, es gäbe keine Erklärung oder dass sie eine solche nicht geben könnte. Sie konnte sich einfach keine Erklärung *gestatten.* Mit anderen Worten, es wäre für die Menschheit schädlich gewesen, wenn eine Erklärung bekannt geworden wäre, und deshalb können auch wir nur *annehmen,* dass es sich so verhält.«

»Und wieso hätte eine Erklärung uns schaden können? Nehmen wir mal an, Sie hätten Recht, Susan!«

»Nun, Stephen, wenn ich Recht habe, so bedeutet das, dass die Denkmaschine die Zukunft für uns lenkt, und zwar nicht nur durch direkte Antworten auf direkte Fragen, sondern auch durch eine Generalantwort auf die Weltsituation und auf menschliche Psychologie des Ganzen. Das zu wissen, mag uns unglücklich machen und unseren Stolz verletzen. Die Maschine aber kann und darf uns nicht wehtun.

Stephen, wie können wir wissen, was letztlich gut ist für die Menschheit? *Uns* stehen die unendlich vielen Faktoren nicht zur Verfügung, die die Maschine besitzt. Vielleicht ist es ein gutes Beispiel, wenn ich sage, dass unsere ganze technische Zivilisation mehr Unglück und Elend geschaffen als beseitigt hat. Vielleicht wäre eine landwirtschaftliche Zivilisation mit weniger Kultur und weniger Menschen besser. Ist dem so, dann müssen die Denkmaschinen sich in dieser Richtung bewegen, und zwar wenn irgend möglich, ohne uns darauf aufmerksam zu machen. Wir in unserer Dummheit und behaftet mit unseren Vorurteilen wissen ja nur, dass das, woran wir gewöhnt sind, gut ist. So würden wir jeden Wandel bekämpfen. Vielleicht ist auch die Antwort eine völlige Verstädterung der Welt oder eine vom Kastengeist geplagte Gesellschaft oder eine absolute Anarchie. Wir wissen es nicht. Nur die Denkmaschinen wissen es, gehen auf jenes unbekannte Ziel zu und nehmen uns mit sich.«

»Aber Susan – mit dem, was Sie soeben sagen, behaupten Sie ja, die ›Gesellschaft für die Menschlichkeit‹ habe Recht, und geben Sie zu, dass wir tatsächlich die Entscheidung über unsere Zukunft verloren haben.«

»Wir hatten sie ja nie. Immer waren wir auf Gnade und Barmherzigkeit ökonomischen und sozialen Kräften ausgeliefert, die wir nicht verstanden haben. Wir waren abhängig von den Launen des Klimas und den Wechselfällen der Kriege. Die Maschinen verstehen alle diese Kräfte, und keiner kann sich ihnen in den Weg stellen. Wer immer es tut, den werden die Maschinen beseitigen, so wie sie die

Mitglieder der ›Gesellschaft für die Menschlichkeit‹ beseitigt haben. Denn die Maschinen haben jene beste Waffe zur Verfügung, die es gibt – die absolute Kontrolle über unsere Wirtschaft.«

»Wie grauenhaft!«

»Vielleicht: wie wunderbar! Denken Sie, dass für alle Zukunft Konflikte vermeidbar sein werden. Nur die Maschinen sind von jetzt an unvermeidbar.«

Und das Feuer hinter dem Quarz erlosch. Nur ein Rauchring blieb zurück und zeigte an, wo das Feuer gewesen war.

»Und das ist alles«, sagte Dr. Calvin, während sie aufstand. »Ich habe alles miterlebt – von jenem Tag an, als die armen Robots noch nicht einmal sprechen konnten, bis heute, wo sie als Schutz zwischen der Menschheit und dem Untergang der Menschheit stehen. Ich werde nichts mehr erleben. Mein Leben ist vorbei. Sie aber werden sehen, wie das alles weitergehen wird.«

Nie habe ich Susan Calvin wiedergesehn. Sie starb vor einem Monat im Alter von 88 Jahren.